2-B

# Alex Reichenbach studierte Amerikanistik und Politologie und lebt und schreibt in Frankfurt am Main. «Staustufe» ist der erste Band in der Reihe um Hauptkommissar Andreas Winter und seine türkische Kollegin Hilal Aksoy.

ALEX REICHENBACH

STAU STUFE

KRIMINALROMAN

Rowohlt Taschenbuch Verlag

Originalausgabe
Veröffentlicht im Rowohlt Taschenbuch Verlag,
Reinbek bei Hamburg, September 2011
Copyright © 2011 by Rowohlt Verlag GmbH,
Reinbek bei Hamburg
Umschlaggestaltung any.way, Cathrin Günther / Gunnar Rettschlag
(Umschlagabbildung: Frank Muckenheim/Endless Image/buchcover.com)
Satz aus der Arno Pro PostScript, InDesign,
bei Pinkuin Satz und Datentechnik, Berlin
Druck und Bindung CPI – Clausen & Bosse, Leck
Printed in Germany
ISBN 978 3 499 25539 7

Das für dieses Buch verwendete FSC®-zertifizierte Papier
Lux Cream liefert Stora Enso, Finnland.

1

Als Erstes fielen Amelie die Möwen auf. Ein krakeelender Schwarm, der sich um etwas im Wasser balgte.

Es war Ende Oktober um halb acht früh, regnerisch und stürmisch. Amelie ging wie jeden Morgen am Griesheimer Mainufer entlang; fünf Kilometer Strecke waren ihr tägliches Pensum. Die wolkenverhangene aufgehende Sonne hatte sie im Rücken und die Europabrücke längst passiert. Ungefähr einen Kilometer vor ihr reckten sich die Pfeiler des faschistoid-grandiosen Griesheimer Staukraftwerks in die Höhe. Bei besserem Wetter leuchtete hier der Fluss hellblau und rosa im Morgenlicht. Doch heute war das Wasser schwarz, vom Sturm gekräuselt, aufsteigende Nebelschwaden verbargen das Ufer der Flussinsel. Außer Amelie war kein Mensch unterwegs. Sogar die russischen Fischer, die sonst morgens hier saßen, hatten die Kälte und den Regen gescheut.

Sie hätte auch nicht kommen sollen. «Hast du keine Angst, morgens so allein da draußen?», wurde sie oft gefragt. Nein, Angst nicht direkt. Doch an Tagen wie heute fühlte sie sich unwohl. Seit sie die zeternden Möwen gesehen hatte, erst recht. So viele Möwen an einer Stelle verhießen nichts Gutes. Das mussten fünfzig, achtzig, hundert Vögel sein. Die wurden doch nicht nur von einem toten Fisch angelockt. Dort musste etwas Größeres im Wasser liegen. Ein Schwan oder ein Kormoran? Sie wollte sich das auf leeren Magen eigentlich nicht anschauen.

Amelie zwang ihren Blick vom Wasser und den Möwen

fort auf den Weg, den sie entlangmusste, und erschrak. Da war ein Mensch. Da vorne hinter der Baubude am Ufer. Heute war Samstag, ein Bauarbeiter konnte es nicht sein. Sie hatte kurz ein Gesicht hervorlugen sehen. Da versteckte sich jemand. Ihr kam eine schreckliche Möglichkeit in den Sinn.

Dann schüttelte sie den Kopf über ihre eigene Ängstlichkeit und ging weiter.

Um kurz vor acht hatte jemand den Polizeinotruf gewählt. Wie üblich waren die Schutzpolizei und der Kriminaldauerdienst als Erste vor Ort. Winter vom K 11 spürte, wie seine Laune in den Keller sank, als er aus dem Wagen stieg und ausgerechnet Hilal Aksoy oben auf dem Fußgängerüberweg der Staustufe stehen sah. Er hatte bislang nur zwei- oder dreimal mit ihr zu tun gehabt, und jedes Mal hatte es Probleme gegeben. Einmal mäkelte sie an seiner Vorschriftenauslegung und seiner «politisch inkorrekten» Ausdrucksweise herum, das nächste Mal fand sie ihn «frauenfeindlich», weil er einer tatverdächtigen drogensüchtigen Mutter drastisch klarmachte, dass sie ihre Kinder gerade fürs Leben schädigte. Zuletzt waren Aksoy und er auf dem Sommerfest im Präsidium aneinandergerasselt. Angetrunken hatte sie beleidigtes feministisches Gesülze über angeblich fehlende Beförderungschancen von Frauen im Polizeidienst von sich gegeben. Ausgerechnet nachdem sie selbst höchstwahrscheinlich nur dank Frauenförderung zur Kripo gekommen war, und das auch noch direkt nach der Ausbildung. Winter, ebenfalls angetrunken, hatte entsprechend aggressiv reagiert. Irgendwas hatte ihn geritten zu sagen, sie solle doch bei der türkischen Polizei Karriere machen, wenn es ihr hier nicht schnell genug gehe. Das war verständlicherweise nicht gut angekommen. Seitdem warf sie ihm eisige Blicke zu, wenn sie sich im Foyer über den Weg liefen. Für eine Entschuldigung seinerseits war es jetzt etwas spät.

Winter musste die letzten zwanzig Meter zur Staustufe laufen: Eine Baubude machte den Uferweg für Wagen unpassierbar. Gleich dahinter, bei der Sportschleuse, stand ein blasser, aber forsch aussehender Mann mit regennassen Haaren und Joggingdress, ein Bein angewinkelt, und machte seelenruhig Dehnübungen, als wäre nichts. «Der Zeuge, der uns alarmiert hat», erklärte der uniformierte Kollege, der Winter begrüßte.

«Gut. Soll hier warten. Ich gehe erst mal hoch auf die Fußgängerbrücke und verschaffe mir einen Überblick.» Winter fiel das absurde Schild an der Treppe zur Brücke auf: «Zutritt verboten – Fußgänger frei.»

«Bleiben Sie unten», rief ihm von oben Hilal Aksoy mit vom Wind zerzausten Haaren zu. Sie hielt die Kapuze mit der Hand fest.

Aha, sie hatte beschlossen, ihn zu siezen. Auch gut.

«Warum?», brüllte Winter hoch.

«Hier muss erst mal die Spurensicherung ran», brüllte sie zurück. «Ich hätte selbst nicht hochgehen sollen.»

«Das hätten Sie sich mal vorher überlegt», rief er zurück. Es schien ihm allerdings zweifelhaft, dass es da oben für die Kriminaltechniker etwas zu finden gab. Was an der Staustufe anschwamm, war meist viel weiter im Osten, im Stadtzentrum oder beim Gutleutviertel, in den Fluss geworfen worden. Achselzuckend ging er ein paar Schritte weg von der Betontreppe, zwängte sich an dem Bauzaun und diversen Röhren vorbei direkt ans Ufer. Gute zwanzig Meter von ihm entfernt trieb etwas Helles an der Oberfläche, immer wieder von Wasser überspült. Schreiende Möwen und Krähen umschwärmten es und stritten sich um die besten Brocken. Winter spürte leichte Übelkeit in sich aufsteigen. «Werfen Sie ihnen zur Ablenkung Ihr Brot zu», brüllte die Aksoy von oben. «Von meinem ist nichts mehr übrig.»

«Hab nichts dabei», brüllte Winter zurück, der seit der Grundschule keine Stullen mehr mit sich herumgeschleppt hatte. «Gerd, hast du was zu essen?», rief er über die Schulter nach hinten. Gerd war sein Freund und Kollege. Er saß noch im geparkten Wagen, bei offener Tür, und wirkte unbeteiligt. Wartet schon auf seine Versetzung nach Kassel, dachte Winter. Er fühlte sich von Gerd ein bisschen verraten.

In der Ferne sah man das Boot der Wasserschutzpolizei antuckern. Die Taucher hatten ihr Gummizeug schon angelegt.

Lena betrachtete ungläubig ihr Spiegelbild. Der Albtraum war vorüber, hatte sich wie durch ein Wunder in Luft aufgelöst. Aber sie sah noch immer aus wie ein Gespenst. Unter ihren Augen schillerten riesige graulila Halbmonde, die Lider waren rot verquollen, die restliche Gesichtsfarbe ein ungesundes Kalkweiß. Nicht mal Lächeln half.

«Ja, wo ist denn mein Mäuschen?», drang eine sanfte Stimme aus dem Flur.

Nino war aufgewacht. Und plötzlich war die ganze Angst und Qual wieder da. Die Stimmung der unerträglichen letzten Tage, der grässlichen letzten Wochen. Konnten sie jetzt wirklich in ihr altes Leben zurückkehren, so als wäre das alles nicht passiert?

Eine Sekunde später stand Nino vor ihr. Er nahm ihr Gesicht in beide Hände.

«Na, wie sehe ich aus?», fragte Lena selbstironisch.

«Süß siehst du aus», sagte er, «süß und ein bisschen arm. Lenchen, du sollst nie wieder so arm aussehen.» Sie musste schmunzeln. Er küsste sie auf die verquollenen Augen.

«Ist das Gespenst weg?», fragte sie scherzhaft.

«Weg, ganz und gar weg. In Luft aufgelöst, implodiert, in den Himmel aufgefahren, was weiß ich. Ich kann mich an gar kein Gespenst mehr erinnern. Es ist alles wieder gut. Ganz bestimmt.»

Winter fand den Zeugen unsympathisch. Was natürlich auch an seiner eigenen Bombenstimmung liegen konnte. Schon der perfekt gestylte Designer-Laufdress des Typen störte ihn.

«Normalerweise schaue ich nicht nach unten, wenn ich auf der Brücke langlaufe», berichtete der Mann. «Man kommt ja beim Laufen in so einen Flow, wissen Sie, da nimmt man seine Umwelt kaum wahr. Aber die Möwen waren so laut ...»

«Was ich vor allem von Ihnen wissen muss», unterbrach ihn Winter, «ist, was Sie genau gemacht haben, nachdem Sie gemerkt haben, da liegt was im Wasser. Also zum Beispiel, ob Sie sich da oben über die Brüstung gelehnt haben. Oder ob Sie hier unten ans Ufer gegangen sind, um zu gucken.»

«Ja, wissen Sie, da müsste ich jetzt noch mal hochgehen, um das zu rekonstruieren, wenn Sie wirklich jede Bewegung wissen wollen ...»

Oben war jetzt die Spurensicherung.

«Versuchen Sie einfach, sich zu erinnern», schlug Winter vor. «Machen Sie die Augen zu, das hilft.»

«Ja – also, ich bemerke die Möwen – und dann ... als ich

etwa auf gleicher Höhe war, da bin ich an die Brüstung. Bin auf eins dieser Rohre gestiegen, die im Moment dort rumliegen. Hab mich drübergebeugt. Dann hab ich's gesehen. Irgendein Russenmafiamord mal wieder, nehm ich an?»

Winter ignorierte das. «Wir werden Ihre Fingerabdrücke und Schuhabdrücke nehmen, falls Sie dort oben was hinterlassen haben. Damit wir Ihre Spuren nicht für Täterspuren halten. Kommen Sie morgen früh ins Präsidium, dann erledigen wir das.»

«Es war übrigens noch jemand hier», redete der Zeuge weiter. «Ich denke, eine Frau, aber so gut konnte man das nicht erkennen. Ziemlich ungepflegt, fettige Haare, fleckige Haut. Wirkte irgendwie vermummt. Die Person stand da vorne bei der Baubude am Ufer rum. Als ich das Handy rausgeholt hab, um die Polizei anzurufen, ist die plötzlich ganz schnell abgedüst.»

Wahrscheinlich auch nur eine Zufallszeugin, die sich fragte, was die Möwen anlockte. Aber Winter behielt die Information im Hinterkopf.

Als das traurige Treibgut zehn Minuten später angelandet wurde, reichte Winter ein Blick, um zu erkennen, dass es sich um das Opfer eines Verbrechens handelte. Es war einer dieser Anblicke, die einem in die Magengrube fuhren. Die Verletzungen waren so schwer, dass sich Geschlecht und Alter nicht ohne weiteres erkennen ließen. Ein Kind, dachte Winter zuerst, weil der Körper so grazil wirkte. Doch Freimann vom Erkennungsdienst korrigierte: eine Jugendliche. Winter atmete auf, als die Leiche endlich im Transporter und auf dem Weg in die Rechtsmedizin war.

Schaulustige drängten sich jetzt am Absperrband. Viele von ihnen warteten allerdings bloß darauf, endlich über die

Staustufe hinüber nach Schwanheim gelassen zu werden. Der Fußgängersteg war noch immer nicht begehbar. Nicht nur zu Winters Erstaunen hatten sich schwache Blutspuren gefunden, oben an der Brüstung, trotz des sporadischen Regens. Es schien tatsächlich so, als habe man die Tote hier ins Wasser geworfen.

«Ihnen ist klar, was das bedeutet», sagte Winter nach dem Abtransport der Leiche etwas aggressiv zu Aksoy, die vor Kälte schnatterte.

«Was, dass Sie mir einen schriftlichen Verweis für Inkompetenz in die Personalakte hauen? Weil ich da ohne Schutzanzug hochgegangen bin und das Spurenbild verdorben habe?»

«Das würde ich niemals wagen. Sie würden mich dann ja wegen Diskriminierung Ihres werten Geschlechts sofort beim Europäischen Gerichtshof für Menschenrechte verklagen. Was ich sagen wollte, war: Es steht eine Nachbarschaftsbefragung an. Sie haben gehört, was Freimann gesagt hat. Die Tote war nicht lange im Wasser. Keine Waschhaut an den Fingern. Wahrscheinlich ist sie erst gestern Nacht oder heute früh in den Main geworfen worden. Ich werde die Arbeiter im Staukraftwerk befragen. Sie übernehmen die Wohnhäuser am Ufer. Nehmen Sie sich jemanden vom Revier mit.»

Aksoy schob sich die Kapuze aus dem Gesicht. «Wir könnten es hier mit einer Serie zu tun haben», sagte sie in wissendem Ton, völlig aus dem Zusammenhang. «Schlecht ernährtes weibliches Opfer in jugendlichem Alter, Misshandlungsspuren ...»

Bei Winter klingelte es. «Ja, Frau Aksoy, mir ist bewusst, dass wir hier vor ein paar Jahren schon einmal ein totes Mädchen aus dem Main gefischt haben. Und auch dass der

Fall nie geklärt wurde. Danke für den Hinweis. Aber wir bei der Mordkommission können durchaus selbst denken. Machen Sie sich an Ihre Arbeit.»

«Hast du persönlich was gegen die?», fragte Gerd, als Hilal Aksoy mit einem uniformierten Kollegen vom 17. Revier im Schlepptau davonrauschte.

«Nein», erwiderte Winter schroff und schob die Hände in die Taschen. «Jedenfalls bis auf die Tatsache, dass sie was gegen mich hat. – Übrigens, lieber Gerd, brauchst du nicht so zu tun, als ob dich dieser Fall gar nichts mehr angeht. Auch wenn du nächste Woche in deine geliebte Heimat versetzt wirst, du treulose Tomate …»

Gerd grinste. «Weißt du, dass ich allmählich kalte Füße kriege? Seit fünfzehn Jahren läuft mein Versetzungsantrag. Und jetzt, wo's so weit ist, kommt's mir plötzlich, dass ich sie vermissen werde, diese hässliche, dreckige, eingebildete Scheißstadt.»

So hässlich war Frankfurt gar nicht am Griesheimer Mainufer. Hilal Aksoy konnte sich eines gewissen Neids nicht erwehren, als sie die Jugendstilvillen betrachtete, die im Bereich der Staustufe den Fluss säumten, nur durch Bäume und einen Fußweg vom Ufer getrennt. Der Fluss war an dieser Stelle enorm breit. In der Mitte lag eine verwilderte Insel. Von den Dachterrassen und Loggien der Villen aus musste der Blick phänomenal sein.

Sie begannen die Befragung allerdings bei einem überhaupt nicht nobel wirkenden flachen Ziegelgebäude mit einem kahlen Garten. Das Haus lag unterhalb der Staustufe. Hier war der Mainblick nicht so idyllisch wie am Oberwasser: Man sah auf Stauwalzen, Schleusenmauern und Befes-

tigungsbohlen. Der Ziegelbau bildete das Ende der Wohn-
bebauung am Griesheimer Ufer. Patrick Heinrich vom
Revier erklärte Aksoy, die noch nie hier gewesen war, dass
sich weiter flussabwärts Chemiewerke befanden.

Die Eingänge des Ziegelhauses lagen auf der mainabge-
wandten Seite, zur Straße hin. Das Gebäude war offensichtlich ehemals eine Fabrik oder Lagerhalle gewesen, die man
mehr schlecht als recht in zweigeschossige Reihenhäuser
aufgeteilt hatte.

«Dipl.-Ing. B. Stolze, Consulting», verkündete ein stäh-
lernes Schild an der ersten der drei Haustüren. Stolze war
der Name des Zeugen gewesen, der den Notruf getätigt
hatte. Aksoy erinnerte sich, dass er angegeben hatte, er
wohne «gleich um die Ecke».

Wer öffnete, war höchstwahrscheinlich seine Frau: eine
sehr kleine, schlanke, um diese Uhrzeit an einem Samstag
schon adrett zurechtgemachte Mittvierzigerin. Ihr blondier-
tes Haar war steif von Haarspray. «Ja, bitte?», fragte sie besorgt.

«Guten Tag. Mein Name ist Hilal Aksoy, Kriminalpolizei. Das ist mein Kollege Heinrich vom hiesigen Revier.»

«Ach so.» Frau Stolze lächelte unsicher. «Sie wollen
bestimmt noch mal meinen Mann sprechen. Ich sehe mal
nach ...»

«Wir wollten eigentlich mit Ihnen sprechen. Können wir
einen Augenblick reinkommen?» Es war vor der Tür verdammt ungemütlich. Von der Westseite kam eisiger Sprüh-
regen.

«Mit mir wollen Sie sprechen?» Frau Stolze hörte sich
geradezu entsetzt an. Sie machte widerwillig ein wenig Platz,
bis sie alle zusammen in der kleinen Diele standen.

«Ja, mit Ihnen», bestätigte Aksoy. «Über Ihre Beobach-

tungen in der letzten Zeit, in der letzten Nacht insbesondere.»

«Ja, aber ... ich wüsste nicht ...»

Sie wurde erst blass, dann rot. Ihre Panik wirkte auf
Aksoy übertrieben. Oder vielleicht war das antrainierte
weibliche Hilflosigkeit? Prompt warf sich Kollege Heinrich
beschwichtigend in die Bresche:

«Kein Grund zur Aufregung, Frau Stolze. Wir machen
hier nur eine Nachbarschaftsbefragung, reine Routine-
sache.»

Aksoy musste ein Grinsen unterdrücken. Daran merkte
sie, dass ihr normales Gefühlsleben wieder die Oberhand
gewann. Sogar sie gewöhnte sich offenbar allmählich an den
Anblick von Toten, lief danach nicht mehr tagelang herum
wie ein Zombie. Die schlimmsten Leichen waren für sie allerdings nicht solche wie die von heute. Es waren die eigentlich harmlosen, die, die eines natürlichen Todes gestorben
waren. Alte Leute, drei, vier, fünf Wochen unentdeckt tot in
der eigenen, gut beheizten Wohnung. Aksoy schob den Gedanken schnell fort und konzentrierte sich auf ihr höchst le-
bendiges und parfümduftendes Gegenüber. «Frau Stolze,
Sie wissen ja sicher durch Ihren Mann von dem Leichenfund. Sie wohnen in unmittelbarer Nähe der Staustufe. Es
könnte also sein, dass Sie irgendwas gehört oder gesehen
haben, das mit dem Verbrechen zusammenhängt. Können
Sie sich an etwas Auffälliges erinnern?»

«Nein. Also nein, ich wüsste jetzt nicht ...»

«Waren Sie vielleicht gestern Abend spazieren oder im
Garten?»

«Bei dem Wetter? Ich war nur gestern Nachmittag mal
einkaufen. Da war alles ganz normal.»

«In welche Richtung geht denn Ihr Schlafzimmer?»

«Ja, also ... zum Main hin.»

Jetzt wirkte sie wieder nervös.

«Wissen Sie noch, wann Sie gestern Abend ins Bett gegangen sind?»

Frau Stolze schluckte. «So um elf wohl, wie immer. Nein, früher. Ich hab mich schon um zehn hingelegt. Ich hatte Kopfschmerzen.»

«Haben Sie irgendwelche besonderen Geräusche in der Nacht gehört?»

«Ich ... nein. Nein, ich habe nichts gehört. Außer, also, man hört ja hier oft das Wasser. Von der Staustufe. Besonders wenn die über die Walze was ablassen. Das ist nachts sehr laut. Mit Ohropax hört man das sogar noch. Mich macht das verrückt, manchmal.» Sie schluckte wieder.

«Was is'n hier los?», meldete sich eine knapp dem Stimmbruch entwachsene Stimme aus dem Hintergrund. Ein fünfzehn- oder sechzehnjähriger Junge kam schwungvoll die Treppe heruntergepoltert, mit modischen Fransen im Gesicht, trotz Pickeln nicht unhübsch und anders als seine Mutter mit einer gesunden Portion Selbstbewusstsein in der Körperhaltung.

«Die Polizei», erklärte Frau Stolze fast entschuldigend. «Wegen der Wasserleiche, die Papa gefunden hat. – Mein Sohn Sebastian.»

«Aksoy, Kriminalkommissarin. Sebastian, wir hätten auch an Sie gleich noch ein paar Fragen.»

Aksoy siezte junge Menschen ab den ersten Anzeichen der Pubertät grundsätzlich. Das galt auch und gerade für die ultracoolen Abhänger in den schlechteren Vierteln. Ihr Eindruck war, dass Jugendliche, die als vernunftbegabte, ernstzunehmende Erwachsene angesprochen wurden, eher dazu neigten, sich auch wie solche zu benehmen.

«Nur vorher noch eine kurze Frage an Sie, Frau Stolze. Sie sprachen von Wassergeräuschen. Ist Ihnen da heute Nacht irgendwas Besonderes aufgefallen? Ein Platschen vielleicht?»

Frau Stolze starrte Aksoy mit großen Augen an.

«Nein. Nein, ich glaube nicht.»

«Sie glauben, aber Sie sind sich nicht sicher?»

«Also … ja, doch, ich weiß nicht, ich kann mich doch nicht an jedes Platschen erinnern.»

«Das müssen Sie auch nicht», beruhigte Heinrich sie und warf Aksoy einen Seitenblick zu, der heißen sollte: Wenn du's hier bei jedem so genau nimmst, sind wir noch bis morgen mit der Nachbarschaftsbefragung beschäftigt.

Aksoy gab der Frau ihre Karte. «Falls Ihnen noch etwas einfällt, rufen Sie uns an. Könnten wir uns jetzt vielleicht irgendwo setzen? Dann können wir die restlichen Mitglieder der Familie in etwas gemütlicherer Atmosphäre befragen als hier zwischen Tür und Angel.» Sie standen noch immer in der Diele. Aksoy hoffte insgeheim, dass höfliche Instinkte Frau Stolze dazu treiben würden, ihnen ein warmes Getränk anzubieten, wenn sie erst einmal im Wohnzimmer säßen.

Frau Stolze errötete.

«Also … ja natürlich, also, ach, ähm, warten Sie doch bitte hier noch einen Augenblick, ich weiß ja gar nicht, ob das Wohnzimmer für Gäste …»

Ihr Sohn verdrehte die Augen. «Mensch, Mam», murmelte er. «Das ist den Leuten scheißegal, ob's bei uns ordentlich ist.»

Sie war schon nach hinten verschwunden, und man hörte sie hektisch etwas räumen. «Sorry», sagte Sebastian mit einem apologetischen Grinsen. «Hausfrauen halt. Kommen Sie doch einfach mit in die Küche.»

Die kleine Küche war aus den achtziger oder vielleicht noch siebziger Jahren, altdeutsche Kunststoffromantik, aber tipp-topp-ordentlich. «Soll ich Kaffee machen?», fragte Sebastian.

«Geht auch Tee?», fragte Aksoy und rieb sich die verfrorenen Hände. Das Küchenfenster ging auf die Straße und nicht auf den Main. «Klar geht auch Tee», sagte Sebastian und griff nach dem Wasserkocher. «Ihnen ist echt kalt, stimmt's?»

Aksoy lachte. «Gut erkannt.» Sie setzte sich auf einen der beiden frotteeüberzogenen Hocker und zog ihre Kapuze ab. Jetzt erst sah man, wie lang ihre glatten dunkelbraunen Haare waren, die sie mit einem Band streng zusammengebunden hatte. Heinrich lehnte sich schicksalergeben an die Schrankwand.

Während Sebastian Tee kochte, berichtete er, er sei am Vorabend nicht zu Hause gewesen. «Geburtstag von 'nem Kumpel. Ich wollte eigentlich ganz da schlafen und heute brunchen, aber dann waren wir alle so fertig, und der große Bruder hat uns netterweise in der Nacht nach Hause gefahren. So um kurz nach zwei war ich wieder da. Da war hier natürlich alles dunkel. Schlüssel hatte ich keinen dabei. Aber wir haben so 'n Ersatzding im Garten. Unter dem Gartenzwerg.»

«Gefährliche Angewohnheit», bemerkte Heinrich.

«Und Ihnen ist nichts aufgefallen auf der Mainseite?», fragte Aksoy.

Aus dem Hintergrund drang jetzt der Klang einer gereizten Männerstimme, unterbrochen von entschuldigend flehenden weiblichen Lauten.

Sebastian tat so, als höre er es nicht. «Es war alles ruhig im Garten», antwortete er. «Bis auf die üblichen Wasser-

17

geräusche. Und windig war es auch ziemlich. Zu sehen war, glaub ich, nichts Besonderes.»

Aksoy gab ihm ihre Karte, falls ihm später noch was einfallen sollte. Dann bohrte sie nach.

«War der Fußweg am Ufer frei? Oder stand da ein Auto?»

Sebastian schien einen Augenblick zu überlegen. Als er den Kopf schüttelte, kam sein Vater zur Küchentür herein. Stolze, jetzt in brauner Hausjacke und Jeans statt Sportdress, war groß, aber schmalschultrig, hatte braunes Haar, ein ausgeprägtes Kinn und dunkle, dichte Augenbrauen.

«Das tut mir leid», sagte Stolze jovial, zu Heinrich gewandt. «Ich weiß wirklich nicht, warum meine Frau mich nicht sofort gerufen hat. Ich dachte natürlich, es ist bloß unser Sohn, der da klingelt. Meine Frau ist manchmal etwas konfus, verstehen Sie, man muss da tolerant sein als Ehemann. – Und was kann ich also noch für Sie tun?»

Er hatte seiner Aussage von heute früh leider nichts Bedeutendes hinzuzufügen. In den letzten Tagen war ihm nichts aufgefallen. Bis elf, halb zwölf hatte er gestern Abend ferngesehen, danach war er zu Bett gegangen. Keine besonderen Vorkommnisse während der Nacht.

«Ihren Sohn haben Sie auch nicht nach Hause kommen hören?»

«Wie? Wann ist der denn gekommen? Ich dachte –»

«Etwa um zwei, sagt er.»

«Was? Um zwei? Das verstehe ich nicht. – Sebastian, darüber reden wir noch. Nein, ich glaube nicht, dass ich ihn gehört habe.»

«Ich hab aber was gehört», sagte Sebastian plötzlich. «Ist mir grad eingefallen. Da waren Schritte draußen, als ich mich gerade hingelegt hatte. Auf der Mainseite. Und

heute Morgen, da hat mich zwischendurch ein total schril-
ler Schrei geweckt. Obwohl, das könnte auch 'ne Möwe gewesen sein. Die haben ziemlich rumkrakeelt.»

Es war wohl keine Möwe, wie sich im weiteren Verlauf der
Nachbarschaftsbefragung ergab. Mehrere Anwohner hatten am Morgen jemanden schreien gehört. Eine Zeugin war
sich sogar sehr sicher, dass dieser laut ihrer Beschreibung
«markerschütternde» Schrei höchstens zehn Minuten vor
Eintreffen der ersten Polizeistreife erklungen war. Nach ihrer Meinung kam der Schrei von einer Frau.

Das Opfer war allerdings um diese Zeit zum Schreien definitiv nicht mehr in der Lage gewesen. Kommissarin Aksoy
nahm daher an, dass der Schrei irgendjemandes Reaktion
auf den Anblick der Leiche im Wasser darstellte. Vielleicht
kam er von der unbekannten Person, die Stolze von der
Brücke aus bei der Baubude gesehen hatte. Am Ende klingelte Aksoy ein weiteres Mal an dem Reihenhaus, um Herrn
Stolze zu fragen, ob die von ihm beobachtete Person geschrien hatte. Der pausierte einen Moment, dann lachte er
peinlich berührt. «Ich fürchte, der Schrei, den Sebastian gehört hat, das war ich selber. Ich wollte das vorhin nur nicht
sagen. Wissen Sie, man hält sich für einen harten Typen.
Aber wenn man eine angefressene Leiche sieht … da gehen
im ersten Moment Urtriebe mit einem durch.»

2

Winter kam zutiefst verstört aus der Rechtsmedizin. Auf seinem Schreibtisch türmten sich die Akten, die der Fall bereits produziert hatte. Dankbar für jede Ablenkung stürzte er sich darauf. Zuoberst lag Gerds schludrig ins Formular gehauener Text über eine häusliche Befragung bei Mitarbeitern der Staustufe. Das E-Werk war, genau wie die Frachtschiffschleuse, auch nachts in Betrieb. Eigentlich beste Voraussetzungen. Doch es war alles vergeblich. Gerd hatte unter den Arbeitern der Nachtschicht, die er zu Hause aus ihrem wohlverdienten Schlaf riss, nicht einen brauchbaren Zeugen gefunden. Winter dachte daran, wie er heute früh die von Maschinenbrummen erfüllte Kraftwerkshalle betreten hatte: Wo zweihunderttausend Liter Wasser in der Sekunde durch gigantische Turbinen rauschten, wo Generatoren rotierten und rund um die Uhr fünftausend Volt Spannung produzierten, da waren verdächtige nächtliche Schritte oder ein Platschen im Wasser bestimmt nicht zu hören. Die Leutchen hier hatten ja heute früh nicht einmal etwas von dem Polizeiaufgebot vor ihrer Haustür mitbekommen. Die hatten seelenruhig weitergearbeitet und von nichts gewusst, bis Winter an der Metalltür Sturm klingelte. Und die Frachtschiffschleuse jenseits der Maininsel, die lag zu weit von der Stelle entfernt, an der das Mädchen ins Wasser geworfen worden war.

Als Nächstes nahm Winter sich das erste Protokoll aus der Nachbarschaftsbefragung vor. Aksoy hatte es verfasst. Prompt spürte er beim Lesen leisen Ärger in sich aufsteigen.

Fachlich war alles in Ordnung. Da hatte er gar nichts zu meckern. Es war auch okay, dass sie ihren persönlichen Eindruck von der Glaubwürdigkeit der Zeugen notierte. Immerhin hatte sie den Menschen ins Gesicht gesehen, ihre Körpersprache wahrgenommen. Aber die Befragung bei der Familie Stolze war seiner Ansicht nach zu ausführlich und auf eine Weise beschrieben, als wolle die Aksoy ihm persönlich vorhalten: Sieh her, du böser Mann, wieder ein armes, von deiner Spezies unterdrücktes Frauchen!

Winter gönnte seinen Augen eine kurze Pause, nahm einen Schluck Kräutertee und warf eine zweite Paracetamol ein. Die Kopfschmerzen hatten schon am Morgen an der Staustufe begonnen. Wahrscheinlich in der Sekunde, als er die Aksoy gesehen hatte. Mit dem Daumen rieb er sich die schmerzende Stirn.

Es gab Momente, da konnte er den Hass der Aksoy auf Männer fast verstehen. Und die Stunde in der Rechtsmedizin vorhin war ein solcher Moment gewesen.

Nach Jahren in der Mordkommission war es für ihn eine unappetitliche Selbstverständlichkeit, dass hinter so gut wie jedem Tötungsdelikt ein Mann steckte. Das Traurigste: Ermordete Frauen verdankten ihren Tod meist einem Mann, der ihnen nahegestanden hatte. Der die Frau mit Gewalt drangsalierte und am Ende tötete, wenn sie nicht kuschte, wie sie sollte. Bei deutschen Opfern war der Täter meist der Partner oder Expartner, bei ukrainischen oder lettischen der Zuhälter oder Freier, bei Kurden manchmal auch der Bruder oder Vater. So verschieden und doch so gleich.

In dem neuen Fall war die genaue Beziehung zwischen Täter und Opfer noch unklar. Auch die ethnische Zugehörigkeit des Opfers war nicht sicher bekannt. Aber über das Geschlecht des Täters machte Winter sich wenig Illusionen.

Die Obduktion hing ihm nach. Natürlich hatte Winter schon Autopsien beigewohnt, die seinen Magen härteren Belastungsproben unterzogen hatten als diese. Aber mehr an die Seele ging ihm kaum eine.

Das Mädchen, das da bleich auf kaltem, glänzendem Stahl lag, war jung, mager. Und so wie es aussah, war sie mindestens zweimal in ihrem kurzen Leben an einen Mann geraten, der Gewalt und Liebe in seinem Kopf nicht auseinanderbekam. Auf sechzehn oder siebzehn schätzte der Pathologe den zarten Leichnam, wobei er sich auf die Struktur diverser Knochennähte im Röntgenbild stützte. Das Gesicht lieferte jedenfalls keinen Anhaltspunkt für eine Altersbestimmung: Es existierte nicht mehr, war zu Matsch geschlagen, einzelne Zähne und Knochenstücke staken daraus hervor wie ein grausamer Scherz. Der Fotograf lief um den Tisch herum und dokumentierte den grausigen Anblick von allen Seiten, bestens ausgeleuchtet mit einem Profischeinwerfer.

Butzke, der Rechtsmediziner, hatte für die Obduktion sein Wochenende unterbrochen. Auf diese Weise war die Leiche schneller an der Reihe, als wenn sie an einem gewöhnlichen Wochentag gefunden worden wäre.

«Das Schlaginstrument muss groß und schwer gewesen sein», befand Butzke mit Blick auf das Gesicht. «Stumpf und rau an der Oberfläche, für die Risswunden. Eher ein Stein als ein Vorschlaghammer. Und es wurde mehrfach damit zugeschlagen.»

Die Möwen waren es jedenfalls nicht, die das Gesicht so entstellt hatten. Sie hatten sich vielmehr an dem Teil der Leiche zu schaffen gemacht, der am weitesten oben geschwommen war: dem Gesäß. Es war bis auf die blanken Knochen abgefressen. Die Vögel hatten es glücklicherweise noch nicht geschafft, sich durch die Beckenhöhle an die Innereien zu machen. Sonst wäre wahrscheinlich die Luft aus der Bauchhöhle entwichen, Wasser wäre eingedrungen, und die Leiche wäre gesunken wie ein Stein. Es hätte dann Wochen dauern können, bis sie entdeckt worden wäre, von Fäulnisgasen hochgetrieben. Oder die Sogwirkung der Turbinen hätte sie in den Rechen des Kraftwerks gezogen.

Dass die Tote heute früh an der Oberfläche schwamm, war ein Glücksfall für die Ermittler. Es lag daran, dass sich die Lungen beim Eintritt ins Wasser nicht geleert hatten. Das Mädchen war kopfüber oder bäuchlings ins Wasser gestürzt. Sie trug außerdem eine halb heruntergerutschte Polyester-Jogginghose und einen Geldgurt aus dem gleichen Material, in denen sich Luftkissen gehalten hatten. Genau wie in der Bauchhöhle. Obwohl die von Messerstichen durchlöchert war wie ein Sieb.

«Ich werde mir hinterher noch das Wundgewebe auf Leukos ansehen», erklärte Butzke, während er nach Abschluss der Obduktion das Mikro ausschaltete. «Mein Tipp derzeit: Sie hat nach den Verletzungen noch eine knappe halbe Stunde gelebt. Komatös höchstwahrscheinlich. Ob sie letztlich an den Hirntraumata gestorben ist oder durch die Stichwunden verblutet, das kann ich Ihnen nicht mit Sicherheit sagen.»

«Es dürfte für unsere Zwecke auch weniger wichtig sein», bemerkte Winter und sah nervös auf seine Uhr. Der Fotograf packte schon seine Sachen. Der Staatsanwalt im Notdienst, Nötzel, lehnte mit grünlichem Gesicht unter rötlichen Haaren an der Wand; von ihm war keine Unterstützung zu erwarten. Winter beeilte sich, Butzke eine letzte

Frage zu stellen. «Können Sie den Todeszeitpunkt vielleicht noch näher eingrenzen? Nur unter uns?»

«Der Todeszeitpunkt, euer Heiliger Gral. Ist mir schon klar. Mensch, Winter, ich muss hier mit vielen Unbekannten operieren: Ich weiß nicht, wie die Temperaturverhältnisse waren, dort, wo sie aufbewahrt wurde, bevor sie ins Wasser gekommen ist. Und die fehlende Waschhaut sagt bei niedrigen Wassertemperaturen nicht so viel über die Liegezeit im Wasser, wie Sie denken.»

Winter hatte das dringende Bedürfnis, sich seinen Zigarettenersatz, einen zerkauten Bleistiftstummel, zwischen die Lippen zu schieben. Aber irgendwie hatte er in der Pathologie immer das Gefühl, seine Finger seien verseucht, und er könne sich auf keinen Fall hier etwas in den Mund stecken. Was natürlich barer Unsinn war. Denn erstens hatte er nichts angefasst, und zweitens war an diesem Mädchen wahrscheinlich nichts Giftiges dran. Sie roch nicht mal nach Fäulnis, höchstens ein bisschen algig. Und nach Darminhalt.

Butzke indessen tat jetzt das, wofür er berüchtigt war: Kaum hatte er die Handschuhe ausgezogen, griff er mit ungewaschenen Händen in die Innentasche seines Kittels und holte aus einer knisternden Tüte ein Mettbrötchen hervor. Das war der Moment, in dem Nötzel, der Staatsanwalt, fluchtartig den Raum verließ.

«Okay», sagte Winter gefasst zu Butzke, während der in sein knackendes Brötchen biss. «Gehen Sie einfach mal davon aus, dass das Opfer heute Nacht erst ins Wasser gekommen ist. Liegezeit im Wasser nicht länger als sechs Stunden. Das ist schlicht von den äußeren Umständen her am wahrscheinlichsten. Hätte sie schon tagelang im Wasser gelegen, wäre sie auch früher entdeckt worden.»

24

Butzke kaute mit übervollem Mund. «Mhm», ließ er näselnd hören, «mal sehen.» Mampfend ging er einen Moment hin und her, dann schluckte er den Riesenbissen hinunter. «Hmhm. Also, die Totenflecken sind wegen des Blutverlusts ein bisschen blass, und das Gesäß ist leider nicht mehr ganz vorhanden. Aber man sieht doch, dass sie umgelagert wurde. Von Rückenlage in die klassische vornüberhängende Wasserleichenlage, in der ihr sie gefunden habt. Danach ist dann noch ein bisschen Blut in die Hände und Füße gesackt, weil die am weitesten unten waren. Das heißt, dass die Totenflecken zu dem Zeitpunkt der Umlagerung noch nicht ganz fixiert waren. Wenn sie beispielsweise letzte Nacht um zwei ins Wasser geworfen wurde, dann hätte sie etwa sechs bis zwölf Stunden vorher den Löffel abgegeben. Reicht Ihnen das?»

«Damit kann ich arbeiten», sagte Winter. «Vielen Dank»

«Es wäre aber schön», ergänzte Butzke etwas spitz, «wenn Sie mich mit dieser Behauptung nicht zitieren würden. Und zweitens, vergessen Sie bitte nicht, dass die Angabe nur dann stimmt, wenn sie tatsächlich nur so kurz im Wasser lag wie von Ihnen angenommen.»

«Ich weiß, ich weiß. Danke trotzdem für den Tipp. Wir haben hier wenig genug in der Hand.» Winter seufzte und blickte noch einmal auf den zerstörten, mageren jungen Körper. Was ihn am meisten mitnahm, das waren nicht die großen, sondern die kleinen Zeichen der Gewalt. Die kaum sichtbaren, vernarbten runden Brandmale, wahrscheinlich von Zigarettenkippen, die zu Hunderten die Innenseiten des Oberschenkels entlangliefen. Die großflächigen Spuren alter Verbrühungen an beiden Füßen. Die mehr schlecht als recht verheilten, niemals professionell behandelten Brüche

25

an Rippen und Armen im Röntgenbild. Ganz ähnlich wie in jenem Fall des unbekannten Mädchens, an das die Aksoy ihn am Morgen erinnert hatte und das vor Jahren nur wenig weiter westlich, im Stadtteil Nied, im Main gefunden worden war.

Winter hielt schon auf die Tür zu, da fiel ihm noch etwas ein. «Können Sie genauer sagen, von wann die Misshandlungsspuren stammen?»

Butzke kaute noch immer an seinem Mettbrötchen. Er hatte sein Häubchen abgezogen, und die kurzen Haare in seinem Haarkranz standen in alle Richtungen.

«Das meiste stammt wahrscheinlich aus frühester Kindheit», überlegte er, mit offenem Mund mampfend über die Röntgenbilder gebeugt. «Hier diese Brüche jedenfalls, denn danach ist sie noch erheblich gewachsen. Sieht nichts so aus, als wäre es aus neuerer Zeit.» Er schüttelte den Kopf, biss nochmals ab und wendete sich wieder Winter zu. «Nein, keine neuen Verletzungen, definitiv nichts aus den letzten zwei, drei Jahren. Bis auf die Ritzungen natürlich. Aber das sehen Sie ja selbst.»

Beide Unterarme der Toten waren mit fein säuberlich parallel angeordneten waagrechten Ritzwunden übersät. Viele waren noch mit einer dünnen dunklen Kruste geronnenen Bluts bedeckt. Darunter erahnte man die Narben älterer Schnitte.

«Was ist mit den Ritzwunden? Wie erklären Sie sich die?»

«Das sind Selbstverletzungen. Man sieht das auch daran, dass der linke Arm stärker betroffen ist. Den konnte sie mit der rechten Hand erreichen. Na ja, Sie werden sicher irgendeinen Psychologen im Präsidium oder im LKA haben, der Ihnen dazu was sagen kann.»

«Borderline-Syndrom», sagte Görgen, der Psychologe, lapidar, als Winter ihn mit seinem Anruf aus irgendeiner Fernsehsendung riss. Görgen war unverheiratet. Man hörte seit Jahren von wechselnden Frauengeschichten. Winter musste sich eingestehen, dass dies in ihm Spießerinstinkte weckte: Intuitiv zweifelte er an der fachlichen Kompetenz eines Mannes, der Psychologie zum Beruf erwählt hatte, aber in sein Privatleben keine Ordnung bekam.

«Borderline-Syndrom? Was heißt das?»

«Dass sie wahrscheinlich extrem impulsiv war und nicht gut darin, stabile Beziehungen aufzubauen.»

«Da kenn ich aber einige», bemerkte Winter.

«Ich spreche hier von pathologischen Verhaltensweisen, nicht von normaler serieller Monogamie», erwiderte Görgen kühl, der sich offensichtlich angesprochen fühlte. Aber Winter hatte bei seiner Bemerkung gar nicht an Görgens Frauengeschichten gedacht. Ihm war seine eigene pubertierende, schwierige Tochter eingefallen. Extrem impulsiv, unfähig zu Beziehungen, das beschrieb sie im Moment aufs Wort. Schnell verdrängte er den Gedanken. «War ein Scherz», sagte er. «Könnten Sie mir bis Montag auf einer Seite das Wichtigste über dieses Borderline-Syndrom zusammenfassen?»

Er konnte sich lebhaft vorstellen, wie Görgen auf der anderen Seite der Leitung das Gesicht entgleiste. Auf Extraarbeit am Wochenende hatte er zweifellos keine Lust. Aber er sagte nach einer kurzen Pause zu.

Winter besaß eine gewisse Skepsis gegenüber Psychologie und Psychiatrie im Allgemeinen. Und nicht nur weil ihm Görgen als Mensch suspekt war. Nachdem er das Gespräch beendet hatte, googelte er deshalb erst einmal selbst die Begriffe «Ritzen» und «Selbstverletzung». Sein Ein-

druck war, dass es sich hier um eine aufmerksamkeithei-
schende, zelebriert-melancholische Modeaktivität junger
Menschen handelte, die keineswegs immer mit diesem mysteriösen Borderline-Syndrom zu tun hatte.

Abends gegen sechs kam Gerd mit einem neuen Bericht von
der Spurensicherung zurück und begann, auf seinem ohnehin schon kahlgeräumten Schreibtisch endgültig Klarschiff
zu machen. «Was soll das?», fragte Winter. «Du kommst
doch Montag noch mal?»

Gerd schüttelte den Kopf. «Der Chef sagte mir eben, ich
soll Montag nicht mehr kommen, weil ich heute da war.»

Winter fühlte, wie alle Energie aus ihm wich. Er hatte gehofft, dass Gerds Versetzung aufgrund des heutigen Fundes
verschoben würde. Aber im Chefbüro hatte man sich genau
umgekehrt entschieden.

Winter hatte in den letzten fünfzehn Jahren mit Gerd
wahrscheinlich mehr Zeit verbracht als mit seiner Frau oder
seinen Kindern. Sie verstanden sich blind. «Versetzung»
hörte sich so banal an. Nicht dramatisch wie «Scheidung»
oder «Trennung». Aber im Prinzip war es etwas sehr Ähnliches, was da geschah. In gewisser Weise war es sogar
schlimmer: Denn es wurde hier eine intakte und keine kaputte Beziehung auseinandergerissen.

Sie hatten sich eher als Kollegen denn als Freunde be-
zeichnet, hatten sich fast nie privat getroffen. Aber es war
Gerd, der ihn besser kannte als irgendjemand, der jeden Tag
wusste, wie er drauf war und wie er geschlafen hatte, und in
dessen Gegenwart er sich einfach am entspanntesten fühlte.

«Mach's gut, Andi, altes Haus», sagte Gerd im Stehen,
seinen kleinen Lederrucksack auf der Schulter.

Ausgerechnet in diesem Moment betrat die Aksoy den

Raum. «Hier sind die restlichen Protokolle von der Nachbarschaftsbefragung», erklärte sie.

«Ich geh dann mal», sagte Gerd und verschwand.

Weg war er, auf Nimmerwiedersehen.

«Wir haben insgesamt drei relevante Aussagen bekommen», redete Aksoy ungerührt weiter. «Die erste haben Sie schon auf dem Tisch, von Sebastian Stolze, dem Sohn des Zeugen Stolze, der die Leiche entdeckt hat. Sebastian will nachts zwischen zwei und drei Schritte auf dem Uferweg gehört haben. Wirkte glaubwürdig auf mich. Die Stolzes wohnen in einem Haus, das fast direkt an der Staustufe liegt. Dann haben verschiedene Zeugen morgens einen Schrei gehört. Wahrscheinlich ohne Bedeutung; der Zeuge Stolze meint, er hätte wohl geschrien, als er die Leiche gefunden hat. Interessant ist, was der Bewohner eines Hausboots zu sagen hat. Das ist im Augenblick das einzige Boot am Jachthafen. Ich würde sagen, etwa achthundert Meter vor der Staustufe. Der Bewohner ist ein gewisser Guido Naumann, Schriftsteller von Beruf. Er habe bis nachts um drei gearbeitet, und zwar an der westlichen Front seines Bootes, da steht sein Schreibtisch. Irgendwann hat er eine Bewegung an der Staustufe wahrgenommen. Es wäre ihm so vorgekommen, als sei da etwas Großes herabgefallen.»

Winter grunzte. «Haben Sie ihn daran erinnert, dass die Sicht von seinem erleuchteten Schreibtisch nach draußen sehr beschränkt gewesen sein dürfte?»

«Hab ich», grinste die Aksoy. «Daraufhin teilte er mir mit –», sie blätterte, amüsiert wirkend, im Stehen in ihrem Protokoll. Dann räusperte sie sich und las vor: «‹Um Literatur zu schaffen, braucht es nur das Licht im Kopf und nicht das einer Lampe.›» Grinsend ließ sie das Blatt wieder sinken. Winter verzog keine Miene, und sie wurde wieder ernst. «Auf gut Deutsch, er hatte kein Licht an, bis auf das Licht des Computerbildschirms. Ich denke, er kann tatsächlich etwas gesehen haben. Es war eine sehr helle Nacht. Ich habe zufällig selbst mal rausgeguckt, als ich so um drei auf dem Klo war. Bewölkt, da reflektieren die Wolken die Stadtlichter, und es wird nie richtig dunkel. Außerdem ist die Staustufe nachts beleuchtet.»

«Also gut. Danke. Lassen Sie die Protokolle hier, Sie können dann gehen.»

Aksoy ließ die Zettel auf den Schreibtisch fallen. «Ansonsten ... die Villen vor der Staustufe sind als Etagenwohnungen aufgeteilt, lauter wohlsituierte Leute, ein pensioniertes Studienratsehepaar, ein Neurochirurg und seine Familie ...»

«Frau Aksoy. Ich weiß wirklich nicht, warum Sie die Berufe überhaupt erfragt haben. Das war eine simple Nachbarschaftsbefragung. Die Leute sind, wenn sie nichts gesehen haben, nicht einmal Zeugen, geschweige denn Verdächtige. Reine Zeitverschwendung, bei so was jedes Mal die Personalien aufzunehmen.»

Aksoy zog die starken dunklen Augenbrauen hoch, öffnete den Mund, schloss ihn wieder, drehte sich um und verschwand aus der Tür.

Winter seufzte. Es war nicht sein Tag.

Der Schriftsteller Guido Naumann fröstelte. Der Sesselbezug war klamm, seine Kleider waren klamm, die Bettlaken sowieso. In der Küche hing die Wäsche seit drei Tagen vor der Heizung und wurde nicht trocken. Und der Brauchwassertank sowie die Winde, letztes Jahr frisch gestrichen, rosteten schon wieder braunrot vor sich hin.

Wenn er sich eine der Villen hier draußen leisten könnte,

er wäre aus diesem verfluchten Hausboot längst ausgezogen. Bei seinem äußerst mäßigen Einkommen war aber die Alternative zu dem Hausboot (vor Jahren preiswert von einem Bewunderer angemietet) nur eine schäbige, kleinbürgerliche Spießerwohnung in einer x-beliebigen hässlichen Mietskaserne. Was zu einem Schriftsteller seines Ranges natürlich passte wie ... nein, nicht ‹Eulen nach Athen›, das war Unsinn. ‹Wie die Faust aufs Auge›? Zu abgedroschen und zu zweideutig. ‹Wie Cheeseburger zu einem Grand Cru›! Das war's. In Metaphern konnte ihm einfach keiner das Wasser reichen.

Wasser. Wasserleiche. Verdammt. Er hatte aus dieser schlecht artikulierenden türkischen Bullin (Bullin? Bullenschlampe? Bullenkuh!) nicht herausgebracht, was man bei der Polizei wusste und was nicht.

Schlecht vor Schreck war ihm geworden, als diese bildungsferne Bullenkuh mit Kripomarke in der Hand und dümmlichem Kollegen im Schlepptau vor der Tür gestanden hatte. Die beiden waren einfach über die Absperrung des Stegs geklettert und aufs Boot gekommen. Hausfriedensbruch, wenn man's genau nahm. Und ihm war das Herz stehengeblieben, weil er fürchtete, das Schlimmste sei eingetroffen, irgendjemand habe die kleine Schlampe vor drei Tagen bei ihm reingehen sehen und das der Kripo gesteckt. Zum Glück war es dann doch harmlos, was die Bullen wollten, Nachbarschaftsbefragung. Routine. Wer sollte auch etwas gesehen haben. Hinter dem Steg lag eine Grünfläche ohne glotzende Nachbarn.

Es war trotzdem eine verflixte Geschichte. Die Bettwäsche hatte Naumann schon gewaschen. Aber das Sofa. Er sah sich um. Auf dem Sofa lagen ja die Wolldecken. Waren da jetzt Fasern dran? Oder Haare?

Als Winter gegen sieben nach Hause kam, fand er Carola, seine Frau, im Nachthemd und mit einer Wärmflasche auf dem Bauch im Bett vor. «Ich bin völlig am Ende», erklärte sie ihm, feuchte Haarsträhnen im verknautschten Gesicht. «Wenn ich nur wüsste, was wir falsch gemacht haben.»

«Sara?», fragte er ahnungsvoll.

Carola nickte. «Sie ist vor Stunden weg, dieses obszöne Top am Leib, mit dem sie praktisch nackt ist, und eine Flasche Whiskey in der Hand. Whiskey. Als ich sie gefragt hab, wo sie hinwill, hat sie gesagt: Fick dich, du Fotze. Wörtlich. Und unten vor der Tür hat dieser schreckliche Selim auf sie gewartet. Ich habe aus dem Fenster den Wagen erkannt.»

Carola brach in Tränen aus.

Winter holte sein Handy aus der Tasche und wählte die Nummer seiner Tochter. Er bekam nur die Mailbox.

«Haben wir eine Telefonnummer von diesem Selim?»

Carola schüttelte wortlos den Kopf und zog die Nase hoch.

Nachdem Winter erfolglos versucht hatte, bei einigen von Saras alten Freundinnen die Nummer des mysteriösen Selim herauszubekommen, begann er gegen neun widerwillig, im Zimmer seiner Tochter herumzusuchen. Vielleicht hatte sie irgendwo so etwas Altmodisches wie ein Adressbuch? Er fand keines, nichts, was über die Handynummer, Adresse oder Identität von «Selim» Aufschluss geben konnte. Dafür aber ein Päckchen Marihuana in der Schreibtischschublade. Zehn Gramm nur, schätzte er, nicht der Rede wert. Aber er wollte so etwas einfach nicht bei seiner Tochter finden.

Von den Wänden des neuerdings dunkelllila gestrichenen Zimmers glotzten ihn künstlerisch gestaltete, alienartige Monster an, dazwischen singende, zottelhaarige Männer in

Schwarz, die mit kalkweißer Schminke und schwarzem Kajalstift ihr Bestes taten, so ungesund und verrucht wie nur möglich auszusehen. Vor einiger Zeit hatten hier noch typische Teenie-Poster gehangen: Pferde, der Harry-Potter-Schauspieler, Britney Spears.

Winter war gerade dabei, im Regal zu stöbern, als die Tür aufging. Er drehte sich um und sah seiner Tochter ins Gesicht.

«Was machst'n du hier?», blaffte sie ihn an. «Ey, schnüffelst du hier rum, oder was? Das darf doch nicht wahr sein. Ihr seid doch solche Arschlöcher.» Sie zog ihren Mantel aus und warf ihn aufs Bett. Darunter sah sie aus wie aufgemacht für den Straßenstrich.

«Beruhig dich», sagte er. «Ich habe hier lediglich die Telefonnummer deines neuen Freundes Selim gesucht. Dir ist es vielleicht nicht bewusst, aber deine Mutter liegt seit Stunden wegen dir im Bett und weint.»

«Na und? Ist mir doch scheißegal.» Das brüllte sie fast. Winter traute seinen Ohren kaum, so wenig hörte sich diese harsche Stimme wie die seiner Tochter an.

«Hast du was genommen, Sara?», fragte er. «Ist dir eigentlich bewusst, wie du wirkst?»

Statt einer Antwort schleuderte sie Winter mit voller Kraft einen ihrer Stilettostiefel ans Bein, die sie gerade im Begriff war auszuziehen. «Sara», sagte er leise, «Sara, stopp.»

In dem Moment klingelte sein Handy. Er seufzte und griff zum Hosenbund

«Winter.»

«Aksoy hier. Gut, dass ich Sie jetzt noch erwische. Ich wollte nur sagen, ich habe auf dem Nachhauseweg diverse Heime und Wohngruppen für Mädchen abgeklappert. Gerd Weber hatte mir nämlich gesagt –»

«Wie, was hat Ihnen Gerd gesagt?»

«Die Infos aus der Obduktion. Ich habe ihn vorne am Eingang noch getroffen, als er gerade am Gehen war. Da hat er mir dies und jenes erzählt. Zusammen mit der Tatsache, dass wir keine Vermisstenmeldung haben, hörte sich das für mich so an, als hätte das Opfer nicht mehr bei den Eltern gelebt. Weil, die Misshandlungen stammen ja wahrscheinlich von den Eltern, und die haben vor ein paar Jahren aufgehört. Also ist sie seit längerem von zu Hause weg. Prostitution hat sie aber nicht betrieben, sie war ja noch Jungfrau. Drogen bislang ebenfalls Fehlanzeige. Für mich blieb da eigentlich nur, dass sie in einem Heim wohnt. Egal, jedenfalls wollte ich Ihnen sagen, ich war heute Abend bei allen einschlägigen Heimen und Mädchenwohngruppen oder habe angerufen, die Liste kriegen Sie morgen, und dort wird niemand vermisst.»

«Na herzlichen Dank. Woher wussten Sie eigentlich, dass ich noch keinem Kollegen genau diesen Auftrag gegeben hatte? Sie halten das wohl für besonderen Einsatz, was Sie da gemacht haben. In Wahrheit ist das schlechte Teamarbeit. Ich würde Sie doch sehr bitten, sich solche Privataktionen künftig zu verkneifen. Schönen Feierabend.» Er drückte das Gespräch weg.

Sara saß inzwischen auf ihrem Bett und hatte eine rosa Fleecejacke übergezogen. Trotz der Schminke wirkte sie unglaublich jung und unglaublich zerbrechlich. Winter musste lächeln und zwinkerte ihr mit einem Auge zu. Sie drehte ihr Gesicht weg. Plötzlich sah sie aus wie früher die schmollende Vierjährige, kurz bevor sie sich weinend ihrem Papa in die Arme warf. «Mein Hase», sagte er sanft. Eine Last fiel von ihm ab. Dann drückte er, noch immer mitten im lila Zimmer seiner Tochter stehend, die Rückruftaste.

«Frau Aksoy? Winter. Ich wollte mich für den Ton eben entschuldigen. Ich glaube, ich war etwas heftig. Ihre Idee war an sich gut. Aber Sie hätten sich natürlich mit mir absprechen müssen. Also, haben wir uns verstanden?»

«Alles klar, Chef. Ich wollte sowieso vorher fragen, aber dann war die ganze Zeit besetzt, und ihre Festnetznummer hatte ich nicht.»

«Chef» hatte sie zu ihm gesagt. Winter wusste nicht so recht, was er davon halten sollte.

Aber im Augenblick war anderes wichtiger.

Er setzte sich zu seiner immer noch beleidigt die Wand anstarrenden Tochter aufs Bett. «Mensch, Hase», sagte er. «Versteh doch, dass wir uns Sorgen um dich machen.»

«Ach, also deshalb werd ich hier dauernd fertiggemacht», giftete Sara nach kurzem Blickkontakt. «Und wieso macht ihr euch angeblich so schlimme Sorgen, wenn ich fragen darf? Weil ich es wage, einen Freund zu haben, wie alle anderen auch?»

«‹Wie alle anderen auch› verharmlost die Sache etwas, findest du nicht? Die Freunde der anderen sind wahrscheinlich nicht gerade irgendwelche Dealertypen von der Konstablerwache.»

«Mann, *leck* mich doch am Arsch!» Sara ließ sich auf den Rücken fallen und zog sich die Decke über den Kopf.

Winter seufzte. «Ach, Hase», sagte er und legte seine Hand dorthin, wo er Saras Arm vermutete.

«Ich bin nicht dein Hase», kam es von unter der Decke. «Hau doch einfach ab und lass mich in Ruhe.»

«Doch, du bist mein Hase», sagte Winter leise. «Und das wirst du auch immer bleiben.» Unter der Decke blieb es erstaunlich ruhig. «Wir sind jetzt beide müde», sagte er schließlich, «am besten, wir reden morgen weiter.»

Sanft klopfte er auf die Bettdecke und verließ auf leisen Sohlen den Raum.

Im Schlafzimmer starrte seine Frau apathisch vom Kissen aus auf den Fernseher. Sie reagierte nur mit einer vagen Bewegung der Augenlider, als er ihr sagte, Sara sei wohlbehalten zurück. In der Glotze lief eine große Samstagabend-unterhaltungsshow. Für die ganze Familie. Auf der Bühne tobte sich eine so gut wie nackte Blondine mit großer Oberweite aus. «Wer ist das?», fragte er, während er in seinen Schlafanzug schlüpfte. «Britney Spears», murmelte Carola apathisch.

Britney Spears? Galt die nicht als kreuzbrav? «Mein Gott. Die Mädchen haben es aber heute schwer, sich zu orientieren. Wenn das die Teenie-Vorbilder sind ...»

Carola drehte sich auf dem Kissen zu ihm um. «Was soll denn das heißen? Willst du mir sagen, du findest es okay, wie deine Tochter rumläuft?»

«Nein, finde ich nicht. Aber wahrscheinlich ist es aus ihrer Sicht ganz normal.»

«Aus ihrer Sicht?» Carola setzte sich auf. «Du hast ja gar keine Ahnung. Du müsstest sie mal den ganzen Tag erleben. Aber du bist ja nie da, du weißt ja gar nicht, was hier abgeht. Krank ist die. Gestört.»

Winter seufzte. Es hatte Zeiten gegeben, da war er abends in ein familiäres Idyll zurückgekehrt. Fröhliche, aufgeweckte Kinder, die ihrem Vater zur Begrüßung in die Arme fielen, eine ausgeglichene, gelassene, ihre Mutterrolle mit schlafwandlerischer Sicherheit ausfüllende Frau.

Diese Zeiten waren vorbei.

Der Leiter des Kriminalkommissariats 11, Erster Kriminalhauptkommissar Fock, hatte nach Absprache mit Winter

Sonntagsdienst angeordnet. Winter betrat schon um sieben sein Büro. Um halb neun war ein Treffen der Mordkommission 1 angesetzt, um alle auf den neuesten Stand zu bringen und die Aufgaben für den Tag zu verteilen. Darauf wollte er sich vorbereiten. Vielleicht fiel ihm dann auch wieder ein, was ihm gestern an dem Fundort so merkwürdig vorgekommen war. Erst Gerds Abschied, dann der Ärger zu Hause ... das hatte ihm die Konzentration geraubt, mit der er normalerweise an einen Fall ging.

Um kurz nach acht klingelte sein Telefon. Es war Hildchen, die Kommissariatssekretärin. «Guten Morgen, liebe Sorgen», begann sie vielsagend. «Erstens, euer Treffen in Sachen Mainleiche wird auf zehn Uhr verschoben. Zweitens, rate mal, lieber Andi, wer sich eben krankgemeldet hat. Kettler, dein Gerd-Ersatz. Und drittens sind wir ja nun hier ein ganz klein wenig unterbesetzt angesichts der Tatsache, dass wir heute Nacht unter anderem einen Raubüberfall im Gutleutviertel hatten und dann den merkwürdigen Tod von diesem CDU-Typen. Daher auch die Verschiebung. Der Chef hatte ohnehin schon beschlossen, Steffen kurzfristig für eine neue Sonderkommission von deiner MK abzuziehen. Jetzt fragt er an, ob es bei der Mainleiche rein zufällig möglich ist, dass du Ermittlungen und Sachbearbeitung vorläufig ganz alleine übernimmst. Es gäb ja eh nicht so viele Spuren zu verfolgen in dem Fall ...»

Winter dachte, er höre nicht recht. Es schien wirklich alles schiefzulaufen. Von dem «merkwürdigen Tod eines CDU-Typen» hörte er übrigens zum ersten Mal. Den hatte man offenbar jemand anderem übertragen.

«Hildchen, sag dem Chef: Nein, nein und nochmals nein. Mein Mädchen aus dem Main wird nicht für irgendwelche Promis hintangestellt. Ist mir egal, wo der Chef die

Leute für seine SoKo hernimmt. Aber ich brauche zwei Ermittlungsbeamte, mindestens, Punkt, Schluss, aus.»

«Woher wusste ich das nur?», lachte Hildchen durchs Telefon und versprach, ihr Möglichstes zu tun.

Winter warf einen Blick ins Internet. Es stellte sich heraus, dass der «CDU-Typ» kein Geringerer war als der hessische Kultusminister, ein biederer, Dialekt sprechender Familienvater. Ein Zimmermädchen hatte ihn heute früh in einem Frankfurter Hotelzimmer tot aufgefunden – mit einer Schlinge um den Hals und herumliegenden Sado-Maso-Utensilien. Ein gefundenes Fressen für die Presse. Da konnte das Mainmädchen natürlich nicht mithalten.

Dummerweise war kein Gerd da, bei dem Winter seinem Ärger Luft machen konnte. Er wollte gerade im Frust versinken, da traf eine Mail vom Erkennungsdienst ein, Betreff: Mädchenmord.

Es gab eine Spur. Eine so gute, dass Winter sie Fock später genüsslich vorhalten konnte. Damit gab es nämlich überhaupt keine Rechtfertigung mehr, seine Mordkommission nicht mit der Mindestzahl an Mitarbeitern auszustatten. Winter atmete durch.

Die Zeit bis zehn Uhr nutzte er, um per GoogleEarth und anderen unorthodoxen Ermittlungsmethoden ein paar Details in Erfahrung zu bringen, die er noch brauchte, um Fock gerüstet entgegenzutreten.

Es waren nur wenige, die sich um zehn in Sachen «Mainmädchen» im Konferenzraum einfanden. Die anderen Fälle banden offenbar viel Personal. Vom Erkennungsdienst war nur Pietsch gekommen, hing lang, dürr und schlaff mit der üblichen kalten Zigarette zwischen den Lippen auf seinem Stuhl, die Augen halb geschlossen. Pietsch hatte die Nacht über Dienst gehabt und heute Morgen schon zwei Sitzungen hinter sich. Wegen des Engpasses bei der Kripo hatte Fock für das «Mainmädchen» Heinrich vom 17. Revier ausgeliehen, der gestern schon mit dem Fall befasst gewesen war.

Aksoy vom KDD war auch da, saß aber nicht neben Heinrich, ihrem Zufallspartner von gestern, sondern allein hinten an der Wand. Aksoy hatte heute eigentlich frei und war quasi privat hier. Sie hatte Winter vorhin im Büro angerufen und vorgeschlagen, zur Besprechung zu kommen. Winter war der Ehrgeiz dieser Frau unheimlich. Andererseits waren Mitarbeiter für das Mainmädchen derart Mangelware, dass ihm kaum etwas anderes übrigblieb, als Aksoys Unterstützung dankend anzunehmen.

Der Chef des K 11, Fock, wirkte hektisch und mit den Gedanken woanders. Wahrscheinlich weil er gegen Mittag an einer Pressekonferenz teilnehmen würde. Pressekonferenzen waren für Fock die Höhepunkte seiner Arbeit. Er trug einen dunklen Maßanzug mit roter Fliege und einem roten Tuch in der Sakkotasche, was vorzüglich zu seinem Silberhaar und dem silbernen Schnauz passte. Die edle Kleidung war der Ausgleich für den nicht vorhandenen Kriminalratstitel, nach dem er sich sehnte. Fock ließ es sich nicht nehmen, als offizieller Leiter der Mordkommission die Sitzung zu eröffnen. «Das Wichtigste an der Kriminalistik», dozierte er stehend, «ist die Kunst, das Wesentliche vom Unwesentlichen zu trennen. Das Wesentliche hier wäre: Wir haben eine unidentifizierte Wasserleiche. Eine Tote, die anscheinend von niemandem vermisst wird und deren zerstörtes Gesicht wir niemals werden rekonstruieren können.» Winter ahnte Übles. Und tatsächlich ging es genau seiner Ahnung gemäß weiter. «Meine Herren, ich prognostiziere: Wenn sich nicht wider Erwarten noch ein Angehöriger meldet, wird dieser Fall zu den wenigen Tötungsdelik-

39

ten gehören, die wir nicht aufklären können. Da würde auch der größte Personaleinsatz nichts helfen. Wir sollten unsere knappen Mittel hier also nur sehr gezielt und sparsam einsetzen.»

«Ich würde das etwas anders sehen», meldete sich eine ruhige Stimme aus dem Hintergrund. Es war die Aksoy. Winter grinste. Die Aksoy fühlte sich wahrscheinlich nur deshalb zu Widerspruch provoziert, weil Fock die Anwesenden mit «meine Herren» angesprochen hatte. Aber Winter war es sehr recht, dass sie hier eingriff und zur Abwechslung nun Fock mit ihrem feministischen Querulantentum piesackte.

«Erinnern Sie sich noch an die misshandelte Mädchenleiche in Nied vor einigen Jahren?», fuhr sie seelenruhig fort. Fock war so konsterniert von ihrer Frechheit und dem Themensprung, dass er keinen Ton von sich gab. «Damals hatten wir ein Gesicht», erklärte Aksoy, «aber das Mädchen wurde dennoch niemals identifiziert. Der oder die Täter hatten das Opfer wohl seit vielen Jahren gefangen gehalten, sodass sie in der Umgebung, in der sie gelebt hatte, völlig unbekannt war. Das ist in dem jetzigen Fall aber ganz anders.»

«Verzeihung», unterbrach Fock irritiert, «darf ich fragen, wer Sie eigentlich sind?»

«Das ist Kriminalkommissarin Aksoy vom KDD», mischte sich Winter ein. «Sie hat gestern einen Großteil der Ermittlungen erledigt und war deshalb so freundlich, uns heute früh in ihrer Freizeit für das Briefing zur Verfügung zu stehen. – Frau Aksoy, ich glaube, Sie waren noch nicht fertig?»

Aksoy nickte. «Was ich sagen wollte, war: Wir haben in dem jetzigen Fall eine Leiche, deren Gesicht gezielt un-

40

kenntlich gemacht wurde. Daraus kann man ableiten, dass es Personen gibt, denen sowohl das Opfer als auch die Täter-Opfer-Beziehung bekannt sind. Der Täter wollte sich davor schützen, dass diese Personen ihn mit der Tat in Verbindung bringen. Daher hat er dem Mädchen das Gesicht eingeschlagen. Aber glücklicherweise weist die Leiche ja noch andere charakteristische Merkmale auf. Wir werden das Mädchen bei ausreichenden Ermittlungen und einer Fahndung also bestimmt identifizieren können. Das wiederum dürfte uns auf die Spur des Täters führen.»

Fock sah derweil gereizt auf seine Uhr, als wolle er demonstrieren, dass Aksoys Ausführungen bloß seine Zeit stahlen. «Und wen wollen Sie befragen?», sagte er, wieder aufblickend, in sarkastischem Ton. «Ganz Frankfurt, nehme ich an? Damit sind Sie bis in alle Ewigkeit beschäftigt. Aber Sie sind ja auch vom Kriminal*dauer*dienst, haha.»

Amüsiertes Raunen ging durch den Raum.

«Das dürfte nicht nötig sein», meldete sich Winter, der während Aksoys Rede aufgestanden war und *Täter-Opfer-Beziehung anderen bekannt* als Punkt auf das Flip-Chart gekritzelt hatte. Er hatte hier schon die bisherigen Erkenntnisse überblicksartig aufgelistet.

«Sie haben wahrscheinlich alle mein Handout noch nicht ganz gelesen», sagte er und wendete sich Fock zu. «Wir haben eine neue Spur. Mit etwas Glück werden wir heute noch die Identität des Mädchens klären können. – Markus, übernimmst du?»

Pietsch vom Erkennungsdienst richtete sich, lang und dürr, wie er war, aus seiner lümmelnden Position etwas auf und räusperte sich. Dann erst nahm er die kalte Zigarette aus dem Mund.

«Wir bekamen ja gestern die Fundstücke auf den Tisch.

Darunter war so ein Polyester-Hüftgurt, in dem man Geld oder Ähnliches aufbewahrt. Der Reißverschluss stand halb offen. Das heißt, es könnte im Wasser was rausgefallen sein. Wahrscheinlicher ist aber, dass der Täter die Tasche geleert hat. Jedenfalls war da nichts mehr drin außer ein paar aufgeweichten Fahrkarten. Alles Frankfurter RMV-Tickets. Soweit noch leserlich, am Südbahnhof gelöst oder dem S-Bahnhof Griesheim, zwischen diesen Stationen ist sie wohl öfter hin- und hergefahren. Auf einigen der Karten waren so mysteriöse Verunreinigungen zu sehen. Deshalb bin ich heute Vormittag, als wir von dem anderen Einsatz zurück waren, noch mal mit dem Mikroskop drüber. Und siehe da, auf einer der Karten war ausgewaschene Kugelschreibertinte zu finden. Da hatte jemand eine Adresse notiert, und zwar» – er blickte auf das Handout – «Haeussermannstraße 14».

«Das ist keine zweihundert Meter vom Leichenfundort», ergänzte Winter trocken.

«Na, liebe Leute», rief Fock, plötzlich euphorisch, «dann nichts wie auf zu der Adresse! Da werden uns ja Täter und Tatort auf dem Silbertablett serviert!» Er rieb sich die Hände.

«Ganz so weit sind wir noch nicht», hakte Winter ein. «Es handelt sich bei der Adresse um einen Mietwohnungsblock mit schätzungsweise zehn Parteien. Die müssen alle befragt werden und womöglich auch weitere Nachbarn. Außerdem brauchen wir vor der Befragung ein Foto von den Kleidern, die das Mädchen zuletzt anhatte. Drittens müssen wir von der Möglichkeit ausgehen, dass der Täter die Polyestertasche geleert hat, bevor er das Opfer in den Main warf. Es könnte sein, dass er den Inhalt irgendwo in der Nähe des Ablageortes oder auch des Tatortes entsorgt hat. Also brau-

chen wir jemanden, der in der Umgebung sowohl der Staustufe als auch der fraglichen Wohnungsadresse die Mülleimer
prüft. Vielleicht findet sich da irgendwo ein Portemonnaie.
Auch Oberbekleidung des Mädchens könnte im Müll entsorgt worden sein, vielleicht sogar das Tatmesser. Am Montag ist Leerung, ich habe mich bei der Stadt bereits erkun-
digt.»

Fock fingerte nervös an seiner roten Fliege. «Nun gehen
Sie doch erst einmal bei der Adresse fragen, vielleicht klärt
sich dann alles ganz schnell», ordnete er an. «Das Personal,
um tonnenweise Müll zu durchsuchen, haben wir einfach
nicht im Moment.»

«Apropos, wen und was haben wir denn überhaupt?»,
fragte Winter. «Ich sehe hier außer mir selbst als Sachbearbeiter nur einen zugeteilten Beamten, und der ist auch noch
von der Streife und im Kriminaldienst unerfahren. Verzeihen Sie, Heinrich, das geht nicht gegen Sie. Aber ich brauche definitiv noch weiteres Ermittlungspersonal. Wir müssen ja auch bundesweit Vermisstendaten abgleichen.»

«Was ist denn mit der Dame vom Kriminaldauerdienst?», fragte Fock.

«Die hat heute frei.» Winter tauschte einen Blick mit
Aksoy. Sie sah ihn aufmunternd an und nickte. «Da Frau
Aksoy mit dem Fall bereits vertraut ist», sagte er, an Fock
gewandt, «könnten Sie vielleicht beim K 40 erreichen, dass
die dort den Dienstplan der Kollegin etwas durcheinander-
werfen und sie uns zumindest heute schon mal für eine normale Schicht zuteilen. Am besten natürlich gleich für die
Dauer der heißen Ermittlungsphase in dem Fall.»

Fock ließ ein kalkulierendes Mienenspiel sehen. Er
pflegte beste Beziehungen zu sämtlichen Chefbüros der anderen Kriminalkommissariate. In der Tat schien Beziehun-

gen zu pflegen seine Haupttätigkeit zu sein, da er sich an den Ermittlungen seltenst direkt beteiligte. Aber sein Vitamin B war eben auch nicht zu verachten.

«Das bekommen wir hin», sagte er schließlich. «Schreiben Sie mir den Namen der Dame auf. In einer halben Stunde ist sie dann offiziell im Dienst, versichert und einsatzfähig.»

«Mein armes Lenchen, ich muss dir noch was sagen.»

Lena schreckte aus Ninos Armen auf. Sie wurde blass.

«Nein», sagte sie.

«Ooooch! Nichts Schlimmes. Nur Geldsachen. Enzo hat mir letzte Woche gekündigt. Weil ich dauernd nicht da war. Ach Lenchen, ich hab so viel Mist gebaut. Aber sorg dich nicht, ich hab schon was Neues. Hab vorgestern Mittag sämtliche Lokale abgeklappert in Griesheim und Gallus, jetzt hab ich kurzfristig was in einer Pizzeria an der Mainzer Landstraße, Bestellungen ausfahren. Mit dem Fahrrad. Noch weniger Geld natürlich, aber wirst sehen, irgendwann krieg ich auch wieder was als Koch.»

Lena hielt Nino ganz fest. Es war ihr so scheißegal, wo und was er arbeitete und wie viel Geld reinkam. Hauptsache, sie hatte ihn wieder. Hauptsache, sie hatte ihr Leben zurück.

Als Winter ins Büro zurückkehrte, hatte jemand einen Stapel neue Papiere auf seinem Schreibtisch deponiert. Während er darin blätterte, setzte sich Hilal Aksoy an Gerds alten Rechner, als wäre sie dort zu Hause.

Butzke, der Pathologe, war fleißig gewesen. Die Ergebnisse der Obduktion lagen vor, einschließlich Fotos, Röntgenbildern und etwas, das man aufgrund der schweren Kieferverletzungen nur mit gutem Willen als «Zahnschema» bezeichnen konnte. Ganz unten in dem Stapel fanden sich die Fingerabdrücke, die Freimann vom Erkennungsdienst der Leiche noch am Mainufer abgenommenen hatte.

Winter seufzte. Er wusste, es galt jetzt zahllose Vordrucke mit den Daten der unbekannten Toten auszufüllen. Das Mädchen, das im Leben niemandem einen Pfifferling wert gewesen war, würde als Tote in Aktenform in die Ewigkeit eingehen. Mit all den nötigen Schreib-, Sammel- und Kopierarbeiten wäre man einen Tag beschäftigt. Winter beschloss, die bürokratische Aktion zugunsten der dringlichen Ermittlungen zu verschieben. Sicherheitshalber sah er in den Vorschriften nach: Alles kein Problem, man hatte zwei Wochen Frist, die Meldung über einen unbekannten Toten ans LKA abzusetzen.

Die Fotos der Kleider des Mädchens waren auch schon da. Es konnte losgehen. Die vorläufige unbefriedigende Aufgabenverteilung sah so aus: Heinrich von der Streife übernahm Hilfsarbeiten. Er war schon zur Müllüberprüfung fortgegangen. Aksoy kümmerte sich um die Opferseite des Falles und er, Winter, um die täterbezogenen Ermittlungen sowie die zentrale Sachbearbeitung. Das hieß, er würde jetzt als Erstes die Adresse aufsuchen, die auf der Fahrkarte des Mädchens notiert gewesen war. Er nahm seine Dienstwaffe aus dem Schrank. Winter neigte dazu, sie zu vergessen, halb absichtlich wahrscheinlich, weil ihm Schusswaffen seit einem gewissen Erlebnis von Grund auf unsympathisch waren. Doch heute wollte er keinesfalls ohne Waffe raus. Die Wahrscheinlichkeit war hoch, dass das Mädchen an der Adresse zu Tode gekommen war oder dass es zumindest seinen Mörder dort getroffen hatte. Da wusste man nie, was einen erwartete.

«So, Frau Aksoy, ich bin jetzt weg. Meine Handynummer haben Sie ja.»

«Das könnte sie sein», sagte Aksoy statt einer Verabschiedung, stur auf den Bildschirm blickend. Sie klickte sich gerade an Gerds Rechner durch Vermisstenfälle. Winter packte die Neugier, er ging die paar Schritte zurück, stellte sich neben sie und schaute mit auf den Schirm. Als Erstes fiel ihm der Schriftzug *Marl, Nordrhein-Westfalen* ins Auge.

Sofort stieg Ärger in ihm auf.

«Nordrhein-Westfalen? Ich bitte Sie, Frau Aksoy, das ist doch etwas sehr weit weg. Wir können doch nicht alle tausend oder zweitausend in Deutschland vermissten Jugendlichen überprüfen. An Ihrer Stelle hätte ich erst mal die nähere Umgebung –»

«Keine Sorge, das hab ich schon gemacht. Ganz Hessen und auch die angrenzenden Ballungsräume in Rheinland-Pfalz und Baden-Württemberg. Ich habe eine Merkliste von zwanzig, dreißig Fällen, wo zumindest Alter, Geschlecht und Körpergröße ungefähr hinkommen. Aber bei keinem hat es bei mir geklingelt. Hier klingelt's.»

«Aha. Und warum klingelt es gerade hier bei Ihnen, wenn ich fragen darf?»

Winter wünschte sich Gerd zurück, seine gewissenhafte, bodenständige Art zu arbeiten. Irgendwelchen Phantasieinstinkten wie «klingeln» saß der nicht auf. Und er musste jetzt wirklich weg und hatte keine Zeit, mit Aksoy über weibliche Intuition zu diskutieren.

Sie ignorierte seinen sarkastischen Ton. «Jessica Gehrig», trug sie den Marler Fall vor, «dauervermisstes Mädchen, wäre vor zwei Wochen achtzehn geworden. Wurde vermisst gemeldet, als sie fünfzehn war. Laut dem Eintrag hier war sie aber schon damals zwei Jahre verschwunden.

Nur hatten die Eltern es zunächst nicht angezeigt. Stellen Sie sich das mal vor. Und noch etwas Merkwürdiges: Auf dem aktuellsten Foto, das die Eltern damals hatten, ist sie ganze vier Jahre alt. Wenn Sie mich fragen, spricht das alles für genau die Sorte Eltern, die wir suchen. Und sehen Sie sich mal das Foto an.»

Winter seufzte. Aus seiner stehenden Position sah er einfach nur ein etwas verwackeltes Bild eines stinknormalen Kindes.

«Frau Aksoy, ich muss jetzt fort. Versuchen Sie derweil, über alle altersmäßig passenden Vermissten noch nähere Informationen hinsichtlich Blutgruppe et cetera herauszubekommen.»

Sein Fax begann zu rattern. Es spuckte den Wisch vom Kriminaldauerdienst aus, mit dem die Aksoy für das K 11 in Dienst gestellt wurde.

«So, jetzt sind Sie offiziell und versichert», erklärte Winter nach Inspektion des Faxes und drehte sich endgültig zum Gehen.

«Dann kann ich ja mitkommen», sagte die Aksoy und stand auf.

Sabine Stolze drückte mit zitternden Fingern eine winzige weiße Tablette aus der Folie. «Sabine!», erklang es herrisch aus der Ferne. Die Tablette fiel ihr vor Schreck aus den Fingern, ditschte in die staubige, enge Ritze zwischen Spüle und Wand, wo man schlecht hinkam. Und sie hatte nur noch drei. «Ja, Schatz», rief sie zurück und stöckelte pflichtergeben in den Flur. Ihr Mann stand lang und breithüftig in der Tür des größten Raumes der Wohnung, den er als sein Büro bezeichnete («Dipl.-Ing. B. Stolze, Consulting») und in dem er fast seine gesamte Zeit verbrachte.

47

«Komm mal rein», sagte er, wie ein strenger Vater, der seinem Kind gleich geduldig erklären wird, was es jetzt wieder falsch gemacht hat.

Sabine Stolze folgte ihrem Mann durch die Tür. Im Vergleich zur dunklen Küche war das Büro fast gleißend hell. Über dem Main stand zwischen dünnen, schnell ziehenden Wolken eine blasse, winterliche Sonne. Ihr Mann bückte sich zum Boden. «Sieh mal hier», sagte er, als er sich wieder aufrichtete, fast zwei Köpfe größer als sie. Zwischen Daumen und Zeigefinger hielt er ihr eine Staubfluse vor die Nase. «Du wirst hier noch mal putzen müssen», ergänzte er, «solltest du den Hinweis nicht verstanden haben. Und zwar jetzt gleich, und bitte mit viel Wasser. Ich muss doch davon ausgehen, als du gestern geputzt hast, wolltest du's dir leichtmachen und hast nur den Staubsauger genommen.»

«Das stimmt nicht. Ich hatte feucht gewischt, wie immer», sagte sie hilflos.

«Dann hast du es offensichtlich sehr schlampig getan. Also. Ich warte solange im Wohnzimmer.»

Sabine Stolze trippelte in die Küche. Absichtlich mit Krach holte sie den Eimer aus dem Schrank, stellte ihn in die Spüle und stellte das Wasser an. Während es rauschend einlief, knipste sie nervös eine weitere Tablette aus der fast leeren Folie, legte sie auf die Zunge und würgte sie trocken herunter. Die andere würde sie später aus der Ritze fischen.

Wenn sie sich nur erinnern könnte. Da war doch was, irgendwas, irgendein immer nur *beinahe* greifbarer Fetzen Erinnerung, der ihr keine Ruhe ließ.

Es war alles so lange her.

Er hätte wissen müssen, dass sie sich weder unterordnen noch an Absprachen halten würde. Die Aksoy fuhr ihr eigenes Ding. Ziel: Beförderung, vielleicht hatte sie es sogar auf seinen eigenen Posten als *de facto*-Leiter der Mordkommission 1 abgesehen. Oder gar ein Karrieresprung nach ganz oben, dank Frauen- oder Migrantenförderung oder Förderung von wer weiß was für einer Randgruppe, zu der sie vielleicht noch gehörte. Lesbe? Passen würd's.

«Frau Aksoy, ich gehe allein wie geplant. Sie bleiben hier. Ihnen ist das Opferprofil zugeteilt. Sie können sich doch selbst denken, dass bei der schlechten Personaldecke effiziente Arbeitsteilung oberstes Gebot ist.»

«Stimmt. Aber es ist Sonntag, also werde ich hinsichtlich der Vermisstenfälle heute keinen Kollegen in den anderen Präsidien erreichen. Und woher wissen Sie eigentlich, dass die Adresse auf der Fahrkarte nur täterrelevant ist? Ich würde sagen, die Chancen sind groß, dass wir da auch etwas über das Opfer erfahren. Bei einem Haus mit so vielen Mietparteien würde ich außerdem sagen, dass dort Arbeitsteilung ziemlich sinnvoll wäre. In den Nachbarhäusern muss auch nach Zeugen gesucht werden. Zu zweit sind wir wahrscheinlich doppelt so schnell durch.»

Ganz unrecht hatte sie nicht. Winter versuchte, den Instinkt zu unterdrücken, der ihm sagte, dass die Aksoy seine Feindin war und er, komme was wolle, bei ihr den Daumen draufhalten musste. Es geht hier um die Sache, sagte er sich, nicht um persönliche Profilierung. Und du musst hier schon gar niemandem was beweisen. Es geht um das Mainmädchen. Um niemanden sonst.

«Also gut, kommen Sie mit. Haben Sie Ihre Weste an?»

«Der Täter hat doch wahrscheinlich keine Schusswaffe.»

«Aber ein Messer, und dagegen hilft die Weste auch.»

«Stimmt. Ich hab bloß dummerweise heute Morgen

meine Weste zu Hause gelassen. Ich dachte ja, ich gehe nur zu einer Besprechung und dann gleich wieder zurück.»

Es sprach immerhin für sie, dachte Winter, dass sie nicht von vornherein auf weitere Mitarbeit bei der Kommission spekuliert hatte. Erstaunt über sich selbst, schlug er vor, auf dem Weg bei ihr zu Hause vorbeizufahren, damit sie die Weste holen könne. «Das ist ein Service, den ich gerne annehme», sagte sie fröhlich.

Es war kein großer Umweg. Sie wohnte in Bockenheim in einem durchschnittlichen Altbau in der baumlosen Großen Seestraße. Es war das alte Univiertel, die Mieten waren hier recht teuer.

Winter wartete draußen im Wagen. «Familie haben Sie sicher keine», kommentierte er, als sie nach höchstens zwei Minuten zurückkam, die Weste in der Hand. «Doch, wieso?», sagte sie.

Während er schon losfuhr, zog sie sich auf dem Beifahrersitz Jacke und Pullover aus und die Weste an. Winter hatte das Gefühl, er müsse wegsehen. Aber das tat er ja sowieso, da er fuhr. Der Verkehr forderte allerdings am heutigen Sonntag kaum Aufmerksamkeit. Doch die zahllosen Ampeln auf der immer nobler werdenden Mainzer Landstraße hielten auf und machten Winter nervös. «Wir hätten die Kleyerstraße nehmen sollen», kommentierte Aksoy. Winter verkniff sich eine Reaktion. («Fahren Sie doch, wenn Sie es besser können» lag ihm auf der Zunge.)

Um genau halb eins trafen sie vor der Zieladresse in Griesheim ein. Es war Siedlungsbau der sechziger Jahre, eines von vielen gleichartigen, schmucklosen Gebäuden. Ein Karree Rasen davor sollte wohl Gartenambiente vermitteln, verstärkte jedoch eher die Tristesse. Dass das attraktive Mainufer nur wenige Gehminuten entfernt lag, ahnte man nicht.

«Haben wir einen Plan, wie wir vorgehen?», fragte Aksoy, als sie sich abschnallte.

«Keinen besonderen. Wir fangen unten im Haus an. Sie nehmen das zweite und das vierte Geschoss, ich das erste und dritte», erwiderte Winter.

«Ich meinte hauptsächlich, wie wir beim Fragen vorgehen. Zeigen wir gleich das Foto?»

Auf dem Bild war die Bekleidung des Opfers oder vergleichbare Stücke zu sehen. Natürlich hatte der Fotograf statt des zerstochenen schwarzen T-Shirts ein anderes genommen. Die Kleider waren auf eine grazile Puppe montiert, die ungefähr die Statur des Opfers besaß. «Um nichts zu suggerieren», sagte Winter, «sollten wir ohne das Foto beginnen. Holen Sie es erst in der zweiten Phase raus oder wenn gar nichts kommt.»

«Verraten wir, dass das Mädchen Opfer eines Verbrechens wurde?»

«Es lohnt nicht, das zu verschweigen. Der Täter weiß es sowieso und auch dass wir es wissen. Die anderen werden es spätestens morgen aus der Presse erfahren. Halten Sie das also, wie Sie wollen. Hauptsache, Sie kriegen möglichst viele Informationen aus den Leuten heraus. Bloß die Art der Verletzungen müssen wir unbedingt unter Verschluss halten. Falls wir später ein Geständnis auf Täterwissen überprüfen müssen.»

«Natürlich. Okay, Chef», sagte Aksoy und öffnete die Wagentür.

«Frau Aksoy?»

«Ja?»

«Wenn Sie den Eindruck haben, Sie haben einen Verdächtigen vor sich, dann beenden Sie das Gespräch möglichst schnell und holen Sie mich.»

«Also auch keine Belehrung?»

«Nein. Nein, diese Form von Konfrontation machen wir besser zu zweit.»

Sie stiegen aus. Das Wetter war sehr viel milder als gestern. Die sanfte Brise roch seltsamerweise nach Meer.

An den teils heruntergekommenen Klingelschildern des Hauses standen nur zwei Namen, die deutsch klangen, und zwar im Erdgeschoss. Ansonsten waren hier alle Nationen vertreten. Winter identifizierte Türkisch, Jugoslawisch oder wie auch immer es sich heute nennen mochte, Arabisch, Griechisch, Italienisch und irgendwas Indisches. «Die Türken übernehmen am besten alle Sie», sagte er leise zu Aksoy. Sie nickte.

Auf den zweiten Blick bezweifelte Winter, dass das eine gute Idee gewesen war: War es nicht so, dass türkische Männer weibliche Polizisten nicht ernst nahmen?

Darüber ließ er sich jetzt aber lieber nicht aus. Die Aksoy hatte auch schon auf zwei Klingeln zugleich gedrückt. Der Summer ging. Sie drückte die Tür auf und lief die Treppe hoch, zu den Türken im ersten Stock.

Winter nahm sich als Erstes die Erdgeschosswohnungen vor, die mit deutschen Klingelschildern. Von diesen Mietern versprach er sich am meisten. Laut dem Bericht des Pathologen war das Opfer nämlich keine Südländerin. Die Haare hatten sich getrocknet und gereinigt als mittelblond erwiesen, die Haut war sehr hell. Osteuropäerin, zur Prostitution hier war Winters erster Gedanke gewesen. Aber nachdem sie ja Jungfrau war, hatte er das Mädchen vorläufig als Deutsche klassifiziert. Deshalb war ein deutscher Täter am wahrscheinlichsten.

Hinter der ersten Tür im Erdgeschoss, mit dem für Mörder passenden Namen «Manteufel» beschildert, verbarg sich allerdings kein angetrunkener, vierschrötiger Schlägertyp. Sondern es öffnete eine Frau mittleren Alters, die so übergewichtig war, dass sie kaum gehen konnte. Ihre strähnigen dünnen Haare hatte sie zu einem winzigen Knötchen oben auf dem Kopf zusammengesteckt. Winter glaubte der desinteressiert wirkenden, zeltartig gekleideten Person, dass sie von keinem mittelblonden Mädchen zwischen sechzehn und achtzehn im Haus oder der Umgebung wisse. Winter glaubte ihr auch aufs Wort, dass sie alleine lebe. Er vermisste schmerzhaft Gerd, mit dem er bezüglich der Dicken sicher irgendeinen plumpen Scherz ausgetauscht hätte, um den Stress der Mordermittlung aufzulockern. Mit der Aksoy ging das natürlich nicht.

Die Wohnung gegenüber der Dicken schien auf den ersten Blick interessanter. Zumindest gehörte bei «Klinger/Rölsch» ein Mann zum Haushalt. Winter sah diesen erst, als er, geführt von Frau Rölsch, ein geräumiges Wohnzimmer betrat. Die Wände waren orangemeliert gestrichen nach der neuesten Mode der Deko-Doku-Soaps. In der Schrankwand stand kein einziges Buch, aber es mangelte nicht an Freizeitelektronik. Der Herr des Hauses saß mit Bier in der Hand vor einem großen Fernseher, in dem auf höchster Lautstärke Werbung lief. Ein kleines Kind von etwa zwei Jahren krabbelte vor dem Fernseher auf dem Boden herum, Schnuller im Mund. Auf dem Sofa neben dem Mann lag ein großer Schäferhund.

«Stefan, die Polizei», sagte die Frau, «wegen der Wasserleich.» Der Mann sah mit halbem Blick herüber. Winter zeigte nochmals seine Dienstmarke und stellte seine Fragen. Der Hausherr machte keinerlei Anstalten aufzustehen, Winter einen Platz anzubieten oder den Fernseher leiser zu stellen. «Nä», sagte er schließlich. «Hier im Haus ham wir keine in dem Alter. Hier irgendwo im Block, kann schon sein. Was weiß ich. Die sehen doch alle gleich aus.» Er ließ sich das Foto mit der Kleidung geben, schüttelte aber bloß den Kopf. Gleich darauf wanderte sein Blick schon wieder zum Fernseher. Das Kind auf dem Boden begann zu weinen. Der Mann rief «Ruhe!» und stellte den Ton noch lauter.

«Haben Sie noch mehr Kinder?»», wandte Winter sich unter voller Beschallung an die Frau. Anders als bei ihrem Lebensgefährten konnte man bei ihr den Versuch erahnen, sich hübsch zu kleiden. Sie trug einen mintgrünen gestrickten Kunstfaserpullover und hatte die blondgefärbten Haare mit einem stoffumwickelten Gummi in der gleichen Farbe im Nacken zusammengebunden. Schwerfällig nahm sie das weinende Kind vom Boden hoch und hievte es auf ihren Arm. «Noch zwei», sagte sie.

«Wie alt sind die?», fragte Winter.

«Fünf und acht.»

«Ich würde die beiden gerne befragen. Keine Sorge, ich werde nichts erwähnen, was die Kleinen beunruhigen könnte.»

Frau Rölsch sah ihn zweifelnd an. Dann zuckte sie mit den Schultern und ging vor. In der Diele kämpften die medialen Geräusche des Wohnzimmers bereits mit denen des Kinderzimmers.

Das Kinderzimmer war ein kleiner, dank eines blauen Vorhangs vor dem Fenster sehr dunkler Raum, vollgestellt mit einem Stockbett, einem Kinder-Einzelbett, einem Kleiderschrank und einem Fernseher auf dem Laminatboden. Direkt vor dem Bildschirm hockte die Fünfjährige auf dem Fußboden. Der ältere Junge saß auf dem oberen Stockbett in tiefer Konzentration auf seinen piependen Gameboy.

54

«Ha-llo!», sagte die Frau. «Hier ist ein Mann von der Polizei. Der will euch was fragen.»

Jetzt schauten die Kinder zur Tür, der Junge interessiert, das Mädchen verwirrt. Winter quetschte sich an der Frau vorbei, die noch immer ihr Jüngstes auf dem Arm trug, und betrat das Zimmer.

«Ist viel zu klein, ich weiß», sagte hinter ihm entschuldigend Frau Rölsch. «Wir haben auch schon längst beantragt beim Amt, dass wir eine größere Wohnung kriegen. Kriegen wir auch, wenn das nächste kommt. Da haben wir ein Anrecht drauf. Hundertzwanzig Quadratmeter haben wir eigentlich Anrecht drauf dann mit vier Kindern. Gegenüber die Frau, die wohnt allein in fünfzig Quadratmeter, und oben das Pärchen, die wohnen zu zweit in siebzig, was wir hier auch haben. Muss man sich mal vorstellen. Und wir zu fünft. Das ist doch ein Skandal.»

Jetzt erst fiel Winter der leicht gerundete Bauch auf. Sie war wohl schwanger.

«Hallo, ihr beiden», sagte er, endlich im Zimmer, und knipste ungefragt den Fernseher an der Power-Taste aus. «Ich bin Andreas Winter von der Polizei. Und ich habe ein paar Fragen an euch. Vielleicht könnt ihr mir helfen, einen schwierigen Fall zu lösen.»

Der Junge war an die Bettkante des Hochbetts gerutscht und ließ mit großen Augen die Beine herunterbaumeln. Sein Gameboy piepste, auf der Decke abgelegt, weiter vor sich hin.

«Hast du auch eine Pistole?», fragte er.

«Hab ich», sagte Winter. Da er sie ausnahmsweise sogar dabeihatte, ließ er den Jungen einen Blick auf das Halfter werfen.

«Hast du da auch schon mal jemand mit geschossen?»

55

«Nein, glücklicherweise nicht. Und ich hoffe auch, dass das so bleiben wird.» Der Junge sah enttäuscht drein.

«Wie heißt du?», fragte Winter.

«Fynn.»

«Fynn, wir versuchen, etwas über ein junges Mädchen herauszubekommen. Hast du hier in der Gegend in letzter Zeit ein junges Mädchen gesehen? Sie ist vielleicht sechzehn, eventuell auch ein bisschen älter.»

«Ja», sagte Fynn.

«Und zwar?»

Fynn guckte verwirrt.

«Was für ein Mädchen oder eine Frau war das, die du gesehen hast? Wie sah die aus?»

«Weiß nich», sagte Fynn. «Von oben.»

«Er meint die Türkenmädchen», sagte seine Mutter von der Tür. Sie klang, als halte sie Winter für außerordentlich schwer von Begriff.

«Federmaus», sagte leise die Fünfjährige. «Federmaus, Federmaus.» Sie war aufgestanden und hüpfte mit «Federmaus»-Singsang auf und ab.

«Lass das», sagte ihre Mutter, kam dazu und hielt das Mädchen mit der freien Hand fest.

In dem engen Zimmer konnte man sich seit ihrem Eintritt beim besten Willen nicht mehr bewegen.

«Meinst du die Mädchen, die oben wohnen?», fragte Winter Fynn. «Oder war es jemand, den du zum ersten Mal gesehen hast?»

«Ich sag doch, er meint die Türkenmädchen», mischte sich die Mutter wieder ein. Fynn sah zur Seite und hatte seinen neugierigen Blick verloren. Winter war sicher, in Gegenwart der dominanten Mutter würde er aus den Kindern nichts mehr herausbekommen.

«Gut», sagte er und brach vorläufig ab. «Können wir vielleicht noch einen Augenblick in die Küche gehen, ich hätte da noch ein, zwei Fragen an Sie, Frau Rölsch.»

«Mein Gott, kapieren Sie's doch endlich. Wir wissen nix. Aber bitte. Des ist Ihr Problem, wenn Sie Ihre Zeit verschwenden.»

In der sehr ordentlichen Küche setzte sie sich an den Tisch und zündete sich eine Zigarette an. «Also, was wollen Sie wissen?»

Winter belehrte sie als Zeugin – trotz der Gefahr, dass er durch diese offizielle Wendung des Gesprächs jede Kooperation verlor. Dann fragte er sie, was sie und ihr Mann vorgestern, also am Freitag, und auch die Freitagnacht über gemacht hätten. Ob sie irgendwo gewesen seien, in einem Lokal oder auf einem Ausflug oder zu Besuch. Winter hatte seine Vorstellung, dass der Mann die Kontaktperson des Mädchens gewesen sein könnte, noch nicht ganz aufgegeben.

«Wir waren hier, wie immer», kam als Antwort. «Bei uns ist jeder Tag gleich.»

«Waren Sie oder Ihr Mann denn am Arbeitsplatz am Freitag?»

«Mein Mann ist arbeitslos. Und Ausgehen können wir uns von Hartz IV nicht leisten.»

«Sie waren doch aber sicher mal vor der Tür? Einkaufen, spazieren mit den Kindern und dem Hund? Oder auf dem Spielplatz?»

Sie gab ein fauchendes Lachgeräusch von sich, das in Husten überging. «Mit drei Kindern geht mer net spazieren. Ich mit dem Wagen, und vorn läuft mir der Große fort und hinten plumpst die Kleine ins Wasser. Sie sind gut.»

«Und der Hund? Der muss doch raus?»

«Mein Mann und ich gehen morgens früh immer so zehn Minuten mit dem Hund. Das sind auch die einzigen zehn Minuten am Tag, wo wir mal für uns haben. Vorher mach ich den Jungen fertig für die Schul. Die erste Zeit hab ich ihn auch gebracht. Jetzt geht er allein.»

«Ist Ihnen vielleicht in der letzten Woche irgendwas Besonderes aufgefallen, wenn Sie raus sind mit dem Hund? Können Sie sich an irgendwas Spezielles erinnern?»

Sie überlegte. «Bloß gestern das schlechte Wetter. Und die Absperrung und die Polizei wegen der Leich. Sonst wüsst ich net. Doch, an dem Hausboot, da kam einer raus. Da ist doch am Steg so e Gittertür dran, dass mer nicht so leicht aufs Boot kann. Aus der Tür kam einer raus, so ein hagerer Kerl. Hatte einen Koffer oder was dabei. Wie der uns gesehen hat, ist er gleich wieder rein in die Tür und zurück ins Boot. Das kam mir verdächtig vor. Aber das war heute, nicht gestern. Das interessiert Sie net.»

«Haben Sie oder Ihr Mann Kontakte in Sachsenhausen? Freunde, Bekannte, Verwandte?»

Er dachte an die am Südbahnhof gestempelten Fahrkarten des toten Mädchens.

Die Frau schüttelte den Kopf und blies Rauch aus der Nase.

«Hat Ihr Mann am Freitag oder Freitagnacht nochmals das Haus verlassen? Außer am Morgen mit Ihnen und dem Hund?»

«Ja, jetzt reichts aber bald. Wie kommen Sie denn darauf, dass mein Mann da was mit zu tun hat mit dem Mädchen? Wir kenne die überhaupt nicht. Der Stefan war die ganze Zeit hier, wie immer. Der geht so gut wie gar nicht vor die Tür. Grad, dass ich den morgens die zehn Minuten mal wegkrieg vom Fernseher.»

Das glaubte Winter ihr aufs Wort.

Er verabschiedete sich im doppelten Sinne von der Familie Klinger/Rölsch. Immerhin war noch nicht aller Tage Abend. Der Bekannte des Mainmädchens hier im Haus war eben doch kein Deutscher gewesen.

Unwillkürlich musste Winter an seine Tochter und an deren Selim denken. Jetzt hätte er bei den Türken im ersten Stock gern selbst die Befragung gemacht. Aber da war gerade die Aksoy. Er hörte aus einer der Türen laute türkische Stimmen, und eine davon schien ihre zu sein.

Sie hätte ihn doch dazugeholt, wenn hier jemand verdächtig gewesen wäre? Er zögerte einen Augenblick, dann ging er die Treppe weiter hoch und nahm sich wie verabredet den zweiten Stock vor.

«El-Hallawi», lautete ein kunsthandwerklich gestaltetes Türschild rechts. Dahinter öffnete ihm eine in rosa Gewänder und Kopftuch traditionell arabisch gekleidete, sehr groß gewachsene junge Frau mit milchkaffeefarbener Haut. Sie trug eine Brille, hatte volle Lippen im schmalen Gesicht. Im Flur roch es nach orientalischem Essen. Die Frau bat ihn in gebrochenem Deutsch hinein, führte ihn ins gemütliche, teils mit Sitzkissen an den Wänden eingerichtete Wohnzimmer. Dort saß ein weißgewandeter junger Mann mit Käppchen und schütterem dunklem Bart am Tisch. Als er Winter sah, klappte er das Buch zu und stand auf, um ihn zu begrüßen. «Wir haben es an verschiedenen Wohnungen klingeln hören», berichtete er lächelnd. «Da haben wir uns gedacht, es sind wohl die Ableser im Haus oder die Mormonen. Mit der Polizei haben wir nicht gerechnet. Setzen Sie sich doch.»

Anders als seine Frau sprach der bärtige Jüngling perfektes, akzentfreies Deutsch.

Kaum dass Winter saß, kredenzte ihm die Frau Gebäck auf einem Teller und Tee aus dem Samowar. Winter schlürfte, während er sich die Personalien notierte, einen Schluck Tee und wagte es auch, von dem orientalischen Gebäck zu versuchen. Es war sehr süß und schmeckte nach Nuss. Ein aufgeweckt wirkender kleiner Junge von drei oder vier kam unterdessen ins Zimmer und setzte sich neugierig dazu.

Der islamistisch aussehende junge Mann behauptete, er sei von Beruf Imam.

«In einer bestimmten Moschee?», fragte Winter.

«In der Bilal-Moschee. Eine marokkanische Gemeinde.»

Winter notierte das. Er musste sich eingestehen, dass er den jungen Imam ziemlich sympathisch fand. Zumindest schien er offen und verbindlich. Vielleicht lag es auch bloß an der weißen Kleidung, die Reinheit und Unschuld suggerierte. (Wie nannte man diese langen Hemden noch?) Jedenfalls war die Vorstellung wenig plausibel, der höfliche, kultiviert wirkende Imam habe einem wehrlosen Mädchen mit einem Stein das Gesicht zertrümmert.

Andererseits: Es gab Steinigung als Strafe im Islam. Und war die außerordentliche Freundlichkeit und Hilfsbereitschaft der El-Hallawis nicht auch verdächtig?

Auf Winters Bitte hatte die Frau nach dem Servieren ebenfalls Platz genommen. Winter stellte jetzt seine Fragen in Sachen Mainmädchen an die ganze Familie. Der junge Imam verständigte sich mit seiner Frau auf Arabisch und übersetzte, wenn es Probleme gab. Sie sei erst vor wenigen Jahren aus Marokko gekommen, entschuldigte Frau El-Hallawi ihr mäßiges Deutsch. Arrangierte Ehe wahrscheinlich, notierte Winter mental.

Mann und Frau beantworteten bereitwillig Fragen zu ihrem Aufenthalt und Aktivitäten am Freitag sowie zu anderen Leuten im Haus. Aber von einem sechzehn- bis achtzehnjährigen mittelblonden Mädchen wussten sie nichts. Ebenso wenig ihr aufgeweckter Sohn. Und nein, ihnen sei in letzter Zeit auch sonst nichts aufgefallen im Haus oder in der Gegend.

Winter allerdings fiel etwas auf. Und zwar dass es an dieser Stelle eine längere arabische Diskussion zwischen dem Imam und seiner Frau gab. Er bohrte nach: Ob sie denn ganz bestimmt keine ungewöhnlichen Beobachtungen gemacht hätten?

Frau El-Hallawi sah bedrückt auf ihre Hände. Ihr Mann wirkte nervös. Sie diskutierten wieder untereinander.

«Jetzt müssen Sie es mir schon sagen», erklärte Winter.

El-Hallawi seufzte. «Es hat ganz bestimmt nichts mit dem Fall zu tun. Reine Privatsache unserer Nachbarn.»

«Leider muss die Polizei bei Ermittlungen in einem Tötungsdelikt viele Privatsachen erfahren. Aber ich verspreche Ihnen, was mit dem Fall nichts zu tun hat, das bleibt auch privat.»

«Es hat wirklich definitiv nichts mit dem Fall zu tun. Und meine Frau möchte nicht, dass die Nachbarn erfahren, dass wir bei der Polizei über sie getratscht haben. Es sind nette Leute.»

Winter fragte sich, ob mit «netten Leuten» die Klinger/Rölschs von unten gemeint sein konnten. Nein, wahrscheinlich ging es um andere muslimische Nachbarn hier, die er noch nicht kennengelernt hatte.

Sofort kam ihm wieder Saras schrecklicher Selim in den Sinn. Möglicherweise war der Mord das Ergebnis einer schiefgelaufenen deutsch-türkischen Liebesgeschichte? Er verdrängte die Sorge um seine Tochter.

«Ich kann Ihnen, wenn Sie wünschen, Vertraulichkeit zusichern», behauptete er, obwohl das so nicht stimmte. Nur falls die Information definitiv nicht fallrelevant war, konnte er sie aus den Akten halten.

«Darum würde ich bitten», sagte El-Hallawi.

«Okay. Genehmigt. Dann schießen Sie los.»

El-Hallawi tauschte einen Blick mit seiner reglos dasitzenden Gattin.

«Meine Frau meint», begann er, «die beiden über uns hätten sich letzte Woche ein paarmal gestritten. Ich kann dazu nichts sagen, ich war nicht da. Es gab nach den Feiertagen sehr viel zu tun in der Moschee.»

«Was hat sie denn genau gehört? Laute Stimmen? Schläge, Kampfgeräusche?»

El-Hallawi sah zu seiner Frau, die einen arabischen Schwall von sich gab.

«Es war nicht mal besonders laut», übersetzte er am Ende ihren Bericht. «Von Schlägen hat sie gar nichts mitbekommen. Nur eben sehr scharfe Stimmen, die hin und her gingen, abends und dann am nächsten Vormittag wieder. Einmal hat sie geglaubt, die Frau weinen zu hören. Sie hat sich das überhaupt nur gemerkt, weil die beiden von oben sonst so ein Herz und eine Seele sind. Man hat jedenfalls immer den Eindruck, die lieben sich, wenn man sie zusammen sieht. Es war das erste Mal, dass von oben Streit zu hören war. Das sind auch wirklich ganz nette Leute.»

Es musste sich wohl um das «Pärchen» handeln, das nach Frau Rölsch skandalöserweise siebzig Quadratmeter zu zweit bewohnte.

«Kennen Sie diese Mieter denn näher?», fragte er.

«Wir sind hier in Deutschland. Da kennt man seine Nachbarn nicht näher», sagte der Imam. Winter verkniff sich, ihm zu sagen, dass das kein Naturgesetz sei und auch von einem persönlich abhänge. Der junge Mann redete schon weiter.

«Aber man trifft sich eben im Treppenhaus oder sieht sich am Main oder beim Einkaufen. Die beiden grüßen immer so nett. Und als meine Frau neu hier war und ich nicht da und mein Sohn krank, da hat meine Frau oben geklingelt. Die Frau war ganz reizend, hat sofort den Notarzt gerufen und hat ihr noch Medikamente aus ihrer Hausapotheke gegeben und ist bei ihr geblieben, bis der Arzt kam. Wir wollen die beiden wirklich nicht in Schwierigkeiten bringen. Es ist erlaubt, sich mal zu streiten.»

«Wann genau war das? Der Streit.»

Nach einigem Hin und Her ließ sich der Termin des mysteriösen Streits auf Mittwoch/Donnerstag festlegen. Das Mainmädchen war zwar wahrscheinlich erst am Freitag getötet worden, aber ein Zusammenhang war dennoch möglich.

Winter bedankte sich erst einmal und verließ das verdächtig gemütliche orientalische Nest der El-Hallawis.

Im Treppenhaus kam ihm von oben die Aksoy entgegen. Ihr Gesichtsausdruck war aufgewühlt.

«Herr Winter», zischelte sie, «ich glaube, wir haben sie!»

Lena lehnte ihren Rücken zitternd an die Badewanne. Ihr Magen bäumte sich noch immer auf, aber es war gar nichts mehr drin.

Es konnte doch nicht wahr sein. Es konnte einfach nicht wahr sein.

Sie konnte nicht mehr. Nach zwei Wochen Horror besaß sie nicht mehr ein Fünkchen Kraft, um diese ungeahnte Fortsetzung des Schreckens zu ertragen.

Aksoy bedeutete ihm flüsternd und gestikulierend, alles Weitere nicht im hellhörigen Treppenhaus, sondern im Auto zu besprechen. Beim Rausgehen checkte sie ohne Aufforderung den Keller auf einen etwaigen Hinterausgang: Es gab keinen. Den Vordereingang hatten sie vom Wagen aus glücklicherweise frontal im Blick.

«Es ist die Wohnung ganz oben rechts», verkündete Aksoy aufgeregt, sobald sie im Auto saßen. Es handelte sich also tatsächlich um die Wohnung, in der laut den El-Hallawis der Streit stattgefunden hatte. Winter brachte Aksoy diesbezüglich auf den neuesten Stand. «In den anderen Wohnungen war bei Ihnen nichts Erwähnenswertes?», hängte er der Vollständigkeit halber als Frage hintendran.

Sie schüttelte den Kopf. «Alles unauffällig, keine verwertbaren Informationen. Oben links war ich übrigens noch gar nicht. Sie hatten ja gesagt, ich soll mich sofort bei Ihnen melden, wenn ich einen Verdächtigen …»

«Ja, ja. Also, was war nun oben rechts?»

«Die hatten wie die meisten im Haus kein Schild an der Tür. Aber ich wusste ja, laut Klingel am Hauseingang muss das die griechisch-italienische Wohngemeinschaft sein. Eine Frau hat mir aufgemacht. Die Griechin, stellte sich raus. Ich hab sofort gewusst, dass was nicht stimmt. Kann es nicht richtig festmachen. Vielleicht weil sie sehr schlecht aussah, dicke Ringe unter den Augen, irgendwie … irgendwie wirkte sie … ich weiß nicht, als sei sie gerade in einer ganz anderen Welt. Unter Drogen vielleicht. Ansonsten gepflegt, hübsch, Alter schwer zu schätzen, nicht mehr ganz jung jedenfalls. Ich hab ihr gesagt, wir machen hier eine Befragung im Haus wegen der Identifikation einer Wasserleiche, und ob sie noch Mitbewohner hat, ob ich die auch sprechen könnte? Ihr Mann wohnt mit ihr zusammen, hat

sie gesagt, der sei aber bei der Arbeit. Das ist dieser Benedetti. Die sind wohl verheiratet, aber haben bei der Heirat
jeder ihren Namen behalten. Dann habe ich gefragt, ob sie
hier in letzter Zeit ein Mädchen um die siebzehn im Haus
gesehen habe, so und so groß et cetera. Ich kann Ihnen sagen, da wurden bei der aber die Augen groß und der Mund
ging auf. Erst sagt sie eine halbe Minute gar nichts, dann
sagt sie, nein, so jemand ist ihr nicht aufgefallen. Ich habe
dann das Foto gezeigt. Und bevor ich noch fragen konnte,
ob ihr die Kleider vielleicht bekannt vorkommen, ist die so
blass geworden, dass ich dachte, sie kippt mir um. ‹Nein›,
hat sie wieder gesagt, sie würde die Kleider nicht kennen.
Das war so ziemlich das Unglaubwürdigste, was ich in meinem Leben je gehört habe. Eingedenk Ihres Befehls, bei
Verdächtigen abzubrechen, habe ich mich an dem Punkt
herzlich für die Mitarbeit bedankt und mich verabschiedet. Kaum war die Tür hinter mir zu, hörte ich sie drinnen
ins Bad gehen, das Bad geht direkt neben der Wohnungstür ab, und es hörte sich sehr danach an, als fängt sie an zu
kotzen.»

«Das war alles?» Winter war etwas enttäuscht. «Vielleicht ist die Griechin einfach nur verkatert», unkte er.
«Wenn mir speiübel wäre, würde ich mich bei einer Befragung über Wasserleichen auch merkwürdig benehmen.»

«Glaub ich nicht, Herr Winter. Glaub ich nicht. Die hat
speziell auf meine Fragen und das Foto reagiert. Ganz eindeutig. Sie kennt das Mädchen, da könnt ich drauf schwören. Und sie weiß wahrscheinlich auch was über ihren
Tod.»

Winter kaute an seinem Zigarettenersatz-Bleistiftstum-
mel. In seinen Adern begann Adrenalin zu rauschen.

«Okay», sagte er. «Sie haben sie gesehen, ich nicht. Ich

verlasse mich auf Ihren Instinkt. Was meinen Sie, wenn wir jetzt gleich da hochgehen, als was belehren wir sie? Als Zeugin oder als Verdächtige?»

«Als Verdächtige», sagte Aksoy nach einem Moment des Nachdenkens. «Zumindest der Tatbeteiligung oder Vertuschung könnte sie sich schuldig gemacht haben.»

«Hmm», meinte Winter. «Sie haben den Mann als Haupttäter im Verdacht, stimmt's? Den haben Sie aber noch nicht mal gesehen. Na gut. Für den Staatsanwalt und eine Ingewahrsamnahme reicht das leider nicht. Wir gehen jetzt also erst einmal zusammen hoch und nehmen die Frau in die Mangel. Ausgekotzt hat sie sich hoffentlich inzwischen. – Wie ist noch gleich der Name der Dame?»

«Serdaris. Eigentlich ein türkischer Name. Aber das weiß sie wahrscheinlich gar nicht.»

«Hört sich für mich völlig griechisch an.» Er öffnete die Wagentür und machte Anstalten auszusteigen.

«Ja, so wie Gyros ein griechisches Essen ist», grinste Aksoy.

«Moment, Moment», sagte Winter und ließ sich geradewegs auf seinen Sitz zurückfallen. Er schloss die Tür und sah Aksoy scharf an.

«Aber Sie finden die Frau jetzt nicht nur verdächtig, weil Sie als Türkin irgendwelche unterschwelligen Animositäten gegenüber Griechen hegen?»

Aus Aksoys Gesicht verschwand das Lächeln.

«Das meinen Sie doch nicht ernst», sagte sie.

«Das meine ich sehr wohl ernst. Sie unterstellen ja auch wahllos allen Männern, sie würden Frauen diskriminieren. Da werde ich jetzt wohl mal nach Ihren Äußerungen eben den Verdacht haben dürfen, dass Sie Griechen diskriminieren.»

Aksoy wirkte, als müsse sie sich sehr beherrschen. Dann sagte sie gereizt: «Ich habe nichts gegen Griechen. Die wenigsten Türken haben was gegen Griechen und die meisten Griechen auch nichts gegen Türken. Das sind nur die Politiker, nicht die Menschen. Wir sind uns viel zu ähnlich, um uns nicht zu verstehen. Und ich habe auch bestimmt keine persönliche Antipathie gegen die Frau Serdaris verspürt. Wenn Sie's genau wissen wollen, sie tat mir leid. Ich habe gar keine Lust, da jetzt hochzugehen und sie weiter zu quälen. Aber sie hat sich wirklich sehr verdächtig benommen.»

«Okay», sagte Winter, «gehen wir hoch.»

Oben standen sie vor verschlossener Tür. Sie klingelten Sturm, immer wieder, aber Frau Serdaris öffnete nicht. Aus der Wohnung war nicht das geringste Geräusch zu hören.

«O Gott», murmelte Aksoy, die blass geworden war. «Hoffentlich hat die sich nichts angetan. Die roch förmlich nach Suizidgefahr. Ich hätte das sehen müssen.»

«Okay», entschied Winter, «wir gehen rein. Gefahr im Verzug.»

Winter brauchte sein Besteck nicht herauszuholen zum Öffnen. Bei dieser Tür tat es auch die Kreditkarte. Sich ziemlich albern vorkommend, sicherten sie mit der Waffe die Wohnung. Drei Zimmer, Küche, Bad. Alles leer, wie sich bald zeigte.

Im Bad stand das Fenster offen.

«O nein, nur das nicht», sagte Aksoy. Sie ging zum Fenster und beugte sich weit hinaus. «Von hier kann ich den Rasen direkt drunter nicht sehen», verkündete sie, «wir sind hier unterm Dach. Es sind gute sechzig Zentimeter bis zum Dachrand.»

Sie checkten noch einmal die ganze Wohnung. Dann

gingen sie hinunter. Winter umrundete draußen das Haus, während Aksoy den Eingang sicherte.

Winter kehrte erst nach einer längeren Tour um die Häuserzeile zurück. Aksoy sah ihn schon von weitem den Kopf schütteln.

«Das gibt's doch nicht», sagte er, als er wieder bei ihr war. «Die wird uns doch wohl nicht über die Dächer abgehauen sein? Hinten bei der Nummer zehn steht nämlich eine Luke offen.»

«Och nee», stöhnte Aksoy. «Wenn sie übers Dach zur Nummer zehn geklettert wäre und dann dort durch die Haustür raus, das wär uns gar nicht aufgefallen. Ich hatte natürlich die ganze Zeit nur die Tür von der Vierzehn fest im Blick. – Aber ich weiß nicht. Find ich unwahrscheinlich, dass die in ihrem Zustand so was Abenteuerliches versucht, wie über die Dächer zu fliehen. Eher hat sie sich in der Wohnung im Schrank versteckt. Wir sollten noch mal hochgehen.»

Winter zog zweifelnd eine Augenbraue hoch und ging wortlos zum Wagen. Aksoy folgte ihm verwirrt.

«Ich glaube», sagte er, als er die Wagentür öffnete, «dass wir jetzt eine Fahndung rausgeben sollten. Oder zumindest Verstärkung holen. So was Blödes ist mir in meinen ganzen zwanzig Dienstjahren noch nicht passiert.»

Natürlich war es kein Zufall, dachte er, als er im Wagen saß. Ein solcher Anfängerfehler, eine Verdächtige quasi vor den eigenen Augen entweichen zu lassen, wäre ihm garantiert nicht unterlaufen, wenn er beispielsweise mit Gerd oder alleine hier gewesen wäre.

«Sie hätten mich per Handy holen müssen, während Sie mit der Frau sprachen», sagte er müde und gereizt zu Aksoy, als sie zugestiegen war. «So eine Verdächtige lässt man doch nicht aus den Augen.»

«Ach!», entgegnete sie, ziemlich blass. «Das war doch wohl nicht meine Idee. Wer hat denn gesagt, ich soll beim ersten Verdacht das Gespräch sofort abbrechen und zu Ihnen kommen?» Nervös fummelte sie am Reißverschluss ihrer Jackentasche.

«Mensch, Aksoy», sagte Winter, «das bezog sich nur darauf, falls sie einen gemeingefährlichen, zwei Meter großen Schrank von einem Mann vor sich haben, der Sie angreifen könnte.»

«Das haben Sie aber so nicht gesagt», protestierte Aksoy schwach, die ein Kaubonbon in ihrer Jackentasche gefunden hatte und es zur Stärkung in den Mund schob

«Das musste ich auch nicht sagen», donnerte Winter, «das war doch klar, dass ich nicht meinen kann, Sie sollen vor einer schwächlichen Frau Reißaus nehmen!»

Aksoy atmete tief durch und kaute an ihrem Bonbon. «So, Herr Winter. Jetzt beenden wir vielleicht mal die Schuldzuweisungen. Ich hab keine Angst vor großen Männern, also hab ich natürlich gedacht, es geht nur darum, dass Sie die Befragung bei einem Verdächtigen unbedingt selbst machen wollen. Und gerade weil ich weiß, dass es schwierig ist zwischen uns beiden, bin ich Ihrer Anweisung blind gefolgt. Wir haben uns missverstanden. Das nächste Mal machen wir es besser, okay?»

Winter ging davon aus, dass es nach den heutigen schlechten Erfahrungen kein nächstes Mal geben würde. Jedenfalls wenn es nach ihm ging. Aber das behielt er diplomatisch für sich.

Die Aksoy hatte insofern recht, als die heutige Pleite in gewisser Weise wirklich die Folge eines Missverständnisses war. Aber bei zwei so konträren, einander nicht trauenden Charakteren wie ihm und ihr waren Missverständnisse eben vorprogrammiert. So was musste man nicht haben in einem Team. Er drückte wortlos den Knopf, um endlich, viel zu spät, die Fahndung rauszugeben.

«Moment», sagte Aksoy. Winter sah sie an.

«Warum sollte die Serdaris eigentlich fliehen?», fragte sie mit plötzlich sehr ruhiger Stimme. «Ich hab doch so getan, als wäre das eine reine Routinebefragung. Und als würde ich ihr glauben, dass sie das Mädchen nicht kennt.»

«Menschen handeln in Panik nicht immer rational», sagte Winter.

«Bezieht sich das auf uns oder auf die Serdaris?», fragte Aksoy. Sie grinste plötzlich. Winter sah sie irritiert an, doch dann entspannte er sich und grinste zurück. «Also gut», sagte er, «denken wir noch mal nach.»

«Wie heißt es noch im Handbuch der Kriminalistik», dozierte Aksoy, «man sollte sich durch offenstehende Fenster nicht täuschen lassen.»

Winter nickte bedächtig. Dann sagte er: «Da wir die Haustür die ganze Zeit nicht aus den Augen gelassen haben, ist sie noch dadrin. Fragt sich nur, wo.»

Sonja Manteufel nahm die dritte Tüte Chips für den Tag in Angriff. Die dritte ging nur mit kalter Cola gut runter. Dazu ließ sie sich von einer antiquierten Schwarzweiß-Liebeskomödie im Fernsehen verwöhnen. Sie liebte diese ARD-Sonntagnachmittagsfilme aus der Klamottenkiste, aus einer Zeit, als die Welt noch leichter zu verstehen war. Als man noch wusste, was einen erwartete.

Da ging schon wieder die Klingel. Penetrant. Der Bulle von vorhin, garantiert. Mitten im Film. Also gut, ehe der ihr die Tür eintrat ... Sie erhob sich langsam aus dem Sessel. Aus ihren Achseln drang eine Wolke aus stechendem Buttersäuregeruch. Alter Schweiß, von Bakterien zersetzt. Gott, wie peinlich.

Sonja Manteufel riss die Wohnungstür auf. Doch davor stand nicht der Bulle. Davor stand eine Frau, und zwar ausgerechnet der weibliche Teil des Traumpaars.

Wenn es Leute gab in diesem Haus, die ihr als Nachbarn so richtig auf den Keks gingen, dann war es das Traumpaar von oben. Schöne Frau, schöner Mann, ewig glückliche Liebe, die der ganzen Welt vorgeführt werden musste. Schmatzgeräusche und geflüstertes Geturtel im Treppenhaus. Lange, zärtliche Umarmungen und liebevolles Einander-selig-Betrachten an der Bushaltestelle, die sie von ihrem Küchenfenster aus gut einsehen konnte. Koseworte und Händchenhalten in der Schlange im Supermarkt.

«Kann ich bitte reinkommen, ich muss mit jemandem reden», sagte die Traumfrau. Aber nach Traum sah sie heute überhaupt nicht aus. Eher nach Albtraum.

Sonja Manteufel war Expertin für Albträume.

Wortlos trat sie zur Seite und gab der Frau den Weg frei.

Im Wohnzimmer wies sie ihr den einzigen guten Sessel zu, schaltete den Fernseher aus und drückte dem Häufchen Elend ein Glas Cola in die zittrige Hand. Sie sah wirklich aus, als könnte sie ein bisschen Zucker für den Kreislauf gebrauchen.

Während die Besucherin vorsichtig an dem Glas nippte, zog Sonja Manteufel am Fenster den Vorhang auf. Licht fiel ins Zimmer. Sie fühlte sich plötzlich um Jahrzehnte zurückversetzt. In die dreizehn-, vierzehnjährige Sonja, das fast noch schlanke Mädchen, und wie es sich damals anfühlte, eine neue Freundin kennenzulernen. Eine Zeitreise. Warum nicht einsteigen in den Zug zurück?

«Wie heißt du eigentlich?», fragte sie ihre Besucherin.

Falls die erstaunt war, geduzt zu werden, zeigte sie es jedenfalls nicht.

«Eleni», sagte sie. «Meine Freunde nennen mich Lena.» Sie lachte sarkastisch und fing gleichzeitig an zu weinen.

Sonja Manteufel sagte nichts. Lena Serdaris hatte sich bald wieder gefangen. «Du bist Juristin, oder?», fragte sie ihr Gegenüber.

«Woher weißt du das?», fragte Sonja zurück.

«Ich sehe im Altpapier immer so Zeitschriften von einem Berufsverband, an dich adressiert. Dr. Manteufel.» Sie lächelte traurig.

«Klug kombiniert. Aber ich praktiziere nicht. Ich glaube nicht, dass ich dir helfen kann.»

«Mir kann wahrscheinlich niemand mehr helfen», sagte Lena. «Aber zuhören könntest du mir vielleicht. Damit ich nicht mehr so alleine damit bin.»

Etwa eine Stunde später war sie fertig mit ihrer Geschichte.

Sonja war lange still. Es gab wohl für jedes Glück früher oder später einen Preis zu zahlen, dachte sie. Nicht nur für ihr eigenes. Je größer das Glück, desto höher der Preis. Die Kinder, die man liebt und am Ende ziehen lassen muss auf ihrem eigenen, unverständlichen Weg. Die Männer, die man früher oder später verliert, wenn nicht durch bittere Trennung, dann durch den Tod. Gezahlt werden musste, so oder so.

«Tu nichts», riet sie Lena am Ende. «Tu gar nichts. Ignoriere es. Was geschehen ist, ist geschehen, du musst nicht wissen, wie. Das willst du doch gar nicht wissen. Frag ihn nicht danach.»

«O Gott. Kann ich denn damit leben?», brachte Lena mühsam hervor.

«Du könntest es versuchen. Ich hab euch zusammen ge- sehen, Lena. Ich sehe euch seit Jahren. Ich finde, dass es sich lohnt, es zu versuchen.»

Ein Ohr an der Wohnungstür hatte gereicht, um zu wis- sen, dass Sonja Manteufel weiblichen Besuch hatte. Ak- soy glaubte sogar, in der schwachen, nur entfernt hörbaren zweiten Stimme eindeutig die von Frau Serdaris zu erken- nen. Sie beschlossen, den Vogel vorläufig dort zu belassen. Unterdessen konnte Winter die noch ausstehende letzte Wohnung im Obergeschoss überprüfen. Aksoy wartete draußen im Wagen, die Tür im Blick. Wie besprochen be- stellte sie eine Streife. Nur zur Sicherheit, falls es später Pro- bleme gab.

Am Klingelschild für die Wohnung ganz oben links hatte nur ein Name gestanden. Doch es stellte sich heraus, dass gegenüber der Serdaris in nur zwei Zimmern drei Männer wohnten. Winter ließ sich die Pässe und Meldebescheini- gungen zeigen, es waren Inder, alle um die dreißig, alle le- gal im Land.

Die merkwürdige Wohnkonstellation schürte in Winter wieder Zweifel, ob die Serdaris und ihr Freund tatsächlich die Personen waren, die sie suchten. Erst recht, als er einen dicken Verband an der Hand eines Inders bemerkte.

«Mit dem Teppichbodenmesser geschnitten», lautete dessen Erklärung. Sie hätten im Flur gerade neuen PVC ver- legt. Von einem Mädchen wussten sie angeblich alle nichts. Ob sie manchmal Damenbesuch hätten, hakte Winter nach. «Nein! Nie!» Da waren sich alle drei ganz einig. Das Ge- spräch fand teilweise auf Englisch statt, da zwei der Herren nicht gut Deutsch sprachen.

«Sind Sie homosexuell?», fragte Winter schließlich und

lehnte sich gegen die Spüle. Die Küche war winzig, aber der einzige Raum, der nicht zugleich als Schlafzimmer fungierte.

Alle drei sahen ihn mit dem exakt gleichen aufgebrachten Blick an. Nein! Natürlich waren sie nicht homosexuell. Ganz und gar nicht!

«Warum leben Sie hier dann zu dritt und ohne Frau?»

Es sei eine Wohngemeinschaft, klärten sie ihn auf. Das sei billiger so.

«Sie arbeiten aber doch?»

O ja. Die drei Herren waren «software engineers».

«Da verdient man doch ausgezeichnet?»

Soso, wie man's nimmt, erklärten die Herren gleichzeitig und mehrstimmig. So viel wie zu Anfang sei es nicht mehr. Es stellte sich heraus, dass sie alle vor Jahren mit einer Green Card nach Deutschland gekommen waren. Aber bald darauf war die Internet-Blase an der Börse geplatzt. Zwei von ihnen hatten sich mehrfach neue Arbeitgeber suchen müssen, und alle drei verdienten längst nicht mehr das Äquivalent der hunderttausend Mark im Jahr, mit denen sie als Green-Card-Inhaber laut Gesetz angeworben worden waren.

«Aber für eine eigene Wohnung für jeden von Ihnen dürfte es doch reichen?», fragte Winter.

«*Not quite, not quite*», sagten zwei unisono, und der dritte, der im Deutschen am eloquentesten war, ergänzte: «Wir sparen für eine Wohnung. Zwei oder drei Jahre dauert es noch. Dann heiraten wir, und jeder kauft eine Wohnung.»

Aha, jetzt sah Winter klarer. Die sparsamen Asiaten.

«Und eine Braut haben Sie alle schon?»

Nur einer von ihnen hatte bereits eine Braut und zeigte willig ein Foto von einem sehr jungen, sehr hübschen indischen Mädchen. Die anderen waren «in Verhandlungen» mit Bekannten oder Verwandten oder Bekannten von Verwandten in Indien, die anscheinend alle nur darauf warteten, ihre Töchter an aufstrebende junge Männer in Deutschland zu geben, ob sie sie nun schon einmal gesehen hatten oder nicht.

Akut herrschte bei den Herren wohl sexueller Notstand, vermutete Winter. Konnte es sein, dass einer der drei das Mainmädchen in die Wohnung eingeladen hatte? Vielleicht brauchte sie einen Schlafplatz, und man hatte gehofft, für das Bett eine sexuelle Gegenleistung zu erhalten. Als die Gegenleistung eingefordert werden sollte, war es zum Streit gekommen ... Aber war das wahrscheinlich? Glücklich war Winter mit diesem Szenario nicht. Es hakte zu vieles. Zum Beispiel, dass das Mainmädchen nicht vergewaltigt worden war. Jedenfalls nicht vaginal oder anal. Da hätten sich Spuren gefunden. Aber ein irgendwie sexuell geartetes Motiv war vorläufig noch das Sinnvollste, was Winter für die Tötung einer mittellosen Sechzehn- bis Achtzehnjährigen einfiel.

Winter verabschiedete sich freundlich und voller Dankesworte für die Hilfe bei den drei Herren, um sie in Sicherheit zu wiegen. Doch insgeheim überlegte er, den Staatsanwalt zu einer Durchsuchung zu überreden. Falls die Inder oder einer von ihnen das Mädchen getötet hatten, dann war klar, dass sie ihm fröhlich weiter ins Gesicht lügen würden. Die einzige Möglichkeit, sie zu überführen, wären also Indizienbeweise, Faser- oder genetische Spuren, die zeigten, dass sich das Opfer in der Wohnung aufgehalten hatte. Winter war es dem Mainmädchen schuldig, jeder Möglichkeit nachzugehen, und wenn er am Ende alle Wohnungen des Hauses auf den Kopf stellen ließ. Das Opfer hatte einen

Kontakt hier im Haus gehabt. Das war praktisch sicher. Da aber alle Bewohner leugneten, das Mädchen zu kennen, lag jetzt eines näher denn je: Einer der Bewohner war ein Mörder. Eine oder einer von denen, an deren Türen sie heute hier geklingelt hatten, hatte einem wehrlosen Mädchen mit einem großen Stein Gesicht und Schädel eingeschlagen. Zu viel Rücksichtnahme war nicht angebracht.

Müde sah Winter auf die Uhr, als sich die Tür der WG hinter ihm schloss. Drei Uhr nachmittags schon. Und sie hatten hier im Haus längst nicht so viel erreicht, wie er sich erhofft hatte.

Als er um den nächsten Treppenabsatz bog, kam ihm von unten eine Frau entgegen. Eine, die ihn an verwackelte Pressefotos von Schauspielerinnen oder alternden Fotomodellen erinnerte, inkognito abgelichtet in der Entziehungsanstalt. So ungefähr sah sie aus. Feengleich fallender Model-Haarschnitt, schlanker Körper unterm fließenden cremefarbenen Wollumhang und zum Kontrast ihr Gesicht: Schockierend nackt und ungeschminkt, ein Monument einer von Alter oder Drogen zerstörten Schönheit.

«Frau Serdaris?», fragte er. Sie nickte.

Er zückte seine Marke. «Hauptkommissar Winter, Kriminalpolizei. Wir müssen Sie bitten, uns zu einem Gespräch aufs Präsidium zu begleiten.»

Sie sah ihn mit großen grauen Augen an, reglos. Ihr Gesicht sprach tausend Worte. Winter hatte mit einem Mal nicht den geringsten Zweifel mehr, dass die Aksoy mit ihrem Instinkt richtiggelegen hatte. Die Griechin war die Person, die sie suchten.

Endlich nickte sie wortlos, drehte sich auf dem Treppenabsatz um und ging langsam vor ihm nach unten.

Als sie schon beim Auto angekommen waren – Aksoy war ausgestiegen und hielt die Tür auf –, gab es ein Problem.

Sonja Manteufel kam mit ihren vollen hundertfünfzig Kilo Lebendgewicht aus dem Haus gewackelt wie eine Furie. «Was soll das?», rief sie. «Mit welcher Begründung nehmen Sie sie mit?»

«Lass nur», murmelte die Serdaris mit gebrochener Stimme, «die Polizei ist im Moment mein geringstes Problem.»

«Ach, du weißt ja nicht, was du sagst! Hör zu, Lena, hör gut zu und vertrau mir. Du sagst nichts! Du sagst gar nichts, bis du mit einem Anwalt gesprochen hast. Ich kümmere mich drum, ich schick dir einen Anwalt ins Präsidium, vorher sagst du keinen Ton. Kapiert?»

Die Serdaris nickte schwach. Dann stieg sie ein.

Im gleichen Moment kam ein dunkelhaariger, gutaussehender Mann auf einem Fahrrad um die Ecke gebogen. Perplex hielt er an, ein Bein auf dem Boden. Sein Blick wanderte zu der Streife im Hintergrund, dann ungläubig zu dem zivilen Wagen. Lena Serdaris saß kreidebleich in der offenen Tür. Der Mann starrte sie an. «Lenchen?», fragte er besorgt.

Winter war mit einer Bewegung wieder draußen aus dem Auto. «Sind Sie Herr Benedetti, der Mann von Frau Serdaris?», fragte er, während er auf den Fremden zuging.

«Ich – ja, aber – Lenchen, was ist denn?» Er sah Winter gar nicht an, so fixiert war er auf seine Frau. Als er vom Fahrrad stieg und auf den Wagen zugehen wollte, stellte Winter sich ihm in den Weg. «Winter, Kriminalpolizei. Wir ermitteln in einem Tötungsdelikt und müssen Frau Serdaris auf dem Präsidium vernehmen. Ihre Aussage brauchen wir ebenfalls.»

«Was? In einem Tötungsdelikt? Was für ein Tötungsdelikt?», fragte Benedetti eine Spur zu aggressiv.

«Mord an einem jungen Mädchen», sagte Winter. «Sie haben vielleicht davon gehört.» Benedetti wirkte geschockt.

«Lenchen?», stammelte er wiederum und starrte über Winters Schulter seine Frau an.

«Wir müssen auch Sie leider bitten, uns aufs Präsidium zu folgen. Sie steigen am besten bei den Kollegen in den Streifenwagen ein.» Die Kollegen in Uniform waren inzwischen herangekommen. «Wenn Sie wollen, können Sie gerne noch Ihr Fahrrad im Keller abstellen», fügte Winter mit einem Blick auf das Rad hinzu, auf dessen Gepäckträger eine Box mit dem Aufdruck eines Pizzaservice befestigt war. «Aber dorthin wird Sie dann ein Beamter begleiten.»

Benedetti blieb einen Augenblick sprachlos, dann stammelte er: «Geht nicht. *No way*. Ich komm nicht mit.»

Winter fragte sich allmählich, ob der Mann schwer von Begriff war. Dann sah er, wie seine Hände zitterten; es war vielleicht nur die Erregung, die ihn so erscheinen ließ. Dass er derart aufgeregt war, machte ihn allerdings nur verdächtiger.

«Sie werden leider mitkommen müssen», erklärte Winter und bluffte dann: «Wenn Sie sich weigern, kann ich auch einen Haftbefehl ausstellen lassen, falls Ihnen das lieber ist.»

«Kapieren Sie doch, ich kann jetzt nicht mitkommen, ich verlier sonst meinen Job», rief Benedetti, der nun doch noch Worte fand. Seine Stimme zitterte, genau wie seine Hände. «Ich verspreche Ihnen, ich komme morgen früh bei Ihnen vorbei oder wegen mir heute Nacht ab zwölf, aber nicht jetzt. Ich bin hier mitten während der Arbeit, wollte nur auf dem Weg einmal kurz zu Hause anklingeln, weil ich direkt um die Ecke eine Pizza zu liefern habe.»

«Wir werden Ihnen gerne gestatten, Ihren Chef anzurufen, um Ihre Abwesenheit zu erklären. Aber dann steigen Sie bitte ein.»

«No way», sagte Benedetti zum wiederholten Mal. «Definitiv, ich verlier meinen Job. Wissen Sie überhaupt, was das heißt, Sie Beamtenarsch?»

Blitzschnell klappte er den Ständer seines Rades hoch, schwang sich auf den Sattel, warf seiner Frau einen schwer interpretierbaren Blick zu und fuhr los.

Winter blickte zu den Kollegen von der Streife. «Fahren Sie hinterher, offene Observation bis auf weiteres. Wir müssen erst mal sehen, was die Frau aussagt.»

Dann stieg er in den Wagen. Die Serdaris zitterte jetzt ebenfalls am ganzen Körper. Winter hatte selten Verdächtige vor sich gehabt, die so schuldbewusst wirkten. Natürlich abgesehen von denen, die direkt gestanden. Die zum Beispiel selbst bei der Polizei anriefen, nachdem sie ihre ganze Familie umgebracht hatten, dann den geplanten Suizid aber nicht über sich brachten. Man sollte nicht meinen, wie viel leichter es ist, andere zu töten als sich selbst.

Sonja Manteufel ging erst in ihre Wohnung zurück, nachdem beide Polizeiwagen sowie Nino Benedetti verschwunden waren. Dann tat sie etwas, das sie sich geschworen hatte, niemals mehr zu tun. Sie rief ihren Exmann an. Einen in Frankfurt sehr bekannten Anwalt.

Er hatte sie vor zwei Jahren verlassen, für eine andere, jüngere, dünnere. Fast gleichzeitig hatte sie ihren Job verloren. Das Schlimmste aber war: Die Kinder hatten bei ihrem Mann bleiben wollen.

Den Kindern ging es bei ihrem Vater und seiner Neuen

blendend. Sonja dagegen ließ sich hängen, ganz und gar, um das Schicksal für seine Grausamkeit zu bestrafen.

Patrick Heinrich hatte in seiner Dienstzeit selten eine so langweilige Aufgabe zu erledigen gehabt. Auf Streife und im Büro waren sie wenigstens zu zweit, da ließ sich die Zeit gut herumbringen. Aber den ganzen Tag einsam in Mülleimern herumzuwühlen war definitiv nicht sein Ding. Er zweifelte außerdem an dem Sinn der Übung. Das, was er zu suchen beauftragt war – nämlich Geldbörse, Ausweis, Gepäck oder Oberbekleidung der Toten –, lag seiner Ansicht nach auf dem Grund des Mains.

Aber Heinrich war ein pflichtbewusster junger Polizist, dem der Arbeitsalltag die Ideale noch nicht geraubt hatte. Auf der Polizeischule hatte er einen Dozenten für Kriminalistik gehabt, der immer wieder erklärt hatte: Nur stures, sorgfältiges Abarbeiten aller Möglichkeiten führe am Ende zum Erfolg.

Daher sah Heinrich in jeden, wirklich jeden Eimer und jede Tonne in den ihm angewiesenen Straßen. Und er trug weiträumig die oberen Schichten Müll ab, um zu schauen, was sich darunter verbarg. Bei Papier- und Plastikmüll war das kein Problem. Bei den schwarzen Tonnen, die auch den Biomüll enthielten, schon eher. Da der Müll morgen abgeholt werden sollte, waren sie übervoll. Und natürlich stanken sie zum Himmel. Heinrich war dankbar, dass es nicht Hochsommer war. Dann wäre diese Aufgabe gänzlich unerträglich gewesen. Zumindest die obersten Tüten nahm er auch bei den schwarzen Tonnen heraus, öffnete sie und sah hinein. Nach und nach versaute er sich dabei die Uniform derart, dass er bezweifelte, ob eine Reinigung noch helfen würde. Bei den großen Mehrfamilienhäusern waren die schwarzen Tonnen so riesig, dass er halb hineinkriechen musste, um bis nach hinten zu langen. In die tieferen Schichten kam er gar nicht. Und das war dumm, denn es war damit zu rechnen, dass ein Portemonnaie, falls es einzeln hineingeworfen worden war, in diesen geräumigen Riesentonnen zwischen den Müllbeuteln hindurchrutschen und weit nach unten fallen würde. Wie zum Beispiel dieses kleine gelbe Heftchen dort. In der Tonne einer begrünten Wohnanlage sah er es unerreichbar zwischen bodennahen Tüten hervorlugen. Das Heftchen stand sicher in keinerlei Zusammenhang mit dem Fall. Aber es kam ihm merkwürdig vor, und er hätte irgendwie ein schlechtes Gewissen, wenn er es nicht checken würde.

Nur wie? Zum Wühlen hatte er bisher den Schlagstock benutzt. Aber auch damit reichte er nicht an das Heftchen heran. Mist, er hätte sich vom Grünanlagenamt oder der Stadtreinigung so eine Stange mit Spitze dran besorgen müssen.

«Was machen Sie denn da?», tönte von hinten eine sonore Männerstimme. Heinrich hing gerade mit Schulter, Kopf und Arm in den Untiefen der Mülltonne. Er zog seinen Torso wieder heraus aus dem Abgrund und drehte sich um, verdreckt, schwitzend und rot im Gesicht. Der Mann, der ihn angesprochen hatte, war Mitte fünfzig, kräftig und mit grauem Arbeitskittel bekleidet. Er stand nur einen Meter entfernt und musterte ihn kritisch. Heinrich war in diesem Augenblick sehr dankbar für seine Uniform. «Heinrich, Schutzpolizei», stellte er sich vor. «Ich durchsuche im Auftrag der Kripo die Mülleimer in der Umgebung.»

«Der ganze Dreck hier am Boden, ist das auch Auftrag der Kripo? Gucken Sie mal, wie das hier aussieht!»

Es sah tatsächlich nicht schön aus auf dem Asphalt, denn

eine Mülltüte war beim Herausholen geplatzt. Ein widerliches, triefendes Gemisch aus gammligen Fleisch- und Gemüseresten lag direkt neben Heinrichs linkem Fuß. Er hatte in den Straßen, in denen er gesucht hatte, eine Schneise der Verwüstung hinterlassen.

«Lässt sich nicht vermeiden», sagte er möglichst selbstbewusst zu dem böse dreinblickenden Mann. «Es geht um einen Mordfall. Da ist Sauberkeit nicht erste Priorität. – Sie sind hier der Hausmeister?»

Der Mann nickte, von dem Wort «Mordfall» doch leicht eingeschüchtert.

«Dann können Sie mir hoffentlich helfen. Ich müsste da unten dieses gelbe Heftchen hochbekommen. Hier, sehen Sie mal, genau da. Aber ich komm nicht dran. Haben Sie vielleicht eine Harke oder so was?»

«Sicher», sagte der Mann und bewegte sich schwerfällig zu einem Schuppen in der Hofecke. Was er schließlich anbrachte, war tatsächlich eine Harke, eine mit beweglichen Zinken, wie man sie früher zum Laubrechen benutzt hatte, bevor es diese lauten, dieselstinkenden Blasgeräte gab. Statt Heinrich die Harke zu geben, begann der Mann, selbst in der Tonne nach dem Heftchen zu stochern. Heinrich war das ganz recht.

«Das ist nämlich ein Flugticket», schnaufte der Hausmeister nach einer Weile, «Lufthansa.» Ein paar Sekunden später hatte er das gelbe Lufthansa-Heftchen oben und überreichte es Heinrich. Der nahm es mit seinen behandschuhten Fingern entgegen. Ein weggeworfenes Flugticket war garantiert nicht fallrelevant. Aber da der Mann es ihm hochgeholt hatte, musste er nun zumindest hineinsehen.

Ein Linienflug Frankfurt–Los Angeles, stellte er fest. Mit ihrem Mainmädchen hatte das nun bestimmt nichts zu tun.

Heinrich wollte es gerade kopfschüttelnd wieder wegwerfen, da sah er das Flugdatum: Sechster November. Das war nächste Woche. Das Ticket war unbenutzt und vollständig. Alle Durchschläge und sogar die Bordkarte waren dabei. So etwas wirft man doch nicht weg, dachte Heinrich.

«Wohnt bei Ihnen eine Jeannette Hunziker im Haus?», fragte er den Hausmeister.

«Nein», sagte der.

Merkwürdig, dachte Heinrich.

Es war Zufall, dass Winter vor Gerds Rechner Platz nahm. Dessen Schreibtisch war einfach so schön leer. Hier ließ sich besser als an seinem eigenen überquellenden Arbeitsplatz die Mahlzeit einnehmen, die er und die Aksoy sich vom China-Imbiss hatten kommen lassen. Als Winter die Tastatur wegschob, um fürs Essen Platz zu schaffen, schaltete sich automatisch der Bildschirm ein. Der zeigte noch immer, was Aksoy vor drei Stunden hier aufgerufen hatte: ein Kinderfoto des seit Jahren vermissten Mädchens Jessica aus Marl. So große Augen, dachte Winter. Große, hungrige Augen. Dann begriff er.

«Sie ist unterernährt», sagte er unvermittelt. Aksoy, die auf einem Stuhl an der Schmalseite des Tisches Platz genommen hatte, nickte mit vollem Mund. «Das war auch mein Gedanke», sagte sie, nachdem sie runtergeschluckt hatte.

Winter lehnte sich zurück. Er rief sich ins Gedächtnis, was ihm Hilal Aksoy heute Mittag über den nordrhein-westfälischen Vermisstenfall berichtet hatte.

«Ich hätte zu gern gewusst», bemerkte er, «warum die Kollegen in Marl damals den Eltern geglaubt haben, dass das Mädchen von selbst verschwunden ist. Es liegt doch der

Verdacht nahe, dass die Eltern ihre Tochter zu Tode miss-handelt haben oder verhungern ließen, und dann haben sie die Leiche beseitigt. Warum sonst sollten sie zwei Jahre lang warten, bis sie ihre verschwundene Tochter vermisst melden?»

«Ich habe den Kollegen im zuständigen Kriminalkom-missariat heute Vormittag schon gemailt», bemerkte Aksoy, «mit genau dieser Frage. Morgen rufe ich da gleich an. Ich hoffe nur, dass jemand sich noch einigermaßen an den Fall erinnern kann. Ansonsten muss ich hinfahren, zur Akten-einsicht. Und das gibt einen bürokratischen Riesenaufwand wegen der Spesen.»

«Darf ich Ihnen eine dumme Frage stellen?», begann Winter, nachdem sie beide eine Weile schweigend gegessen hatten.

«Bitte.»

«Sie essen gerade Schweinefleisch. Ist das kein Problem für Sie?»

Aksoy lachte. «Ja, das ist ein Problem für mich, wegen den schlechten Zuständen bei der Tierhaltung. Aber nicht als Muslima, nein. Sie essen in der christlichen Fastenzeit doch auch, was Sie wollen, oder?»

Winter musste kurz nachdenken, was die «christliche Fastenzeit» überhaupt war. Dann fiel es ihm ein: die letzten sieben Wochen vor Ostern. Oder so ähnlich.

«Na ja», sagte er, «das ist doch ein bisschen was ande-res. Daran hält sich doch bei uns sowieso niemand.»

«Niemand *mehr*», ergänzte Aksoy. «Vor hundert Jah-ren dürfte das anders ausgesehen haben. Übrigens, um zum Thema zurückzukommen. Ist Ihnen beim Obduktions-bericht auch aufgefallen, dass die Schnelltests auf Drogen beim Mainmädchen alle negativ waren? Das ist doch selt-

sam. Ich hätte gedacht, die war vollgepumpt bis zum Ab-
winken. Also, weil keine Verteidigungsspuren gefunden
wurden. Keine Abwehrtraumata an den Armen, keine Ab-
schürfungen, keine Haut oder Fasern unter den Finger-
nägeln. Nichts.»

Winter nickte über seinem schon fast leeren Plastikschäl-
chen mit Ente Szechuan. Eine angenehme, satte Müdigkeit
breitete sich in ihm aus. Er legte die Plastikgabel ab und
drehte den Stuhl so, dass er Aksoy besser im Blick hatte. «In
der Tat», sagte er, «das ist eine der Merkwürdigkeiten dieses Falles. Ich werde da auch nicht schlau draus. Es sieht ja
so aus, als hätte sie die Angriffe bei vollem Bewusstsein brav
über sich ergehen lassen. Sie scheint sich weder gewehrt zu
haben, noch hat sie versucht zu fliehen. Alle achtzehn Stiche frontal in den Bauch, keiner in den Rücken, keiner auch
nur angeschrägt. Die hat nicht mal den Ansatz gemacht, sich
wegzudrehen.»

«Das kann doch eigentlich nicht sein», murmelte Aksoy leise und lehnte sich ihrerseits zurück. Sie strich sich
eine lose Strähne aus dem Gesicht, löste ihr Haargummi,
schüttelte ihre Mähne und band sie neu. Ihr Gesicht über
dem strengen schwarzen Rolli war vom Essen leicht gerö-
tet. «Vielleicht kommt da von den genaueren Drogentests
noch was nach?»

«Glaub ich nicht», entgegnete Winter. «Wenn die
schnellen Tests nicht anschlagen, kann die Dosis so hoch
nicht gewesen sein.»

«Aber ich kann mir beim besten Willen nicht vorstellen, dass sie während der Stiche bei Bewusstsein war. Also
stimmt es vielleicht nicht, was ich heute Morgen in der Sitzung behauptet habe: dass sie erst erstochen worden ist,
und dann hat der Täter ihr das Gesicht zerschlagen, um sie

unkenntlich zu machen. Es war eher umgekehrt. Der Täter hat erst zugeschlagen, bis sie bewusstlos war, und dann zugestochen.»

«Oder die Täterin», ergänzte Winter. «Wir wollen ja hier das weibliche Geschlecht nicht diskriminieren, stimmt's?»

«Haha», sagte Aksoy.

«Gut», sagte Winter. «Nehmen wir das umgekehrte Szenario. Erst haut er ihr frontal einen großen, schweren Stein ins Gesicht, den sie nicht abzuwehren versucht. Nicht mal reflexartig. Er trifft so hart und gut, dass sie sofort bewusstlos umkippt. Er schlägt noch mehrmals zu, während sie am Boden liegt, bis er das Gesicht in Matsch verwandelt hat. Und dann? Er hört sie vielleicht röcheln. Sie ist bewusstlos, aber atmet noch. Daraufhin zückt der Täter – oder die Täterin – das Messer.»

«Oder geht erst in die Küche, um ein Messer zu holen», schlug Aksoy vor.

«Gut, sehr gut. Und die Person sticht danach wahllos auf dem Bauch des Opfers herum, um ganz sicherzugehen, dass das Mädchen stirbt.»

Winter stand mit einem Ruck auf, suchte in seinem eigenen Rechner nach Butzkes Telefonnummer und rief ihn an.

«Professor Butzke? Winter, K 11. Tut mir leid wegen der sonntäglichen Störung. Ich habe eine kurze Frage bezüglich der Mädchenleiche aus dem Main. Kann es sein, dass sie den ersten Schlag ins Gesicht bekam, während sie gestanden oder gesessen hat? Und wäre eine Frau von der Kraft her in der Lage gewesen, so fest zuzuschlagen? – Aha. M-hm. Ja. Gut, danke, Herr Butzke. Haben Sie noch einen schönen Sonntag.»

Aksoy sah ihn fragend an.

«Unwahrscheinlich, sagt Butzke. Hätte sie gestanden oder gesessen, wäre ein Teil der Gewalt des Schlages automatisch durch die Bewegung des Oberkörpers nach hinten abgefangen worden. Der Stein hätte sehr schwer sein müssen. Er bezweifelt, dass er dann so präzise hätte geführt werden können. Jedenfalls definitiv nicht von einer Frau. Butzkes Tipp ist, dass das Mädchen reglos auf dem Rücken lag und der Täter mit dem Stein von oben zugeschlagen hat. Das hätte auch gut eine Frau machen können.»

«Wir sind also in gewisser Weise wieder bei Punkt null: Auch wenn die Schläge zuerst kamen, würde es am besten passen, wenn sie schon vor dem ersten Schlag bewusstlos war.»

«Vielleicht hat sie einfach geschlafen?», schlug Winter vor.

Aksoy sah aus, als habe sie eine unangenehme Erleuchtung. «Ein Mord aus Heimtücke», murmelte sie.

Winter nickte. «Tatsächlich. So sieht es aus. Keine Tat im Affekt. Geplantes Vorgehen. Wissen Sie, was das heißt?»

Aksoy rutschte nervös auf ihrem Stuhl. «Ich weiß jetzt nicht, worauf Sie hinauswollen.»

«Es kann tatsächlich eine Frau gewesen sein. Oder wann haben Sie zuletzt von einem Heimtückemord ohne Schusswaffe gehört, bei dem der Täter nicht eine Frau gewesen wäre? Frau Aksoy, es wird Zeit. Jetzt nehmen wir uns die Serdaris vor.»

«Jaa-aa. Hi, Mama. Was ist?»

Sebastian drückte auf den Aus-Knopf seines MP3-Spielers. Gerade hatte er sich vorgestellt, wie Gamze Dikkaya aus der Zwölf ihm gestand, sie sei schrecklich, schrecklich verliebt in ihn, und ihm ihren Mund zum Küssen hinhielt.

Und dann hätten sie wie wild angefangen zu knutschen, und er wollte gerade ... jedenfalls kam ihm das Klopfen seiner Mutter wirklich alles andere als gelegen. Jetzt kam sie auch noch rein und schloss konspirativ die Tür hinter sich. O mein Gott, was war denn das? War ihr wieder das Haushaltsgeld ausgegangen?

«Basti, du musst mir versprechen, dass du dem Papa kein Wort sagst.» Sie flüsterte.

«Okay, Mam. Mach ich natürlich nicht. Ist es das Geld, oder was? Das Blöde ist, nach gestern Abend bin ich leider auch blank. Außerdem finde ich –»

«Psst! Nein, es geht überhaupt nicht um Geld. Ich will nur ... man kann doch im Internet alles Mögliche nachgucken, oder? Zum Beispiel könnte man einen Namen nachgucken. Und dann kriegt man irgendwelche Informationen, wo die Person lebt oder so, in dieser Wikipedia.»

«Mensch, Mam! Du hörst dich ganz schön schwachsinnig an. Willst du George Clooney googeln, oder was? Klar, mach nur. Die haben da garantiert auch sexy Fotos. Aber es muss doch nicht gerade jetzt sein. Ich will mich gerade ein bisschen ausruhen.»

Sabine Stolze setzte sich auf den mit Kleidern dick behängten Schreibtischstuhl ihres Sohnes, vorsichtig, als fürchte sie, etwas kaputt zu machen. «Basti, bitte, *jetzt*; dein Vater ist gerade so schön beschäftigt. Es geht auch nicht um George Clooney.» Sie flüsterte immer noch konspirativ, als tue sie etwas Verbotenes, indem sie sich bei ihrem Sohn aufhielt.

Sebastian explodierte. «Sag mal, warum musst du dich eigentlich immer benehmen wie eine Sklavin? Mir geht dieses märtyrerhafte Gekrieche so auf den Sack! Sag Papa doch einfach mal, ich hab jetzt keine Zeit, ich will jetzt das und das machen. Wenn du nicht immer so vor ihm kuschen würdest, würde er sich auch besser benehmen.»

«Basti, bitte, leise. Wenn du mir nicht helfen willst, gut, dann gehe ich.» Sie stand auf und verließ in vorwurfsvoller Resignation das Zimmer. «O Mann», fluchte Sebastian leise, dann warf er die Decke von sich und ging hinterher.

«Mama!», fauchte er im Flüsterton durch den Flur. (Warum machte er eigentlich mit bei diesem Spiel? Wenn er nur Geschwister hätte, zusammen würden sie diese Scheißfamilie schon zurechtbiegen!) «Ey! Mam! Nun komm schon zurück. Natürlich mach ich das.»

Sie kam aus dem Schlafzimmer, dessen Tür sie offen gelassen hatte. Zurück in Sebastians Reich, setzte sie sich auf den blauen Plastikhocker und überließ ihm den Platz am Rechner.

«Warum lernst du eigentlich nicht mal selbst, mit einem Computer umzugehen?», fragte er, während er seinen hochfuhr. «Ich finde, das wird allmählich Zeit.»

«Falls es dir nicht aufgefallen ist, ich habe keinen», sagte sie beinahe schroff. Na klasse, dachte Sebastian. Vor Papa kriecht sie auf den Knien, aber ich krieg's jetzt ab. Er zwang sich, den Gedanken für sich zu behalten. «Okay», sagte er schließlich, «das ist jetzt Google, die Suchmaschine. Was soll ich eingeben?»

«Werner Geibel.» Sie wisperte den Namen so leise vor sich hin, dass er sie kaum verstand.

«Werner wer? Wer issen das?»

«Pssst! Geibel, Werner Geibel»

Irgendwie war sie wie ein kleines Kind. Manchmal konnte er Papas Ungeduld ihr gegenüber fast verstehen. Er seufzte und tippte den Namen ein. «Da wirst du aber viele finden», prognostizierte er. Und so war es auch. «Okay», sagte er, als er die Ergebnisliste sah, «jetzt musst du hier selber gucken. Weiß ich doch nicht, was für einen Werner Geibel du suchst. Hier ist einer, der hat 'ne Firma für Apparatebau, was auch immer das sein mag. Ist es der?»

Plötzlich fiel es ihm wie Schuppen von den Augen.

«Geibel! Das ist dieser Kunde von Papa, stimmt's? Der Stammkunde, von dem er immer die Post bekommt.» Jetzt flüsterte er selbst. «Wusst ich's doch, dass mir der Name bekannt vorkam. Bloß den Vornamen kannte ich nicht.»

«Apparatebau stimmt nicht», flüsterte sie ganz heiser und räusperte sich. «Ich suche einen pensionierten Polizeibeamten.»

«Wie bitte, was? Polizist? Und der ist Kunde von Papa?»

«Ich kann dir das jetzt nicht erklären», hauchte sie.

«Verdammt, verdammt, verdammt», fluchte Sebastian im Flüsterton und scannte dann pflichtbewusst die Trefferliste. «*No luck.* Kein Polizist dabei. Alles der Apparatebau-Typ.»

Dann knallte er die Tastatur hin, stand auf und warf sich aufs Bett. «Mama. Mir geht die Geheimnistuerei in dieser Familie so unendlich auf den Sack. Könnt ihr mir nicht sagen, wenn es Probleme gibt? Ich hab doch auch gehört, wie ihr euch gestern früh gestritten habt. Es ist was mit Papas Firma, stimmt's? Er ist hoch verschuldet, nehm ich an. Ahne ich doch seit Jahren. Oder macht er vielleicht was Illegales, oder was?»

Das war nur so dahingesagt. Aber an der Entfärbung seiner Mutter bei dem Wort «illegal» sah er, dass er ins Schwarze getroffen hatte. Sebastian wurde ganz anders. «Waffengeschäfte?», flüsterte er. «Illegale Waffengeschäfte?»

«Nein», flüsterte seine Mutter, «was anderes. Wir wollten dich immer schützen. Du solltest ... Pass auf, Basti, jetzt, wo du das erraten hast, vielleicht sage ich dir bald alles. Aber ich muss erst nachdenken. Gut nachdenken. Und es gibt eine Sache, die ich erst noch … was ich noch herausfinden muss.»

Sie ging. Zehn Sekunden später kam sie wieder rein. «Basti! Dass du um Gottes willen dem Papa nichts sagst! Bitte! Hörst du, es ist lebenswichtig!»

«Okay, okay», murmelte Sebastian. Als sie wieder draußen war, schaltete er den MP3-Spieler an. Aber es half nicht. Nicht einmal der Gedanke an Gamze Dikkaya half.

Sebastian wurde klar, dass seine Eltern in Wahrheit gut daran getan hatten, ihm nie etwas von den Unterweltaktivitäten seines Vaters zu verraten. Verdammt. Warum hatte seine Mutter nicht eben einfach den Mund gehalten? Sein Vater hatte recht, sie war wirklich ein bisschen blöd. Jetzt war er mitgefangen in ihrer Hölle, keine Rückkehr mehr möglich in die Zeit der Ahnungslosigkeit, in die Geborgenheit darin.

Hasso Manteufel hatte der Anruf seiner Exfrau auf dem Golfplatz in Bad Homburg überrascht. Golf ödete ihn an. Aber es gab nichts Besseres, um potentielle Klienten kennenzulernen. Die Art von Klienten jedenfalls, die er für gewöhnlich vertrat. Er betrieb eine Wirtschaftskanzlei.

Im legeren Leinenanzug, das schmale, lange Gesicht gebräunt, die gewellten braunen Haare perfekt gekämmt, lehnte er nun lässig an der Wand des Verhörraums, die Hände in den Hosentaschen. Am Schlag der Hose ahnte man ein paar zartgrüne Grasflecken, Souvenirs vom Golfplatz. Allmählich begann Manteufel sich zu ärgern, der harschen Bitte seiner Ex gefolgt zu sein.

Zunächst war ihm die Sache verlockend erschienen.

Tief in seinem Herzen hatte er sich eine jungenhafte Faszination für die Kriminalistik bewahrt. Obwohl die Faszination sich eher aus Fernsehkrimis speiste, als dass sie mit der Realität in irgendeinem Zusammenhang stand. Vor Jahren, nach dem ersten Staatsexamen, hatte er mal ein Praktikum in einer Kanzlei gemacht, die Pflichtverteidigungen für Kriminelle übernahm. Die Klientel bestand vornehmlich aus jungen Männern, die mit Drogen, Bagatelldelikten und Prügeleien im Suff ihre Langeweile bekämpften. Banaler und trister ging es kaum.

Der vorliegende Fall war da schon spannender: ein Mordfall mit einer bislang unbescholtenen Frau als Verdächtiger, das hatte ihn gereizt.

Eleni Serdaris wusste allerdings nicht zu schätzen, dass er sich bereit gefunden hatte, für einen Appel und ein Ei ihre Verteidigung zu übernehmen. Er fühlte sich regelrecht verarscht von ihr. Wirtschaftsbosse folgten seinem Rat. Nicht aber Frau Serdaris, gelernte «Direktrice», ausgeübter Beruf: Schneiderin.

«Ich verweigere die Aussage», erklärte sie mit versteinertem Gesicht den beiden Beamten.

«Frau Serdaris tut das gegen meinen ausdrücklichen Rat», kommentierte Hasso aus dem Hintergrund. «Meine Klientin ist unschuldig, und ich habe ihr klar zu verstehen gegeben, dass es für sie besser wäre, eine Aussage zu machen. Frau Serdaris, bitte überlegen Sie es sich noch mal. Sie werden das sonst bereuen.»

Lena schüttelte andeutungsweise den Kopf. «Ich kann nicht», murmelte sie. «Ich bleibe dabei. Ich sage nichts.»

Hasso zuckte die Schultern. «Gut, Frau Serdaris. Ich werde dann ja vorläufig nicht mehr gebraucht. Kommissar Winter, Sie haben meine Adresse.»

Der Anwalt nahm seine Mappe und machte den Abgang.

Winter und Aksoy bissen sich bis in den Abend die Zähne an Eleni Serdaris aus. Die Fragen zur Person beantwortete sie noch. Mit bleichen Wangen und blaurot verweint um die Augen saß sie ansonsten stumm und offenbar frierend auf dem harten Stuhl und reagierte nicht. Sie wirkte geradezu apathisch, so als könne sie sich nur mit Mühe am Einschlafen hindern. «Brauchen Sie einen Arzt?», fragte Aksoy einmal zartfühlend. Winter fluchte innerlich. Er war sich sicher, wäre er allein oder mit Gerd hier, er hätte die Frau längst zum Reden gebracht. Aber die Anwesenheit Aksoys hemmte ihn. Er fühlte sich kritisch beobachtet. Garantiert hätte sie etwas Korinthenkackerisch-Feministisches zu meckern an den etwas manipulativen Methoden, die bei einem verstockten Täter Erfolg im Verhör brachten. Sie war eben einfach noch zu unerfahren.

Nach anderthalb Stunden reichte es ihm.

Er ging kurz vor die Tür, das Handy gezückt, die Serdaris sollte glauben, er wolle ein Gespräch führen. Was er übrigens auch tat. Und zwar mit den Kollegen, die Nino Benedetti observierten. Der fahre noch immer brav Pizzen aus, hieß es.

Zwei Minuten später platzte Winter schwungvoll zurück in den Vernehmungsraum, wo die Aksoy sich gerade neuerlich in sanftem Ton nach etwaigen Ess- und Trinkwünschen von Frau Serdaris erkundigte.

Aksoy drehte sich fragend zu ihm. Winter ignorierte ihren Blick. «Herr Winter ist wieder anwesend», sprach sie hyperkorrekt ins Mikro.

«So, Frau Serdaris», sagte Winter rau zu der Verdächtigen. «Sie können ruhig weiter Ihren Mund halten, daran hindert Sie niemand.» Unauffällig legte er einen Finger auf die Pausetaste. «Wir haben unterdessen jetzt die Aussage Ihres Mannes, wonach Sie das Mädel höchstpersönlich aus Eifersucht erstochen haben. Wir geben uns gerne mit seiner Version zufrieden, die reicht uns völlig aus. Sie werden dann jetzt zurück in die Zelle gebracht. Falls Sie wider Erwarten doch noch was sagen wollen, dann tun Sie's bitte fix.»

Durch Eleni Serdaris schien ein Ruck zu gehen. Ihr bleiches Gesicht war hochrot geworden.

«Ich soll sie umgebracht haben? Das hat Nino nicht gesagt.»

«Na klar hat er.»

Die Serdaris schwieg einen Augenblick, in geschmeidiger Starre wie eine Pantherin vorm Sprung, die Augen im Nirgendwo, den Mund halb offen. Zum ersten Mal sah sie lebendig aus.

Plötzlich sah sie Winter direkt in die Augen. Ihre wirkten eiskalt.

«Ich mache jetzt doch eine Aussage», sagte sie, mit einer schlagartig klaren, starken Stimme. «Aber nur in Gegenwart meines Anwalts. Holen Sie bitte meinen Anwalt zurück.»

Winter war überzeugt, jetzt die wahre Eleni Serdaris zu sehen: kein leidendes Mäuschen. Sondern eine kalt berechnende Raubkatze.

3

Das erste Anzeichen des Unheils hatte Lena an einem warmen, sonnigen Spätherbstmorgen gespürt. Ob sie noch eine volle Flasche von ihrem Bio-Saft habe, fragte Nino, in einem Ton, der eigentümlich nervös und entschuldigend klang. Lena griff ins unterste Regalfach und hielt ihm die Flasche hin: Erdbeer-Johannisbeer-Apfel, sündhaft teuer. Sie nippte das in homöopathischen Dosen oder schüttete es übers Müsli. «Da ist so ein Straßenmädchen am Südbahnhof», erläuterte Nino. «Die hat mich gebeten, ihr was Gesundes mitzubringen.»

Im Laufe der Woche bekam das Mädchen einen Namen: Jeannette. Ninos Stimme, wenn er über sie sprach, klang zart und nervös zugleich. Das Mädchen brauche Hilfe, müsse irgendwie von der Straße geholt werden, gehöre da nicht hin. Mehrfach ging Nino früher als sonst zur Arbeit; Lena hörte heraus, dass er mit dem Mädchen am Südbahnhof Zeit verbrachte. Es war schon immer Ninos Problem gewesen, niemals nein sagen zu können, wenn ihn jemand um Hilfe bat. Aber ob er sich um einen männlichen Obdachlosen ähnlich intensiv gekümmert hätte?

Nino arbeitete als Koch in einem italienischen Restaurant in Sachsenhausen, Montag bis Samstag von elf Uhr morgens bis elf Uhr abends, nachmittags zwei Stunden Pause. Eines Tages, Lena saß an ihrem eigenen Arbeitsplatz, klingelte gegen sechs ihr Handy. Es war Enzo, der Betreiber von Ninos Restaurant. Wo denn Nino bleibe, wollte Enzo wissen. Er sei jetzt eine Stunde überfällig. Übers Handy nicht erreichbar.

Lenas Herz begann zu klopfen. Sie selbst arbeitete von zwölf bis zwanzig Uhr und hatte Nino heute Morgen ganz normal losgehen sehen. Er kam niemals irgendwo zu spät. War ihm in der Mittagspause etwas zugestoßen? Ihre Hände zitterten leicht über der Nähmaschine. Es war Samstag, Hochbetrieb in der Reinigung-plus-Änderungsschneiderei, wo sie angestellt war. Verstohlen versuchte sie zwischendurch, Nino anzurufen. Doch sie erreichte immer nur die Mailbox. Um halb acht hielt sie es nicht mehr aus, probierte über die Rückruffunktion Enzos Nummer. Der klang sauer. «Nino? Der ist längst da. Aber der soll mich besser nicht noch einmal so sitzenlassen.» Worauf Enzo sofort das Gespräch beendete.

Lena atmete auf. Doch den ganzen Abend verfolgte sie eine Unruhe. Was war heute Nachmittag mit Nino los gewesen? Etwas stimmte nicht, das spürte sie.

Sie blieb auf, bis ihr Liebster gegen halb eins nachts zurückkam. Er schien abwesend und bedrückt, begrüßte sie nicht so liebevoll wie sonst. «Nino, Schatz, ist irgendwas? Enzo hat mich heut Nachmittag angerufen, du wärst nicht da.»

Auf Ninos Gesicht bemerkte sie einen verärgerten Zug, einen Zug, den sie nur sehr selten in all den Jahren gesehen hatte.

«Ach, der Enzo, der soll sich nicht so anstellen. Ich war halt mal zu spät.»

«Eine ganze Stunde? Was war denn?»

«Nichts weiter. Ich war während der Mittagspause unterwegs, hat halt länger gedauert. Hatte eine Verabredung mit Jeannette am Südbahnhof, sie war aber nicht da. Erst hab ich gewartet, dann bin ich sie suchen gegangen. Bin zum Hauptbahnhof und zur Konsti, da ist sie manchmal.»

Lena war sprachlos. Aus der Dunkelheit draußen drangen Stimmen von Jugendlichen durchs Fenster. Plötzlich schien alles unwirklich.

«Wenn sie nicht kommt, kommt sie halt nicht», sagte sie schließlich, «wieso musst du sie dann suchen gehen?»

In dem Moment kannte sie die Antwort. Nino war in das Mädchen verliebt. Zum ersten Mal seit fünfzehn Jahren war sie, Lena, nicht mehr der Mittelpunkt von Ninos Leben.

Das sagte er ihr natürlich jetzt nicht. Jeannette brauche eben Hilfe, erklärte er, jemand müsse sich kümmern, die Ärmste sei psychisch in schlechtem Zustand, habe zu Hause Schreckliches erlebt, ritze sich selbst die Arme auf, sie sei ja noch so jung, mit Drogen wolle sie auch gar nichts zu tun haben, man könne ihr leicht helfen, jemand müsse dafür sorgen, dass sie eine bessere Zukunft bekomme.

«Ist dafür nicht das Jugendamt zuständig?», fragte Lena.

«Na ja, auch, aber man muss sie dahin erst mal bekommen. Sie hat Angst vor Ämtern. Da wollte ich heute ja mit ihr hin, aufs Meldeamt.» Das hörte sich nun für Lena beinahe wieder beruhigend an.

In den nächsten Tagen suchte sie nach Zeichen, in seiner Stimme, in seinen Blicken.

Jede Beruhigung war vorüber, als Nino Ende der Woche am Frühstückstisch anfing: Ob sie nicht zu dritt mit den Ersparnissen eine eigene Pizzeria eröffnen wollten? Er würde kochen, sie und Jeannette bedienen. An der Waldschulstraße stehe etwas leer, zum Lokal gehöre eine Wohnung, vier Zimmer, Platz für sie beide und Jeannette.

Lena traf es wie ein Holzhammer. Sie fand, er sei durchgedreht, sie so was zu fragen. Zugleich wusste sie kaum, wie sie reagieren sollte. Sie fühlte sich von ihm in die Ecke der eifersüchtigen Zicke gedrängt, die das hilfsbedürftige junge Mädchen nur als Konkurrenz sehen kann und fortbeißen will. Aber alle ihre Instinkte schrien.

Sie wolle eigentlich nicht mit einer dritten Person zusammenziehen, brachte sie schließlich heraus. Übrigens werde es Gründe geben, warum das Lokal in der Waldschulstraße leerstehe. Sie halte das für ein zu hohes Risiko.

Wie kann er mir das antun?, dachte sie.

Als er sich an dem Morgen zum Gehen bereit machte, wie neuerdings üblich eine Stunde zu früh, und sie sich verabschiedeten, merkte sie, dass er innerlich überhaupt nicht bei ihr war. Keine Freude, nichts Inniges lag in seiner Umarmung, so ganz anders als sonst.

Einige Tage später bekam Lena abends, Nino war natürlich noch nicht da, einen Anruf des Hausverwalters. «Ich will Sie ja nicht erschrecken, Frau Serdaris. Aber falls Sie es nicht wissen, wollte ich Sie nur darauf aufmerksam machen, dass die Miete diesen Monat nicht eingegangen ist. Die Lastschrift kam zurück. Haben Sie denn Zahlungsprobleme? Ich kann Ihnen gern für diesmal Ratenzahlung anbieten, ich weiß ja, Sie beide sind eigentlich zuverlässige Leute.»

«O Gott! Herr Kusnitzky, das ist mir ja so peinlich. Ich weiß von nichts. Da ist wahrscheinlich ein Fehler passiert. Nein, wir haben keine Zahlungsschwierigkeiten. Ich kümmere mich drum, okay?»

«Ja, bestens. Das hat auch bis zum nächsten Ersten Zeit, falls da das Problem liegt. Schönen Abend noch.»

Die Miete ging von Ninos Konto ab. Lena überwies Nino ihren Anteil, der kleiner als seiner war, weil sie weniger verdiente.

Auch heute war sie noch wach, als er zurückkam – absolut zur üblichen Zeit, was sie beruhigte. Aber als Nino sie zur Begrüßung umarmte und küsste, fühlte es sich wieder an, als spiele er eine Rolle, als spule er mechanisch die alten Rituale ab, die nun entsetzlich schal und leer wirkten. Sie ignorierte das Gefühl. Wahrscheinlich war es reine Phantasie. Ihr fiel der alte Spruch ein: Eifersucht ist eine Leidenschaft, die mit Eifer sucht, was Leiden schafft. Dabei war sie nie eifersüchtig gewesen. Jetzt schon.

«Es muss ein Problem mit deinem Konto geben», berichtete sie, als Nino sich die Zähne putzte. Sie stand daneben, in die offene Badezimmertür gelehnt, wie oft abends, wenn sie nach dem langen getrennten Tag einander einfach nahe sein wollten, bevor es ins Bett ging. «Die Miete ist nicht abgegangen.»

«Verdammt», spuckte Nino. Er nahm die Bürste aus dem Mund, drehte den Hahn voll auf, spülte aus. «An die Miete hab ich nicht gedacht.» Er griff zum Handtuch. «Das Konto muss total überzogen sein. Klar, dass die Miete nicht abgeht.»

«Wieso denn überzogen? Wir haben doch gar nichts Besonderes gekauft?»

«Na ja, so dies und das. Ich hab halt Jeannette das Hotel bezahlt. Das läppert sich dann schon.»

«Du hast was?»

Das war Lena so scharf und böse herausgerutscht wie nie ein an Nino gerichtetes Wort in all den Jahren, in denen sie sich kannten. Mit ihrer Beherrschung war es vorbei.

«Ich habe ihr ein Hotelzimmer bezahlt. Mein Gott, es ist schon kalt nachts, ich kann sie doch nicht draußen schlafen lassen.»

«Seit wann? Seit wann hast du ihr das Hotel …?»

«Ich weiß nicht, seit ein paar Wochen.»

«Und wenn du morgens früh um acht oder neun nach

Sachsenhausen fährst, dann gehst du zu ihr ins Hotelzimmer?»

«Ähm, ja.»

Lena drehte sich um und ging. Im Schlafzimmer schnappte sie sich ihre Decke, schleppte sie hinüber ins Gästezimmer, das zugleich der begehbare Kleiderschrank war.

«Lenchen? Lenchen!» Nino kam ihr hinterher.

«Lass mich in Ruhe», fuhr Lena ihn an.

«Nun mach doch nicht so ein Theater! Ich hab dir doch die ganze Zeit von Jeanette erzählt! Extra, damit du nicht denkst ... Ich hab nicht mit ihr geschlafen. Ich will ihr nur helfen!»

«Dafür ist verdammt noch mal das Amt zuständig. Für siebzehnjährige Mädchen gibt es betreute Wohngruppen oder so.»

«Da war sie mal und hat es nicht ausgehalten. Jetzt –»

«Nino, ich will nicht mehr reden. Regel das irgendwie. So geht es nicht weiter.»

Lena tat zwei Tage so, als sei nichts. Am dritten Morgen reagierte Nino ohne jede Freude auf ihren Morgenkuss, und das Erste, was er sagte, war:

«Lenchen, ich hab heute frei.»

«Ach, schön! Wollen wir heute Abend ... »

«Ich werde heute Jeannette mitbringen. Du hast ja recht, das mit dem Hotel geht nicht mehr so weiter. Sie ist auch so eine sehr Hygienische, genau wie du, es muss für sie was Besseres sein. In einem Billighotel ekelt sie sich. Jedenfalls, es ist ja sowieso gut, wenn ihr euch mal kennenlernt. Also bringe ich sie heute mit. Sie kann dann vorlaufig bei uns im Gästezimmer wohnen.»

Lena hatte mit Entsetzen zugehört. Wie schon einmal

überkam sie das Gefühl, Nino müsse verrückt geworden sein, ihr so etwas vorzuschlagen.

«Nino, nein, das geht nicht.»

«Wieso? Das Gästezimmer ist doch frei?»

«Ich will keine Mitbewohnerin. Wenn du mit ihr zusammenziehen willst, musst du hier ausziehen.»

«Ach Lenchen, bitte! Du würdest dich bestimmt gut mit ihr verstehen. Du kannst doch so gut mit Jugendlichen. Sie sagt auch immer, sie würde dich gerne kennenlernen.»

«Nino, *mi dispiace*, es geht nicht, das ist mein letztes Wort. Du würdest es auch nicht gerne sehen, wenn ich hier plötzlich einen jungen Mann vom Bahnhof anschleppe und dir sage, dass der künftig bei uns wohnt.»

Nino sah gequält drein. «Aber sie ist so – so schutzbedürftig!»

«Nino, glaub mir, ich auch. Deshalb mute mir das bitte nicht zu.»

Nino überlegte einen Moment mit dem gleichen gequälten Ausdruck.

«Okay, okay. Sie wird nicht bei uns wohnen. Aber ich hab ihr schon gesagt, dass ich sie heute mit zu uns nehme. Du hattest ja letztes Jahr schließlich auch diesen Schulfreund über Nacht zu Besuch, Frank oder wie er hieß. Gib mir drei Tage, die Sache zu regeln. Drei Tage lass ich sie hier schlafen, und bis dahin muss was anderes gefunden sein, und wenn nicht, dann bleibt sie jedenfalls nicht länger hier. Ich hab morgen eh einen extra Termin für sie beim Meldeamt, da will ich auf jeden Fall noch mit ihr hin, danach ist das Sozi zuständig.»

Lena akzeptierte. Was blieb ihr übrig? Sie konnte Nino doch nicht verbieten, für drei Tage Besuch mitzubringen. Und sie wollte wirklich nicht als böse, hysterische Zicke

dastehen, die einem armen Straßenmädchen Hilfe verweigert.

Als Lena am selben Abend um halb neun von der Arbeit
zurückkam, wusste sie, Jeanette würde schon da sein. Lena
hatte beschlossen, die Sache gefasst und undramatisch zu
nehmen. Tatsächlich hatte sie einen guten Draht zu Jugendlichen, war die erklärte Lieblingstante zweier Nichten, der
vielgenutzte Kummerkasten eines der Mädchen unten im
Haus. Vielleicht würden die drei Tage ganz nett werden, und
sie könnte einen positiven Einfluss auf Jeannette ausüben.

Als sie an diesem Abend die Wohnung betrat, hörte sie
Stimmen aus dem Gästezimmer. Da Nino ihr nicht zur Begrüßung entgegenkam, ging sie direkt hin. Die Tür zum
Gästezimmer stand offen. Sie sah das Mädchen zuerst im
Profil. Der Schock war so groß, dass ihr fast schwindelte.
Das Mädchen war in einen schwarzen Umhang gekleidet,
das Gesicht kalkweiß geschminkt, die Augen fingerdick mit
schwarzem Kajal umzogen, die Lippen schwarz angemalt.
Doch die ganze Gestalt wirkte fragil, zartgliedrig, das Gesicht kindlich-süß. Ganz ähnlich, wusste Lena, musste sie
selbst mit zwanzig gewirkt haben. Auch Ninos Exfreun-
din aus der Schulzeit war ein ähnlicher Typ gewesen. Wenn
Lena irgendeinen Zweifel gehabt hatte, woher die Motiva-
tion für Ninos außerordentliche Hilfsbereitschaft, für seine
Fixierung auf dieses Mädchen rührte, dann waren sie in dieser Sekunde verflogen. Aber sie musste jetzt Haltung bewahren. «Hallo», sagte sie so fröhlich-normal, wie sie konnte.

Nino sagte: «Jeannette, das ist Lena. Ich hab dir ja schon
viel von ihr erzählt.»

Erst jetzt drehte das Mädchen den Kopf in Lenas Richtung, musterte sie kalt, ohne ihr in die Augen zu sehen,
drehte sich darauf gleich wieder zu Nino und sagte in ei-

nem unerträglich künstlichen, zuckersüßen Ton: «Sie ist hübsch.»

Als wäre Lena nicht dabei. Lena dachte: Mit dem Spruch will sie sich bei Nino einschleimen, nicht bei mir.

Von Nino kam: «Lena, Jeannette will jetzt baden. Falls du noch mal ins Bad musst, gehst du am besten gleich.»

«Okay», sagte Lena. Das Mädchen gab sich nicht die Mühe, noch einmal zu ihr herüberzusehen. Die ganze Situation vermittelte den Eindruck, dass sie hier störe. Lena zog sich zurück, ließ die beiden allein.

Fünf Minuten später, sie war auf dem Weg zur Küche, begegnete ihr Jeannette im Flur.

«Na», sagte Lena grüßend und lächelte freundlich. Sie hatte es noch nicht ganz aufgegeben, wollte die Situation nicht eskalieren lassen. Doch Jeannette reagierte mit keiner Regung, schob sich an Lena vorbei, als sei sie ein lästiges Hindernis.

Einige Zeit später erschien Nino in der Küchentür.

«Haben wir noch ein neues Päckchen Seife? Jeanette ist das alte Stück zu dreckig.»

Dreckig?

«Die Dro-Markt-Vorräte sind in der untersten Schublade unterm Waschbecken», dirigierte Lena. «Da muss auch noch ein Stück Seife sein.»

Nino zog wortlos ab. Wenige Minuten später war er wieder da.

«Haben wir irgendwo frische große Badehandtücher? Jeannette hat die großen lieber, aber ich finde jetzt nur normale Handtücher.»

Lena zog die Augenbrauen hoch. «Wir haben ein paar große im Wäscheschrank ganz oben rechts.»

Einige Instruktionen später war der Gast fürs Baden ausgestattet. Nino erschien nun mit einem schwarzen Seesack, geschmückt mit dem Emblem eines teuren Outdoor-Herstellers, in der Küche.

«Kannst du Jeannettes Klamotten waschen, während sie badet?»

Lena reichte es. «Tut mir leid, Nino, das musst du selber machen. Die grüßt mich nicht mal im Flur; ich habe absolut keine Lust, für sie das Dienstmädchen zu spielen.»

«Sie ist halt sehr schüchtern. Aber okay, du hast recht. Warum solltest du das übernehmen. Ich mache die Wäsche, aber vielleicht hilfst du mir sortieren. Oder soll ich einfach alles bei vierzig Grad …?»

«Nimm dreißig, da kann nicht viel passieren. Nino, ich hab einen Vorschlag. Geh in den Waschsalon, an der Haltestelle Am Linnegraben ist einer. Die haben extragroße Trommeln, und da bekommst du das Zeug auch gleich wieder trocken.»

Nino nahm den Vorschlag an.

Währenddessen nahm Jeannette das Bad in Dauerbeschlag. Zwischenzeitlich hörte man sie singen. Nach einer Stunde musste Lena aufs Klo, schlich sich wieder und wieder zum Bad, um zu sehen, ob die Tür noch verschlossen sei. Einmal fragte sie Jeannette durch die Tür, wie lange sie wohl noch brauchen werde, erhielt aber keine Antwort. Nach und nach begann sie, sich Sorgen zu machen. Lag das Mädchen mit aufgeschnittenen Pulsadern in der Wanne?

Über zwei Stunden waren vergangen, als Lena wieder einmal nachsehen wollte. Da verließ Jeannette gerade das Bad, schwarz gekleidet, die Haare noch nass. «Na, bist du –», begann Lena, aber da war das Mädchen schon wortlos an ihr vorüber, mit einem Seitenblick, der sagte: Wie lästig, dass man hier immer fremde Leute im Flur trifft.

104

Das Bad stand mehrere Zentimeter tief unter Wasser. Die Wände und Schränke troffen, es gab keinen trockenen Fleck, selbst die gesamte Großpackung Klopapier war durchgeweicht. Handtücher schwammen in einem pitschnassen Haufen auf dem Boden. Es roch penetrant nach Lenas eigenem Parfüm, *White Linen*; das Fläschchen lag ausgeleert neben dem Handtuchhaufen.

Lena brauchte alle im Schrank noch vorhandenen frischen Handtücher, um das Bad trocken zu bekommen. Beim Wischen fiel ihr Blick auf den Seifenhalter: In der von Jeannette gewünschten neuen Seife stak eine ausgedrückte Filterzigarette.

Als Nino vom Waschsalon zurückkehrte, holte Lena ihn ins Schlafzimmer und sagte ihm leise, dass sie nicht glaube, Jeannettes Anwesenheit drei volle Tage ertragen zu können. «Die benimmt sich unmöglich. Lässt sich hier bedienen wie im Hotel. Im Bad hat sie totales Chaos angerichtet. Und würdigt mich dann keines Blickes, wenn sie mich im Flur trifft. Ich hab sie zweimal angesprochen, sie hat nicht reagiert.»

«Ich sag doch, sie ist schüchtern. Und sie ist es halt nicht gewohnt, bei andern Leuten zu sein. Das gibt sich bestimmt bald. Ich hol ihr und mir jetzt gleich was beim Thailänder um die Ecke, willst du auch was?»

Ihr und mir? Die Formulierung passte Lena überhaupt nicht. Sie schluckte. «Nein», sagte sie. «Ich hab vorhin gegessen.» Mehr schlecht als recht. Sie war viel zu gestresst, um Appetit zu haben.

Aus der Ferne rief es mit zarter, heller Mädchenstimme: «Nino! Nino!»

«Ich muss jetzt zu Jeannette», sagte er.

Er verschwand für lange Zeit im Gästezimmer, dessen Tür

verschlossen blieb. Einmal schlich Lena sich hin, lauschte. «Guck mal, was hab ich denn hier unten am Bein, ist das schlimm?», hörte sie die Stimme des Mädchens, hell und unschuldig. Was Nino antwortete, verstand sie nicht, aber seine Stimme klang warm und liebevoll.

Das war der Moment, wo Lena endgültig die Sicherungen durchbrannten. Sie wankte ins Schlafzimmer, voller Zorn und Verzweiflung, und fing an zu weinen. Es war aus und vorbei. Nach dem billigsten Klischee, wegen einer Jüngeren, die an Ninos Beschützerinstinkt appellierte und nicht einmal ein netter Mensch war. Gott, es war so traurig. Wie konnte er ihre große Liebe aufs Spiel setzen, bloß weil seine Hormone verrückt spielten?

Irgendwann hörte sie Nino rasch durch den Flur gehen, die Haustür öffnen und wieder schließen – auf dem Weg zum Thailänder wahrscheinlich. Noch niemals zuvor in all den Jahren hatte er die Wohnung verlassen, ohne Lena zu umarmen und zu küssen. Sie zwang sich, mit dem Weinen aufzuhören, tupfte sich die Tränen ab. Morgen würde sie Nino vor diese abgedroschene Wahl stellen, sie oder ich, und dann würde es sich so oder so entscheiden: Das Mädchen würde gehen, und wenn Nino das nicht passte, dann würde er ebenfalls gehen müssen.

Keine zwei Minuten später, Lena saß im Schlafzimmer auf dem Bett, hörte sie es im Flur trippeln. Ohne weitere Vorwarnung öffnete sich die Tür, das Mädchen erschien, in einem langärmeligen T-Shirt und Leggins. Lena hoffte, dass man in dem schlechten Licht die Spuren ihrer Tränen nicht sah.

«Sind Sie wirklich die Frau vom Nino?», sagte das Mädchen neugierig herablassend und schob gleich hinterher: «Ich kann das irgendwie nicht richtig glauben.»

Lena dachte einmal wieder, sie höre nicht recht.

«Bin ich aber», sagte sie hilflos-trotzig.

«Wie alt sind Sie?» Das Mädchen stand immer noch in der Tür, die eine Hand an der Klinke, in etwas koketter Haltung.

«Achtunddreißig.»

«Echt? Sie sehen aber viel älter aus.» Jeannette lächelte böse, schloss die Tür und verschwand.

Lena schnappte nach Luft, dann kamen ihr wieder die Tränen. Sie holte sich ein neues Taschentuch, versuchte, sich zu beherrschen. Sie musste da irgendwie durch.

Als Nino vom Essenholen zurückkam, sah er nicht mal bei ihr herein, sondern ging direkt ins Gästezimmer. Es war sehr spät, als er schließlich ins Schlafzimmer trat.

«Ich schlaf natürlich bei dir», sagte er. «Sag mal, hast du geweint?»

«Ja. Ich find die Situation ganz furchtbar.» Ihr schossen wieder Tränen in die Augen.

«Aber ich hab dir doch gesagt, ich hab nichts mit ihr! Deshalb hab ich sie doch auch mitgebracht, damit du siehst …»

«Du hast nichts mit ihr, bis auf die Tatsache, dass sie für dich im Moment der wichtigste Mensch auf der Welt ist. Das ist es, was wehtut. Übrigens ist sie einfach Scheiße. Als du vorhin weg warst, kam sie plötzlich her, von wegen schüchtern, hat nicht mal geklopft und mich ganz schnippisch gefragt, ob ich denn wirklich deine Frau wäre.»

«Na ja, sie wundert sich halt, weil zwei Namen an der Tür stehen. Lenchen, ich weiß nicht, du verstehst sie ganz falsch. Ich hatte ihr vorhin gesagt, du sagst, sie hätte dich im Flur nicht gegrüßt. Da meinte sie, sie hat sich bloß so geschämt, weil sie noch nicht fertig geschminkt war. Sie sagt, sie findet dich total nett.»

Lena gab ein sarkastisches Geräusch von sich. «Sag mal, Nino, merkst du nicht, wie sie dich manipuliert?»

Ein Wort gab das andere. Sie stritten sich wie noch nie, seit sie zusammen waren. Lena fand es entwürdigend, die Rolle der eifersüchtigen Frau zu spielen. Später wusste sie weder, was sie, noch, was Nino alles gesagt hatte. Er war es, der den Streit irgendwann beendete: «Lena, lass uns aufhören, wir tun uns nur gegenseitig weh.» Lena dachte, immerhin kann ich ihm noch wehtun. Und Nino versprach, das Mädchen am nächsten Tag vor die Tür zu setzen, es noch zu dem Meldeamtstermin zu begleiten, aber dann sei Schluss, dann werde er sie nie mehr wiedersehen.

Trotzdem tat Lena in der Nacht kein Auge zu. Sie wälzte sich im Bett hin und her, konnte die immer wieder aufquellenden Tränen nicht kontrollieren. Sie war so verletzt. Nino griff oft nach ihrer Hand, wirkte enttäuscht, dass sie sich nicht trösten ließ. Aber sie konnte nicht.

Am nächsten Morgen waren sie beide an Seele und Körper verkatert. Sie standen um sieben auf, weil sie im Bett sowieso keine Ruhe fanden.

«Ich wecke Jeannette jetzt auch gleich», verkündete Nino. «Sie braucht morgens immer Stunden, und der Termin beim Meldeamt ist um zwölf.»

Sie braucht morgens immer Stunden. So gut kannten sich die beiden also schon.

Nino verschwand im Gästezimmer, kam nur heraus, um Serviceleistungen für Jeannette einzufordern, genau wie am Vorabend: «Jeannette braucht einen Kulturbeutel. Hast du so was?» – «Jeannette braucht ein paar Hosen, kannst du ihr ein Paar von deinen Jeans geben?» Mademoiselle bekam auch frische Brötchen vom Bäcker sowie ein jungfräuliches Glas Marmelade und Honig von ebenda, weil die angebrochenen Gläser aus dem Kühlschrank ihr zu «dreckig» waren. Ninos Stimme klang nach wie vor liebevoll, wenn er mit dem Mädchen sprach. So viel bekam Lena hinter der angelehnten Tür mit. Als Jeannette das Bad bezog, verlangte sie über Nino frische Handtücher (wegen des gestrigen Landunter im Badezimmer waren aber keine mehr da) sowie eine weitere neue Seife, weil die alte jetzt dreckig sei. Lena hatte die Seife samt darinsteckendem, halbgerauchtem Zigarettenstummel als Vorwurf genau so belassen, wie sie sie vorgefunden hatte. Sie konnte sich jetzt nicht verkneifen, Nino zu sagen, was sie von dem Wunsch nach neuer Seife hielt.

«Sie ist halt Hotels gewöhnt», entschuldigte er Jeannette. «Da gibt es jeden Tag neue Seife und neue Handtücher.»

Lena sah nach der ganzen Heulerei gestern so furchtbar aus, dass sie sich in aller Frühe schon für den heutigen Arbeitstag krankmeldete. Die liegengebliebene Arbeit würde sie in den Folgetagen in unbezahlten Überstunden abarbeiten müssen, so war das in ihrem Job. Nun saß sie auf glühenden Kohlen im Wohnzimmer, versuchte vergeblich zu lesen, wollte einfach nur, dass das Mädchen ging und sie ihre Wohnung zurückhätte. Doch Mademoiselle Jeannette bequemte sich erst um zehn ins Bad. Nun kam Nino ins Wohnzimmer. Statt sich neben Lena aufs Sofa zu setzen, ließ er sich ihr gegenüber in den Sessel fallen.

«Lena, ich geh also dann nachher mit ihr mit und komme heute Nachmittag wieder. Oder vielleicht erst morgen, ich wollte eigentlich heute zu meinen Eltern.»

«Musst du nicht arbeiten?»

«Ich hab mir diese drei Tage freigenommen, damit ich das mit Jeannette regeln kann.»

«Wenn sie im Bad wieder so lange braucht wie gestern, wird es mit dem Termin bei der Meldebehörde aber sehr knapp werden», sagte Lena bissig. Sie konnte einfach nicht anders.

«Ich weiß. Und glaub mir, Lena, so dumm bin ich nicht, ich merke schon, dass sie das absichtlich rauszögert. Sie will irgendwie nicht auf dieses Amt.»

«Nein, warum sollte sie auch. Wenn du sie ans Amt weiterreichst, dann verliert sie ja ihr schönes Luxusleben mit dir.»

«Ach, komm, hör mit den Vorwürfen auf.»

«Sorry. Mir geht's nicht gut.»

«Mir auch nicht.»

Dann ging Nino. Sollte das heißen: *Mir geht es nicht gut, weil du mich zwingst, auf mein kleines Glück mit diesem Mädchen zu verzichten?*

Lena konnte sich schwer vorstellen, dass Jeannette sich so einfach fügen würde, wenn Nino sagte, wir sehen uns nicht wieder.

Nino und Jeannette verließen das Haus um eins, zu spät für den ausgemachten Termin bei der Meldebehörde, zu spät sogar, um noch innerhalb der Öffnungszeiten dort einzutreffen. Nino hatte Lena erklärt, er werde das Mädchen zum Bahnhof bringen. Dort wolle er die Sache beenden.

«Warum nicht jetzt gleich hier?», hatte Lena gefragt. «Warum gehst du überhaupt noch mit?»

«Das geht so nicht. Lenchen, ich hab die Scheiße gebaut, lass mich sie jetzt auch auf meine Art in Ordnung bringen.»

Scheiße gebaut. Das klang gut.

Nino verlangte von Lena, dass sie sich von Jeannette

verabschiedete. Zweimal künstliches Lächeln, zwei kalte Hände, die sich drückten. Sie wünsche ihr viel Glück, sagte Lena. Sie meinte es ernst. Das Mädchen war auf seine Weise arm dran, sie wünschte ihm alles Glück der Welt. Nur nicht mit Nino.

Am späten Nachmittag rief Nino an: Er sei mit Jeannette ohne Termin auf dem Jugendamt gewesen, sei nach vielen Mühen zu einem Sachbearbeiter vorgedrungen. «Die haben ihr sogar ein Angebot gemacht, dass sie die Nacht irgendwo unterkommt und sich dann jemand um sie kümmert, um was Dauerhaftes zu finden und die Meldesache auch zu regeln. Aber Jeannette wollte nicht. Hat einfach gesagt, nee, das gefällt ihr nicht und sie wolle sowieso lieber nach Amerika, hier in Frankfurt hält sie nichts mehr.»

«Sie hat einen Knall», sagte Lena.

«Ja, sie hat einen Knall. Ich dachte, man könnte ihr so einfach helfen. Aber das stimmt nicht. Also, Lenchen, ich habe mich dann draußen von Jeannette verabschiedet, habe ihr einen Fuffi in die Hand gedrückt und gesagt, ich hätte noch ein Leben und eine Frau und eine Arbeit und dass ich meinen Teil versucht habe, aber jetzt echt nichts mehr für sie tun kann. Ich denke, sie hat das verstanden. Lenchen, ich fahr jetzt zu meinen Eltern. Muss den Kopf frei kriegen. Wir sehen uns dann morgen. Und wir vergessen die Sache. Okay?»

«Okay.»

Es wurmte Lena, dass er jetzt nicht zu ihr kam. Dass er erst «den Kopf frei» kriegen musste, bevor sie sich sahen. Sie hätte Nino gerade jetzt gebraucht. Aber sie wollte ihn nicht zwingen.

In der folgenden Nacht schlief sie kaum. Am nächsten Morgen rechnete sie ständig mit Nino. Doch er kam nicht.

Irgendwie konnte sie nicht mittags zur Arbeit gehen, ohne von ihm gehört zu haben. Sie war so verunsichert.

Um elf rief sie ihn auf dem Handy an. Die Mailbox ging an. Schlief er noch? Sie versuchte es bei seinen Eltern. Ob Nino da sei? Ob sie ihn sprechen könne?

Die Auskunft der Schwiegermutter: «Nino ist heute ganz früh weg. Er wollte jemand treffen, ich weiß nicht genau. Später will er wieder zu uns kommen.»

Lena traf ein Messer ins Herz. Nino hatte es sich anders überlegt. Zog Jeannette ihr vor. Ihre Schwiegermutter, die durchs Telefon Schweigen und raues Atmen hörte, rief verwundert: «*Mamma mia, piccolina*, was ist denn los?»

«Er hat eine Freundin», stieß Lena halb schluchzend hervor.

«Was? Eine Freundin?»

«Freundin, Geliebte, was weiß ich. Er wollte gestern mit ihr Schluss machen, aber jetzt hat er sich wohl anders entschieden.» Lena fing wieder an zu weinen, jetzt war alles egal.

«Ich habe noch nie solchen Unsinn gehört!», rief ihre Schwiegermutter. «Ich glaube das nicht!»

«Es ist aber so. Wenn er sich heute wieder mit ihr getroffen hat, ist es so.»

«Aber er liebt dich doch so!»

«Aber sie liebt er auch.»

Am Ende bat Lena die Schwiegermutter, Nino auszurichten: Er solle sofort zu ihr kommen und eine gute Erklärung mitbringen. Wenn er jetzt aber keine Erklärung habe, dann wolle sie ihn niemals mehr wiedersehen.

Sie meldete sich bei der Arbeit wieder krank, legte sich ins Bett, wartete, ein entsetzliches Warten, entsetzliche Ungewissheit. Ihre Tränen liefen ununterbrochen, obwohl sie immer wieder versuchte, mit dem Weinen aufzuhören. Sie hatte ihr ganzes Leben nicht so viel geweint wie in den letzten beiden Tagen.

Gegen drei, die Zeit bis dahin schien unendlich lang, hörte sie unten einen Wagen halten und kurz darauf weiterfahren, vielleicht ein Taxi? Sie ahnte, hoffte, betete. Dann Ninos Schlüssel im Schloss. Seine Stimme, besorgt, im Flur: «Lenchen, Lenchen, was ist denn?»

Dann kam er ins Zimmer. «Warum weinst du denn so, was ist denn nur los! Ich hab dir doch gesagt, ich komm heute Abend erst wieder.» Er warf sich neben sie, schlang seine Arme um sie, war völlig aufgelöst. Lena weinte noch mehr, aber jetzt aus Erleichterung.

«Ich hab bei deiner Mutter angerufen», schluchzte sie, «sie hat mir gesagt, du bist heute Morgen ganz früh weg, um dich mit jemandem zu treffen. Da hab ich gedacht, du bist wieder mit Jeannette in irgendeinem Hotelzimmer und es ist noch nicht vorbei und du hast dich für sie entschieden.»

«Ach Lenchen, Lenchen! Ich hab mich bloß gestern nicht getraut, dir das zu sagen, weil du so kompromisslos warst. Ich hab doch heute noch einen Termin beim Sozialamt für sie gehabt. War mir natürlich klar, dass sie eh nicht mitgehen würde. Daher bin ich alleine hin, hab den Fall geschildert, Jeannette beschrieben und wo sie sich oft aufhält. Die sollen dort einfach wissen, dass es sie gibt und dass sie Hilfe braucht. Ich wollte das Gefühl haben, alles getan zu haben. Damit ich die Verantwortung los bin. Und dann hab ich mich tatsächlich noch mit ihr getroffen. Ich hatte ihr nämlich gestern versprochen, dass ich ihr ein Flugticket kaufe. Das war ihre Bedingung dafür, dass sie mich in Ruhe lässt. Ich war dann also gestern Abend noch am Flughafen,

vorher noch auf der Bank. Hab gedacht, wenn sie tatsächlich in die USA fliegt, ist sie weg aus Frankfurt. Dann weiß
man wenigstens, dass man sie los ist. Sie wird dort zwar erbärmlich scheitern. Aber das ist ihr Problem. Sie hat wirklich einen Knall. Ach Lenchen, warum weinst du denn immer noch?»

«Ich bin so verletzt. – Nino? Liebst du mich noch?»

«Ach Lenchen, Lenchen, natürlich liebe ich dich! Ich
könnte nicht ohne dich leben!»

4

Es war spät geworden. Winter war todmüde.

«Nehmen Sie ihr das ab?», fragte er Aksoy, als die Griechin abgeführt worden war.

«Was? Die Geschichte? Ich glaube schon. So was kann man schwer erfinden.»

«Ich meinte, dass die Serdaris das Mädchen an der Tür ihrer Wohnung lebend verabschiedet hat und dass sie sie danach nie wiedergesehen haben will.»

«Da bin ich nicht ganz sicher. Aber ihr Mann ist jetzt natürlich ebenfalls verdächtig. Vielleicht wollte er sich des Mädchens entledigen, um seine Ehe zu retten. Ich kann mir das eigentlich eher vorstellen, als dass die Serdaris die Täterin war. Und der Mord war dann vielleicht das, was Benedetti an dem Freitag noch zu erledigen hatte.»

«Ja, ja, Frau Aksoy. Ein Mann als Täter, dann ist Ihre Welt in Ordnung. Aber Sie haben natürlich recht, Benedetti ist verdächtig. Ich rufe jetzt die Kollegen von der Streife an, dass sie ihn mitnehmen sollen. Den Haftbefehl bekommen wir. Kapitaldelikt, Verdunkelungsgefahr. Übrigens, Frau Aksoy, ist Ihnen was aufgefallen? Ihre Theorie mit dieser Jessica aus Marl stimmt doch nicht. Das Mainmädchen hieß Jeannette.»

Aksoy zuckte mit den Schultern. «Da wäre ich mir nicht so sicher. Vielleicht wollte sie nur deshalb nicht zum Meldeamt, weil sie da ihren wahren Namen hätte sagen müssen.»

Als Winter am folgenden Morgen um Viertel vor neun das Büro betrat, war die Aksoy schon da. Unheimlich, dieser Ehrgeiz. Woher hatte sie eigentlich den Schlüssel?

«Raten Sie mal, Chef, was Heinrich gestern gefunden hat!», begrüßte sie ihn. Aha, sie hatte in aller Frühe auch schon mit den Kollegen Kontakt aufgenommen. Damit jeder mitbekam, wie überpünktlich sie war.

Winter zog seine Jacke aus. «Ich habe nicht die geringste Ahnung. Aber Sie werden's mir bestimmt gleich sagen.»

Aksoy winkte mit einer halbdurchsichtigen Tüte der Spurensicherung. «Hier ist ein Flugticket drin, Frankfurt–Los Angeles via Amsterdam, auf den Namen Jeannette Hunziker, für einen Flug Ende dieser Woche.»

Winter staunte. «Wo kommt das denn her?»

«Heinrich hat es in einem Müllcontainer gefunden. Pietsch hat schon auf Fingerabdrücke geprüft, und es sind tatsächlich welche vom Mainmädchen und von Nino Benedetti drauf. Hat Heinrich nicht einen Orden verdient? Und das ist noch nicht mal alles.»

«Moment, Moment. Ich muss erst mal überlegen. Also, der Fund bestätigt, dass Benedetti dem Mainmädchen wirklich ein Flugticket gekauft hat, so wie er gegenüber der Serdaris behauptet hat. Was sagt das nun über eine mögliche Täterschaft?»

«Darüber habe ich auch schon nachgedacht. Genau genommen sagt es gar nichts, außer dass die Geschichte, die uns Frau Serdaris erzählt hat, nicht frei erfunden ist. – Also, zu den anderen Sachen, die Heinrich entdeckt hat: Ein schwarzer Umhang und zwei Wolldecken. Der Umhang könnte Oberbekleidung des Mädchens sein. Die Wolldecken hat Heinrich mitgebracht, weil es ihm seltsam vorkam, dass zwei gute Wolldecken im Müll landen. Vielleicht wurde die

116

Leiche darin transportiert. Die Sachen sind noch in der Kriminaltechnik. Wollen wir einen Blick drauf werfen?»

Natürlich wollte Winter, obwohl es wahrscheinlich nicht sehr sinnvoll war. Sie gingen gemeinsam rüber. In der Technik verbreiteten Neonröhren schlechte Stimmung in dem ohnehin schmucklosen Raum. Der lange Pietsch begrüßte sie. Er hatte, so wie es roch, hier geraucht, obwohl es verboten war. Doch Winter sparte sich eine Bemerkung. Pietsch schob Überstunden am laufenden Band. Wer sich für den Job aufrieb, fand Winter, dem war ein kleines Laster gegönnt.

«Sieht aus wie ein Karnevalskostüm», kommentierte Pietsch, als er behandschuht einen der Funde hochhielt. Es war ein langer, in Falten fallender schwarzer Samtumhang. Bei Winter regte sich eine Erinnerung. Die kleine Tochter der Familie Klinger / Rölsch hatte etwas von «Fledermaus» gefaselt, als er nach dem Mädchen gefragt hatte. Vielleicht hatte sie dieses Vampirkostüm gemeint.

«Ist aus einem Müllcontainer. Nur ein paar Häuser weiter hat Heinrich das Flugticket gefunden», berichtete Pietsch.

«Was ist denn für ein Etikett drin?», fragte Aksoy, trat zwei Schritte nach vorn und inspizierte den Umhang selbst. «*Metallic Leather Vintage*», las sie vor. «Das ist sicher so eine Goth-Marke. Passt alles haargenau zu der Beschreibung des Mädchens, die uns die Serdaris gegeben hat.»

Winter überkam ein leichtes Schaudern. Gothic-Zeugs. Darauf stand seine Tochter auch. Ständig wurde er in dieser Ermittlung an Sara erinnert. Hatte die Serdaris gestern nicht sogar erzählt, Jeannette hätte sich laut ihrem Freund oft an der Konstablerwache aufgehalten? Genau wie Sara. Du lieber Gott. Am Ende kannten sich die beiden. Er versuchte seine Beklemmung zu verbergen, während Pietsch den letzten Fund des fleißigen Heinrich zeigte: zwei Wolldecken mit auffälligem, gezacktem Muster im Südamerika-Folklore-Stil. Sie hatten obenauf in einem Müllcontainer gelegen, ein gutes Stück entfernt von den anderen beiden Funden.

«Das gibt's doch nicht!», rief die Aksoy angesichts der Wolldecken. «Ich könnte schwören, ich hab diese Decken schon mal gesehen!»

«Das müssen ja nicht dieselben gewesen sein», schlug Winter vor, «die Dinger kann man wahrscheinlich im Kaufhof oder bei Strauss oder wie das heißt, kaufen.»

«Aber ich denke, ich habe die in den letzten Tagen irgendwo … wo war das nur … »

Winter notierte sich mental, dass er sich die Vernehmungsprotokolle nochmals ansehen musste. Vielleicht würde im Lichte des jetzigen Ermittlungsstandes einiges klarer.

Doch dazu kam er nicht. Denn auf dem Weg zurück ins Büro erhielt Winter einen Anruf von einem Wachmann der Gewahrsamszellen. Herr Antonio «Nino» Benedetti lasse ausrichten, er wolle betreffs des Mainmädchens ein Geständnis ablegen.

Während Benedetti gebracht und der Vernehmungsraum vorbereitet wurde, warf Winter rasch einen Blick auf die Informationen zum Thema Borderline-Syndrom, um die er am Samstag den Psychologen gebeten hatte. Görgen hatte eine stichpunktartige Beschreibung zusammengestellt. Winter ging bisher nicht davon aus, dass Jeannette an einer psychischen Krankheit gelitten hatte. Doch je weiter er las, desto mehr musste er zugeben, dass Görgens Schnellschuss-Diagnose «Borderline-Störung» zutreffen konnte. *Tiefere Ursache der Krankheit: häufig Misshandlung, Vernachlässigung oder sexueller Missbrauch in der Kindheit.* Das passte schon mal. *Abbruch von Schule oder Ausbildung* – dies traf bei einem Straßenmädchen sicher ebenfalls zu. Weiter: Border-liner seien *unreife, von Ängsten und albtraumhafter Wahrneh-mung geplagte Persönlichkeiten mit massiven Defiziten im so-zialen Bereich. Sie könnten Nähe nicht ertragen, aber erst recht nicht das Alleinsein, und verwickeln andere schnell in intensive Beziehungen. Können sehr charmant sein, aber ihre Bezugsper-sonen auch stark unter Druck setzen (Suiziddrohungen).* Hatte das Mädchen Benedetti auf diese Weise unter Druck ge-setzt? *Beziehungen von Borderlinern sind instabil und einsei-tig, weil sie zu viel verlangen, aber selbst nicht in der Lage sind, die Bedürfnisse anderer zu erkennen und auf sie einzugehen. Bei Widerstand gegen ihre Wünsche werten sie ihre Bezugsper-sonen ab und verteufeln sie.* In psychiatrischen Kliniken oder Wohneinrichtungen würden Borderline-Patienten häufig die Betreuergruppe spalten in solche, die sich übertrieben stark für sie engagierten und in andere, die dies nicht täten und die sie als Feinde betrachteten.

Winter rieb sich die Schläfen. Ob das Mainmädchen nun im psychiatrischen Sinne gestört war oder nicht: Eines war klar, sie hatte im Hause Serdaris-Benedetti mit dem Feuer gespielt. Sie hatte nicht erkannt, wie sehr Benedetti an sei-ner Frau hing und diese an ihm, und dass sie sich in Gefahr begab, wenn sie einen Keil zwischen die beiden trieb. Hätte sie sich stattdessen auch um Serdaris' Freundschaft und Hilfe bemüht, statt diese gegen sich aufzubringen – nicht auszuschließen, dass Jeannette sich heute im Gästezimmer des Paares wohlversorgt ihres Lebens freuen würde.

Der attraktive Nino Benedetti war bleich, aber gefasst. Winter ließ ihn erst einmal frei reden. Zum Nachfragen war später noch Zeit.

Der Verdächtige erzählte im Groben die gleiche Geschichte wie gestern Abend seine Frau, bloß aus seiner Perspektive. Er brauchte dafür nur fünf Minuten und nicht zwei Stunden wie die Serdaris. Die Geschichte endete damit, dass er gefürchtet habe, dass Mädchen werde ihn niemals in Ruhe lassen, weshalb er beschlossen habe, Jeannette zu töten. Er habe geglaubt, nur so die Beziehung zu seiner Frau retten zu können. Er habe sich dann am Freitag am Main mit Jeannette getroffen und sie dort im Uferbereich ertränkt.

«Auf ein Wort, Herr Winter», sagte die Aksoy und stand auf. Winter nickte und kam mit vor die Tür.

«Er war es nicht», sagte Aksoy, «und es gibt noch eine Menge zu tun. Deshalb schlage ich vor, Sie machen hier alleine weiter, und ich kümmere mich mit Heinrich um die Ermittlungen zum Opfer. Wir haben bisher noch nicht einmal den Namen Jeannette Hunziker überprüft.»

«In Ordnung», stimmte Winter zu. «Aber seien Sie nicht zu vorschnell mit Ihren Schlüssen, Frau Aksoy. Ein gewiefter Täter weiß genau, dass wir etwas hören wollen, was nur der Täter wissen kann. Vielleicht erzählt uns Benedetti absichtlich diesen Stuss von Ertränken, damit wir denken, er habe kein Täterwissen und war es nicht.»

«Oh. Da haben Sie mehr Erfahrung als ich. Soll ich trotzdem gehen?»

«Ja, ja, es gibt wirklich noch genug zu tun.»

Winter kam mit diesem Nino Benedetti nicht zurecht. Das Verhör mutierte mehr und mehr zu einer Farce. Es half auch nicht, dass sich nach einer Stunde mit befriedigter Miene und roter Fliege Erster Kriminalhauptkommissar Fock dazugesellte, der gehört hatte, man habe ein Geständnis. Fock wollte den Erfolg durch Anwesenheit aufs eigene Konto verbuchen, seine tragende Rolle als Ermittlungsleiter demonstrieren.

Am Ende hatte Benedetti alles *en détail* gestanden: Er habe Jeannette mit dem Versprechen auf das Flugticket an den Main gelockt. Als sie mit dem Ticket abgelenkt war, habe er ihr mit einem Messer in den Bauch gestochen. Sobald sie leblos am Boden lag, habe er mit einem großen Stein auf ihr Gesicht eingeschlagen. In einem Gebüsch habe er sie liegen gelassen und in der Nacht von der Staustufe aus in den Main geworfen.

Aber dieses Geständnis war wertlos. Mit jedem bisschen Täterwissen war Benedetti erst herausgerückt, wenn Winter Andeutungen gemacht hatte, in welche Richtung es gehen musste. So hatte der Beschuldigte seine Aussage fortlaufend verändert und ergänzt, bis alles passte. Winter hatte so etwas in all den Jahren noch nicht erlebt.

Zwischendurch hatte Benedetti um eine Pause gebeten, weil ihm übel sei. Das geschah genau an der Stelle, als Winter geäußert hatte, merkwürdig, dass die Leiche einen vielfach gebrochenen Kiefer und gebrochene Jochbeine aufweise, und fragte, wie das denn passiert sei.

Winter war völlig klar, was hier ablief. Benedetti wollte seine Frau schützen, weil er wusste, dass sie das beste Motiv für diesen Mord hatte. Er fühlte sich wahrscheinlich für ihre Tat verantwortlich. Als er aber nun erfuhr, wie brutal die Serdaris vorgegangen war, da war ihm übel geworden. Begreiflicherweise.

«Bestens, bestens», befand Fock händereibend, als Benedetti blass und mitgenommen am Ende abgeführt wurde. «Gute Arbeit, Winter. Aber es war natürlich auch sehr einfach. Gut, dann werde ich den Termin mit dem Haftrichter für die Griechin jetzt absagen.»

«Nein, Chef, auf keinen Fall. Meiner Ansicht nach ist die Serdaris die Täterin, Benedetti will sie nur schützen. Sie haben doch gehört, wie er eben ...»

«Ach, Winter, nun machen Sie es doch nicht wieder unnötig kompliziert! Ihre Gewissenhaftigkeit in allen Ehren. Aber der Fall ist geklärt. Und wir haben in der SoKo Krawatte so viel zu tun, dass wir nicht gerade aussehen können. Wir brauchen Sie da.»

Winter lag ein Fluch auf der Zunge, den er sich gerade so verkneifen konnte. Die SoKo Krawatte bearbeitete den Fall des in Sado-Maso-Utensilien erstickten Kultusministers.

Ihm brummte der Schädel, als er später allein in der Kantine ein kaltgewordenes Würstchen verzehrte. Jetzt hatte er wirklich ein Problem: einen geständigen Täter, der keiner war, und einen Vorgesetzten, der davon nichts wissen wollte. Die Serdaris würde heute Nachmittag auf freien Fuß gesetzt, wenn Winter es nicht verhinderte. Warum war eigentlich der Staatsanwalt beim Verhör nicht da gewesen? Wahrscheinlich konferierte Fock jetzt mit ihm.

Winter sah keinen anderen Ausweg, als hinter Focks Rücken selbst bei der Staatsanwaltschaft anzurufen. Er musste sich die Serdaris unbedingt noch einmal vornehmen, und zwar bald, solange sie noch hier und verunsichert war. Kauend, einen Kaffee in der Hand und düster dreinblickend, verließ er die Kantine. Es war halb zwei.

Hilal Aksoy saß derweil in der S-Bahn Richtung Konstablerwache. Sie kam vom Südbahnhof in Sachsenhausen, wo sie Fahndungszettel mit einer Beschreibung des Madchens aufgehängt hatte. Es war auch eine Montage dabei, die den von Heinrich gefundenen schwarzen Umhang zeigte. Aksoy hatte schon heute früh ein Foto davon Eleni Serdaris gezeigt. Die hatte tatsächlich bestätigt, dass das Mädchen einen solchen oder zumindest ähnlichen Umhang getragen hatte. Ein Foto der Wolldecken war ebenfalls mit auf dem DIN-A4-Fahndungsplakat, das Aksoy selbst entworfen hatte. Die Serdaris hatte behauptet, die Wolldecken nicht zu kennen. Die Kriminaltechnik war unterdessen dabei, die Wohnung von Benedetti/Serdaris auseinanderzunehmen. Wenn die Wolldecken von hier stammten, würden sie es herausbekommen.

An der Station Ostendstraße stieg passenderweise ein Mädchen im Gothic-Look und mit Nietenstiefeln in den S-Bahn-Wagen und setzte sich auf die Bank Aksoy gegenüber. Spontan stellte Aksoy sich vor und reichte dem Mädchen einen der Fahndungszettel. Solche Zufälle waren ein Grund, warum Aksoy im Dienst gern öffentliche Verkehrsmittel benutzte. Jedenfalls wenn sie in der Innenstadt zu tun hatte, wo es mit Parkplätzen ohnehin schlecht bestellt war. In Frankfurts Bahnen zu sitzen gab ihr das Gefühl, näher am Geschehen zu sein, an den Menschen, um die es bei den Ermittlungen ging. Das Gothic-Mädchen allerdings steckte den Fahndungszettel ungelesen ein.

Als Aksoy über die breite, fleckige Treppe aus den Katakomben der Station Konstablerwache stieg, strahlte ihr die Sonne entgegen. Für Anfang November war es warm. Auf den Stufen zu dem großen gepflasterten Podest des Platzes standen und saßen in Grüppchen Jugendliche herum, genau wie Hilal Aksoy gehofft hatte.

Sie nahm sich erst einmal den Mann vom Obststand vor, der ihr drei Kilo Orangen zum halben Preis anbot, wie immer behauptete, nichts zu wissen, aber es gerne zuließ, dass sie ein Plakat an einen seiner Pfosten pinnte. Das war ein ausgezeichneter Platz, auch für den Obsthändler. Ein interessantes Polizeiplakat lockte Kunden an.

Unter den Jugendlichen, die in der Sonne auf der Westseite des Podests herumstanden, war eine Gruppe von der schwarzen Fraktion. Es war ein eher jüngeres Phänomen, dass die sich hier trafen. Vor der neuen Stadtbücherei in der Hasengasse hatte Aksoy diese Clique auch schon gesehen. Ihrer Einschätzung nach waren die meisten dieser Kids Gymnasiasten. Das Mädchen aus der Bahn, sie hatte die schwarz gefärbte Mähne zu einem Pferdeschwanz ganz oben auf dem Kopf gebunden, war auch dabei.

«Hallo», sagte Aksoy und ging auf die Gruppe zu. «Ich bin Kriminalkommissarin Hilal Aksoy. Wir fahnden nach einer vermissten jungen Frau, um die wir uns große Sorgen machen. Wir beide kennen uns ja schon» – das war an das Pferdeschwanz-Mädchen gerichtet –, «aber den andern würde ich auch gerne noch das Bild zeigen. Die junge Frau ist etwa sechzehn bis achtzehn Jahre alt, sehr schlank, nennt sich Jeannette, aber vielleicht auch Jessica. Mittelblonde, lange, glatte Haare. Meist blass geschminkt, die Augen sehr dunkel. Sehen Sie, dieser Samtumhang hier ist schon sehr auffällig. Den trug sie oft. Kann sich jemand von Ihnen an das Mädchen erinnern?»

«Ist das nicht die mit dem Hau?», sagte ein bleicher Jüngling mit rostroten Haaren bis zur Hüfte, der Aksoy um zwei Köpfe überragte.

«Ja, ey, das ist die», sekundierte der zweite Junge der Gruppe, kopfnah rasiert und mit zahllosen Piercings verschönt. «Die immer im Hotel geschlafen hat. Und ihr Lieblingshotel war das Ritz.» Die Gruppe brach in grölendes Gelächter aus. Aksoy lächelte unwillkürlich, dann fragte sie, ob ihr jemand den Witz erklären könne.

«Weil die sich geritzt hat», erläuterte der Geschorene. «Also, in die Arme mit Rasierklingen. Machen sonst mehr die Emos. Aber die hier war echt nicht normal. Stimmt doch, oder?»

Seine Freunde nickten zustimmend.

«Ich glaube, das ist tatsächlich die junge Frau, über die wir Informationen suchen», sagte Aksoy. «Wir haben ebenfalls den Verdacht, dass sie psychische Probleme hat. Was wissen Sie noch über sie, was hat sie von sich erzählt?»

«Nicht viel, eigentlich», sagte wieder der Geschorene, der die Sprecherfunktion übernommen hatte. «Düstere Andeutungen, tragische Homestory. Aber Miss Ritz hatte nicht viel mit uns zu tun. Stand gern dahinten bei den Klamottengeschäften rum und hat Leute angesprochen. Die war immer auf der Suche nach einem Alten, der sie mit nach Hause nimmt oder ihr das Hotel bezahlt. Irgendwie fand sich auch immer ein Doofer.»

«Oh, Scheiße», sagte eines der Mädchen. «Die hat bestimmt einer umgebracht. Einer von den Freiern, die sie ausgehalten haben. Da ist sie bestimmt mal an den Falschen geraten.»

«Wann haben Sie die junge Frau denn zuletzt gesehen?»

Die Gruppe sah sich untereinander an.

«Also, ich hab die lange nicht gesehen», behauptete der lange Rotmähnige.

«Nee», bestätigte der Kurzgeschorene, «ich glaub auch, das muss Wochen her sein. Oder Monate. Da war es noch warm.»

«Weiß jemand, wie sie mit Nachnamen hieß?»

Schulterzucken.

Aksoy verteilte ihre Karte, bat um einen Anruf, wenn einem der jungen Leute noch etwas einfalle, verabschiedete sich und machte sich auf zu einer Gruppe orientalisch aussehender junger Männer zehn Meter weiter. Einen von denen kannte sie als Dealer.

Wie erwartet waren die Typen zwar zu ein paar Scherzen mit ihr bereit, aber eine Auskunft bekam sie nicht. Niemand hatte das Mädchen je gesehen. Aksoy sah sich um, wohin sie sich als Nächstes wenden könne, da sprach jemand sie von der Seite an. «Entschuldigung?»

Neben ihr stand das Goth-Mädchen mit dem Pferdeschwanz. Aksoy fiel jetzt erst auf, wie jung sie war, höchstens sechzehn, mit roten Wangen unter der Schminke und einem kindlichen, etwas pausbäckigen Gesicht. Der schwarze Mantel war bodenlang.

«Mir ist noch was eingefallen.»

«Oh. Prima. Was denn?»

«Also, ein Freund von mir kennt die etwas näher. Glaube ich jedenfalls. Sie hat wohl mal eine Zeitlang bei ihm gepennt. Es ist nur so, ich weiß nicht, ob der Lust hat, mit der Polizei zu sprechen. Kann ich – also, ich würde ihn fragen, und wenn er nicht mit Ihnen reden will, dann kann er mir vielleicht trotzdem ein paar Infos geben. Ich würde Sie dann anrufen. Ist das okay?»

«Ja. Tun Sie das. Übrigens würden wir Ihrem Freund natürlich Diskretion zusichern. Er kann sich, wenn er will, gern auch anonym an uns wenden. Auf der Karte ist eine Mailadresse. Am besten geben Sie mir auch noch Ihre Telefonnummer. Es kann sein, dass wir irgendwann eine sehr konkrete Frage zu der jungen Frau haben, die uns ihr Freund möglicherweise beantworten kann. Dann würde ich Sie gerne kontaktieren. Wollen Sie mir Ihre Nummer auf die Karte schreiben?» Aksoy reichte dem Mädchen einen Kuli und eine ihrer Karten. Während sie schrieb, kamen die anderen aus der Gothic-Gruppe herbeigeschlendert.

«Das ist meine Handynummer», murmelte das Mädchen. «Meine Eltern müssen das jetzt nicht unbedingt wissen. Dass ich mit der Polizei in Kontakt bin. Sie verstehen.»

«Sicher verstehe ich», lächelte Aksoy und nahm die Karte entgegen. Sie warf einen kurzen Blick darauf. In künstlerisch gezierter Mädchenschrift stand über der Nummer: *Sara Winter.*

«Sie haben uns jetzt doch neugierig gemacht», sagte der geschorene Sprecher der herannahenden Gruppe. «Was ist denn nun mit Miss Ritz? Wer vermisst die denn?»

«Ihre Familie suchen wir noch», sagte Aksoy. «Um ehrlich zu sein, wir fürchten, dass sie einem Verbrechen zum Opfer gefallen ist. Wir haben eine Leiche an der Griesheimer Staustufe gefunden, leider sehr entstellt. Das könnte sie sein.»

Sie hörte erschrockenes Einatmen. Eins der Mädchen murmelte: «Ach du Scheiße.»

Der Geschorene murmelte leise: «*We are but falling leaves.*»

Aksoy verabschiedete sich.

Winter war müde und deprimiert. Es schien ihm, als ob seit Gerds Abschied alles schiefging. An Eleni Serdaris hatte er sich den ganzen Nachmittag die Zähne ausgebissen – vergeblich. Sie blieb stur bei ihrer Geschichte, egal, wie sehr er ihr zusetzte. Es war auch klar, warum. Als Winter gegenüber der Serdaris behauptete – Finger auf der Pausetaste –, man habe ein Messer mit Resten von Opferblut und ihren DNA-Spuren gefunden, da sagte die Beschuldigte nach einer Schrecksekunde, sie glaube ihm das sowieso nicht. Die Kommissarin Aksoy sei am Morgen wegen eines Fotos bei ihr gewesen. Bei der Gelegenheit habe Aksoy ihr verraten, <das von gestern mit Nino> sei gelogen gewesen.

«Was von gestern?», fragte Winter, der in dem Moment tatsächlich nicht wusste, was die Frau meinte.

«Dass Nino behauptet hat, ich hätte das Mädchen umgebracht. Frau Aksoy sagt, das stimmt überhaupt nicht. Das hätten Sie bloß erfunden, damit ich rede.»

Winter traf der Schlag. Die Aksoy! Unglaublich! Er hatte es von Anfang an gewusst, mit so jemandem ließ sich nicht zusammenarbeiten.

Dank Aksoys Sabotage bekam er aus der Serdaris also nichts heraus. Und als reiche das nicht, wurde er vor dem Vernehmungsraum von Fock gestellt, der ihn wegen seines Alleingangs bei der Staatsanwaltschaft und dem Haftrichter vor mehreren Wachbeamten zusammenstauchte wie einen Schuljungen.

Winter fühlte sich schwer wie ein Sack Blei, als er um kurz nach halb sechs sein Büro betrat. Er wollte seine Jacke holen und dann nur noch nach Hause.

Im Büro brannte Licht. Im Drehsessel vor Gerds Schreibtisch saß die Aksoy, frisch, munter und bester Laune.

«Herr Winter, es gibt tausend Neuigkeiten!»

«Ach, tatsächlich?»

Es sollte sarkastisch klingen, aber seine Stimme war brüchig.

«Erstens, ich habe die ganzen Protokolle von der Anwohnerbefragung noch mal gelesen. Und dabei ist mir eingefallen, wo ich die Wolldecken gesehen habe. Das war bei dem Schriftsteller auf dem Hausboot. An den müssen wir also noch mal ran. Zweitens, die Kollegen aus Marl haben sich gemeldet. Sie können sich gut vorstellen, dass es sich bei Jeannette um die vermisste Jessica handelt. Ich habe mit einem Herrn Brandt gesprochen, der damals die Vermisstenmeldung bearbeitet hat. Er hat den Fall nie vergessen. Es gab Indizien, dass das Mädchen weggelaufen war, Aussagen von Freundinnen und dergleichen. Der Kollege wird einen genetischen Fingerabdruck bei der Mutter anleiern. Dann haben wir Gewissheit. Eine Jeannette Hunziker jedenfalls gibt es in Deutschland bei keiner Meldebehörde. Das ist auch eher ein Schweizer Name. So heißt sie in Wahrheit garantiert nicht. Drittens, ich habe an der Konstablerwache ein paar Jugendliche aufgetrieben, die unsere sogenannte Jeannette kannten. Das Mädchen hat ein gefährliches Leben geführt. Sie hat sich häufig von Männern aushalten lassen. Ist doch schon merkwürdig, dass sie immer jemanden gefunden hat, ohne Gegenleistung, denn sie war ja Jungfrau. Oder meinen Sie, sie hat die Männer oral …?»

«Keine Ahnung. Es interessiert mich auch nicht, da wir die Täterin bereits kennen. Es war die Serdaris. – So, Frau Aksoy, wenn Sie mit Ihrem Monolog fertig sind, darf ich jetzt auch mal etwas sagen? Wie kommen Sie eigentlich dazu, meine Verhörmethoden zu sabotieren? Ich bin heute mit der Serdaris gegen die Wand gefahren, hatte keine Chance, die Frau unter Druck zu setzen, weil *Sie* die Frechheit hatten, ihr mitzuteilen: ‹Übrigens, mein Kollege hat gestern gelogen, es stimmt nicht, dass Ihr Mann Sie beschuldigt hat.›»

Zu seiner Freude bemerkte Winter, wie der selbstzufriedene Ausdruck auf Aksoys Gesicht wich und sie rot anlief.

Sie setzte sich aus ihrer Lümmelposition gerade auf. «Das tut mir leid, Chef. Ich dachte, die Serdaris ist aus dem Rennen. Ihre Aussage wirkt doch sehr ehrlich, und dann scheint es ja wegen der Wolldecken, als ob dieser Schriftsteller sehr verdächtig ist. Jedenfalls, die Serdaris und der Benedetti lieben sich doch so, und ich wollte nicht, dass sie mit dem Gedanken leben muss, dass er sie beschuldigt hat.»

Winter fielen fast die Augen aus dem Kopf.

«Mensch, Aksoy! *Sie* haben Probleme! Aber von Teamarbeit und Abstimmung haben Sie echt noch nie was gehört!»

«Sorry», sagte sie kleinlaut. «Na ja, ich finde eben, dass der Seelenfrieden anderer Menschen einem am Herzen liegen sollte. Also, man will den Leuten ja nicht ein Trauma fürs Leben verschaffen, bloß weil sie mal Verdächtige in einem Tötungsdelikt –»

«Wir haben hier andere Prioritäten. Wir können die Leute nicht immer mit Samthandschuhen anfassen. Sie haben wirklich noch viel zu lernen, Aksoy.»

Sie wirkte zerknirscht, aber alles andere als überzeugt. Gut, dass sie bald wieder zurück zum KDD gehen würde. Da gehörte sie auch hin. Fleißig war sie zwar, aber das war auch schon alles.

«Okay, ich habe verstanden», sagte sie. «So was mache ich nicht mehr, ohne Sie zu fragen.»

«Ich bitte darum.»

«Wegen dieser Jugendlichen an der Konsti –»

«Ja?»

«Da kommt vielleicht noch was nach. Das ist so ein Gothic-Grüppchen. Das Mainmädchen gehörte nicht wirklich dazu, obwohl sie auch so angezogen war und wahrscheinlich dazugehören wollte. Jedenfalls, eins der Mädchen aus der Gruppe sagt, ihr Freund kenne das Mainmädchen näher. Den Namen des Freundes wollte sie mir aber nicht nennen, was für mich darauf hindeutet, dass der vielleicht

Dreck am Stecken hat. Sie will sich noch mal bei mir melden, oder der Freund selbst tut es anonym. Sollen wir da auf eigene Initiative nachforschen? Ich habe hier die Handynummer …» – Aksoy nahm eine Karte vom Schreibtisch – «… das Mädel heißt übrigens witzigerweise Winter mit Nachnamen. Aber Ihre Tochter wird es ja wohl nicht sein.»

Winter griff stumm nach der Karte. Seine Zunge war wie gelähmt. Ein Blick genügte. Natürlich war es Sara, ihr Name, ihre Schrift, ihre Handynummer. Von Anfang an hatte ihn bei diesem Fall die düstere Ahnung verfolgt, dass Sara irgendwie darin verwickelt sein könnte. *Ihr Freund habe das Mainmädchen näher gekannt.* Mein Gott. Der berüchtigte Selim. Winter fröstelte. Er gab die Karte zurück, verriet mit keinem Ton, was in ihm vorging.

«Warten Sie erst einmal ab, was da kommt. So, Frau Aksoy, ich muss jetzt dringend nach Hause. Schreiben Sie doch bitte noch eine Rundmail. Briefing im Fall morgen früh um zehn.»

Auf dem kurzen Heimweg – Winter wohnte nicht weit vom Präsidium im Nordend – wäre er fast bei Rot über eine Ampel gefahren. Er war eigentlich sogar schon drüber, kam dann aber mit quietschenden Bremsen einen Meter weiter zum Stehen, da er ein von der Seite kommendes Fahrzeug bemerkte. Als er stand, schoss Winter ein schmerzhafter Druck in die Oberarme und die Brust. Er dachte zuerst, es wäre ein Herzinfarkt. Aber es war nur eine Hochdosis Adrenalin.

Er hatte im Augenblick wirklich eine schlechte Phase.

5

Patrick Heinrich fand es einfach spitze bei der Kripo. Okay, der Tag als Müllwühler war furchtbar gewesen, und er hatte sich noch dazu einen Schnupfen geholt. Aber die westliche Zivilisation hatte glücklicherweise das Nasenspray erfunden. Und die selbständige, abwechslungsreiche Arbeitsweise bei der Mordkommission motivierte Heinrich total. Gestern hatte er ganz allein die eingehenden Hinweise bearbeitet. Erstaunlich viele Leute hatten bereits auf die ausgehängten Fahndungszettel reagiert. Vor allem auf die am Südbahnhof. Das Mädchen war eine schillernde Gestalt gewesen und vielen Leuten ins Auge gefallen. Die meisten konnten allerdings nichts weiter sagen, als dass man sie in ihrem «Vampirumhang» öfter am Südbahnhof hatte sitzen sehen und dass sie meist ganz allein gewesen war. Sie hielt sich auf den Bänken am Diesterwegplatz auf oder in der B-Ebene an den U-Bahn-Gleisen, hatte häufig Vorübergehenden zugelächelt.

Ein Hinweis, per E-Mail eingetroffen, war interessanter: *Hallöchen, wir denken, wir kennen die junge Dame. Sie hat eine Weile bei uns gewohnt. Wir arbeiten hier alle im Schichtdienst. Wenn Sie mehr wissen wollen, kommen Sie doch morgen früh um neun vorbei. Bitte keine Vorladung, wir wissen, dass wir ohne gerichtliche Anordnung sowieso nicht Folge leisten müssen.*

Heinrich fand das sehr seltsam formuliert. Was waren denn das für Leute, dass die sich so gut mit ihren Rechten auskannten?

Kollegin Aksoy hatte gestern vorgeschlagen, Heinrich solle heute früh statt ins Büro gleich dahin fahren und die Leute befragen. Aksoy gab sich in Winters Abwesenheit gern als Entscheiderin. Wohl weil sie ein paar Jahre älter war als Heinrich und fest bei den Kriminalern. Zwar war Heinrich der Ansicht, dass man beim Kriminaldauerdienst nicht viel anderes machte als er auf der Wache auch. Aber bitte, wenn die Aksoy ihn selbständig wichtige Befragungen machen ließ, dann sollten ihm ihre Chefallüren recht sein.

Die Absender der E-Mail – die mit *P. Wuttke und Freunde* unterzeichnet war – wohnten quasi in Sichtweite des Südbahnhofs. Das Haus war eins der schönsten hier: gutbürgerliche Gründerzeit, mit zartrosa Anstrich und weißer Stuckatur. Heinrich war beglückt, dass es an dieser Ecke beinahe noch so aussah wie zu seiner Schulzeit. Er war durch die Textorstraße angefahren und bass erstaunt, wie viele große, postmoderne Neubauklötze dort in den letzten paar Jahren auf die wenigen Freiflächen gestellt worden waren, alle mit bodenlangen Fenstern, aber gänzlich schmucklosen, eintönigen Fassaden. Dieses In-Viertel bekam allmählich eine beklemmende Bebauungsdichte.

P. Wuttke wohnte laut Klingel mit drei anderen Personen zusammen. Dass es sich um eine WG handelte, hatte Heinrich sich fast schon gedacht. Außer Puste oben im vierten Stock angekommen, wusste er sofort, was ihn erwartete. «Huhu, hier ist es», flötete der kokett in der Holztür lehnende junge Mann, klein, mit einem glatten, mädchenhaften Gesicht, von Natur aus schmächtig, aber von Tausenden Workouts gestählt. «Ich bin Peer Wuttke. Sie sind Kommissar Heinrich? Immer nur rein in die gute Stube.» Heinrich folgte ihm in ein großes Esszimmer, wo zwei weitere junge

Männer um die dreißig an einem liebevoll gedeckten Tisch beim Frühstück saßen. «Jungs, hier ist er, unser Kriminalkommissar», stellte Wuttke ihn vor. Heinrich war natürlich Polizei- und nicht Kriminalkommissar. Aber er ließ es so stehen und schüttelte den jungen Männern die Hände.

«Setzen Sie sich doch», forderte Wuttke ihn auf. Tatsächlich war auch für Heinrich gedeckt. Etwas verunsichert nahm er Platz.

«Damit keine Missverständnisse aufkommen», redete Wuttke weiter, «wir sind hier eine Schwuletten-WG. Arbeiten alle am Flughafen. So viel zum Hintergrund. Wer uns die Jacqueline angeschleppt hat, ist unser guter Daniel hier.»

«Jacqueline?», fragte Heinrich.

«Ja. Oh. Ist das etwa gar nicht die, nach der Sie suchen?»

Heinrich kapierte es in dieser Sekunde: Jacqueline, Jeannette – alles mit J. Alles Ersatznamen für Jessica.

«Doch, das ist wahrscheinlich schon die Richtige. Sie nennt sich unterschiedlich. Apropos, hat sie einem von Ihnen einen Nachnamen genannt? Oder haben Sie Ausweisdokumente von ihr gesehen?»

Der, den Wuttke Daniel genannt hatte, schluckte rasch seinen Bissen Brötchen herunter. Er war groß und hatte durchscheinend helle Haut. Seine weißblonden Haare lichteten sich schon und waren auf einen Millimeter Länge rasiert. «Also», begann er, «ich hab sie natürlich gefragt, wie sie mit Nachnamen heißt. Aber ehrlich gesagt, geglaubt habe ich ihr nicht. Sie hat nämlich behauptet, ihr Nachname sei Hilton. Na ja, was soll ich sagen. Da hat sie sich wohl einen Promi-Namen gegriffen, um ihren richtigen nicht zu verraten. Ich schätze mal, es ist, weil sie nicht will, dass ihre Eltern sie irgendwann finden.»

Jetzt wurde es interessant.

«Oder nicht wollte», verbesserte sich der hellblonde Daniel. «Darf ich denn ... muss ich denn ihr Plakat so verstehen, dass Jackie nicht mehr lebt?»

«Ja, da haben Sie recht.»

«Scheiße», murmelte Daniel, «Scheiße.» Er stützte die Ellbogen auf den Tisch und nahm das Gesicht in beide Hände, rieb sich Augen und Stirn.

«Mensch, Danny», maulte der kleine Wuttke, «wenn du jetzt anfängst, dir Vorwürfe zu machen, bin ich aber sauer.»

«Du verstehst das nicht», murmelte Daniel. Dann nahm er die Hände aus dem Gesicht und sah Heinrich direkt an. Seine Augen waren rot um die blassblaue Iris. «Sie ist das Mädchen, das im Main gefunden wurde, stimmt's?»

Heinrich nickte. Die Hessenschau hatte von dem Fund berichtet. Daniel sprang auf, drehte im Raum eine Runde. Als er sich wieder setzte, hatte er Tränen in den Augen. Heinrich beobachtete das mit Befremden, war aber zugleich gerührt. Hier war nun endlich jemand, der um das Mädchen trauerte. Der nicht froh war, es aus der Welt zu wissen. Er räusperte sich.

«Ich habe leider nicht so viel Zeit. Wollen Sie mir jetzt vielleicht erzählen, in welcher Beziehung Sie zu Jacqueline standen, was Sie über sie wissen und wann und wo Sie sie zuletzt gesehen haben?» Er stellte ein Diktiergerät auf den Tisch. «Ist das okay?», fragte er. «Das macht es einfacher fürs Protokoll.»

«Ist schon okay», sagte Daniel und schniefte.

«Fangen Sie doch kurz mit Ihrem vollständigen Namen und Ihren Personalien an», empfahl Heinrich.

«Bin ich jetzt verdächtig?»

Heinrich lächelte. «Nicht im Geringsten. Verdächtige haben wir in diesem Fall auch ohne Sie schon genug.»

Daniel Depuhl hatte das Mainmädchen, wie zu erwarten, am Südbahnhof kennengelernt. Sie hatte Andeutungen von sexuellem und anderem Missbrauch zu Hause gemacht, sei von dort fortgelaufen. Er habe ihr helfen wollen. Zunächst hatte «Jacqueline» dann im Esszimmer der WG oder in einem jeweils leeren Schlafzimmer übernachtet. Zwei Mitbewohner waren Flugbegleiter und viele Nächte im Monat nicht zu Hause. Diese Situation hatte jedoch zu Konflikten geführt. Alle außer Daniel fanden «Jacqueline» nämlich schwer erträglich. Am Ende hatte Daniel für sie eine eigene Wohnung gemietet, damit sie nicht auf der Straße schlafen musste. Diese Wohnung ganz in der Nähe hatte er monatelang gehalten. «Und er ist die ganze Zeit über praktisch nicht arbeiten gegangen», ergänzte Wuttke. «Madame brauchte ihn ja dauernd, und wenn er mal sagte, heute habe ich keine Zeit, dann drohte sie ihm mit Selbstmord.»

«Was hat denn Ihr Arbeitgeber dazu gesagt?», fragte Heinrich unwillkürlich den unglücklichen Daniel Depuhl.

Wuttke antwortete statt seiner.

«Also, wenn nicht der Bruder von meinem Freund Oliver der Vize-Deutschlandchef von United wäre, dann hätte Danny den Job jetzt nicht mehr», erklärte er triumphierend.

United war United Airlines.

Als sein Job auf dem Spiel stand, erzählte Depuhl, sei ihm endlich klargeworden, dass es so nicht weitergehen konnte. Er habe Beratung bei einem Psychologen und beim Jugendamt gesucht. Eines Tages habe er eine Sozialarbeiterin zu dem Mädchen mitgebracht. Er habe dann die Wohnung ge-

136

kündigt, um «Jackie» unter Druck zu setzen, das Angebot einer betreuten Wohngruppe anzunehmen.

«*And her Ladyship was not amused*», warf der kleine Wuttke an dieser Stelle des Berichts ein. «Als er nicht mehr spurte, war der geliebte Danny ihr plötzlich keinen Pfifferling mehr wert.»

Daniel Depuhl kramte inzwischen seinen Terminkalender hervor und gab an, das Mainmädchen zuletzt am fünfzehnten September gesehen zu haben. Er hatte wieder Tränen in den Augen.

«Jetzt muss ich Sie aber noch was fragen», sagte Heinrich. «Sie sagen, es war nichts Sexuelles. Aber was hat Sie denn dazu getrieben, sich derart intensiv um dieses Mädchen zu kümmern? Oder sind Sie nicht doch zumindest bisexuell?»

«Quatsch», sagte Depuhl, «absolut nicht. Aber ich habe sie wirklich geliebt. Es ist schwer zu erklären. Sie war so – bezaubernd. Sie hat einem das Gefühl gegeben, als ob man sich glücklich schätzen kann, dass man so privilegiert ist, sie zu kennen und ihr helfen zu dürfen. Sie war einfach was ganz Besonderes.»

«Kann ich schwer nachvollziehen», befand Heinrich.

«Wir gar nicht», mischte sich wieder Wuttke ein. «Aber bei uns hat sie ihren Charme auch nicht spielen lassen. Hier wollte sie eh nie bleiben, es war bloß Danny, dem sie volles Rohr Zucker gegeben hat. Sagen Sie, Herr Kommissar, kennen Sie die Geschichte von Kaspar Hauser?»

«Wie?» Heinrich war verblüfft. «Sie meinen diesen Jungen, der bis zum sechzehnten Lebensjahr in einem Verlies gehalten wurde und eigentlich ein Prinz war?»

«Natürlich war er in Wahrheit kein Prinz. Aber eben das ist der Punkt. Er wirkte auf die Leute ebenfalls so, als ob er was ganz Besonderes sein müsste. Zufällig wollte ich mal eine Magisterarbeit über Kaspar Hauser schreiben und habe die ganzen Quellen gelesen, also das, was die Leute, die ihn kannten, geschrieben haben. Mit Kaspar Hauser muss es so ähnlich gewesen sein wie mit unserem Prinzesschen hier. Einige trockene Beamtentypen hat der so in seinen Bann geschlagen, dass sie die Welt für ihn in Bewegung gesetzt haben, statt ihn ins Armenhaus zu stecken, wo er eigentlich hingehörte. Der Hauser war natürlich auch irgendwie gestört. Sonst hätte er hinterher nicht – egal, ich sehe, das interessiert Sie nicht.»

Heinrich verabschiedete sich alsbald. Er war hier der Lösung des Falles sicher nicht nähergekommen. Seiner Meinung nach war es unwahrscheinlich, dass Daniel Depuhl oder ein anderer aus der Gruppe etwas mit dem Tod der Kleinen zu tun hatte. Aber interessant war die Vernehmung schon gewesen. Ganz was anderes, als nachts auf Streife Betrunkene einzusammeln.

Doch als Polizeikommissar Patrick Heinrich gegen halb elf, zu spät für die Mainmädchenbesprechung, im Präsidium eintraf, stellte sich heraus: Seine Karriere als Kriminaler war schon wieder beendet.

Als Winter früh am selben Morgen das Büro betrat, spürte er drückende Kopfschmerzen. Er hatte in der Nacht kein Auge zugetan. Nach dem, was er von Aksoy gehört hatte, hatte er gestern Abend Sara in der Mainmädchensache ausfragen wollen. Doch das Gespräch war vom ersten Moment an ins falsche Fahrwasser geraten. Die Sorge, dass Sara mit dem Mörder liiert sein könnte, hatte Winter undiplomatisch beginnen lassen. Sara hatte explosiv reagiert, so wie es in letzter Zeit öfter vorkam. Sie hatte dabei das Wort «Scheiß-

Bullerei» verwendet, das Winter seinerseits auf die Palme brachte. Nach seinem Ausbruch hatte Sara völlig zugemacht. Erfahren hatte Winter gar nichts. Im Gegenteil, jetzt konnte er sicher sein, dass Sara sich auch an Aksoy nicht mehr mit Informationen wenden würde. Und dann gab es noch das kleine Problem, dass Aksoy herausfinden könnte, es handele sich um seine Tochter. Er hätte es natürlich gestern Abend sofort sagen müssen. Andere hätten dann entschieden, ob eine Interessenkollision vorlag, die ihn für den Fall untragbar machte – wahrscheinlich ja nicht. Die Wahrheit war, er hatte geschwiegen, weil ihm seine Tochter peinlich war. Jeder, der Sara erlebte, so wie sie im Augenblick war, musste sich doch fragen: Was war da im Elternhaus falschgelaufen?

Der neue Arbeitstag begann mit einer Mail von Fock, die verkündete, die Ermittlungen im Fall Mainmädchen seien eingestellt, das Briefing gestrichen. Nino Benedetti werde angeklagt. Er sei schon in U-Haft, wo er auf seinen Prozess warte. Eleni Serdaris sei heute früh freigelassen worden.

Der Fall Mainmädchen war beendet.

Winter hatte es fast geahnt. Pro forma rief er bei Fock an, obwohl er wusste, dass es nichts brachte. Um diese Uhrzeit erreichte man ihn am besten.

«Ach, Winter! Ich wusste, dass Sie anrufen würden. Ja, ja, aber Sie wissen doch, wie das ist. Wir haben einen Täter. Klar, ich weiß, das Geständnis stinkt, und er will vielleicht nur die Serdaris schützen. Sprechen Sie ruhig mal mit Nötzel; die Staatsanwaltschaft überlegt momentan, ob sie die Serdaris nicht auch noch anklagt. Aber es ist ja nicht meine Schuld, dass wir gegen die Dame nichts in der Hand haben, nicht wahr. *Sie* waren es doch, der die Serdaris zweimal vernommen hat – ohne Ergebnis. Nun haben wir eben den

Schlamassel. Zum Glück ist die Frau nicht gemeingefährlich. Eine Wiederholungstat ist ja wohl kaum zu befürchten.
Ja, ja, so ist es eben. Wir sehen uns um neun Uhr fünfzehn
zum Tagesbriefing für die SoKo Krawatte. Die Kollegin
vom KDD bringen Sie bitte auch mit. Die ist für den Rest
der Woche noch bei uns. Und, Winter, der Kollege von der
Schupo, Heinrich oder wie der heißt, soll heute direkt zurück in sein Revier und ganz normal eine Tagesschicht an-
treten. Die haben ihn angefordert.»

Ein Gutes hat es, dachte Winter. Das Problem mit Sara
war keins mehr. Für irgendein Goth-Mädchen von der Konstablerwache würde sich nach der Einstellung der Ermittlungen niemand mehr interessieren. Er als Vater allerdings
musste schon noch herausbekommen, was da für eine Verbindung zwischen Saras Freund Selim und dem Mainmädchen bestand …

Zu weiterem Nachdenken kam er nicht, da gleich darauf
die Aksoy eintraf, heute ausnahmsweise im brombeerfarbe-
nen statt im schwarzen Rolli. Sie nahm die Neuigkeiten ungläubig auf. «Aber Herr Winter!», rief sie, als könnte er was
dafür. «Die Ermittlungen fangen doch gerade erst an! Wir
müssen noch zig Leute vernehmen! Die Laborsachen sind
noch nicht –»

«Ich weiß, ich weiß», unterbrach er sie. «Warum sagen
Sie mir das? Hätten Sie mir bei der Serdaris nicht dazwi-
schengefunkt, hätten wir dieses Problem jetzt nicht. Dann
hätte ich die Frau sicher dazu gebracht, ein Geständnis ab-
zulegen.»

Die Aksoy fixierte ihn mit scharfem Blick, dann schüttelte sie den Kopf. «Also, ich glaube ja sowieso nicht, dass
es die Serdaris war.»

Winter begann sich allmählich richtig zu ärgern. «Oh!

Natürlich nicht. Das ist ja auch eine Frau. Und obendrein ist sie Ihnen auch noch sympathisch. Die könnte natürlich niemals ein Verbrechen begehen. Weshalb Sie ihr auch meinen Bluff verraten mussten und uns jede Chance auf ein Geständnis verbauen.»

Aksoy verzog ihr Gesicht, wandte sich ab und hängte ihre Jacke über die Garderobe. Dann begann sie neu. «Sagen Sie mal, Herr Winter, haben Sie Fock überhaupt gesagt, dass wir einen neuen Verdächtigen haben? Die Sache mit den Wolldecken, meine ich? Den Schriftsteller.»

Verdammt. Den hatte Winter glatt vergessen. Seit gestern Abend hatte er nur Sara im Kopf gehabt. Wahrscheinlich wusste Fock von den Decken noch nichts.

«Darüber sprechen wir, wenn die Laborergebnisse da sind», rettete er sich. «Wenn sich Opferspuren auf der Decke finden, wird der Fall neu aufgerollt, keine Frage.»

Die Aksoy gab sich damit zufrieden. Das war auch gut so, da sie jetzt beide zu dem morgendlichen Briefing der SoKo Krawatte mussten, die den anrüchigen Tod des hessischen Kultusministers untersuchte.

Im Konferenzraum saßen an die achtzig Leute. Das ganz große Aufgebot. Die mageren Ergebnisse des Vortags waren in einem Handout festgehalten, jetzt wurden nur die Aufgaben verteilt. Aksoy bekam fünfzig der fast zweitausend eingegangenen Hinweise zur Bearbeitung. Die Glückliche, dachte Winter. Er selbst erhielt den Auftrag, sich in der schwulen Sexmeile, der Alten Gasse nördlich der Zeil, nach männlichen Strichern umzusehen. Er sollte sich als Kunde mit Sado-Maso-Vorlieben ausgeben und entsprechend spezialisierte Prostituierte in ein Hotelzimmer im *Best Western* bringen. Dort würden sie von uniformierten Kollegen erwartet. Die Stricher sollten dann zur Einvernahme und erkennungsdienstlichen Behandlung ins Präsidium gebracht werden. Bei Strichern für den Schwulenmarkt handelte es sich meist um Südosteuropäer. Die waren einen rabiaten Staat gewohnt. Deshalb war es unwahrscheinlich, dass sie sich angesichts einer Polizeiübermacht auf ihre Rechte berufen und einfach gehen würden.

Aksoy saß beim Briefing dicht neben Winter. Als sich die Sitzung dem Ende näherte, hielt sie ihm ihr edles schwarzes «Smartphone» hin, auf dem eine Nachricht aus dem Labor prangte. Winter las und zog die Brauen hoch. Aksoy kam ihm mit dem Mund so dicht ans Ohr, dass er ihren warmen Atem spürte. «Wollen wir gleich mit Fock reden?», flüsterte sie.

Winter war ehrlich gesagt nicht nach einem neuen Gespräch mit Fock zumute, nicht so kurz nach dem unerfreulichen letzten. Und die Ergebnisse, die er der Mail entnahm, waren doch sehr vage. «Versuchen Sie es», flüsterte er zurück «Ich habe mir heute schon bei Fock den Mund verbrannt.»

Es machte ihn unruhig, so dicht neben einer Frau zu sitzen. Nicht ohne Grund gab es beim Militär und bei der Polizei traditionell keine Frauen. Sie störten die unbefangene Kameradschaft, die in einem solchen Job so wichtig war.

Aber Frau Aksoy war sowieso eine Sache für sich. Jetzt hob sie doch tatsächlich ganz unbekümmert mitten in der großen Sitzung den Arm.

«Herr Fock?»

Wusste Aksoy, dass sie sich frech benahm, oder war es einfach die Naivität der Neuen im Team?

«Ja?», antwortete Fock irritiert.

«Es gibt einen neuen Verdächtigen in der Mainmädchensache. Eben bekomme ich die Laborergebnisse be-

142

treffs zweier Wolldecken rein, die Kollege Heinrich von der Schupo in einem Müllcontainer in Mainnähe gefunden hat. Auf der einen Wolldecke sind Blutspuren. Die Blutgruppe stimmt mit dem Blut des Opfers überein, außerdem wurden Haare gefunden, die von der Toten stammen könnten. Die genetischen Tests laufen noch. Die Decken stammen aus dem Haushalt eines Anwohners. Ein Schriftsteller, der auf einem Hausboot am Griesheimer Jachthafen wohnt. Er wurde dabei beobachtet, wie er die Wolldecken entsorgte. Der Mann muss doch sicher vorgeladen und vernommen werden.»

Winter wunderte sich: Der Schriftsteller war dabei beobachtet worden, wie er die Decken entsorgte? Davon wusste er noch gar nichts.

«Aber …», begann Fock. Dann sammelte er sich. «Es dürfte sich um Zeitverschwendung handeln, nachdem wir ein Geständnis haben. Aber einer solchen Spur muss natürlich nachgegangen werden. – Winter, warum erfahre ich von diesen Wolldecken erst jetzt? Da scheint ja einiges drunter und drüber zu gehen bei Ihnen. Nun, es lässt sich nicht ändern. Ich werde die Staatsanwaltschaft verständigen. Mein Vorschlag: Sie beide machen heute Ihren Job wie zugeteilt, und heute Abend ab sechs holen Sie sich dann diesen Schriftsteller. Ohne Überstunden geht es nicht, wenn zwei Tötungsdelikte zugleich bearbeitet werden müssen.»

«Kollege Heinrich von der Streife hätte jetzt Zeit für den Schriftsteller», gab Aksoy zu bedenken, während Winter noch verdaute, dass sie es schon wieder geschafft hatte, ihn schlecht dastehen zu lassen. Und zwar vor versammelter Mannschaft.

«Heinrich wurde vom Revier angefordert», antwortete Fock. «Ist er denn noch nicht dorthin gefahren?»

«Nicht dass ich wüsste», erklärte Aksoy. «Als ich vor einer halben Stunde zuletzt von ihm gehört habe, war er gerade in der Mainmädchensache unterwegs.»

«Wie?» Fock verfärbte sich passend zur roten Fliege. «Herr Winter, bitte erklären Sie mir das. Ich hatte Ihnen doch vorhin ausdrücklich gesagt –»

Winter nahm die Hände hoch. «Sorry, Chef, nicht mein Fehler. Ich habe Heinrich heute noch nicht gesehen.»

«Aber haben Sie – egal, das kostet jetzt zu viel Zeit. Kümmern Sie sich verdammt noch mal drum, dass das in Ordnung geht. Und bitte ersparen Sie mir weitere Überraschungen dieser Art.»

Winter konnte sich für den Rest der Sitzung kaum konzentrieren vor schlechter Laune. Es war wirklich der Wurm drin, seit Gerd weg war. Vielmehr seit die Aksoy da war. Da lag wahrscheinlich das Problem. Sie irritierte ihn. Er konnte nur beten, dass sie Ende der Woche wie geplant wieder zum KDD verschwinden würde.

Nach dem Briefing betrat er ausnahmsweise ohne Aksoys Begleitung das Büro, da die zu den Toiletten abzischte. Drinnen traf er auf Heinrich, der gerade Gerds Rechner hochfuhr. Es stellte sich heraus, dass Heinrich heute früh dem einzig wirklich guten Hinweis nachgegangen war, der durch Aksoys Plakataktion hereingekommen war.

«Ich sage Ihnen, das war total interessant», erzählte der junge Mann aufgeregt. «Total seltsam, dieses Mädchen, wie die die Leute quasi hörig macht –»

«Ähm, Herr Heinrich, Patrick, du musst jetzt leider aufs Revier, und zwar sofort. Hat der Chef mit deinen Leuten so ausgemacht.»

Heinrich guckte, als würde man ihm sein liebstes Spielzeug wegnehmen. Wie jung er ist, dachte Winter. Seine eigene Jugend war ihm irgendwann im letzten Jahrzehnt entglitten. Beinahe als wäre er jetzt ein ganz anderer Mensch als der aufstrebende junge Kriminalkommissar von einst, dem die Welt zu Füßen lag.

Jetzt tauchte die Aksoy wieder auf, die mit ihren dreißig sicher auch noch nicht so desillusioniert war, wie Winter sich gerade fühlte. Er bezwang seine schlechte Laune, schüttelte Heinrich zum Abschied die Hand und erklärte, er sei ein Super-Mitarbeiter gewesen, und falls er sich jemals bei der Kripo bewerben wolle, habe er seine Unterstützung. Verlegen versprach Heinrich, heute irgendwie und irgendwann noch das Protokoll über die Befragung in Sachsenhausen zu schreiben.

Als Heinrich draußen war, begann die Aksoy: «Ähm, Herr Winter, das tut mir leid mit vorhin. Ich hätte das mit Fock wohl besser nach der Sitzung – also, ich hab Fock wohl auf dem falschen Fuß erwischt.»

«Nein, haben Sie nicht, Fock ist immer so.» Das fehlte noch, dass die Aksoy ihn mit Krokodilstränen bemitleidete.

Während Aksoy sich an Gerds Rechner machte, brach Winter widerwillig zu seiner Lockvogel-Tätigkeit im Strichermilieu auf. Normalerweise waren für solche Aufgaben Leute vom Kommissariat 13 zuständig. Winter hatte keine Ahnung, warum Fock heute ausgerechnet ihn für den Job auserkoren hatte. Im richtigen Alter wahrscheinlich, fiel ihm ein. Selten hatte er sich in seiner Haut so unwohl gefühlt wie heute. Litt er am Burnout-Syndrom? Es konnte doch nicht sein, dass er Depressionen bekam, bloß weil Gerd weg war. Dann fiel ihm Sara ein. Vielleicht lag es an ihr.

Aber er wusste, dass das nicht stimmte.

In ihrem rotgeziegelten Reihenhaus unterhalb der Staustufe war Frau Sabine Stolze ausnahmsweise ganz allein. Ihr Sohn war in der Schule. Ihr Mann hatte sich im Garten an einem rostigen Zaunnagel die Hand aufgerissen und war eben zu Fuß zum Arzt aufgebrochen. Er brauchte einen Verband und eine Tetanusspritze. Die letzte Auffrischung war schon lange her.

Sabine Stolze sah auf die Uhr. Halb zehn. Weniger als eine halbe Stunde konnte ihr Mann kaum fortbleiben. So lange hatte sie freie Bahn.

Sabine rannte hoch ins Bad. Aus der dort liegenden, blutbefleckten Hose ihres Mannes holte sie den Schlüsselbund, den er, konfus über seine Verletzung, vergessen hatte herauszunehmen. Den Schlüssel in der Hand, trippelte sie auf ihren hochhackigen Pantoffeln hinunter ins Erdgeschoss. Das hier gelegene Büro war der größte Raum des Hauses. Er war als Wohnzimmer gedacht und auch eines gewesen, als sie hier einzogen. Sabines Herzschlag beschleunigte sich, während sie verbotenerweise aufschloss. Ihr wurde fast übel vor Angst. Am liebsten hätte sie die Aktion abgebrochen. Aber dann schämte sie sich vor sich selbst. Konnte sie denn nicht ein einziges Mal mutig sein?

Da, draußen, ein Auto. Sabine hielt inne. Ihr Mann? Um Himmels willen!

Aber er war es gar nicht. Konnte es nicht sein, denn er war zu Fuß los. Es war nur die Dudek von nebenan. Und Sabine hatte wieder eine Minute kostbare Zeit verloren. Mit raschen Griffen schloss sie auf und trat ein. Diese Helligkeit hier! Die schönen großen Fenster! Niemand aus der Familie hatte etwas davon außer ihrem Mann. Sonst hatte die Wohnung überall kleine, weit oben angesetzte Fenster, die zudem noch viel breiter als hoch waren und den Eindruck von

146

querstehenden Schießscharten vermittelten. Das war wohl modern gewesen, als das Haus umgebaut wurde.

Die Schreibtischoberfläche war perfekt aufgeräumt. Hier war nichts zu holen. Die Schubladen waren nie verschlossen. Sabine hatte oft hineingesehen, wenn sie sauber gemacht hatte. Dort waren hauptsächlich Büroutensilien untergebracht sowie Unterlagen aus dem Studium ihres Mannes. Neuerdings auch Projektkonzepte, hochprofessionell gemacht, bunte Broschüren, von denen Sabine nicht wusste, ob ihr Mann sie selbst am Computer erstellte oder irgendwo besorgt hatte. Man konnte ja heutzutage alles Mögliche am Computer «runterladen», das wusste sie von Basti. Sie traute sich nicht, Bert danach zu fragen, wollte ihn nicht verletzen. Er gab sich nach wie vor als der große Ingenieur. Abgesehen davon: Fühlte er sich verletzt oder bloßgestellt, wurde er gänzlich unerträglich. Und sie musste es dann ausbaden, musste mit tausend Entschuldigungen, Liebesworten und Verwöhnleistungen zu Kreuze kriechen.

Sabine ging zielstrebig zum Aktenschrank. Nüchternes hellbeiges Metall, klassische Büroware, im Jahr nach ihrem Einzug gekauft. Der Aktenschrank war stets verschlossen. Einmal, ein einziges Mal, hatte sie ihren Mann dabei erwischt, wie er den Schlüssel des Aktenschranks, wie er glaubte, unauffällig, verschwinden ließ. Hoffentlich war er noch an der gleichen Stelle, hinter dem Schrank, der zehn Zentimeter von der Wand abgerückt stand. Dies sei wichtig, damit sich dort kein Schimmel bilde, hatte ihr Mann ihr damals erklärt. Es handele sich zwar nicht um eine Außenwand, doch sie grenze an die unbeheizte Garage. Hier könne sich Kondenswasser absetzen, wenn an die Wand nicht ausreichend Luft gelange.

Sabine griff also hinter den Schrank, suchte. Tatsächlich, da war der kleine Schlüssel, mit einem Magneten auf der Rückwand angebracht. Sie nahm ihn und schloss damit das Metallrollo auf, das die obere Hälfte des Schranks absicherte.

Da standen an die zwanzig Ordner in Reih und Glied. Gedruckte Etiketten mit Jahreszahlen klebten auf den Rücken. Der älteste Ordner war von 1998. Sabine zog ihn heraus, blätterte. Ihr wurde flau. Alles war drin, pedantisch abgeheftet in Klarsichthüllen: Kontoauszüge, Rechnungen, Korrespondenz mit Banken. Sogar eine Steuerklärung. Um Himmels willen: Bert machte also Steuererklärungen. Das hatte sie nicht gewusst. Natürlich, es gab dann etwas mehr Geld. Aber das war doch riskant. Ein unnötiges Risiko.

Sie stellte den Ordner wieder hinein, verschloss das Rollo, probierte die Türen unten am Schrank. Noch mehr Ordner. Darunter auch der gesuchte: 1994. Noch von Hand beschriftet, mit einem Filzstift und einer Zahlenschablone.

Unbequem in der Hocke sitzend, öffnete sie ihn. Die vordersten Blätter hatten Knicke, Eselsohren, Kaffeeflecken. Hier hatte offensichtlich noch jemand anderer als ihr Mann die Akten geführt. Sie blätterte weiter. Doch den Brief, den sie suchte, fand sie nicht. Hatte ihr Mann ihn vernichtet? Sie blätterte noch einmal zurück. Nun fiel ihr auf, dass noch etwas Weiteres fehlte: der Vertrag zwischen ihrem Mann und Werner Geibel. Oder war das nur eine mündliche Vereinbarung gewesen? Ja, doch, es war mündlich gewesen, das hatte er ihr doch immer gesagt: *Wir haben nichts in der Hand.* Irgendwo zwischendrin stieß sie auf eine Klarsichthülle, in der steif zwei unbeschriftete Pappdeckel staken. Was war das denn?

Sabine zog an den Pappdeckeln, die so eng und fest in der Hülle saßen, dass sie sich kaum bewegen ließen.

In diesem Moment setzte schlagartig ein ohrenbetäubendes Dröhnen und Rauschen ein. Sabine schrie auf vor Schreck, so ängstlich und verzagt war sie. Dabei war es nur die verfluchte Staustufe. Sie sah aus dem Fenster. Am Wehr hatte man die Walzen heruntergelassen. Entlang der ganzen Breite ergoss sich ein fünf Meter hoher Wasserfall vom Ober- ins Unterwasser, schäumte beim Auftreffen gischtig und gelb und brachte den eben noch spiegelglatten unteren Mainabschnitt zum Brodeln. Es war lauter als jede Autobahn.

Natürlich konnte Sabine bei dem Krach jetzt nicht mehr hören, ob ihr Mann vorne vorfuhr. Sie musste die Aktion abbrechen. Nie gelang etwas, das sie anfing.

Wenn sie wenigstens fortziehen könnte. Wenn sie nur nicht dazu verdammt wäre, ihr ganzes Leben an diesem schrecklichen, unheimlichen Ort zu verbringen.

Der letzte der Stricher war für Winter der schwerste gewesen. Er wirkte genauso unglücklich und müde wie Winter selbst, war sehr jung, fünfzehn vielleicht, hatte große treue Augen und sprach gebrochen Englisch. Er wäre gerne länger zur Schule gegangen, erzählte er, doch leider habe er mit zwölf runtergemusst, Geld verdienen für die Familie, er sei der Älteste. Ob Winter Kinder habe?

Der Jüngling schien auf der Suche nach einer Vaterfigur. Und Winter musste ihn nun den Kollegen ausliefern. Als sie das Hotelzimmer betraten, der Junge vorneweg, kamen die Beamten bewaffnet aus der Deckung. Winter sah erst ein Zucken in den schmalen Schultern; dann wirbelte der Junge herum, blickte Winter in hilflosem Unglauben ins

149

Gesicht. *Du* hast mich verraten? war die unausgesprochene Frage.

Winter hätte dem jungen Stricher gerne gesagt, dass es ihm leidtat. Doch natürlich war das unmöglich. Ohnehin musste er sofort wieder raus, das nächste Opfer suchen.

Die Sexarbeiter auf der Alten Gasse wurden jedoch langsam misstrauisch und hielten Abstand. Es war wohl aufgefallen, dass Winter immer wieder auftauchte. Für den Rest des Nachmittags übernahm deshalb Gollmann, und Winter wurde aus seinem Job als Lockvogel entlassen.

Er nahm sich die gewonnene Zeit, ging um die Ecke beim teuren Inder essen. Ganz allein mit einer Zeitung. Drei Gänge plus Kaffee. Die Ruhe tat ihm gut. Nach eineinhalb Stunden im Restaurant wusste Winter gar nicht mehr, warum er sich heute morgen und überhaupt die letzten Tage so deprimiert gefühlt hatte. Er widerstand sogar der Versuchung, noch bei der nahen Konstablerwache vorbeizusehen und zu überprüfen, ob sich Sara hier herumtrieb und mit wem.

Endlich zurück im Präsidium, kam ihm auf dem Flur zum Büro eine krankhaft adipöse Frau entgegengewackelt. Obenherum war sie in einen zeltartigen türkisen Anorak gekleidet. Darunter sahen Hosen hervor, die sie im Spezialbedarf für Übergrößen erworben haben musste. Die dünnen halblangen Haare hingen ungepflegt ums Gesicht. Die Frau hielt zielstrebig auf ihn zu. «Guten Abend, Herr Winter», begann sie, «Manteufel mein Name.» Erst da klingelte es bei Winter, wo er sie schon einmal gesehen hatte.

«Mein Mann vertritt jetzt Herrn Benedetti», fuhr sie fort. «Als Mitglied seiner Kanzlei bin ich hier, um Akteneinsicht zu erhalten. Unser Antrag ging gestern

Nacht noch an die Staatsanwaltschaft und wurde heute genehmigt.»

Winter musste sich nach alledem erst einmal sammeln. Von so einer schnellen Antragsbearbeitung hatte er noch nie gehört.

«Moment, Moment», sagte er. «Die Ermittlungen wurden wiederaufgenommen. Ich glaube nicht – ich muss mich erst bei der Staatsanwaltschaft rückversichern.»

Die Manteufel holte eine Mappe aus ihrer Umhängetasche hervor. Darin war die Genehmigung, mit der sie ihm vor der Nase herumwedelte.

«Das ist doch nicht Ihr Problem, Herr Winter, wenn die Staatsanwaltschaft vorschnell handelt», sagte sie mit einem Zwinkern.

Winter schwankte zwischen Ärger und Amüsement. «Wissen Sie was, Frau Manteufel», antwortete er schließlich in neckischem Ton. «Heute lohnt sich das gar nicht für Sie. Was Ihr Mandant ausgesagt hat, wissen Sie ja schon. Aber wenn Sie noch einen Tag warten, dann bekommen Sie das Verhör mit dem wichtigsten anderen Verdächtigen gleich dazu. Und dafür, dass ich Ihnen das verraten habe, gedulden Sie sich bitte bis morgen oder übermorgen früh, bis die Ermittlungen tatsächlich beendet sind.»

Darauf ließ sie sich ein. Winter betrat kopfschüttelnd das Büro. Die Manteufel Anwältin und verheiratet? Unglaublich.

Im Büro saß Aksoy, im Sessel zurückgelehnt, die Beine auf dem Tisch. Sie sah müde und ausgelaugt aus. Aha, auch diese unermüdliche Arbeitsmaschine hatte schwache Momente. Das war ja fast beruhigend.

«'n Abend», murmelte sie. «Sie hatten sicher einen ätzenden Tag?»

«Das kann man wohl so sagen.»

«Gehen wir gleich zu unserem berühmten Schriftsteller, oder brauchen Sie erst eine Pause?»

«Ich fühle mich fit genug, danke. Aber bevor wir gehen können, ist ja noch einiges zu erledigen.»

«Ach, Herr Winter, das ist schon erledigt. Glaube ich jedenfalls. Ich habe über Nötzel einen Haftbefehl für Guido Naumann besorgt. Außerdem haben wir seit ein paar Stunden eine verdeckte Observation, oder jedenfalls beinahe: Ein Kollege von der Streife hat seine Zivilklamotten angezogen und geht immer mal ans Mainufer zum Nachsehen. Seit es dunkel wird, brennt Licht in Naumanns Kahn. Der Vogel scheint also bislang nicht ausgeflogen zu sein. Ich hab gedacht, wir gehen mit der Streife hin zur Verhaftung. Das SEK wäre etwas übertrieben, oder?»

Pfff! Winter musste das erst einmal verdauen. Die perfekte, ultraeffiziente Frau Aksoy. Nur mit der Teamarbeit hatte sie's nicht so.

«Ich finde schon den Haftbefehl übertrieben», erklärte er. «Wir haben ja bereits einen Beschuldigten in U-Haft sitzen. Der war es zwar wahrscheinlich nicht. Aber ich glaube ehrlich gesagt auch nicht, dass es dieser Naumann war.»

«Und das Blut auf der Decke?»

«Das waren doch nur kleine Spuren. Wolldecken wäscht man nicht, im Laufe der Jahre kann da leicht irgendwo mal ein Tropfen Blut drankommen. Und Blutgruppe A, Rhesusnegativ – das hat die Hälfte der Bevölkerung. Glatte mittelblonde Haare ebenso.»

Aksoys Gesicht spannte sich, sie nahm die Beine vom Tisch. «Also, ich finde den Schriftsteller sehr verdächtig. Wir wissen, dass das Mainmädchen in der Nacht von

Mittwoch auf Donnerstag bei Serdaris und Benedetti geschlafen hat, aber danach nicht mehr. Sie muss Donnerstagnacht irgendwo anders untergekommen sein. Und zwar wahrscheinlich irgendwo in Griesheim in Mainnähe. Benedetti sagt ja, sie sei diejenige gewesen, die den Treffpunkt an der Staustufe für die Übergabe des Flugtickets vorgeschlagen habe. Meiner Meinung nach war ihr neuer Gönner der Schriftsteller. Und in der zweiten Nacht, die sie bei ihm verbringen wollte, ist irgendwas schiefgelaufen.»

«Ja, auszuschließen ist das nicht. Deshalb werden wir ihn ja auch verhören. Aber gleich einen Haftbefehl ... denken Sie mal an die Presse, Frau Aksoy. Der Mann ist Schriftsteller, in gewissen Kreisen bekannt, hat vielleicht irgendwelche Preise bekommen. Die Presse macht einen großen Aufriss, wenn so jemand verhaftet wird. Wegen Mordverdachts auch noch. Und wenn wir ihn dann bald wieder gehen lassen müssen, ist das schlecht für den Ruf der Polizei. Sie haben da vielleicht noch zu wenig Erfahrung.»

Die Aksoy hörte sich das kommentarlos an. Zog ihr Haargummi heraus, kämmte die Haare mit den Fingern ordentlich nach hinten und band ihren Zopf neu. Ihr Blick wirkte alles andere als überzeugt.

«Tja, jetzt haben wir den Haftbefehl», sagte sie, nun ebenfalls schlechtgelaunt. «Also, gehen wir? Oder müssen Sie noch Ihre Weste anziehen?»

Sie hatte ihre schon angelegt.

Winter wollte ohne Weste gehen. Er schwitzte leicht unter dem unbequemen Ding. Und ein Schriftsteller war seiner Ansicht nach nicht gefährlich.

«Übrigens, Frau Aksoy, was ich Sie noch fragen wollte», lenkte er ab. «Haben Sie heute Morgen nicht dem Chef erzählt, der Schriftsteller wäre beobachtet worden, wie er die

Wolldecken beseitigt hat? Haben Sie das erfunden, oder wie?»

Aksoy lächelte verschmitzt. «Ach, Herr Winter, das steht in Ihrem eigenen Protokoll!»

Winter machte ein ungläubiges Gesicht, dann musste er fast lachen, als er sie schelmisch grinsen sah.

«Wie bitte? Wo soll das stehen?»

«Als Sie gestern Eleni Serdaris in der Mangel hatten, da habe ich noch mal alle Befragungsprotokolle gelesen. Und da heißt es an einer Stelle, eine Frau Rölsch aus dem Haus in der Haeussermannstraße hätte gesagt, ihr wäre die Tage nichts Ungewöhnliches aufgefallen, mit einer Ausnahme: Als sie am Sonntag früh um sieben am Main spazieren gewesen sei, da sei ein Mann von einem Boot am Jachthafen gekommen mit einem Koffer in der Hand. Als er sie gesehen habe, habe er gleich wieder kehrtgemacht und sei aufs Boot zurück. Ertappt, wenn Sie mich fragen. Jedenfalls ist unser Schriftsteller Guido Naumann derzeit der Einzige, der ein Boot am Jachthafen liegen hat. In dem Koffer waren sicher die Wolldecken.»

«Na, das sind ja kühne Schlüsse. Aber Sie könnten natürlich recht haben. Ich bin gespannt. Haben Sie denn mit der Streife schon geklärt, wie wir uns dem Objekt nähern?»

Das wenigstens hatte sie übersehen. Winter holte sich eine Luftaufnahme des Areals auf den Bildschirm und telefonierte mit den Kollegen von der Schupo. Wo Naumanns Boot lag – es war auf dem Satellitenbild gut zu sehen –, da säumten den Main private Grüngrundstücke. Es gab keine direkte Zufahrt. Der einzige Zugang war der Mainuferweg für Fußgänger, der vom Boot aus bei unbelaubten Bäumen weitgehend einsehbar war.

Sie entschieden sich, zu Fuß und aus zwei Richtungen

zu kommen: Die uniformierten Kollegen von Osten, wo die A5 über dem Main brauste und Geräusche schluckte. Er und Aksoy von Westen, aus Richtung Staustufe. Guido Naumanns Arbeitszimmer ging in diese Richtung. Der Schriftsteller würde sie beide hoffentlich für Spaziergänger halten. Es war jetzt gewiss zu dunkel, als dass Naumann eine Frauengestalt auf dem Weg als die Polizistin erkennen könnte, die ihn vor einigen Tagen befragt hatte.

6

Als sie aufs Griesheimer Ufer bogen, hatte es aufgeklart. Ein sanfter, kühler Wind wehte. Die Sonne war gerade untergegangen. Der Himmel bot im Westen über dem Fluss ein samtiges Mittelblau mit leuchtenden rosa Untertönen. Davor hob sich imposant die Silhouette der Staustufe ab. Der Anblick ließ sie einen Augenblick innehalten, obwohl sie in die andere Richtung wollten.

«Herr Winter», sagte Aksoy leise und griff ihn am Arm.

«Ja?», erwiderte Winter verdattert. Was kam denn jetzt?

«Sehen Sie das?» Man hörte sie kaum.

«Was? Die Staustufe?»

«Ja, nein, sehen Sie, da auf diesem Vorsprung, da sind doch Leute, sehen Sie nur!»

Jetzt sah Winter es auch. Sein Herz gefror.

Auf einer massiven Ausbuchtung aus Rohbeton an einem der Pfeiler der Staustufe, spitz zulaufend, bedrohlich wie ein Festungsbollwerk, zeichneten sich im Licht der Nachtbeleuchtung und der Dämmerung menschliche Schattenrisse ab. Schwarze Gestalten, in langen Gewändern, mit wehenden Haaren, aufgestellt wie für eine Filmkulisse. Zwei standen rechts, zwei links, und in der Mitte über der Spitze des Bollwerks stand jemand in langem, wehendem Mantel auf der Betonmauer direkt über dem Abgrund. Die Arme hielt er erhoben wie eine Engelfigur oder der gekreuzigte Jesus.

«Mein Gott», flüsterte Aksoy, «der springt.»

Zehn Meter darunter war der Main, spiegelglatt. Doch der Fluss war an dieser Stelle lebensgefährlich wegen der Sogwirkung der Wehrs und der Turbinen.

Niemand sprang. Die schwarze Figur machte einige ausladende Bewegungen mit den Armen und hüpfte dann rückwärts zurück auf die Plattform.

«Wissen Sie was», flüsterte Aksoy, «wissen Sie, woran wir überhaupt nicht gedacht haben? Vielleicht haben irgendwelche satanistischen Jugendlichen das Mainmädchen getötet. Es ist doch, also, es hat doch beinahe etwas von einem Ritual, diese vielen Stiche. Wir müssen … »

Winter wurde aus verschiedenen Gründen mulmig. «Kommen Sie, Frau Aksoy», flüsterte er. «Wir müssen jetzt vor allem eins, unsere Verhaftung machen. Wenn Sie sich alle paar Stunden auf einen neuen Hauptverdächtigen einschießen, werden wir nie mit den Ermittlungen fertig.»

Das Ritual war wunderschön gewesen. Jetzt lehnten sie alle über der Betonbrüstung der Aussichtsplattform, sahen im fahlen Lichtschein die Blumen als reflektierende Tupfer auf dem Wasser treiben. Sara hatte sie besorgt. Schwarze und lila Tulpen. Reiner Zufall, dass der Blumenladen diese exotische Kombi in einem Eimer stehen hatte. Sara hatte sofort gesehen, dass es die richtigen waren. Es war auch ihre Idee gewesen, das Mädchen hier zu verabschieden. Sie war insgeheim stolz darauf. Sie merkte, dass sie jetzt noch mehr akzeptiert wurde. Sie war jetzt wirklich Teil der Gruppe. Obwohl die anderen älter waren und nicht von ihrer Schule.

Saras Handy piepste leise. Über die Brüstung gelehnt, sah sie nach: Eine SMS von Selim.

Der Steg zu Naumanns Boot war mit einer Metalltür geschützt. Eine Zackenreihe darauf sollte Kletterer abhalten. Winter kam ohne große Probleme darüber, aber die Aksoy mit ihren weit kürzeren Beinen hatte ein Problem. Winter musste ihr unter die Arme greifen, eine delikate Situation.

Auf dem schmalen Steg wurde Winter klar, dass noch etwas anderes delikat war. Ein gutgesetzter Stoß, und man lag im Wasser. Da der Steg so schmal war, konnte jeweils nur einer von ihnen Naumann gegenübertreten. Er dachte an mittelalterliche Burgen, die sich mit einem Wassergraben nach ähnlichem Prinzip schützten. Nur war ein Schriftsteller zum Glück keine Ritterhorde.

Das Hausboot lag mit der Tür am Steg. Eine Klingel gab es nicht. Aksoy machte Winter Zeichen, sie wolle an ihm vorbei. Verdutzt ließ er sie auf den Rand des Bootes klettern, wo sie neben der Tür stehen blieb und ihre Waffe zog. Sie wollte ihn von der Seite sichern. Die Leute von der Streife hatten sich inzwischen am Ufer postiert.

«Dass Sie mir nicht ohne Not zu schießen anfangen», flüsterte Winter Aksoy zu. Dank einer unguten Erfahrung vor fünfzehn Jahren wurde er nervös, wenn er einen Kollegen an der Tür eines Verdächtigen die Waffe ziehen sah. «Wenn überhaupt, nur auf die Beine zielen. Aber ich denke doch, dass wir das ohne Waffengebrauch hinkriegen.»

«Ay, ay, Käpt'n», murmelte Aksoy.

Die hatte Nerven! Wenn sie ihn nur nicht wieder reinritt.

Gut, es ging los. Winter hämmerte gegen die Tür und rief: «Herr Naumann! Herr Naumann!»

Es dauert gar nicht lange, und Guido Naumann öffnete. Winter hatte zuvor nicht nach Fotos von ihm gegoogelt. Doch als er vor ihm stand, wusste er, dass er den Mann in den Medien schon gesehen hatte. Oder es kam ihm nur so vor, denn Guido Naumann war äußerlich der klassische Typ des intellektuellen Schriftstellers: sehr schlank, das Gesicht leicht arrogant und feingeschnitten-nobel, mit einem künstlerisch weichen Zug um den nun alternden Mund. Die noch vollen Haare waren etwas länger als bei Männern üblich, grau meliert mit hohem Weißanteil. Die Augen lagen hinter einer dünnrandigen Metallbrille und blickten Winter mit einer gewissen Verachtung an. Oder auch das kam ihm nur so vor.

«Was soll das?», fragte Naumann

«Winter, Kriminalpolizei. Herr Naumann, ich habe hier leider einen Haftbefehl gegen Sie. Es geht um die Tötung eines jungen Mädchens. Wahrscheinlich werden wir Sie nach einer Vernehmung wieder freilassen. Aber Sie müssen uns jetzt erst einmal aufs Präsidium begleiten.»

Naumann sah ihn einen langen Moment reglos an. Dann murmelte er: «Die unermessliche Phantasielosigkeit des Kleingeists.» Lauter fragte er dann, ob er wohl noch seine Jacke, Ausweis und dergleichen holen dürfe. Die ganze Zeit stand er in der derselben lässigen Haltung in der Tür.

Der ist nicht mal überrascht, dachte Winter und antwortete: «Sicher. Aber ich muss Sie dann nach drinnen begleiten.»

Naumann zuckte mit den Schultern und ging vor. Winter spürte das Blut in den Adern kursieren. Die Verhaftung eines Verdächtigen, das Gefühl, einen potenziellen Täter zu fassen – das waren die Momente, in denen man sich unglaublich lebendig fühlte, wo man diesen Job mit keinem anderen auf der Welt tauschen wollte. Winter folgte Naumann in den großen Raum mit Panoramafenstern im Heck oder Bug des Bootes, der offenbar als Arbeitszimmer und

Wohnzimmer zugleich diente. Seine adrenalingeschärften Sinne nahmen auf, dass man vom Fenster aus tatsächlich die in der Ferne liegende Staustufe gut im Blick hatte, genau wie Naumann bei der Anwohnerbefragung ausgesagt hatte. Davor lag das breite, dunkel schillernde Band des Flusses. Es musste ein ganz eigenes Lebensgefühl sein, auf einem solchen Boot zu leben.

Naumann suchte ein paar Sachen zusammen, fragte, ob er telefonieren dürfe. «Natürlich», sagte Winter. Naumann klickte sich durchs Adressbuch seines Telefons, ließ eine Nummer anwählen. «Ja, hallo, Tom, hier ist Guido Naumann. Gut, dass ich dich um die Uhrzeit noch erreiche. Ja, ich weiß, ihr arbeitet lang im Verlag. Du, ich werde hier gerade verhaftet. Von der Polizei, ja. Verdacht auf Tötung eines Mädchens. Natürlich hanebüchener Unsinn. Aber vielleicht gibst du das an die Presse weiter, jedenfalls wenn du denkst, dass es ... ja, eben. Prima. Nein, hab ich nichts dagegen. Du, noch was: Könnt ihr mir möglicherweise einen Anwalt stellen? Oder euch beteiligen? Ich denke an jemanden mit einem gewissen Niveau. So wie früher der Bossi. Gibt es da heute jemanden in der Art, möglichst in Frankfurt, oder wüsstest du sonst ... Ah. Ah, ja, gut. Kümmerst du dich drum? Und wenn das nicht klappt, dann eben jemand anderen, irgendwas Solides. Nein, ich weiß nicht – ruf dann doch einfach beim Polizeipräsidium an. Die müssten dich durchstellen können. Aber vielleicht bin ich morgen schon wieder draußen.» Er schwieg einen Moment.

«Würden Sie sich bitte etwas beeilen», drängelte Winter.

Naumann ignorierte ihn, sprach weiter ins Telefon. «Ja, ich verstehe. Gut, das ist jetzt eine Ad-hoc-Einschätzung von dir. Aber die Idee hört sich gut an. Ich sehe mal, was sich machen lässt. Und drück mir die Daumen, dass das nicht noch schiefläuft. Ich meine, dass die mich tatsächlich … Man traut diesen Schrumpfköpfen doch alles zu. – Okay, dank dir, tschau.»

Winter bezweifelte keine Sekunde, dass mit den «Schrumpfköpfen» die Polizei gemeint war. Er suchte nach Worten, um Naumann pointiert in die Schranken zu weisen. Aber ihm fiel nichts ein. Als zweitbeste Alternative entschied er sich dafür, Naumanns pubertäres Benehmen überlegen zu ignorieren.

Der Mann war nun endlich so weit. Winter bedeutete Kollegin Aksoy, sie solle als Letzte gehen. Angespannt beobachtete er, wie Naumann vor ihm den langen Steg überquerte. Der Wind kam in Böen, Wellen schwappten, der Steg knarrte, klapperte und schwankte.

Naumann konnte ihnen sowohl hier auf dem Steg als auch auf dem Mainuferweg Probleme bereiten, indem er in den Fluss sprang und in der Dunkelheit fortschwamm. Oder er floh auf eines der unübersichtlichen Grüngrundstücke. Jeden anderen Arrestanten hätte Winter in dieser Situation mit Handschellen gefesselt. Doch bei Naumann scheute er sich. Er wollte nicht als der primitive Polizist dastehen, der den zivilisierten Schöngeist mit roher Gewalt angeht. Es war ohnehin besser, den Mann in der Sicherheit zu wiegen, dass man ihn nicht wirklich verdächtige.

Guido Naumann missbrauchte die Freiheit nicht. Er öffnete mit seinem Schlüssel das Tor am Ende des Steges, übergab den Schlüsselbund dann Winter, der ihn an Aksoy weiterreichte, damit sie Boot und Steg abschloss. Erhobenen Hauptes und schweigend ging der Verhaftete mit der

161

Polizistengruppe in der Dunkelheit am Main entlang, bis sie kurz vor der Autobahnbrücke eine öffentliche Grünanlage erreichten. Dort, an der nächstgelegenen Zufahrt zum Mainufer, hatten die Kollegen den Bus geparkt.

Winter stieg mit ein. Aksoy würde den Wagen übernehmen, mit dem sie beide gekommen waren. Dafür musste sie wieder ein gutes Stück durch die Dunkelheit zurück. Aber sie lachte nur, als Winter sie fragte, ob der Weg für eine Frau allein nicht zu gefährlich sei.

Sara war allein auf der Aussichtsplattform der Staustufe zurückgeblieben. In Richtung Osten glitzerten über dem dunklen Streifen der Autobahnbrücke fern die Lichter der Stadt. In der nahen Umgebung war jetzt beinahe alles schwarz. Bis auf die Neonlichter an der Schifffahrtsrinne. Die aber lag weit rechts hinter einer Flussinsel. Der Main war hier viel breiter als in der Stadtmitte, die Ufer unbefestigt. In der Dämmerung hatte Sara am Ufer der Insel einen riesigen dunklen Vogel seine Flügel recken gesehen. Die Silhouette sah unheimlich aus, beinahe als wäre es ein Flugsaurier. In Wahrheit war es bestimmt ein Schwan, der dort in der Einsamkeit lebte. Sogar auf der bebauten Griesheimer Seite war in den Villen kaum Licht zu sehen. Die Leute hatten die Rollläden heruntergelassen. Das hier war wirklich ein besonderer Platz. Sie mussten im Sommer wiederkommen.

Sara glaubte eigentlich nicht daran, dass das Mädchen getötet worden war. Zwar hatte ihr Vater das behauptet. Gesicht brutal eingeschlagen, hatte er gesagt. Aber der erzählte wahrscheinlich jeden Scheiß, um ihr Angst vor Selim zu machen. Aus dem Fahndungsplakat ging überhaupt nicht hervor, dass das Mädchen umgebracht worden war. Und die

Bullenfrau hatte gesagt, das sei nur ein Verdacht. Die war eigentlich ganz nett gewesen. Nicht so wie ihr Vater. Aber die konnte sie jetzt auch nicht mehr anrufen.

Seit Sara hier war, seit sie den Ort gesehen hatte, glaubte sie zu wissen, was mit dem Mädchen geschehen war. Sie spürte es wie eine Erinnerung. Wahrscheinlich besaß sie einen siebten Sinn. Oder das Mädchen versuchte, sie aus irgendeiner Zwischenwelt zu erreichen. Ihre Seele schwebte womöglich gerade um sie herum.

Jedenfalls spürte Sara an diesem Ort eine große Todessehnsucht. Sie wusste nicht, ob es ihre eigene war oder die des Mädchens. Aber sie glaubte jetzt ziemlich sicher, dass sich das Mädchen selbst umgebracht hatte. Das Wasser hatte sie gerufen.

Sara lehnte sich über die Brüstung, suchte mit den Augen auf der Wasserfläche die Blumen. Vorhin war noch alles voll davon gewesen. Jetzt schwamm hier bloß noch eine vereinzelte Tulpe herum, winzig und farblos unten im dunklen Wasser. Die Blume hatte einen Rechtsdrall. Sara folgte der Schwimmrichtung mit den Augen. Weiter drüben sah sie auch ein paar andere Blüten aufblitzen und noch weiter rechts unruhiges Wasser, einen Strudel: Dort gab es eine Stelle, wo die Blumen nach unten gesogen wurden. Sara erschauderte.

Von rechts kamen Schritte. Ein nächtlicher Fußgänger, noch achtzig, hundert Meter weit weg, der von Goldstein oder Alt-Schwanheim über die Brücke nach Griesheim wollte. In der Stille klangen die Schritte unheimlich. Sara sah nicht hin, rührte sich nicht. Wie ein Tier, das stillhält, weil es nicht gesehen werden will. Das Wort Totstellen fiel Sara ein. Dann: Totenstarre. Aber das war etwas anderes. Gleich würden die Schritte direkt neben ihr sein. Sie klangen zielstrebig, wurden nicht langsamer. Gut. Gleich wäre der Mann an ihr vorüber.

Doch die Schritte bogen zu ihr auf die Aussichtsplattform ein. Sara stockte der Atem. Zwei Tritte noch, dann war der Fremde bei ihr, und Sara spürte eisiges Metall in ihrem Nacken. Sie schrie. Selim lachte. Sara lachte auch, quiekte, schüttelte sich vor Erleichterung.

«Sara, du Angsthase», sagte Selim. Er lehnte sich mit dem Rücken und seiner Lederjacke gegen die Brüstung, warf die halblangen Haare zurück und sah sie an. Selim war groß für einen Türken, sehr schlank, schmalgesichtig mit einer schön geschwungenen Nase, die sie an einen Raubvogel erinnerte. Er war dreiundzwanzig, nannte sich Geschäftsmann und betrieb einen Club. Sara bewunderte ihn. Aber sie wusste nie, ob er sie bloß für ein nettes Kind hielt oder ob er sie ernst nahm. Als Frau ernst nahm. Ob er sie überhaupt als Freundin in Erwägung zog. Denn im Gegensatz zu dem, was ihre Eltern glaubten (und was sie niemals abgestritten hatte, so stolz war sie auf den bloßen Verdacht), im Gegensatz dazu war sie mitnichten seine Freundin. Sie wusste auch nicht, ob er eine hatte. Eine feste jedenfalls. Haben konnte er jede. In seinem Club gab es viele Mädchen, die ihn bei jeder Gelegenheit betatschten und ihm ein Küsschen gaben. Aber Sara glaubte, dass das alles nur oberflächlich war. Das ihm keine wirklich nahe war.

«Hier ist das also passiert», sagte er jetzt, wandte sich zum Fluss und sah ins Wasser. Er stand reglos.

«Hast du sie geliebt?», fragte Sara nach einer Weile.

Er drehte sich wieder zu ihr um. «Schwere Frage. Ich weiß nicht. – Aber weißt du, was ich weiß?»

«Nein. Was denn?» Eine unglaubliche Hoffnung keimte in Sara auf.

«Sie hat mich nicht geliebt.» Er wandte sich wieder zum Wasser. Sara fühlte Enttäuschung. Sie steckte ihre Hände in die Manteltaschen. Sie fror. Vor allem hatte sie Eisfüße. Die Nietenstiefel sogen über das Metall die Bodenkälte in die Schuhe. Und unter dem Mantel trug sie nur knappste Bekleidung.

«Sara», begann Selim, mit den Ellenbogen auf der Brüstung. «Sara, verrat mir was. Bist du noch Jungfrau?» Er sah übers Wasser, nicht zu ihr.

Sara blieb keine Zeit, über die Frage nachzudenken.

«Ja», sagte sie, «ja, bin ich. Und wenn du's genau wissen willst, ich hatte auch noch nie einen Freund.»

Selim richtete sich von der Brüstung auf, trat einen Schritt auf sie zu und nahm ihr Gesicht in beide Hände. Er sah sie lange an. Dann legte er ganz, ganz langsam seinen halboffenen Mund auf ihren.

Sara schmolz dahin. Trotz der Kälte. Sie war so glücklich.

Guido Naumann saß ihnen derart frech und selbstzufrieden gegenüber, dass Winter seine Aggressionen nur mit Mühe im Zaum halten konnte. Allerdings bestätigte das Verhalten Naumanns nur Winters ursprüngliche These, dass der Schriftsteller nichts mit dem Tod des Mainmädchens zu tun hatte.

Ein Täter konnte sich nicht so verstellen. Bei einem Einbruch oder Raub vielleicht, aber nicht bei einem Tötungsdelikt. Dafür war Winter schon zu lange bei der Mordkommission. Wer jemanden getötet hat, auf diese Weise noch dazu, ist aufgewühlt, fühlt sich in einer Ausnahmesituation, hat Angst, Schuldgefühle, ist mit sich selbst nicht im Reinen. Echte Mörder verhalten sich wie der Benedetti oder die

Serdaris. Guido Naumann jedoch: Hie und da ein arrogantes Halblächeln, aber im Großen und Ganzen war da nichts als Langeweile. Und Schweigen.

Denn Guido Naumann verweigerte die Aussage. «Ich sage übrigens nichts in der Sache. Ist ja mein gutes Recht.» – Unterdrücktes Gähnen. – «Also, bevor Sie sich hier vergebens abmühen, Sie können mich auch gleich in die Zelle stecken. Dann sind Sie heute Abend früher zu Hause. – Ach ja, wenn Sie noch so freundlich wären, mir einen Block und einen Stift zur Verfügung zu stellen. Ich könnte dann in der Zelle wenigstens etwas arbeiten. Dann wäre meine Zeit hier nicht ganz vertan. Dann würde ich möglicherweise auch davon absehen, der Staatskasse einen allzu hohen Verdienstausfall in Rechnung zu stellen. Ich habe übrigens morgen eine Lesung in der Alten Oper, die ich nun wohl leider versäumen werde. Wissen Sie, wie viel Geld jemand wie ich für ein Stündchen Vorlesen erhält?»

Der Mann trieb Winter auf die Palme. Mit allen seinen bewährten Verhörkniffen brachte er nichts aus ihm raus. Das Äußerste an Reaktion war eine leichte Rötung in Naumanns Gesicht, als Winter ihm, im Vernehmungsraum hin und her streichend, ein bildreiches Szenario beschrieb, wie er, Naumann, sich an dem Mädchen vergangen habe. (Winter stellte sich übrigens in Wirklichkeit nichts dergleichen vor. Aber als er die Röte und die glänzende Feuchtigkeit auf Naumanns Gesichtshaut sah, fragte er sich doch, ob der Schriftsteller nicht die fatale letzte Begegnung des Mainmädchens gewesen war. Es wäre eine so einfache Lösung.)

Falls Naumann sich von Winters Phantasieschilderung getroffen oder verunsichert fühlte, so ließ er sich aber in seinen verbalen Reaktionen nichts davon anmerken. «Gott,

Herr Polizeiobermeister», sagte er am Ende. «Interessant, was Sie für Bücher lesen. Ich schreibe glücklicherweise keine Kriminalromane. Obwohl es auch manchmal hart zugeht bei mir. Vielleicht sollten Sie bei Gelegenheit eins meiner Bücher lesen. Das würde Ihren Horizont erweitern.»

Sie blödes, arrogantes Arschloch, hätte Winter am liebsten gesagt. Doch er verkniff es sich. Naumann hätte eine solche Reaktion nur befriedigt.

Nach anderthalb Stunden vergeblicher Liebesmüh knallte Winter die Tür des Verhörraums hinter sich zu und ließ den großen Schriftsteller allein.

Die Aksoy wartete im Videoraum. Sie beide hatten sich zeitweise abgewechselt. Winter hatte geglaubt, dass vielleicht die weichgespülten Fragen einer jungen Frau etwas aus dem Mann herausbringen würden. Er war ja garantiert ein Lustmolch, das sah man ihm an. Und so schrecklich unattraktiv war die Aksoy nicht (sie machte nur nichts aus sich). Doch auch das hatte keinerlei Effekt gehabt. Und Winter hatte inzwischen einen bösen Verdacht.

«So, Frau Aksoy. Wissen Sie, was ich glaube? Der hält uns hier zum Narren. Der plant ganz gezielt, in ein paar Tagen eine Aussage zu machen. Bei der Aussage wird sich herausstellen, er war's nicht, und er hat ein wasserdichtes Alibi. Wissen Sie, warum er jetzt schweigt? Der will ein paar Tage verhaftet bleiben. Für die Medien! Das ist ein Publicity-Stunt für den! Nichts weiter! Das haben wir nun von Ihrem Haftbefehl!» Winter war sehr laut geworden. Aksoy war zwei Schritte zurückgetreten.

«So, Herr Winter», sagte sie sehr leise nach einer Pause. «Herzlichen Dank auch, dass Sie aufgehört haben, mich anzubrüllen. Leider hat uns das nicht weitergebracht.»

Winter wünschte sich, die Aksoy würde nicht zu allem Übel auch noch mit der Moralkeule kommen. Frauen! Wirklich. Da kam ihm eine Idee. Er beugte sich über den im Raum stehenden Computer und rief einen Internet-Buchhändler auf.

«Das gibt's doch nicht!», rief er. «Jetzt sehen Sie sich das an! Genau vor drei Tagen ist ein neues Buch von Guido Naumann erschienen. Titel: *Liebe den Tod.* Der Mann benutzt uns für Werbung, genau wie ich sage.»

«Okay. Das tut er vielleicht. – Sind Sie wieder bei mir?»

«Ähm, ja», antwortete Winter abwesend.

«Wissen Sie, was ich die ganze Zeit denke?», begann die Aksoy.

«Was denn?»

«Also, entweder es war der Naumann. Dann ist er ein Psychopath. Ansonsten könnte der jetzt nicht so cool sein. Oder – oder das Mädchen hat sich selbst umgebracht.»

«*Was?*» Winter glaubte sich verhört zu haben. «Entschuldigung, Frau Aksoy, aber sind Sie noch ganz bei Trost? Wie stellen Sie sich das denn vor?»

Vor zwei Stunden hatte sie noch von einem satanistischen Ritualmord gefaselt. Die Frau machte ihn ganz kirre.

Aksoy schluckte.

«Wir haben uns doch so gewundert», sagte sie, «warum das Mädchen dem Angriff nicht ausgewichen ist. Als hätte sie gar nicht ausweichen *wollen.* Und das kann doch eigentlich nur sein, wenn es entweder Suizid war oder Tötung auf Verlangen.»

«Aber Frau Aksoy! Ich bitte Sie! Man sticht sich doch nicht in den Bauch, wenn man –»

«Doch, manchmal schon. Die alten Römer haben sich in das eigene Schwert gestürzt. Bei den Japanern gibt es Harakiri. Angeblich überdeckt der Schock in den ersten Sekunden den Schmerz, sodass man fast nichts spürt und noch in der Lage ist, den Schnitt zu Ende zu führen.»

«Ja, ja. Und nachdem sie sich erstochen hatte, hat das Mädchen sich selbst noch einen großen Stein aufs Gesicht gehauen. Am Ende ist sie dann die Treppe zur Staustufe hochgelaufen und hat sich ins Wasser gestürzt. Frau Aksoy, das ist doch lächerlich.»

«Ja und nein. Mir ist der Ablauf auch nicht in allen Einzelheiten klar. Aber – es hat mir zu denken gegeben, was wir heute Abend am Main beobachtet haben. Dieser Typ, der da auf der Brüstung balancierte und mit seinem Leben spielte. Es gibt doch in manchen Kreisen von Jugendlichen eine Verherrlichung des Todes. Und irgendwie gehörte das Mainmädchen wohl zu diesen Kreisen. Suizidal war sie wahrscheinlich ohnehin. Jedenfalls, wenn sie dieses Borderline-Syndrom hatte. Vielleicht hat ihr ja jemand geholfen, hat sie hinterher in den Main geworfen, weil sie das so wollte. Beim Harakiri gibt es auch immer einen Helfer. Das heißt übrigens eigentlich gar nicht Harakiri, sondern Seppuku.»

«Ach, Aksoy, hören Sie doch auf mit Ihren Geschichten. Was tut denn das jetzt zur Sache?»

«Sorry, Herr Winter, ich rede wirr. Mir schwirrt ein bisschen der Kopf. Aber das Wichtigste hab ich noch gar nicht gesagt. Also, was mir klargeworden ist, als ich diesen jungen Mann am Rand der Betonplattform gesehen habe: Wenn er da runtergestürzt wäre, hätte er sich womöglich das Gesicht verletzt. Falls er weiter unten auf einem Vorsprung aufgeschlagen wäre, meine ich. Wir müssen uns diesen Vorbau an dem Pfeiler der Staustufe noch mal ansehen. Es könnte doch sein, dass die Gesichtsverletzungen des Mainmädchens aus einem Sturz resultieren. Ob sie nun selbst gesprungen ist oder ob sie jemand geworfen hat.»

Winter war baff.

Hatten Sie diese simple Erklärung für die Gesichtsverletzungen übersehen? Er spürte, dass etwas daran nicht stimmte. Aber er konnte den Denkfehler nicht festmachen. Mental notierte er, Butzke, den Rechtsmediziner, morgen zu kontaktieren und zu fragen, ob eine solche Erklärung für das zerschlagene Gesicht möglich wäre.

Winter fröstelte, wenn er an seinen Vorgesetzten dachte. Fock würde schäumen, wenn er von den Entwicklungen hörte. Der Erste Kriminalhauptkommissar rechnete natürlich damit, den Fall morgen früh in trockenen Tüchern ordentlich verpackt in seiner Mailbox zu finden, sodass man die Ermittlungen endgültig einstellen könnte und sie beide wieder seiner geliebten SoKo Krawatte zur Verfügung stünden. Doch nun hatten sie Guido Naumann nicht zum Reden gebracht. Und die Aksoy machte hier ein komplett neues Fass auf.

Die Aksoy brachte den ganzen Ablauf durcheinander. Sie hätten den Naumann niemals verhaften oder auch nur vernehmen dürfen, bevor sie aus der Genetik Sicherheit betreffs der Wolldecken hatten. Wenn man eindeutige Indizien hatte, packte man so etwas ganz anders an. Dann bestand auch nicht die Gefahr, sich vor der Presse zu blamieren.

Winters Handy klingelte. Es war Carola. Er hatte seine Frau während des Verhörs schon mehrfach weggedrückt. Nun nahm er das Gespräch an.

«Hallo», sagte Carola. «Endlich gehst du dran. Darf man fragen, wann du heute kommst?»

«Bald, Schatz.»

«Ist dir eigentlich klar, dass deine Tochter heute nach der Schule nicht nach Hause gekommen ist?»

Woher sollte er das denn wissen? Und was sollte der schlecht verhohlene Vorwurf schon wieder? Weil er gestern mit Sara gestritten hatte?

«Nein, das war mir nicht klar. Aber es ist ja auch noch gar nicht so spät.» Er sah auf die Uhr: gerade mal neun. «Bestimmt kommt sie noch.»

«Da wäre ich mir nicht so sicher.»

Winter beendete das unerfreuliche Gespräch, während eine Reihe ebenso unerfreulicher Hypothesen betreffs seiner Tochter sich in ihm aufbauten.

«Wissen Sie, was noch sein kann?» Das war die Aksoy, die sofort einhakte, als er das Handy zuklappte.

Winter seufzte. Frauen zerrieben einem die Nerven. Es war doch wirklich so. Wer machte zu Hause keine Probleme? Sein Sohn.

«Ich weiß jetzt, was passiert ist», redete Aksoy hastig weiter.

Winter sandte die Augen gen Himmel. «Ach, tatsächlich», sagte er. «Schießen Sie los.»

«Das Mainmädchen wurde von Benedetti hinausgeworfen. Sie war verzweifelt, hat versucht, den Naumann als neuen Gönner zu gewinnen, was aber misslang. Dann hat sie sich zum Suizid entschlossen. Vielleicht sollte es auch bloß ein Hilferuf sein. Sie hat sich jedenfalls mit einem Messer in den Bauch gestochen, an dem Treffpunkt, an dem sie mit Benedetti zur Übergabe des Flugtickets verabredet war. Dann ist sie verblutet. Benedetti hat sie tot oder komatös gefunden. Er hat automatisch angenommen, Eleni Serdaris wäre die Täterin. Weil er die Serdaris schützen wollte, hat er das Mädchen zunächst in einem Gebüsch versteckt.

In der Nacht ist er wiedergekommen, hat die Leiche auf die Staustufe geschleppt und sie in den Main geworfen. Die Gesichtsverletzungen sind entweder zufällig beim Fallen entstanden. Oder er hat ihr das Gesicht vorher mit einem Stein zerschlagen, um sie unkenntlich zu machen.»

Wieder einmal war Winter verblüfft. Das hörte sich doch geradezu plausibel an … doch dann fing er sich. Achtzehn Stiche in den Bauch, selbst zugefügt? Das war unmöglich. Aber dennoch …

«Aksoy, Sie machen mich ganz schwindelig. Sie haben zu viel Phantasie. Ihnen fallen tausend Szenarien ein. Wenn man denen allen nachgeht, wird man nie fertig.»

«Ist das so? Also, ich finde, wenn man sich zu früh auf eine Möglichkeit versteift, dann sieht man die anderen nicht mehr. Ich finde, man muss nach allen Seiten offenbleiben.»

Nach allen Seiten offen. Das war sie. Und schämte sich nicht, ihn, den wesentlich erfahreneren Kollegen, zu kritisieren. Mit dem «Versteifen auf eine Möglichkeit» war garantiert Winters Annahme gemeint, dass Eleni Serdaris die Tat begangen hatte. Nach dem fruchtlosen Verlauf des heutigen Abends war Winter erneut überzeugt, damit richtig zu liegen.

«So, Frau Aksoy, wir machen jetzt Schluss. Die Diskussionen bringen nichts. Und bitte überlegen Sie sich, wie wir den ganzen Schlamassel morgen Fock verkaufen wollen.»

In der folgenden Nacht wünschte sich Winter, dass die Probleme im Job und mit Kollegin Aksoy seine einzigen wären.

Sara kam und kam nicht nach Hause. Mehrere Schulfreundinnen, die er gegen zehn anrief, hatten nicht die geringste Ahnung, wo Sara sich aufhielt. Eine teilte mit, Sara habe sich «umorientiert», die habe doch gar nichts mehr mit ihr zu tun. Eine zweite erklärte, auch sie frage sich, was mit Sara neuerdings los sei, und dass sie wohl in schlechte Kreise abdrifte. Und sie glaube, dieser Selim sei ein «Lover Boy». «Ein was?», hatte Winter gefragt. Ob er davon noch nichts gehört habe, wunderte sich das Mädchen. Das seien die Typen, die ein Mädchen psychisch von sich abhängig machten, und dann würden die Mädels freiwillig für sie anschaffen gehen. Nein, sie kenne diesen Selim nicht. Sie habe nur gehört, dass die Türken das oft machen würden. Schließlich stellte sich heraus, die junge Dame bezog ihre Erkenntnisse aus einem Fernsehbericht über die Niederlande.

Die dritte Freundin wurde rotzfrech. «Ey, Herr Winter, Sie können mich doch nicht jedes Mal anrufen, wenn die Sara um zehn noch nicht zu Hause ist! Also, ich glaub echt, Sie spinnen irgendwie!»

Um zwei Uhr nachts war Sara noch immer nicht da. Winter kämpfte mit düsteren Gedanken, während er auf dem Wohnzimmersofa lag und wartete. Wenn er die Augen schloss, kamen Bilder von den schwarzen Menschensilhouetten an der Staustufe heute Abend. Bilder von Stichen in weiße Mädchenbäuche. Sicher war Sara unglücklich seit dem Streit mit ihm gestern, und zweifellos gehörte sie zu einer Jugendkultur, die, wie Aksoy es ausgedrückt hatte, den Tod verherrlichte. Von möglichen Horrorszenarien mit diesem Selim ganz zu schweigen.

Immer wieder raffte sich Winter vom Sofa auf, streifte durch die Wohnung, pendelte zwischen Saras Zimmer mit den gruseligen Bildern an den Wänden und dem Wohnzimmer hin und her, schwor sich, wenn Sara nur wiederkäme, werde er sich nie wieder über eine nervende, ihn sabotierende Aksoy oder sonst irgendwelche Alltagssorgen bei der Arbeit ärgern.

Um drei Uhr kämpfte er mit der Entscheidung, seine eigene Tochter bei den Kollegen als vermisst zu melden. Sara war noch nie bis in die Nacht fortgeblieben. Er wusste, dass Jugendliche in diesem Alter meist von selbst wieder zurückkamen. Aber es gab genügend Fälle, wo es nicht so glimpflich ausging. Und dann war da noch Selim. Selim, der laut Winters Frau aus kriminellen Kreisen kam. Der das Mainmädchen gekannt hatte und den Sara zu dem Mädchen befragen wollte. Wenn nun Selim etwas mit dem Tod des Mainmädchens zu tun hatte …

Gegen vier wurde Winter klar, dass der Grund, warum er noch keine Vermisstenanzeige erstattet hatte, Scham war. Scham vor den Kollegen. Und das war kein guter Grund. Die väterliche Verantwortung gebot zu handeln.

Winter fühlte sich sofort besser, als der Entschluss gefasst war. Er ging den gewöhnlichen Weg, wählte die Nummer der örtlichen Polizeidienststelle. Während das Freizeichen tönte, sah er durchs Fenster nach draußen. Das Straßenlicht schimmerte rötlich. Am Haus gegenüber war kein einziges Fenster erleuchtet.

«Polizeirevier Nordend.» Der Kollege klang amüsiert und übermüdet, im Hintergrund hörte Winter Lachen. Vor seinem inneren Auge sah er sofort die Wache vor sich, in der er früher selbst Nachtdienst geschoben hatte.

«Winter, Kriminalhauptkommissar. Ich rufe in eigener Sache an. Meine Tochter ist heute, also gestern, nach der Schule nicht nach Hause gekommen. Sie ist sechzehn, aber das ist noch nie passiert.»

Der Kollege wurde höflich, professionell. Ging die Formalien mit ihm durch. Am Ende beruhigte er ihn, das werde schon wieder, die Kleine sei bestimmt morgen Mittag zurück. Winter sagte, das hoffe er auch.

7

Der folgende Morgen war der schlimmste, den Winter je erlebt hatte.

Um neun betrat er das Büro, geschafft nach der in Sorge verbrachten Nacht. Natürlich war Aksoy vor ihm da. Wie jeden Morgen. Doch über solche Lappalien wollte er sich ja nicht mehr ärgern.

Winter hatte zu Hause kurz überlegt, ob er sich krankmelden sollte. Dann hatte er sich dagegen entschieden. Gut, er hatte ein paar Nächte kaum geschlafen. Aber das war kein Grund. Und für Sara konnte er nichts tun, auch von zu Hause aus nicht. Vielleicht half ihm die Ablenkung sogar. Es bestand ja immer noch die Möglichkeit, dass Sara heute Mittag wie gewöhnlich aus der Schule nach Hause kam. Oder gebracht wurde. Die Kollegen von der Polizeidienststelle hatten heute früh bereits in Saras Schule angerufen und um Rückruf gebeten, falls Sara dort erschien.

Die Aksoy sah heute auch nicht gut aus. Übernächtigt. Bleich. Besorgt.

Winter zog seine Outdoor-Jacke aus. Es war in der klaren Nacht knackig kalt geworden.

«Herr Winter, ich habe schlechte Nachrichten.»

Sein Herz sank in die Magengrube. «Ja?», murmelte er schwach und drehte sich zu ihr um.

«Wir haben eine weitere Leiche. Im Main. An der Staustufe. Dieser sogenannte Rechen am Wehr ist verstopft. Die haben heute Nacht eine elektronische Warnmeldung bekommen, dass sich was Größeres da verfangen hat. Als es hell wurde, kam die Reinigungsfirma, und sie haben den Rechen hochgezogen. Jugendliche Wasserleiche, wie es scheint, ganz frisch. Schwarz angezogen. Die Kollegen sind noch bei der Bergung. Ich fürchte Suizid. Ritueller Suizid. Und wir haben gestern einen Teil davon beobachtet. Und nicht eingegriffen. Wir Vollidioten.»

Ihre Stimme zitterte. Doch Winter registrierte es kaum. Seine Zunge hatte sich in ein trockenes Reibeisen verwandelt und verfing sich am ebenso trockenen Gaumen. Sein Magen fühlte sich an, als hätte jemand mit der Faust hineingeschlagen. Jetzt war alles egal.

«Frau Aksoy, mir geht es nicht gut. Ich muss nach Hause.»

Er nahm einfach seine Jacke und ging wieder. Die Aksoy entließ ihn wortlos, zum Glück. Nur die Information zurückdrängen, abwehren, bis er zu Hause war. Das Entsetzliche war ohnehin zu groß, um es so schnell zu fassen.

Zu Hause stieg er die Treppen hoch, zwei Stufen auf einmal nehmend, als erwarte ihn oben die Erlösung. In der Wohnung angekommen, zwang Winter sich, so normal er irgend konnte, «Ist Sara da?» zu rufen. Das Sprechen drückte auf seinen mitgenommenen Magen. «Nein, wieso auch», kam es schnippisch von seiner Frau aus der Küche.

Winter ersparte sich zunächst Weiteres, stolperte in Saras Zimmer, wo sie natürlich nicht war, und legte sich auf ihr Bett. Das Kissen roch nach ihr. Er erlaubte es sich zu weinen.

Nach etwa zehn Minuten hatte er die Kraft, Aksoys Nummer zu wählen. Jetzt musste er einfach Gewissheit haben. Doch Aksoys Telefon war besetzt.

Winters Abgang ließ Aksoy erschrocken zurück. Er war leichenblass geworden. Wahrscheinlich war ihm übel. Magen-Darm-Infekt? Aber irgendwie hatte es so gewirkt, als sei die Übelkeit eine Reaktion auf die Nachricht von der Wasserleiche. Die Szene erinnerte sie an ihre allererste Begegnung mit Eleni Serdaris, an deren Zusammenbruch nach ihren Fragen. Aksoy schüttelte den Kopf, um sich von dem Eindruck zu befreien.

So. Nun hätte sie den heutigen Höllentag allein am Hals. Immerhin würde Fock nach dem neuen Leichenfund einsehen, dass die Ermittlungen alles andere als abgeschlossen waren. Aksoy formulierte ihren gestern Abend geschriebenen Mailentwurf an Fock nicht um, sondern fügte nur ein Postskriptum hinzu, worin sie von dem neuerlichen Leichenfund berichtete und den Zusammenhang herstellte. Dann seufzte sie und tat, was jetzt als Erstes getan werden musste: Sie rief Vermisstenmeldungen aus der Region auf.

Die neueste, von heute Nacht: Sara Winter. Alter: 16.

Sara Winter. Das süße Pferdeschwanz-Mädchen von der Konstablerwache. Aksoys übelste Befürchtungen verdichteten sich. Hatte sie es gestern Abend nicht geahnt, dass die schwarzen Gestalten auf der Brücke die jungen Leute von der Konsti waren? *Sie* hatte ihnen von dem Todesfall erzählt. *Sie* hatte die Jugendlichen wohl auf die Idee gebracht, am Main irgendein tödliches Ritual zu vollziehen. Aksoy fühlte sich furchtbar.

Dann sah sie den Namen dessen, der die Anzeige aufgegeben hatte. Andreas Winter, Polizeibeamter, Vater der Vermissten.

Das war ja unerträglich.

Der Bildschirm verschwamm. Aksoy hatte Tränen in den Augen. Gott, der arme Winter. Dann nahm sie sich zusammen. Nicht in Panik geraten. Sie musste jetzt für Winter mit die Verantwortung tragen.

Sie tat das Nächstliegende. Nie die einfachsten Mittel vergessen, lernte man auf der Polizeiakademie. Sie rief bei Sara Winter an. Die Handynummer hatte sie ja. Natürlich bekam sie die Mailbox. Aber so wie sie die jungen Leute kannte, war das nicht ungewöhnlich. Sie schickte eine SMS. *Hallo, Sara, ich müsste Sie kurz sprechen. Ob Sie mich wohl rasch anrufen könnten? Vielen Dank, Ihre Hilal Aksoy (Kripo).*

Ein paar Minuten später klingelte das Handy. Binnen weniger als einer Sekunde hatte sie es am Ohr. «Aksoy.»

«Ähm, hallo, hier ist Sara.» Die Stimme klang rau, etwas aufgeregt. «Also, ich glaub ja nicht, dass ich Ihnen helfen kann, aber …» Sara hielt verwirrt inne. Aksoy hatte am anderen Ende der Leitung vor Erleichterung lauthals zu lachen begonnen. «Ach, Frau Winter, Sie ahnen ja gar nicht», rief Aksoy jetzt. «Ich bin so froh, dass Sie drangehen. Wir – eben habe ich gesehen, Ihr Vater hatte Sie heute Nacht als vermisst gemeldet …» («Was?», tönte es entsetzt vom anderen Ende.) «… ja, tatsächlich, und da habe ich auch erst gesehen, dass Ihr Vater ein Kollege ist. Jedenfalls habe ich ein bisschen befürchtet, Sie könnten jetzt das nächste tote Mädchen sein. – Sara, ich habe tatsächlich noch eine Frage an Sie. Aber vielleicht melden Sie sich erst bei Ihrem Vater, dass Sie gesund und wohlauf sind. Der sorgt sich bestimmt zu Tode.»

Erschrockenes Schweigen am anderen Ende.

«Oder soll ich das übernehmen? Soll ich Ihren Vater anrufen?»

«Ja, bitte, das wär echt nett.»

«Soll ich ihm denn irgendwas sagen, wo Sie gerade sind?»

«Ähm, also, ich bin jetzt hier ganz normal in der Schule. Im Pausenraum. Bloß, ich schwänz halt grad Sport, die ersten beiden Stunden. Wär nicht so gut, wenn mein Vater das erfährt. Zu Englisch geh ich dann. Das ist um Viertel vor zehn.»

«Okay, prima. Dann kann ich Sie vielleicht gleich noch mal erreichen. Wie gesagt, ich hab noch eine Frage. Aber jetzt freue ich mich erst mal, dass es Ihnen gutgeht. Bis gleich dann.»

Winter lag noch immer auf Saras Bett, als sein Handy klingelte.

«Ja?»

«Herr Winter? Gute Nachrichten. Ihrer Tochter geht es gut. Ich hatte nämlich eben gesehen …»

Aber er hörte schon gar nicht mehr hin, so euphorisch war er. «Ach, Gott sei Dank, Gott sei Dank», rief er mehrfach.

«Sara ist in der Schule oder auf dem Weg dorthin», erzählte Aksoy, «ich habe eben mit ihr gesprochen. Die neue Wasserleiche ist wahrscheinlich sowieso männlich. Es ist nur noch nicht ganz sicher, weil sie noch nicht geborgen ist, und die Haare sind wohl länger. Aber die Kollegen meinten, es ist eher ein Junge. Das hätte ich Ihnen gleich gesagt, wenn ich vorhin im Geringsten geahnt hätte … egal, das ist ja nun geklärt. Wie geht es Ihnen denn?»

«Gut, bestens.» Winter war wattig im Kopf und nicht ganz bei sich. Seit wann wusste eigentlich die Aksoy, dass Sara seine Tochter war? Ach, unwichtig.

Er kündigte an, dass er in einer halben Stunde spätestens im Präsidium eintreffen werde, und entschuldigte seinen überstürzten Aufbruch heute Morgen. In dem Moment war ihm das alles nicht einmal peinlich vor der Aksoy. All diese Dinge waren plötzlich so unwichtig.

«Gott sei Dank», sagte er noch einmal zu sich, auf Saras Bett sitzend, als er aufgelegt hatte.

Beschwingt ging er in die Küche.

«Sara lebt, ihr geht es gut!», rief er.

«Mit nichts anderem hatte ich gerechnet», sagte seine Frau sauertöpfisch. «Madame amüsiert sich die ganze Nacht, und es ist ihr scheißegal, ob sich ihre Eltern zu Hause vor Sorge verzehren.»

Fünf Minuten später rief Winter seine Tochter an. Sie nahm ab, und er fragte sie als Erstes bitterböse, was sie sich denn dabei gedacht habe, die ganze Nacht wegzubleiben. Fast unmittelbar danach wünschte er sich, er hätte es anders angefangen. Das Gespräch endete unharmonisch.

Auf dem Main lag ein Boot der Wasserpolizei. Darauf und daneben Taucher in glänzenden schwarzen Anzügen mit signalgelben Gasflaschen. Am Ufer und um die Staustufe sah man Tatortspezialisten in weißen Overalls, weiträumige Absperrungen mit Plastikband, einen Rettungswagen, grüne und blaue Polizeiautos – all das zum zweiten Mal binnen einer Woche.

Ein paar Anwohner des Griesheimer Mainufers standen im Umkreis, redeten mit gedämpften Stimmen. Fremde gestanden sich, man bekomme hier allmählich Angst. Die Angler packten ihre Sachen. Einer scherzte grob, dass der dicke Zander im Eimer eines anderen von Leichenfleisch so fett geworden sei. Ein anderer erklärte, er werde künftig aufs Angeln verzichten. Ein weiterer fragte sich, ob man nicht von der Stadt das Geld für die Angelstelle zurückverlangen solle. Regelmäßige Spaziergängerinnen unter den Anwohnern schworen sich, nie wieder allein oder in der Dunkelheit hierherzukommen.

Nur Sabine Stolze empfand anders. Sie beobachtete die Szenen am Mainufer vom Fenster aus. Stehend, weil das Wohnzimmerfenster so weit oben angesetzt war. Das «Wohnzimmer» war ein nur neun Quadratmeter großer Raum im Erdgeschoss. Vom Architekten war er höchstwahrscheinlich als Arbeitszimmer, Gästezimmer oder Hauswirtschaftsraum gedacht. Sie hatten hier auf engstem Raum ein Sofa, zwei Sessel, einen Couchtisch und den Fernseher stehen. In gewisser Weise machte die Enge das Zimmer gemütlich. Nur das zu kleine, zu weit oben in der Wand liegende Fenster hatte Sabine Stolze immer gestört. Es gab dem Raum ein kerkerartiges Ambiente. Wie eine Gefängniszelle. Und tatsächlich verglich Sabine Stolze ihre Lage in diesem Haus oft mit der einer Gefangenen.

Aber heute schlug ihr Herz ganz frei. Eine große Bedrückung war von ihr gefallen. Noch eine Leiche! Das hieß, das tote Mädchen vom Samstag hatte nichts mit ihnen zu tun. Gott sei Dank. Was hatte sie sich da wieder eingeredet! Sie war doch fast schon verrückt. Ständig diese Albträume und Ängste. Irgendwelche Bandenkriege unter Jugendlichen waren das hier bestimmt. Oder Ritualmorde. Sie hatte gestern Abend vom Schlafzimmer aus eine Gruppe Schwarzgekleideter die Treppe zur Staustufe nehmen sehen. In langen Gewändern. Hatten ausgesehen wie große Raben.

Aber ihr hatten sie kein Unglück gebracht.

Aksoy und Winter trafen sich bei der Staustufe am Main. Es war windig, leicht regnerisch, mit schnell ziehenden Wolken. Von hoch oben kamen die Schreie von Wildgänsen, die in Pfeilformation den Fluss entlang nach Westen zogen. Ein Schwarm folgte dem nächsten. Das schien hier eine regelrechte Gänse-Autobahn zu sein. Winter sah immer wieder verstohlen gen Himmel. Er konnte sich nach all der Aufregung um Sara nicht richtig konzentrieren.

Man hatte den Toten befreit und zur Schwanheim-Goldsteiner Mainseite gebracht. Winter und Aksoy kamen von der Griesheimer Seite und marschierten mit Gummiüberziehern an den Schuhen über die polizeilich abgesperrte Fußgängerbrücke. Der Boden der Brücke bestand aus Metallgitter. Man konnte durchs Gitter auf das bewegte Wasser zehn Meter weiter unten sehen. Winter spürte leichten Schwindel, als er unter sich blickte.

Die Kollegen hatten schon durchgegeben, dass man hier ein völlig anderes Bild vor sich habe als bei der Mädchenleiche vom Samstag. «Friedlich», hatte einer den Anblick genannt.

Doch als Winter und Aksoy hinter den Schleusen die Treppe hinunterstiegen, war von Frieden keine Rede. Über den halb entkleideten, bläulich verfärbten Körper war ein Rettungssanitäter gebeugt und drückte mit voller Kraft rhythmisch die schmale Brust zusammen. Ein zweiter Sanitäter hockte neben dem Kopf und hielt einen Beatmungsbeutel. Der Jugendliche hatte einen Schlauch im Hals stecken und einen Tropf in der Armvene.

«Der reine Schwachsinn ist das», hörte Winter einen der Umstehenden sagen, wahrscheinlich ein Schleusen- oder E-Werk-Arbeiter. «Der war die halbe Nacht unter Wasser, der lebt doch net mehr.»

Der Arzt, jemand von der Uniklinik, war aber der Ansicht gewesen, dass man es versuchen müsse. In kaltem Wasser habe es schon öfter Überraschungen gegeben, besonders bei Kindern. Er erzählte die Geschichte einer jungen Frau,

die in einem eisigen norwegischen Bergbach angeblich vier-
undzwanzig Stunden unter Wasser gewesen sei und doch
weitergelebt habe.

Wir sind doch hier nicht in der Arktis, dachte Winter. Wie
kalt konnte denn das Frankfurter Mainwasser an einem No-
vembertag sein? Winter schätzte die Lufttemperatur heute
auf drei, vier Grad. Das Wasser war sicher viel wärmer.

Während die Sanitäter sich abkämpften, umrundeten er
und Aksoy die liegende Gestalt. Ein Junge, von zartem Kno-
chenbau, mit leichtem Fettansatz am Bauch, irgendwo zwischen vierzehn und achtzehn. Die Oberbekleidung war ein
klassischer Dufflecoat in Schwarz, darunter sah man mo-
dische Kleidung in helleren Farben, an den Füßen das, was
sich heutzutage Sneakers nannte und früher schlicht Turn-
schuhe hieß.

«Sieht nicht nach Gothic oder Metal aus», murmelte
Aksoy kryptisch. Ach, diese Jugendkulturen, dachte Winter. Zu seiner Schulzeit gab es Popper, Punker und Alternative. Was auch immer danach aufkam, hatte er nicht recht
mitbekommen. «Ziemlich eindeutig ertrunken diesmal»,
ergänzte Aksoy leise, so als wolle sie den sicher ohnehin
längst Toten nicht in seinem Überlebenskampf stören. Winter nickte. Er fand es schrecklich, wie dem reglosen Jungen
rhythmisch Fäuste in den Brustkorb gerammt wurden. Einmal knackte es, als brächen die Rippen. Unwillkürlich fielen
Winter Berichte von Wiederbelebten ein, die angeblich ihre
Reanimation mitbekommen hatten, über der Szene schwe-
bend, spürend, wie man sie zwingen wollte, in den Körper
zurückzukehren, was sie meistens gar nicht wollten. Ihn
schauderte. Ob an diesen Erzählungen etwas dran war?

Nach ihrem Rundgang um den ganz oder fast Toten hatten sie jetzt wieder den Arzt erreicht. Der, jung, drahtig und

kahlköpfig, stand mit der Uhr in der Hand neben dem Ambulanzwagen und verfolgte die Szene.

«Eindeutig Tod durch Ertrinken, oder?», fragte Winter.

«Sieht so aus», sagte der Arzt. «Haben sie die Bläue an den Lippen gesehen? Was soll das sonst sein. Ihre Experten werden sicher noch feststellen, ob Alkohol im Spiel war. Meistens ertrinken die Leute ja im Suff.»

«Wie lange soll das hier noch gehen?», fragte Winter und deutete auf die Sanitäter.

Der Arzt sah ihn streng an. Eine halbe Stunde müsse man geben. Eigentlich müssten sie den Jungen auch noch mitnehmen und wärmen. Es gebe da eine Regel, Ertrunkene sollten nie für tot erklärt werden, bevor man sie aufgewärmt habe.

Von oben kam wieder heiseres Gänsegeschrei. Winter sah Aksoy vielsagend an. «Ich spreche noch mal mit Freimann», sagte er. «Dann gehen wir.»

Freimann, der vollbärtige, ergraute Koordinator des Erkennungsdiensts, war oben auf der Brücke. Er ging ebenfalls davon aus, dass sie es hier nicht mit einem Verbrechen zu tun hatten. «Suizid», diagnostizierte er, «aber sicher können wir es natürlich erst wissen, wenn wir die Leiche untersuchen können und alle Spuren ausgewertet sind.»

«Warum nicht Unfall?», fragte Winter.

«Glaub ich nicht. Hast du das Grünzeugs gesehen?»

«Welches Grünzeug?»

«Wir werden leider den ganzen Müll auswerten müssen, den die Reinigungsfirma aus diesem Rechen geholt hat. Eklige Aufgabe. Jedenfalls, eines ist schon klar, da sind Blumen dabei. Tulpen, ein bisschen aufgeweicht, aber bestimmt nicht alt. Die Taucher haben noch mehr davon aus dem Wasser gefischt. Sieht mir nach einer Inszenierung aus.»

«Die Gruppe Ihrer Tochter hat hier Blumen ins Wasser geworfen», sagte Aksoy zu Winter. «Das hat sie mir am Telefon gesagt.» Winter stöhnte innerlich.

«Was?», fragte prompt Freimann amüsiert, «wie, *deine* Tochter?»

«Ich erklär's dir wann anders. Wir müssen jetzt», wiegelte Winter ab.

Im Auto fing die Aksoy prompt wieder von Sara an. «Was denken Sie, Herr Winter», begann sie, «sollten wir nicht Ihre Tochter holen, um zu sehen, ob sie den Jungen identifizieren kann?»

Am liebsten hätte Winter brüsk gesagt: «Lassen Sie meine Tochter aus dem Spiel!» Aber gerade noch rechtzeitig wurde ihm klar, dass ihm das nicht zustand.

«Das sehen wir noch», bestimmte er. «Da reicht auch ein Foto. Und wenn Sara, dann bitte auch die anderen aus der Gruppe.» Das Letzte rutschte ihm so raus. Es stimmte doch auch.

«Übrigens», schob er nach, «sollte sich der Junge leicht identifizieren lassen. Nach einem Straßenkind sieht er nicht gerade aus. Sicher wird er von den Eltern vermisst.»

Während er fuhr, wählte sich Aksoy mit ihrem schwarzen Wunderwerk der Mobilfunktechnik ins Intranet der hessischen Polizei ein und checkte die Vermisstenmeldungen. Es war jedoch nichts Passendes hereingekommen.

Dafür erwartete sie im Büro stehend ein gereizt und erhitzt wirkender Fock. Der Erste Kriminalhauptkommissar hielt ein Handy in der Hand, die rote Fliege blitzte in fast derselben Farbe wie seine mageren Wangen, dazwischen glänzte silbern der Schnauzbart.

«So, meine Herrschaften. Jetzt erklären Sie mir mal, wie ich die Entwicklungen in dieser Mainmädchensache zu verstehen habe. Sie wissen ja, dass wir gerade zwei unterschiedliche Verdächtige in Haft haben. Schwer genug, das der Presse zu vermitteln. Derweil müssen die Taucher eine weitere jugendliche Leiche aus dem Wasser fischen, an derselben Stelle. Sind Sie beide denn noch Herr der Lage?»

Winter und Aksoy sahen sich an.

Winter fühlte sich wegen Sara heute nicht souverän genug für eine Konfrontation. Aber er konnte auch nicht der Aksoy das Wort überlassen.

«Soweit wir bis jetzt wissen», erklärte er, «ist der heutige Tote ein Suizidopfer und hat, wenn überhaupt, nur indirekt mit dem Mainmädchenfall zu tun.»

«Was soll das heißen? Nur indirekt?»

«Ich denke an eine Nachahmertat. Der Junge hat unsere ersten Pressemeldungen mitbekommen, wonach von einem toten Mädchen die Rede war, das von der Brücke der Staustufe in den Main gestürzt ist. Dann kam dieser Jugendliche auf die Idee, sich an derselben Stelle umzubringen.»

«Vielleicht kannte er sie auch», mischte sich Aksoy ein. «Wir wissen, dass sich just gestern Abend eine Gruppe Jugendlicher auf der Brücke getroffen hat, um eine Art Totenfeier für das verstorbene Mädchen abzuhalten. Wir werden die Gruppe noch verhören. Vielleicht steht der Selbstmord in einem Zusammenhang mit dieser Feier.»

Winter ärgerte sich, dass Aksoy die Sache vor Fock ansprach. Aber immerhin hatte sie Sara nicht erwähnt.

«So, so», sagte Fock, gänzlich desinteressiert. «Haben Sie das übrigens schon gesehen?»

Mit theatralischer Geste nahm er zwei auf dem Tisch abgelegte Zeitungen und hielt sie rechts und links von sich in die Höhe.

Von dem bunten Boulevardblatt auf der einen Seite

starrte ein großes Foto von Guido Naumann, daneben schrie die Überschrift: «Ist dieser berühmte Schriftsteller ein Mörder?»

Die Frankfurter Zeitung für kluge Köpfe hingegen verkündete gemessen: «Guido Naumann unter Mordverdacht», und präzisierte in der Unterzeile: «Verleger: Peinlicher Versuch einer überforderten Polizei, nichtbürgerliche Lebensentwürfe unter Generalverdacht zu stellen».

Aksoy kicherte. Winter nahm Fock das Blatt ab. Die fuhren ja volles Geschütz auf. Alles Werbung für Naumanns neues Buch. Ein weiterer Artikel auf derselben Seite fragte sich, warum große Schriftsteller – von Truman Capote bis Bukowski – oft eine so große Affinität zu Verbrechen hätten. Ein anderer Artikel titelte: «Die großen Romane Naumanns über Marginalfiguren – Indizien einer Verwahrlosung?»

«Sie sehen, wir haben viel Presse», kommentierte Fock. «Wenn Sie das verbaseln, meine Herren» – sein Blick wanderte zu Aksoy, er kratzte sich am Kopf und schob die rote Fliege zurecht. Dann sah er auf die Uhr. «Ich verstehe nicht, wo Nötzel bleibt – eben hat er gesagt –»

Da erklang ein kurzes Klopfen an der Tür. Nötzel, der zuständige Staatsanwalt, trat ein.

«Morgen, Herrschaften», grüßte er energisch. Er legte seine Aktenmappe ab und schüttelte allen Anwesenden die Hand. In seinem rotblond-grauen Bürstenschnitt glänzten kleine Tropfen. Es hatte wieder zu regnen begonnen. Nötzel setzte sich mit geschäftigem Blick, schlug ein graubetuchtes Bein übers andere und kam zur Sache.

«Ich würde gern einen der beiden Verdächtigen freilassen. Zwei voneinander unabhängige Beschuldigte, das sieht nicht gut aus. Als würden wir leichtfertig Leute in Haft nehmen. Was denken Sie?» Dabei sah Nötzel Winter an. Er wusste sehr genau, wer die Ermittlungen in dem Fall führte. Der offizielle Leiter der Mordkommission 1, Fock, war es jedenfalls nicht.

«Ach, Herr Nötzel», seufzte Winter. «Sie kennen die Sachlage so gut wie ich. Ein Geständnis von Benedetti, Indizien und Aussageverweigerung im Fall des Beschuldigten Naumann.»

«War es nicht so, dass Sie bei Benedetti große Zweifel hatten, ob das Geständnis der Wahrheit entspricht?»

«Da Sie sicher das Protokoll gelesen haben, wissen Sie, warum. Frau Aksoy und ich denken allerdings ... also, eine Hypothese ist, dass Benedetti sich zumindest der Vertuschung einer Straftat schuldig gemacht hat.»

«Wie das?» Nötzel ließ erstaunt und neugierig den Blick von Winter zu Aksoy schweifen. Die hatte verstanden und hakte ein.

«Benedetti war Freitagmittag mit dem Mädchen unterhalb der Staustufe verabredet. Wir haben uns die Stelle vorhin noch mal angesehen. Es gibt dort eine etwas einsame Ecke, die nicht gut einsehbar ist. Wir denken, dass Benedetti das Mädchen tot oder komatös am Treffpunkt vorgefunden haben könnte und dann auf die Idee kam, seine Frau habe die Tat begangen. Weil er Frau Serdaris schützen wollte, hätte er das Mädchen dann in ein Gebüsch gezerrt und bis zur Nacht liegen lassen. In der Nacht hätte er die Leiche dann zur Staustufe schleppen und sie von dort ins Wasser werfen können.»

«Ah! Ich verstehe. Interessant. Dann könnten sowohl Benedettis Frau als auch Naumann die Tat begangen haben. Wenn es nicht ein banaler Raubüberfall war. Verzwickte Sache. Ja, dann wird es aber Zeit, dass der Benedetti diesbezüglich noch mal verhört wird. Und die Griechin auch. Die müsste es doch mitbekommen haben, wenn der Benedetti in der Nacht noch einmal draußen war.»

«Die Vernehmungen haben wir für heute geplant», übernahm Winter wieder. «Der Erkennungsdienst ist dabei, in der Gegend um die Staustufe nach Spuren zu suchen und Erdproben auf Blut zu untersuchen. Und was den Schriftsteller betrifft: Den werden wir uns erst wieder vornehmen, sobald das Ergebnis des genetischen Fingerprintings da ist. Wenn Blut und Haare auf der Decke nicht vom Opfer stammen, haben wir schlechte Karten und müssen ihn laufenlassen. Oder was meinen Sie?»

Nötzel stimmte dem Plan zu. Dann fragte er: «Müsste das Ergebnis des genetischen Fingerprintings nicht heute früh gekommen sein?»

Fock brachte sich wieder ein, lachte höhnisch. «Wir haben gestern um die fünfzig Proben von männlichen Strichern genommen und vorgestern noch mal ähnlich viele Spurenproben aus dem Hotelzimmer, in dem der Kultusminister gefunden wurde. Das Labor ist überlastet. Und ich habe natürlich angeordnet, dass das Material für die SoKo Krawatte bevorzugt behandelt wird. Ich zumindest kann Prioritäten setzen. Der Tod eines Landesministers ist nun einmal etwas bedeutender als der eines Straßenmädchens. Sie» – er zeigte auf Aksoy – «werden übrigens ab jetzt voll der SoKo Krawatte zur Verfügung stehen. Und Sie, Winter, plane ich ab vierzehn Uhr ebenfalls ein. Davor machen Sie in Gottes Namen Ihre Vernehmungen. Ich verstehe nicht, warum Sie diese wichtigen Fragen nicht längst geklärt haben. Ein richtiger Chaosverein ist das hier, seit Kollege Weber nicht mehr da ist.»

Kollege Weber war Winters Freund Gerd.

Aksoy beachtete Focks Tirade nicht. «Entschuldigung, Herr Fock ...»

«Ja?» Fock blickte misstrauisch. Die Aksoy war ihm offenbar unheimlich.

«Die Befragung der Jugendlichen wegen der neuen Leiche würde gern ich übernehmen. Ich habe da den Kontakt geknüpft. Ich denke, bei mir werden die Kids am ehesten reden.»

«Für diesen Job halte ich die Kollegin Aksoy ebenfalls für geeigneter», fügte Winter schnell hinzu. «Sie ist vom Alter her einfach näher dran.» In Wahrheit ging es natürlich um etwas ganz anderes. Winter war Aksoy dankbar, dass sie das eigentliche Problem – die Beteiligung seiner Tochter Sara – für sich behielt.

«Na, bitte schön», grantelte Fock und streifte ein Stäubchen vom Revers. «Aber sehen Sie zu, dass Sie das irgendwie dazwischenschieben. Ich habe einen dicken Stapel Hinweise für Sie zum Aufnehmen und Abarbeiten. Was meinen Sie, wie viel wir reinbekommen bei der SoKo Krawatte? Nicht täglich, *stündlich* bekommen wir hundert Hinweise!»

Kein Wunder bei zwanzigtausend Euro Belohnung, dachte Winter. Er würde sich jetzt Nino Benedetti vornehmen.

Vorher rief er den Rechtsmediziner an. «Herr Butzke, wäre es möglich, dass das Mädchen sich die Gesichtsverletzung im Fallen von der Staustufe geholt hat? Als sie bereits tot war?»

Butzke blätterte lautstark in seinen Unterlagen. Dann verneinte er die Frage. «Da waren Leukos an den Wundrändern», fachsimpelte er. «Sie hat nach den Schlägen ins Gesicht noch ein Weilchen gelebt. Nein, das passt nicht.»

Aha. Winter war erleichtert. Damit wäre jedenfalls Aksoys wüste Hypothese vom assistierten rituellen Selbstmord vom Tisch. Die Frau lenkte einen ständig vom Wesentlichen ab mit ihren Phantasien.

Sonja Manteufel schleppte ihre hundertfünfzig Kilogramm Lebendgewicht hoch zum Dachgeschoss. Sie keuchte wie eine Dampfmaschine. So viele Treppen wie in den letzten Tagen war sie seit Jahren nicht gestiegen.

Mit einem dicken Stapel Papier in der Hand klingelte sie bei Lena Serdaris. Die öffnete und lächelte erleichtert, als sie Sonja Manteufel sah.

«Du siehst besser aus», sagte Manteufel zur Begrüßung und betrat die Wohnung.

«Ich habe heute Nacht geschlafen», erklärte Lena. «Ich hab eine Schlaftablette genommen. Eine Freundin hat mir welche vorbeigebracht. Anders wäre es nicht gegangen.»

Manteufel konstatierte, dass Lena Serdaris außer ihr noch andere Freunde und Helfer zur Verfügung hatte. Beinahe war sie eifersüchtig. Ob sie hier noch gern gesehen sein würde, wenn die Sache ausgestanden war? Sie schob den Gedanken schnell beiseite.

In dem aparten Wohnzimmer in zarten Blau- und Weißtönen sank sie aufs Sofa und legte den schweren Papierstapel auf dem Glas-Couchtisch ab. Lena Serdaris warf einen ängstlichen Blick auf den Packen Papier.

«Kann ich dir was anbieten?», fragte sie. «Tee, Kaffee? Saft?»

«Kaffee», entschied Manteufel. «Schwarz und ohne Zucker.» Eigentlich hatte sie mörderische Lust auf Cola. Aber von Cola musste sie rülpsen, und das wollte sie Lena Serdaris nicht zumuten. Außerdem hatte sie ohnehin beschlossen, ihre Colasucht einzudämmen. Sie wollte von sechs Litern am Tag auf drei runter.

Sie saß hier selten unbequem. Das grazile, hübsche hellblaue Sofa war kaum groß genug, ihre Leibesfülle aufzunehmen. Der Holzrahmen machte bei jeder ihrer Regungen verdächtige Geräusche. Ob das Möbel für hundertfünfzig Kilo zugelassen war?

Lena Serdaris kam wieder herein und stellte eine Tasse Kaffee gefährlich dicht neben die Papiere. «Ich bin ganz aufgeregt», sagte sie, als sie sich endlich setzte. «Bitte erzähl.»

«Gut. Das hier ist jetzt also ein Ausdruck der Akte. Und ich habe mit dem Hauptkommissar Winter geredet. Es gibt ein paar interessante Neuigkeiten. Der Winter kam gerade von Nino, wirkte total verärgert und hat mir deshalb mehr erzählt, als er musste. Der zweite Verdächtige, dieser Schriftsteller, hat die Aussage verweigert. Für uns heißt das, der Mann ist hochgradig verdächtig und hat was zu verbergen.»

«Und Nino?» Lena Serdaris saß jenseits des Couchtisches kerzengerade auf einem hellblauen, lederbezogenen Kubus. Sie strich sich mit verzagtem Blick durch die Haare, eine nervöse, ruckartige Bewegung, die Sonja Manteufel schon von ihr kannte.

Manteufel seufzte. «Dein Nino ist heute überraschend noch einmal befragt worden. Er hat Hassos Rat missachtet und ohne Hasso erneut ausgesagt. Das hat mir alles Winter erzählt. Hier steht es noch nicht drin. Die gute Nachricht ist, Winter hat durchblicken lassen, dass sie eigentlich nicht an Ninos Schuld glauben. Winter wollte heute eigentlich von ihm hören, dass er's entweder gar nicht war oder dass er das tote Mädchen bloß gefunden und dann beseitigt hat, weil er dachte, du hättest die Kleine umgebracht. Nino hat ihm den Gefallen aber nicht getan und ist stur bei seiner Geschichte vom letzten Mal geblieben. Winter hörte sich an, als sei er von Nino stratzgenervt.»

Lena Serdaris sah Sonja Manteufel ratlos an. «Die wollen von Nino hören, dass er es nicht war? Wieso denn das?»

«Das ist ganz einfach. Zwei Beschuldigte sind einer zu viel. Also will die Polizei einen wieder loswerden. Und da Ninos Geständnis wohl nicht besonders glaubwürdig klang, wird ein guter Polizist zusehen, ihn aus dem Rennen zu bekommen und nicht den anderen. Auch wenn es umgekehrt einfacher wäre. Zum Glück ist dieser Winter weder ein Arschloch noch ein Idiot. Aber solange Nino nicht kooperiert, wird es nicht funktionieren. Hasso redet sicher heute Abend noch mal mit ihm. Aber eigentlich bist wohl du es, die mit Nino reden müsste. Bloß, wegen der U-Haft kommst du im Moment nicht an ihn ran.»

Lena Serdaris sah aus, als habe sie entweder nicht verstanden oder nicht zugehört. Ihr Blick unter dem locker fallenden Stufenschnitt war abwesend. Ihre schmalen Hände hielten sich im Schoß aneinander fest.

Sonja Manteufel nahm einen Schluck Kaffee. «Lass mich die Lage aus meiner Sicht zusammenfassen: Nino denkt, du warst es. Und du denkst, er war's. Dabei wart ihr es in Wahrheit beide nicht.»

Serdaris lächelte traurig. «Ach, ich würde so gerne glauben, dass Nino es nicht war. Aber wie kannst du dir so sicher sein, wenn ich es nicht bin? Ich kenne ihn doch am besten. Und ich kenne ihn als den liebsten Menschen der Welt. Aber ich kann nicht mit Sicherheit sagen: Nein, mein Nino wäre niemals dazu fähig.» Ihre Augen füllten sich mit Tränen. «Weißt du, man weiß ja nicht mal selber, wie man in

193

Extremsituationen reagiert. Erst wenn die Situation da ist, weiß man es.»

Manteufel sah sie ernst an, überlegte kurz, ob das ein versteckter Hinweis auf eigene Schuld sein sollte. Aber dann erinnerte sie sich, wie Lena Serdaris an dem Tag ihrer Verhaftung aufgelöst zu ihr gekommen war. Das war nicht gespielt gewesen. Da hatte sie ja auch noch nicht einmal gewusst, dass sie selbst verhaftet werden würde. Sie hatte nur ihr Herz ausschütten wollen.

«Es geht hier nicht um tiefe Menschenkenntnis, Lena. Es geht um simple Kriminalpsychologie. Nach Winters Meinung hat Nino kein Täterwissen. Das sagt auch Hasso. Nino hat in dem ersten Verhör Informationen über den tatsächlichen Tatverlauf immer erst eingebaut, nachdem er sie von den Polizisten bekommen hatte. Kann sein, dass ein hochintelligenter Täter so was absichtlich macht, um die Polizei irrezuführen und sie denken zu lassen, das Geständnis sei falsch. Aber so viel Subtilität traue ich deinem Nino ehrlich gesagt nicht zu.»

Lena zeigte einen Ansatz zu einem Lächeln und strich sich die Haare aus dem Gesicht.

«Du hast sicher recht. Ich habe bloß Angst. Wenn ich mich daran klammere, dass Nino es nicht war, dann ist der Schrecken umso größer, falls sich herausstellt ...»

Sie sah zur Seite.

Manteufel räusperte sich, verschob ihr Gewicht. Das grazile Sofa knarrte. «Gestern hast du übrigens gesagt, du würdest ihn trotzdem noch lieben, auch wenn er es war.»

«Ja, weil ich mir sage, es war eine Ausnahmesituation, das ist nicht der wahre Nino, der das Mädchen getötet hat. Und er hat es nur für mich getan. Aber es würde doch einen Unterschied machen. Es wäre nie mehr ... so wie früher.»

«Nun ja. Wenn er verurteilt wird, kommt er für fünf Jahre Minimum hinter Gitter. Danach ist sowieso nichts mehr wie früher.»

«Fünf Jahre? Nur so wenig?» Serdaris hörte sich fast freudig an.

«Vielleicht auch mehr, wenn auf Mord statt auf Totschlag erkannt wird. Zwischen zwei und fünfundzwanzig Jahren ist alles drin. Übrigens kann ich dir nicht garantieren, dass nicht wieder du am Pranger stehst, wenn Nino sein Geständnis zurückzieht. Sicher, viel haben sie nicht gegen dich in der Hand. Die Spurensicherung hat zwar die Wohnungsdurchsuchung noch nicht komplett ausgewertet, aber wenn da irgendwo massive Hinweise auf Blut gewesen wären, wüssten wir das schon. Es kommt jetzt alles darauf an, ob sie diesem anderen Verdächtigen was nachweisen können. Wenn nicht, werden sie aus purer Verzweiflung euch beiden am Hals hängen wie die Kletten. Deshalb, liebe Lena, habe ich ja die Akte hier.»

Lena lächelte. «Ach so. Wie du gestern gesagt hat. Du willst selber Detektiv spielen.»

«Du und ich, *wir* werden Detektiv spielen. Ich unterstelle dir einfach mal ein Interesse daran, deine und Ninos Unschuld zu beweisen. Ich habe zwei Kopien der Akte. Wir werden jetzt beide alles lesen. Dabei bitte genau aufpassen, ob dir irgendwas auffällt, irgendein Hinweis, irgendeine Ungereimtheit, die unsere arme überlastete Polizei übersehen hat.»

«Puh. Also gut. Dann schmiere ich jetzt noch schnell ein Brot zur Stärkung. Du willst bestimmt auch eins?»

Sonja Manteufel verzog das Gesicht.

«Danke, ich mache Diät.»

Aksoy hatte über Sara Winter ein Treffen mit der Clique von der Konstablerwache verabredet. Es gebe noch ein paar Fragen zur Person des Mainmädchens, hatte sie behauptet und über die neuesten Entwicklungen kein Wort verloren. Die jungen Leute sollten nicht auf die Idee kommen, sich vorher abzusprechen. Nach einigem Hin-und-her-Telefonieren hatte Sara ihr die elterliche Wohnung eines der Mädchen als Treffpunkt genannt.

Es war einer der neuen Wohnblocks beim Güterplatz, nicht weit vom Hauptbahnhof. Aksoy hatte sich im letzten Jahr von just diesem Haus den Prospekt schicken lassen. Sie dachte an den Kauf einer Eigentumswohnung. Aber die großen Penthousewohnungen nach Süden, auf die sie spekuliert hatte, waren zu teuer gewesen. Mit nur zwei Zimmern auf neunzig Quadratmetern waren sie außerdem nicht familiengerecht geschnitten. Wie die meisten Frankfurter Wohnungsneubauten der Innenstadt schien dieses Haus vor allem für betuchte Singles und Pärchen geplant.

«Die Klingel ist ein bisschen doof», hatte Sara gewarnt. Als Aksoy an dem großen Glasportal vor dem winzigen Bildschirm stand, an dem man sich durch eine alphabetische Namensliste klicken musste, wusste sie, warum.

Innen roch es frisch verputzt. Es ging durch grau ausgelegte Gänge und noch mehr Glastüren zu einer Wohnungstür im ersten Stock. In der engen Diele wurde Aksoy von zwei verlegen kichernden Mädchen begrüßt: Sara und eine der Älteren aus der Gruppe. Die Ältere trug einen silbernen Nasenring. Aksoy betrachtete neugierig das Wohn-Ess-Küchenensemble, in das sie geführt wurde. Die Wohnung war zwar neu, glich jedoch ansonsten aufs Haar all den Hochhauswohnungen aus den Siebzigern, die heute niemand mehr haben wollte. Bei der Deko hatte jemand einem ausgeprägten Indien-Tick nachgegeben. Es war auf jeden Fall schön bunt. Eine hohe Liege stand herum. «Meine Mutter macht hier Ayurvedamassage», erläuterte das Mädchen mit dem Nasenring, das die Gastgeberin war und sich Aksoy als Elisabeth Kuhley vorstellte. Auf einem mit Decken belegten niedrigen Sofa saß der große Junge mit den hüftlangen rostroten Haaren, den Aksoy von der Konstablerwache kannte. Ohne seinen militärischen Ledermantel sah er weit weniger beeindruckend aus.

«Die anderen kommen nicht», sagte Sara entschuldigend.

«Nö», bestätigte der Langmähnige, den Arm lässig über die Rückenlehne gelegt. «Wir haben uns voll gefetzt wegen Ihnen. Der Tim meint, wir würden jetzt wohl die IMs für die Bullen machen. Loben Sie uns mal, dass die Lilly und ich wenigstens ja gesagt haben.» Lilly war wohl Elisabeth.

«Fühlen Sie sich alle drei gelobt», erklärte Aksoy und setzte sich auf einen Stuhl am Esstisch. «Ihr Freund Tim sieht das nicht realistisch. Vielleicht kommen Sie einfach hier an den Tisch, dann können wir die Fotos besser gemeinsam ansehen. Ich habe nämlich welche. Leider keine schönen. Wie heißen Sie noch gleich?»

Der rotmähnige Riese hieß Ben Bornscheuer.

Als alle saßen, holte Aksoy ihre Mappe heraus und breitete vor sich auf dem Tisch Fotos der heute geborgenen Wasserleiche aus. Sie waren aus leicht unterschiedlichen Perspektiven aufgenommen. Doch alle zeigten nur Kopf und Gesicht.

«Scheiße. Der ist tot, ne?», stammelte Ben.

Sie hatten für die Bilder die Bläue von Gesicht und Lippen überschminkt und die Augen geöffnet. Aber man sah es trotzdem. Man sah es immer, wenn das Leben fehlte.

197

«Kennt jemand von Ihnen den Jungen?»

«Also, ich kenn den nich», bemerkte laut und gelangweilt Elisabeth alias Lilly mit dem Nasenring. Aksoy hatte ihre drei Kandidaten beim Ansehen der Bilder genau beobachtet. Und sie hatte das Gefühl …

«Irgendwie sieht man ja auch nicht richtig was», beschwerte sich Ben. «Ich meine, keine Klamotten oder so. Und irgendwie sind so Bilder ja auch voll unnatürlich. Lebendig sieht der bestimmt ganz anders aus. Wie heißt der denn?»

«Das wissen wir eben nicht.»

Es war jetzt vier Uhr nachmittags. Sie hatten noch immer keine passende Vermisstenmeldung hereinbekommen. Der Rechtsmediziner schätzte den Jungen auf fünfzehn, vielleicht sechzehn. Die Technik an der Staustufe hatte nachts um zwölf Alarm geschlagen. Der Junge musste irgendwann davor ins Wasser gefallen sein. Er war also seit mindestens gestern Abend vermisst. Die Eltern müssten eigentlich längst durchdrehen vor Sorge.

«Und du, Sara?», fragte sie. «Kennst du ihn?»

«Glaub nicht, nee. Das Gesicht sagt mir jetzt nichts.»

Das klang wenig überzeugend. Und Aksoy glaubte, vorhin großes Erschrecken bei Sara gesehen zu haben.

«Er trug einen schwarzen Dufflecoat», half sie Saras Erinnerung nach.

Keine Reaktion. Aksoy sammelte die Bilder wieder ein.

«Wir haben ihn heute früh an der Staustufe aus dem Main gefischt», erläuterte sie. «Er ist wohl ertrunken. Wahrscheinlich heute Nacht. Wer von Ihnen war das eigentlich, den ich gestern Abend auf der Brüstung der Aussichtsplattform balancieren gesehen habe?»

Jetzt sah Ben Bornscheuer erschrocken aus. Elisabeth

kaute bloß gelangweilt auf ihrem Kaugummi. Sie wusste wohl schon von Sara, dass Polizisten sie gestern beobachtet hatten. Oder sie war ein phlegmatischer Charakter mit wenig Phantasie. Ben hingegen wurde zusehends erregter. «Wie, Sie haben uns gesehen? Werden wir jetzt observiert, oder was? – Das ist doch …!» Aus Protest sprang er auf.

Aksoy wiegelte freundlich ab: «Nein, um Himmels willen. Sie werden nicht observiert. Es war ein Zufall. Ich war gestern Abend mit einem Kollegen am Main, weil wir jemanden verhaften mussten. Wir haben Indizien, dass ein Anwohner dort etwas mit dem Tod der jungen Frau zu tun haben könnte. Ich meine das Mädchen, das sich geritzt hat. Und dabei habe ich jemanden mit ausgebreiteten Armen auf der Brüstung stehen sehen. Ich habe natürlich gedacht, da will jemand springen. Irgendjemand ist ja in der Nacht dann auch gesprungen. Aber wohl keiner aus Ihrer Gruppe, oder?»

«Wie Sie sehen», spöttelte Bornscheuer.

«Waren Sie es, der da so wagemutig stand?»

«Was ist das hier, ein Verhör?»

Es lief nicht gut.

«Nein, das hier ist nur eine Befragung. Sie sind freundlicherweise freiwillig hier, um uns zu helfen, die Geschehnisse am Main gestern Abend und heute Nacht besser zu verstehen. Niemand zwingt Sie, uns etwas zu erzählen. Aber es wäre schön, wenn Sie es trotzdem täten.»

«Da fällt mir was ein», sagte Ben Bornscheuer, noch immer stehend, mit hartem Blick. Aksoy schwante Übles.

«Hat *die* uns nicht mal erzählt, ihr Vater wäre Bulle?» Ben zeigte anklagend auf Sara. «Ey, war das nicht sogar *deine* Idee, dass wir da zum Main gehen sollen, mit Blümchen und so? Sag mal, was wird hier eigentlich gespielt?

Mann, Tim hatte recht. Wir hätten nicht kommen sollen. Ich geh jetzt.»

Aksoy versuchte kurz, ihn von seiner Verschwörungstheorie abzubringen. Doch es hatte wenig Zweck.

«Lass uns künftig in Ruhe, verstanden?», sagte Ben zum Abschied zu Sara, die verkrampft auf ihrem Stuhl saß, die ganze Zeit keinen Ton sagte und offensichtlich mit den Tränen kämpfte.

«Also, ich sag jetzt auch nix mehr», verkündete Elisabeth, als Ben draußen war. Dann sah sie demonstrativ auf die große Wanduhr, in deren Mitte sich eine golden schillernde Göttin Kali wand, und kaute weiter auf ihrem Kaugummi herum. Aksoy fiel ein tätowiertes umgedrehtes Kreuz an Lillys Hals auf.

«Und Sie, Sara?», fragte sie. Aber schon bevor Sara stumm den Kopf schüttelte, kannte Aksoy die Antwort. Natürlich konnte Sara ihr jetzt kein Wort über den gestrigen Abend erzählen, weil sie bei ihren Freunden sonst erst recht als Verräterin dastehen würde.

«Schade», sagte Aksoy, «ich hatte wirklich gehofft, dass Sie alle mir ein bisschen helfen könnten. Wie lange waren Sie gestern Abend denn da? An der Staustufe, meine ich?» Sie sah demonstrativ Elisabeth an. «Keine Ahnung», sagte die provokant. «Fragen Sie doch Sara. Die war auf jeden Fall länger da als wir.»

Aksoy wurde es jetzt unheimlich.

«Stimmt das, Sara?»

Winters Tochter starrte auf die Tischplatte und schabte an einem imaginären Stück Dreck.

«Ja», sagte sie verkrampft. «Hab halt noch auf jemanden gewartet.»

«Auf wen?»

200

«Mir wird das hier jetzt echt zu blöd. Ich sag nichts mehr.»

Sara hatte Tränen in den Augen.

Aksoy war unwohl zumute, als sie zurück ins Präsidium fuhr. Sie hatte Sara Winter angeboten, sie mitzunehmen und nach Hause zu bringen oder irgendwo abzusetzen. Doch sie hatte eine Abfuhr erhalten. Diese Befragung hatte sie gründlich verbockt. Und dann auch noch vorher dem Fock erzählen, sie hätte einen so guten «Zugang» zu den Jugendlichen! Einfach ganz altmodisch alle einzeln mit Eltern aufs Präsidium bestellen und vernehmen wäre sicher der erfolgreichere Weg gewesen. Und dann das Problem, dass Sara Winters Tochter war. Aber eben das war ja der Grund, warum sie das mit den Jugendlichen so unorthodox angegangen war.

Als sie im Präsidium ankam, war Winter bereits weg. Er hatte mittags schon angekündigt, heute sehr pünktlich gehen zu wollen. Er müsse in seiner Familie einiges klären, hatte er zur Begründung gesagt.

Vielleicht konnte Winter ja etwas aus Sara herausbekommen.

In ihrer Mailbox entdeckte Aksoy eine Nachricht von ihm. Er hatte sie kurz vor fünf abgeschickt.

Raten Sie mal, stand darin, *von wem sich unser Freund Guido Naumann verteidigen lässt: Friedrich von Wohlzogen. Drunter macht er's nicht.*

Dr. Friedrich von Wohlzogen war ein aufstrebender Bundestagsabgeordneter, Sprecher seiner Partei in innenpolitischen Fragen und zufällig Anwalt. Womit gesichert wäre, dass die Frankfurter Polizei und Staatsanwaltschaft noch mehr ins Zentrum des öffentlichen Interesses rückten. Die

Chance, im Mainmädchenfall gewisse Dinge unter Verschluss zu halten, sank rapide.

Aksoy fand noch eine Überraschung im Posteingang. Die Genetik-Resultate von den Wolldecken waren nun doch schon eingetroffen. Und sie waren positiv. Die Blutspuren und die Haare auf einer der Decken stammten vom Mainmädchen, und zwar mit 99,99-prozentiger Sicherheit. Perfekt, dachte Aksoy, wenigstens ein kleiner Erfolg. Das reichte, um Naumann vor Gericht zu stellen. Dumm nur, dass sie noch das Geständnis von Benedetti hatten.

Darüber hinaus gab es noch eine Nachricht aus der Kriminaltechnik. In der Wohnung Serdaris / Benedetti hatte man kein Blut des Mainmädchens gefunden. Sehr gut. Auch Hautschuppen und Haare aus der Wohnung hatte man genetisch untersucht. Nichts davon stimmte mit dem Mainmädchen überein. Selbst Fingerabdrücke von ihr gab es dort nicht.

Aber sie war doch da gewesen?

Aksoy stützte den Kopf in die Hände.

Alles vor ihr verschwamm.

Plötzlich fragte sie sich, ob es zwei verschiedene tote Mädchen gab. War diejenige, die Benedetti ermordet zu haben behauptete, in Wahrheit eine ganz andere als die Leiche aus dem Main?

O nein. Nun phantasierte sie wirklich. Sie war übermüdet. Sie musste nach Hause. Sie würde ein leckeres, fetttriefendes Essen bekommen, und dann würde sie ihren Kindern alberne Abenteuer aus dem Mumintal vorlesen. Und morgen würde sie klarer sehen.

8

Es war, als würde in diesen Spätherbsttagen etwas in der Luft liegen. Ein Hauch von Verzweiflung, morbide Sehnsucht. Der Drang zu großen Gesten.

Gegen acht Uhr abends fuhr ein gutaussehender Mann um die vierzig mit einem Leasing-Wagen der Luxusklasse über das Rebstockgelände und ließ sich von seinem Navigationsgerät zur B 40 lotsen. Es hatten sich Gründe ergeben, warum er zum Flughafen musste. Noch wusste er nicht, wohin er fliegen würde. Er wollte am Airport die Abflüge studieren, sich in einer der Hallen mit dem Notebook ins Netz einloggen und abklären, welches Ziel das geeignetste war. Spontan dachte er an die Cayman Islands, irgendetwas in der Richtung. Ein kleiner Staat, in dem es sich leben ließ und der kein Auslieferungsabkommen mit der Bundesrepublik Deutschland hatte.

Seine Verfehlungen würden bald auffliegen, es konnte nicht mehr lange dauern. So viel war sicher. Dabei hatte er eigentlich gar nichts getan. Nichts anderes jedenfalls als international üblich. So wie es eben lief bei Regierungsaufträgen im Irak, in Afghanistan, in den USA sowieso. Man brachte seine Scherflein ins Trockene.

Der Mann hieß Konstantin Herbold. Eigentlich war sein Vorname Volker. Aber vor Jahren schon hatte er sich umbenannt. In den Neunzigern hatte er sein Informatikstudium abgebrochen, um in einem lichtdurchfluteten Loft ein «Start-up» zu gründen. Viele glänzende Prospekte über künftige Profite hatte er drucken lassen und die praktisch leere Firmenhülse rechtzeitig verkauft. Mit dem Erlös hatte er zwei Jahre später ein Telekommunikationsunternehmen gegründet, das viel Fernsehwerbung betrieb, die Werbeausgaben jedoch nur schwer wieder einspielte. Dafür profitierte das Unternehmen in den letzten Jahren von guten Beziehungen zur Politik. Herbold kultivierte Bekanntschaften in Wiesbaden. Er schaffte es, den heißumkämpften Auftrag an Land zu ziehen, die hessischen Schulen mit neuen Computern auszustatten. Die Profitmarge war eng gewesen. Sie hatten über den Preis konkurriert, hatten die Rechner natürlich selbst einkaufen müssen und eigentlich nur wegen des sinkenden Dollars nennenswert verdient. Aber die Tür war aufgestoßen. Im vorletzten Jahr dann ein Coup, wenn auch wieder nicht im Kerngeschäft: ein Entwicklungsauftrag im Wert von unglaublichen zweihundertvierzig Millionen. Name des Projekts: «NetSchool2050». Schule als Fernlehrgang übers Internet. Die Schule der Zukunft. Er selbst hatte beim Minister das Projekt angeregt und ein paar vor englischem Jargon nur so strotzende Papiere vorgelegt mit halberfundenen Geschichten über Länder wie Japan, Singapur und Norwegen, in denen solche Zukunftsvisionen schon längst Realität seien.

Natürlich hatten sie weder Softwareentwickler noch das inhaltliche Know-how, um ein solches Projekt umzusetzen. Also wurde ausgelagert. Die gesamte Lernumgebungs-Software ließen sie für zwei Milliönchen in Indien und Russland basteln. Die Inhalte kauften sie von Schulbuchverlagen oder ließen arbeitslose Privatdozenten auf Honorarbasis schuften. Der Reingewinn betrug über 220 Millionen Euro. Und durch ein bisschen kreative Buchhaltung hatte Herbold das Geld zu zwei Dritteln unversteuert in die eigene Privatschatulle umgeleitet.

Nun aber war ihm Kreppel, ein Anteilseigner, alter Freund und Mitarbeiter der ersten Stunde, auf die Schliche gekommen. Auch Kreppel hatte im letzten Jahr einen fetten Bonus erhalten. Doch er wollte mehr. Gestern hatte er Herbold aufgesucht, von kopierten Unterlagen geredet und von Zeugenaussagen, die eine russische Tochtergesellschaft als reine Briefkastenfirma entlarvten. Fünfzig Millionen hatte er gewollt. Und noch dazu angedeutet, er wisse etwas über den Tod des Kultusministers.

Der war nichts als ein tragischer Unfall gewesen. Doch wer würde Herbold das glauben, wenn er der Untreue und Steuerhinterziehung bezichtigt war? Man würde ihm nicht einmal abnehmen, dass die Beziehung zum Kultusminister erst *nach* dem großen Auftrag entstanden war. Sie hatten sich rein zufällig in einem Nachtclub getroffen. Herbold hatte schon immer gespürt, dass der Mann ihn sexuell interessant fand. Doch an jenem Abend, in aufgelockerter, alkoholisierter Atmosphäre, war der Familienvater mit seiner Bisexualität und einer verdrängten Vorliebe für Leder und Fesselspiele herausgerückt. Herbold konnte da behilflich sein. Eine reine Freude für beide. Bis zu dem scheußlichen Unfall letzten Freitag. Bei Würgefetischisten kam so etwas leider gelegentlich vor. Und der Kultusminister hatte es im Laufe der Monate immer extremer besorgt haben wollen.

Herbold wusste, wann man ein sinkendes Schiff verließ. Er hatte das schon damals bei seinem «Start-up» gespürt. Nun waren die Hürden höher. Aber auch die Beute. Er konnte den Rest seines Lebens in Luxus verbringen. Wenn er nur heute die Reißleine zog. Sicher, er wäre dann keine angesehene Person mehr. Eher ein Krimineller auf der Flucht. Und er würde seine Heimat nie wieder betreten können.

Ein Impuls trieb Herbold an, bei der Schwanheimer

Mainbrücke an den Rand zu fahren. Ein letzter Blick auf den Main. Ein letztes Mal deutsche Herbstkühle spüren. Vielleicht sogar: ein letztes Mal Freiheit spüren. Denn woher sollte er schließlich wissen, dass man ihn beim Versuch, das Land zu verlassen, nicht verhaften würde? Oder dass er auf seine Konten wirklich noch Zugriff hatte? Kreppel hatte doch gemerkt, dass er nicht vorhatte, sich auf die Erpressung einzulassen. Ach, was hieß hier überhaupt *gemerkt*? Herbold hatte es ihm ja ausdrücklich gesagt. «Zeig mich doch an, wenn du denkst, dass du was gegen mich in der Hand hast», hatte er gesagt. «Du bist dann leider deinen Job los, und deine Anteile werden zu Pennystocks. Mich stört das am wenigsten. Im schlimmsten Fall sitze ich auf den Cayman Islands und mache mir einen schönen Lenz.» Es war dumm gewesen, das zu sagen. Er hätte zum Schein auf die Erpressung eingehen sollen. Dann könnte er sich jetzt sicherer sein, dass er am Flughafen noch fortkäme.

Herbold stieg aus, kletterte über die Leitplanken auf den Fußgängerweg, lehnte sich rückwärts ans Geländer der Brücke und sah auf die Lichter der Stadt, die in den letzten Jahren seine Welt gewesen war. Hier hatte er immer hingewollt. Seit einer Klassenfahrt, die den Provinzjungen aus Treysa zum ersten Mal in die hessische Wirtschaftsmetropole geführt hatte. Sein Vater hatte Gebrauchtwagen verkauft, ein schäbiges, unglamouröses Geschäft. Er hatte höher hinausgewollt. Und es geschafft, zumindest eine Zeitlang. Goodbye, Mainhattan, dachte Herbold.

Hatte er nicht eine Flasche Wodka im Wagen? Zollfrei von der letzten Moskaureise mitgebracht?

Tatsächlich, ein ganzer Kasten Edelwodka lag im Kofferraum. Herbold nahm eine Flasche heraus, kletterte zurück zum Fußgängerweg, lehnte sich übers Geländer und sah über den weit unten liegenden Fluss, gen Westen diesmal, wo in der Ferne die Lichter der Höchster Chemiewerke blinkten. Der Wind rauschte in den Blättern der Baumriesen am Ufer, das Wasser kräuselte sich im gelben Schein der Brückenbeleuchtung. Es war schön hier, die Seele konnte Ruhe schöpfen.

Hätte ihn jemand gefragt, er hätte selbst nicht genau sagen können, warum er zwei Stunden später, in berauschtem, vielleicht sogar beglücktem Zustand, über das Geländer kletterte und sich kopfüber fallen ließ.

Der Fluss war hier nicht tief. Die Brücke aber schwebte fünfzehn Meter über dem Wasser. Herbold stieß mit dem Kopf auf das Bett des Mains, wurde sofort bewusstlos und lebte danach nicht mehr lange.

Sonja Manteufel hatte sich auf dem hellblauen Puppensofa so steif gesessen, dass sie das Gefühl hatte, sie käme nicht mehr hoch.

«Entschuldigung, Lena. Hilfst du mir mal?»

Natürlich konnte die fragile Lena keine hundertfünfzig Kilo stemmen. Aber sie half zumindest bei der Balance. Sonjas Hintern und Beine waren eingeschlafen, zwiebelten höllisch, als die Zirkulation wieder einsetzte. Hüften und Knie knarzten und schmerzten.

«Ich gehe mal ein paar Schritte», beschloss Manteufel und begann eine vorsichtige Runde durch den hellblauweiß eingerichteten Raum. *Elefant im Porzellanladen* kam ihr in den Sinn. «Ist dir denn bis jetzt was aufgefallen beim Lesen?», fragte sie ihre neue Freundin beim Herumwandern.

Lena Serdaris war mit dem Packen Papier noch nicht ganz fertig. Sie legte ab, was sie in der Hand hielt.

«Ich glaube jetzt, dass es wahrscheinlich dieser Schriftsteller war. Nino kann es wohl nicht gewesen sein.» Ihr Gesicht war so entspannt wie nie in den letzten Tagen.

«Warum so sicher plötzlich?», fragte die Manteufel.

Eleni Serdaris strich sich die Haare aus dem Gesicht. «Da ist doch dieser Jugendliche, der sagt, er hat nachts nach zwei Uhr Schritte auf dem Mainuferweg gehört.»

«Richtig. Und der Schriftsteller sagt, er hat ungefähr um dieselbe Zeit was von der Brücke fallen sehen.»

«Ja, aber dem kann man ja nicht trauen. Nino und ich sind an dem Abend jedenfalls ins Kino gegangen und waren danach Essen. Zur Feier, dass alles gut ausgegangen ist. Ich sah furchtbar aus vom vielen Weinen und wollte erst nicht vor die Tür. Aber Nino hat mich überredet. Wir sind nach Mitternacht zu Hause gewesen und nicht vor eins ins Bett gegangen. Ich konnte nicht sofort einschlafen. Ich hätte es gehört, wenn Nino noch mal rausgegangen wäre. Außerdem – ich hätte ihm doch was angemerkt. Also, wenn er insgeheim die ganze Zeit gedacht hätte, ach, ich muss ja gleich noch mal los und eine Leiche beseitigen. Dann wäre er doch nicht so unbeschwert gewesen. Nein, Nino hat damit nichts zu tun. Es war alles nur ein ungünstiges Zusammentreffen.»

Sonja Manteufel wiederum überzeugte das alles überhaupt nicht. Vielleicht lag das Mädchen nachts um eins schon längst im Wasser, dachte sie. Laut dem Rechtsmediziner war das möglich. Ja, das Verbrechen hätte sogar in der Nacht davor passiert sein können. Und Sonja gab nicht viel auf Zeugen, die behaupteten, sie hätten Geräusche gehört – *nachdem* sie wussten, dass ein Verbrechen geschehen war. Wenn man die Fragen so stellte, wie es Kommissarin Aksoy oder ihr Kumpan Heinrich offenbar getan hatten, dann fand sich immer jemand, der eine falsche Erinnerung heraufbeschwor. Die Leute glaubten dann selbst an das, was sie gerade erfunden hatten. Das war experimentell erwiesen. Sonja hatte ihre Doktorarbeit einst im Bereich Kriminalpsychologie geschrieben. Thema: Die Verlässlichkeit von Tatzeugen im Kriminalprozess. Sie war zu dem Schluss gekommen, dass Augen- oder Ohrenzeugen einer Tat weit weniger verlässlich waren als Indizienbeweise.

«Was ist dir denn aufgefallen?», fragte Lena neugierig.

«Ich habe gesehen, du hast da ein paar Zettel rausgelegt.»

Manteufel seufzte und ließ sich vorsichtig wieder auf das Sofa sinken.

«Klar ist: Das Mädchen hat sich, seit sie von euch weg ist, am Griesheimer Mainufer oder in der Nähe aufgehalten. Ich denke, dass längst noch nicht alle Leute gefunden wurden, mit denen sie in dieser Zeit Kontakt hatte. Die Anwohnerbefragung wurde im Prinzip eingestellt, nachdem man auf euch gestoßen ist. Und bei der ersten Befragung konnte man noch nicht einmal ein Foto ihrer Kleidung zeigen. Bekomme ich von dir den Auftrag, all das nachzuholen?»

«Wie meinst du das, bekommst du den Auftrag?»

«Wie ich es gesagt habe. Ich würde mich als Anwältin der Familie eines unschuldig Beschuldigten ausgeben und die Leute befragen. Wenn du mir ein bisschen Geld dafür geben kannst, würde ich mich freuen. Als Anerkennung. Wenn du mir aber sagst, dass ihr kein Geld habt, würde ich es auch ohne machen. Wären zehn Euro die Stunde okay?»

Lena Serdaris hatte die Augen weit aufgerissen. Manteufel bewunderte die großen grauen Augen dieser Frau. Ihre eigenen waren nie der Rede wert gewesen. Und jetzt verschwanden sie ohnehin im Speck

«Aber klar, zehn Euro sind okay», sagte Lena mit Wärme

in der Stimme. «Habe ich dir eigentlich gesagt, wie dankbar ich dir für alles bin?»

Sie stand auf, kam zur sitzenden Manteufel herüber und umarmte sie. So weit sie eben herumreichte.

«Okay, okay», murmelte Sonja Manteufel gerührt und schob sie sanft von sich weg. «Dann werde ich morgen mal sehen, was ich herausfinden kann. – Äh, Lena, mir ist übrigens noch etwas aufgefallen.»

«Ja?»

«Dieser Stolze, der Zeuge, der die Leiche entdeckt und die Polizei angerufen hat. Der spricht von einer Person, wahrscheinlich einer Frau, die er bei den Baubuden am Mainufer gesehen haben will. Sag mal, warst du das?»

Serdaris lächelte. «Ich dachte fast, dass du auf die Idee kommst. Aber nein, das war ich nicht. Um die Zeit lag ich im Bett und ahnte nichts Böses.»

Manteufel zog die Brauen hoch und ließ sie wieder sinken. «Mir kommt im Zusammenhang mit dieser Frau etwas merkwürdig vor. Du weißt nicht zufällig, wer das sein könnte? Die Beschreibung sagt dir nichts?»

«Wie wird sie denn noch mal beschrieben?»

Sonja Manteufel nahm das aussortierte Blatt und las vor: «Ungepflegt, fleckige Haut, wirkte vermummt.»

«Das hört sich ja unheimlich an», meinte Lena. «Nein, ich weiß nicht, wer das sein kann.»

«Dann werde ich es herausfinden», beschloss Manteufel. «Ich würde nämlich zu gerne mit dieser Person sprechen.»

Zur selben Zeit saß Kriminalhauptkommissar Andreas Winter allein in der Küche seiner Wohnung in der Glauburgstraße. Er versuchte vergeblich, sich auf das am Montag eingetroffene Nachrichtenmagazin zu konzentrieren, das er sonst schon am ersten Abend zu verschlingen pflegte.

Sara war wieder nicht da.

Er hatte vorgehabt, heute Abend noch einmal in Ruhe mit seiner Tochter über ihr nächtliches Ausbleiben zu sprechen. Er wollte ihr sagen, wie sehr er sich gesorgt hatte und wie glücklich er war, sie wohlbehalten wiederzuhaben. Doch erneut war sie nach der Schule nicht nach Hause gekommen. Bei seiner Heimkehr um halb sechs hatte ihn seine Frau verbittert mit den Neuigkeiten konfrontiert. Da glaubte Winter noch, Sara werde bald eintrudeln. Nun aber war es fast zehn.

Falls sie auch heute nicht käme, würde er versuchen, sich in dieser Nacht keine Sorgen um ihr Leben zu machen. Aber so ging das nicht weiter. Er musste sie dann morgen nach der Schule abfangen und mit ihr reden. Ans Handy ging sie natürlich nicht. Das hatte er schon um sechs probiert.

Winter lehnte sich im Stuhl zurück und sah sich in der Küche um. Was war das früher für ein warmer, lebendiger Raum gewesen. Die gemütliche große Wohnküche mit den Holzbohlen war einer der Hauptgründe, warum sie sich vor achtzehn Jahren für diese Wohnung entschieden hatten. Für Winters Anfängergehalt war sie verdammt teuer gewesen. «Ich hasse diese kleinen Frankfurter Stehküchen», hatte seine Frau gesagt, die wesentlich zu der Entscheidung beigetragen hatte. «Eine Küche muss der Mittelpunkt des Familienlebens sein.»

Und das war diese Küche auch gewesen. Fast jeden Abend hatten sie hier gemeinsam gegessen, Schwarzer Peter, Monopoly und später Skat gespielt, einander vorgelesen oder einfach nur geredet, stundenlang.

Bis in den letzten Jahren schleichend die Einsamkeit mit

eingezogen war. Heute saß er abends als Einziger in der Küche, mit einer Zeitschrift, einer Zeitung oder dem Laptop. Die Kinder waren in ihren Zimmern, Felix am Computer, Sara hörte laute Musik. Und Carola, seine Frau, sah im Schlafzimmer Fernsehsendungen, die Winter nicht interessierten. Sogar das Essen nahm jeder für sich ein. Die Kinder mampften abends ungesundes Zeugs auf ihren Zimmern, Carola diätete ständig und aß nach dem Mittagessen meist nichts mehr. Winters Essen stand in der Mikrowelle, wenn er kam.

Er seufzte, klappte das Magazin zu und beschloss, nach seinem Sohn zu sehen.

An der Tür klopfte er. Das war früher nicht nötig gewesen. Aber die Kinder brauchten jetzt ihre Intimsphäre. Auch Felix, der Vierzehnjährige. Seit einiger Zeit trug er einen Flaumbart auf Oberlippe und Kinn.

«Einen Moment noch», rief Felix von drinnen. Winter hob die Brauen. Tatsächlich, selbst Felix hatte Geheimnisse. «Okay, du kannst jetzt», tönte es Sekunden später.

Felix saß natürlich am Computer. Auf dem Bildschirm prangte unschuldig eine leere Suchoberfläche. Garantiert hatte der Junge eben irgendein ihm peinliches Fenster geschlossen oder verdeckt. Winter spähte möglichst unauffällig hin, da entdeckte er oben auf der Karteikartenleiste des Browsers das Emblem eines sozialen Schülernetzwerks. Na, wenn es nur das war.

«Sag mal, mein Großer. Hast du eine Ahnung, wo deine Schwester im Moment ist?»

«Nö, natürlich nicht. Wahrscheinlich bei ihrem geilen Lover. Jedenfalls redet sie ständig von diesem Selim.»

«Hast du den Eindruck, dass Sara in letzter Zeit irgendwelche Probleme hat?»

Felix warf ihm einen schrägen Blick zu. Dann drehte er sich wieder zum Computer und öffnete ein neues Fenster.

«Also, ich halt mich aus dem Zickenkrieg zwischen Mami und Sara raus», erklärte er. «Und wenn du hier überleben willst, würde ich das an deiner Stelle auch tun.»

Winter war so verblüfft, dass ihm darauf keine Antwort einfiel.

«Und was treibst du gerade?», fragte er schließlich. «Langweilst du dich nicht abends, so allein?»

«Wieso allein? Da sind tausend Kumpels.» Felix deutete mit der Hand Richtung Computerbildschirm.

«Natürlich. Na, dann will ich bei deinem Social Networking nicht länger stören», sagte Winter und zog sich zurück.

Sein Handy klingelte, als er sich in der Küche deprimiert wieder hinsetzen wollte.

«Herr Winter? Hier ist Hilal Aksoy. Es tut mir leid, dass ich so spät noch anrufe. Aber – ich wollte nur fragen, ist Ihre Tochter schon nach Hause gekommen?»

Was zum Teufel ging die Aksoy das an? Wollte sie wissen, ob er Sara ausgefragt hatte? Er fand das unangemessen. Um nicht zu sagen: frech.

«Nein, sie ist noch nicht zu Hause. Wieso wollen Sie das wissen?»

«Ich mache mir Sorgen. Als ich heute Nachmittag mit den Jugendlichen gesprochen habe, da kam plötzlich ein Junge auf die Idee, dass Sara mit der Polizei unter einer Decke steckt. Und plötzlich fingen die alle an, sich von Sara zu distanzieren. Ich hatte den Eindruck, dass Sara das sehr mitgenommen hat. Also, es war, als ob ihre Freunde sie quasi jetzt aus der Gruppe ausschließen wollen.»

«Okay, Frau Aksoy. Aber wenn Sie um die Uhrzeit anrufen – was wollen Sie mir eigentlich sagen?»

«Ich – wenn Sara meine Tochter wäre und sie wäre jetzt noch nicht zu Hause, also, es ist wahrscheinlich totaler Schwachsinn, aber ich würde dann wohl mal zur Griesheimer Staustufe fahren und nachsehen, ob sie da ist.»

Winter setzte sich.

«Wie kommen Sie darauf?»

«Nur so eine Idee. Ein Bauchgefühl. Und ich habe ein schlechtes Gewissen. Ich hab diese Vernehmung heute nicht gut gemanagt.»

«Machen Sie sich keine Gedanken. Sie haben wirklich zu viel Phantasie. Aber danke, dass Sie angerufen haben.»

Es war wahrscheinlich Unsinn. Aksoys buntblühende Vorstellungskraft produzierte einfach stündlich neues Chaos im Getriebe. Nachdem sie Winter allerdings erst mal auf die Idee gebracht hatte … Er konnte sich auf sein Nachrichtenmagazin definitiv nicht mehr konzentrieren. Fünf Minuten versuchte er vergeblich zu lesen, dann ging Winter zur Garderobe und machte sich fertig. Er musste jetzt tatsächlich nachsehen. Falls sie, Gott bewahre, Sara morgen als nächste Wasserleiche im Rechen des Kraftwerks fänden, er würde es sich niemals verzeihen, nicht hingefahren zu sein. Rasch sah er noch im Schlafzimmer vorbei.

«Carola? Ich muss noch mal los. Mir ist die Idee gekommen, Sara könnte bei der Staustufe sein. Ich will da jetzt mal nachsehen.»

«Bei der Staustufe?»

Carola blickte verständnislos. Er hatte ihr ja kaum etwas erzählt von dem Fall. Alte Sitte aus den Zeiten, da die Kinder noch klein waren: keine Geschichten über die Arbeit zu Hause.

«Am Main in Griesheim. Da war sie wohl gestern Abend mit ihren Freunden. Ich fahr da jetzt einfach mal hin.»

«Bitte, wenn du dir noch einmal die Nacht wegen Sara um die Ohren schlagen willst.»

So sah sie das also. Im Moment wusste er einfach nie, wie Carola reagieren würde.

«Willst du nicht mitkommen?», fragte er, aus einem Impuls heraus.

«Ich bin doch schon im Nachthemd.»

Das zog sie neuerdings meist schon um acht an, zum Zeichen, dass ihr Fernsehabend begann. Oder war das Nachthemd etwa eine Einladung an ihn, die er fortwährend nicht verstand?

Auf der Fahrt entlang der nächtlichen Mainzer Landstraße schien es Winter absurd, dass er Aksoys Idee gefolgt war. Und Carola hatte natürlich recht. Es war halb elf, er hatte zwei Nächte nicht geschlafen, er gehörte ins Bett. Sara war rücksichtslos, dass sie ihre Eltern so in Sorge zu Hause sitzenließ.

Plötzlich fiel ihm ein, wie sie als kleines Kind immer wieder Pseudokrupp-Anfälle hatte. Da kam sie mit rasselndem Atem und blauen Lippen nachts ins Schlafzimmer getorkelt. Er hatte sie voller Panik in die Notaufnahme des nahen Krankenhauses gebracht. Damals hatten sie sich viele Nächte wegen ihr um die Ohren geschlagen. So war das wohl mit Kindern. Die waren öfter krank. Jetzt hatte Sara eben eine Krankheit namens Pubertät.

Als Winter schließlich am Ende der Elektronstraße aus dem Auto stieg und den Main vor sich liegen sah, kam ihm unweigerlich das Mainmädchen in den Sinn. Vor nicht einer Woche hatte ein Fußgänger hier nachts eine Leiche getragen. Einfach so, in den Armen? Wohl kaum. Sonst hätten sie an mehr als einer Stelle Blut am Boden finden müssen. Verpackt in Decken? Oder einen Plastiksack? Der erst oben bei der Brüstung geöffnet wurde. – Stopp. Und wenn es zwei waren, die die Leiche getragen hatten? Serdaris und Benedetti? Vielleicht spielten die beiden ein ganz gewieftes Spiel mit ihnen?

Doch als Winter sich am Uferweg der Staustufe zuwandte, waren die Gedanken an das Mainmädchen vergessen. Unter dem schwachen Licht des Staustufen-Fußgängerüberwegs sah er eine einsame Gestalt über die Brüstung einer der Aussichtsplattformen gebeugt. Ein Mädchen. Man sah kaum etwas. Doch er wusste, dass es Sara war.

Winter hielt mit schnellen Schritten auf die Stauwehre zu. Sein Herz war voller Wärme und zugleich voller Angst. Dieselbe Angst wie damals bei den Pseudokrupp-Anfällen: Angst, er könnte sein kleines Mädchen verlieren. Denn vielleicht war sie tatsächlich hierhergekommen, um sich ins Wasser zu stürzen. Er wagte zunächst nicht zu rufen. Aber als er die steilen Betonstufen zur Fußgängerbrücke hochstieg, fiel ihm ein, dass Sara Angst bekommen würde, wenn sie nachts hier oben Schritte hörte. Nach allem, was passiert war. Und dann könnte sie erst recht springen.

«Sara?», rief er, als er den metallenen Übergang erreichte. «Sara, bist du das?»

Das Mädchen vorn an der Aussichtsplattform drehte sich um. Sie war es. Er kannte den Gesichtsausdruck so gut. Von der vierjährigen Sara kannte er ihn, die sich das Knie böse aufgeschürft hatte und tapfer bemüht war, nicht zu weinen. Mit schnellen Schritten ging er Richtung Plattform, ging einfach auf seine Tochter zu und schloss sie in die Arme.

«Mensch, Sara, mein Mädchen.»

Sie schmiegte sich an ihn, begann an seiner Schulter zu schluchzen.

«Mensch, Hase, was ist denn?», fragte er sanft. So fest

hatte er seine Tochter schon lange nicht mehr gehalten. Aber sie antwortete nicht.

Nach einer Weile hob sie das verweinte Gesicht von seiner Jacke. «Woher hast du gewusst, dass ich hier bin?», schniefte sie.

«Väterliche Intuition», behauptete er. «Was ist denn passiert, mein Hase?»

Sie sah zur Seite, schniefte wieder. «Nichts.»

Er musste sich etwas beherrschen, um nicht ärgerlich zu wirken. «Soso. Nichts. Also, Hase, du musst nicht drüber reden, wenn du nicht willst. Aber wenn du was zu erzählen hast, kannst du jederzeit zu mir kommen. Hast du mich verstanden?»

«Ja.»

Er drückte sie noch einmal.

«So, mein Mädchen. Jetzt gehen wir aber nach Hause. Wir müssen beide schlafen. Und du bist auch schon ganz durchgefroren.»

Arm in Arm, aber schweigend marschierten sie durch die Nacht zum Wagen. Als sie darin saßen und Winter den Motor anließ, zierte sich Sara plötzlich. «Ich weiß nicht, Papa. Ich will eigentlich nicht nach Hause. Kannst du mich nicht zu Magdalena oder Selim oder so fahren?»

In Winter meldete sich der Polizist und ließ ihn die Gelegenheit ergreifen: «Wo wohnt denn dieser Selim?»

«Am Main.»

Für Winter war das ein neuer Schreck. «Was? Hier am Main?»

«Nein, in der Stadt. Untermainkai, neben dem Holbeinsteg.»

Direkt gegenüber dem Städel gelegen, war das eine verdächtig gute Adresse. Mit legal verdientem Geld konnte sich jemand wie dieser Selim dort doch sicher keine Wohnung leisten. Und bei Winter meldete sich noch ein ungutes Gefühl. Es rührte vom Wort Holbeinsteg her. Denn das Erste, was Winter letzten Samstag gedacht hatte, als er das Mainmädchen gesehen hatte, war: Die ist in der Stadt von einer Brücke ins Wasser geworfen worden. Im Geiste hatte er den Holbeinsteg vor sich gesehen, der als reine Fußgängerbrücke zwischen Innenstadt und Museumsmeile nachts sehr einsam war. Und wenn die Spurensicherung sich getäuscht hatte, wenn das Mainmädchen *doch* in der Stadt und nicht hier draußen in den Main gelangt war ...

Winter zwang sich, die Sache vorläufig zu ignorieren.

«Weißt du was, Hase? Da heute Nacht nicht der Selim gekommen ist, um dich abzuholen, sondern ich, fährst du jetzt nicht zu Selim. Sondern du fährst mit deinem alten Vater nach Hause. Okay?»

«Ich hab aber keinen Bock, dass ihr mich wieder zusammenscheißt.»

«Heute scheißt dich niemand zusammen. Das versprech ich dir. Wir trinken einen Kakao zusammen, und dann gehen wir beide einfach nur ins Bett.»

Kakao. Das Tröstmittel aus Saras Kindheit. Es wirkte.

«Okay», sagte sie.

«Es wird alles wieder gut», sagte er und legte seine Hand auf ihre.

Diesen Selim würde er sich morgen vornehmen. Mit den Informationen, die er jetzt hatte, würde er ihn leicht finden.

9

In der Frühe um kurz nach sieben bog Sonja Manteufel bei den roten Backstein-Reihenhäusern unterhalb der Staustufe auf den Uferweg. Das Ufer war hier steil und mit Bohlen abgestützt, weil man sich am tiefgelegenen Unterwasser der Staustufe befand. Neben dem Weg führte eine Steinmauer entlang. Sie befestigte die noch höher gelegenen, hochwassergeschützten Anliegergrundstücke. Das Erste, was Sonja Manteufel auffiel, war die milde Temperatur. Es wirkte drei, vier Grad wärmer als in der Straße, aus der sie gerade gekommen war. Die geschützte Südlage war wahrscheinlich der Grund sowie das Flusswasser, das im Herbst noch lange die Wärme hielt. An der Mauer blühten zur Unzeit Forsythien und ein anderer honigduftender Busch. In den Gärten dahinter sah sie Rosen in später Blüte.

Auf einem der Grundstücke befand sich ein uriger Steingarten. Bemooste Findlinge lagen herum. Kleinere, abgerundete Mainkiesel säumten kahle Beete. Sonja stutzte. Kam von hier vielleicht der Stein, mit dem man das Gesicht des Mädchens zertrümmert hatte? Eine spontan sich ergebende Gelegenheit. Nichts Geplantes.

Um einen Totschlag zu begehen und dabei unerkannt zu bleiben, konnte man in Frankfurt jedenfalls kaum eine bessere Gegend finden. Nach Westen hin gab es keine Häuser, nur Bäume und Gebüsche. Und selbst bei den ersten Häusern, wo Sonja jetzt stand, gab es am steilen Ufer genügend schlecht einsehbare Ecken, darunter eine fünf Meter tiefer gelegene Anlegestelle. Die war praktisch nur von der Brücke

der Staustufe aus zu sehen, deren Pfeiler sich gen Osten drohend in den blassen Morgenhimmel reckten. Mitten in dem
hier über zweihundert Meter breiten Fluss lag die lange,
dicht mit Bäumen bestandene Insel, die Personen am anderen Ufer den Blick hierher versperrte. Die Frachtschiffe fuhren auf der anderen Seite der Insel.

Sonja umkreiste einige der schon halb kahlen Gebüsche
in dem schlecht einsehbaren Zipfel. Die aufgewühlten Stellen stammten sicher von der Polizei, die hier ebenfalls den
Tatort vermutete. Einmal sah sie eine Ratte vorbeihuschen
und erschauerte. Ansonsten gab es nichts zu entdecken.

Schnaufend vor Anstrengung und mit schmerzenden
Gliedern kämpfte sich Sonja Manteufel auf dem Uferweg
voran. Sie musste von den hundertfünfzig Kilo runter. Mit
hundertdreißig war sie noch beweglicher gewesen. Endlich erreichte sie die Betontreppen zur Staustufe. Nein, sie
würde hier nicht hochklettern. Zwischen Betonaufgang und
Ufermauer lag eine düstere Stelle mit vielen Graffiti. Sie
blieb stehen, las. *Bosna Power. Tayfun und Selina. I love you
Tarkan. Sara, I love you forever.*

Sara? Es gab eine Aktennotiz zu einer Sara, die das Mainmädchen gekannt hatte. Natürlich gab es tausend Mädchen,
die so hießen. Jahrelang war Sara einer der beliebtesten Vornamen der Deutschen gewesen. Der Name ausgerechnet,
den man Jüdinnen einst zwangsweise in den Pass geschrieben hatte. Nun, wiederum auch ein Fortschritt. Trotzdem:
Sonja bezweifelte, dass man in diesem Land überhaupt
noch wusste, dass Sara ein jüdischer Name war.

Auf der Oberwasserseite der Staustufe blieb sie wieder
stehen. Plötzlich war die Umgebung nicht mehr unheimlich,
sondern schön. Kein steiles Ufer mit dunklen Bohlen mehr.
Der Wasserstand war ja fünf Meter höher als auf der ande-

ren Seite. Ein weiter Blick auf die Stadt und die im Nebel aufgehende Sonne. Die spiegelglatte Wasserfläche glänzte silbern, rosa und hellblau im Morgenlicht. Im aufsteigenden Dampf glitten Schwäne dahin. Das reinste Idyll.

Doch es war kein Spaziergänger oder Jogger weit und breit zu sehen. Genau die hatte Sonja hier treffen und befragen wollen: Leute eben, die regelmäßig früh hier langkamen und vielleicht auch an jenem Morgen etwas beobachtet hatten. Sonja seufzte und zog den Reißverschluss ihres Anoraks höher. Sie war von dem bisschen Gehen nass geschwitzt und fröstelte. Aber ihr blieb nichts anderes übrig. Sie würde den gesamten Griesheimer Mainuferweg bis zur Autobahnbrücke abwandern müssen. In der Ferne sah sie das Hausboot des Schriftstellers.

Fast genau auf der Höhe des Bootes traf sie fünfzehn mühsame Minuten später endlich auf Menschen. Und wer war es? Ihre Wohnungsnachbarn, das kinderreiche Paar Klinger/Rölsch. Nicht dass sie bislang engen Kontakt zu den Leuten gepflegt hätte. Die Klinger/Rölschs standen samt Schäferhund, aber ohne Kinder an einer leeren Bootsanlegestelle. Sie fütterten Enten und Schwäne aus einer großen Altbrottüte. Das Geflügel ließ sich von dem lammfrommen Hund nicht im Geringsten bei der Mahlzeit stören.

«Morgen», sagte Sonja Manteufel betont munter und stellte sich dazu. Herr Klinger ignorierte sie. Frau Rölsch grüßte aufgesetzt höflich zurück. «Das ist ja schön hier morgens», begann Sonja kurzatmig ein Gespräch.

«Jo, bloß ein bissel kalt», erwiderte Frau Rölsch grimmig.

Sonja fiel unter den Futtergästen eine buntgezeichnete kleine Gans auf, die nach dem ersten Preis bei einem

Zuchtwettbewerb aussah, aber gewiss nicht nach Wildtier. «Was ist denn das für ein Vogel?», fragte sie und zeigte darauf.

«Ja, da staune Sie!», sagte Frau Rölsch mit Besitzerstolz. «Des ist eine Nilgans! Die brüten jetzt hier. Mir habbe des auch erst im Internet nachgeguckt. Sonst hätt ich's net geglaubt.»

Frau Rölsch war jetzt aufgetaut, und Sonja konnte nach dem fragen, was sie wirklich interessierte: Ob sie das auch mitbekommen hätten mit dem toten Mädchen?

Ja, das hätten sie. Sie seien an dem Morgen lange draußen geblieben, um die Polizeiarbeit zu beobachten. «Isch hab mir da fast die Blase verkühlt», berichtete Frau Rölsch.

Ob sie an dem Morgen, bevor die Polizei kam, eine Person gesehen hätten, wahrscheinlich eine Frau, die allein am Main gewesen sei und etwas vermummt gewirkt habe, fettige Haare, ungepflegte Haut. (Diese Beschreibung ging Sonja Manteufel nicht leicht über die Lippen – ihre eigenen Haare fühlten sich schweißnass an, und sie wusste genau, wie ungepflegt sie selbst generell wirkte.)

Frau Rölsch versuchte den Blick ihres Mannes zu erhaschen. Doch der zeigte keine Reaktion und verteilte stur weiter Brotbrocken. Also antwortete sie selbst. «Meinen Sie die mit den roten Backen, die hier immer morgens spazieren geht? Die so schnell und zackig marschiert? Walking oder wie man des nennt.»

«Vielleicht meine ich die.» Sonja erinnerte sich, dass der Zeuge Stolze ausgesagt hatte, die Unbekannte sei sehr schnell von der Staustufe fortgegangen. Vielleicht hatte sie einfach nur ihren Sport gemacht.

«Die sehen wir hier oft. Wirft uns immer böse Blicke zu, weil wir füttern, obwohl's verboten ist.» Frau Rölsch zeigte auf ein Schild: *Füttern der Vögel verboten wegen Rattenplage.*

«Mer kann aber doch die armen Vögelchen nicht verhungern lassen», kommentierte das Frau Rölsch.

Sonja stimmte aus taktischen Gründen zu und erkundigte sich, ob Frau Rölsch die fütterkritische Walkerin heute schon gesehen habe.

Nein, und auch in den letzten Tagen nicht, lautete die Antwort. «Die fürchtet sich bestimmt allein hier draußen, jetzt, wo des alles passiert ist.»

«Wissen Sie zufällig, wie die Frau heißt oder wo sie wohnt?»

«Wie sie heißt net, aber wohnen tut die dahinten. Wenn Sie da übers Bootshaus dribe gucken, da ist so ein weißes Haus mit einem einzelnen Balkon in der Mitte. Da wohnt die. In der Wohnung mit dem Balkon. Mir haben die im Sommer da schon öfters mal drauf gesehen ... Stimmt des eigentlich, dass der Italiener von oben bei uns im Haus verhaftet worden ist in der Sach?»

«Das stimmt wohl schon», gab Sonja zu. «Aber ich glaube, die Polizei tappt noch ziemlich im Dunkeln.»

Sie ihrerseits wollte jetzt eigentlich nur nach Hause. Auf dem Weg konnte sie feststellen, dass Frau Rölsch das Wohnhaus der mysteriösen Zeugin unverwechselbar beschrieben hatte. Doch kam man vom Main aus nicht hin; das umzäunte Areal des Ruderclubs lag dazwischen. Laut dem, was Sonja eben gehört hatte, war die Fremde völlig unverdächtig. Es gab aber nun einmal diese Ungereimtheit in den Aussagen der Anwohner. Sonja musste dringend mit der Frau sprechen. Erst recht, seit sie wusste, dass sie von ihrem Balkon aus Mainblick hatte.

Körperlich völlig am Ende, erreichte sie ihr Ziel schließlich in einem weiten Bogen außenherum. Viele Klingeln gab es nicht an dem weißen, solide wirkenden Haus aus den zwanziger oder dreißiger Jahren des letzten Jahrhunderts. Auf dem Klingelschild, das zu der Balkonwohnung im dritten Geschoss gehören musste, stand «Amelie Schmidtmann». Sonja drückte den Knopf. Nichts regte sich. Wahrscheinlich war die Frau heute einfach woanders walken gegangen und deshalb nicht da.

Plötzlich öffnete sich die Haustür, und ein junger Mann trat heraus.

«Entschuldigung, wohnen Sie zufällig in der Wohnung mit dem Balkon?», fragte Sonja ihn.

«Was ist denn das für eine Frage?», lachte er. «Nein, da wohnt die Frau Schmidtmann. Wieso, worum geht's?»

«Ich bin Anwältin. Ich bräuchte von der Frau Schmidtmann eine Information, aber sie hat nicht geöffnet. Haben Sie sie in letzter Zeit gesehen?»

«Die Frau Schmidtmann ist bis Samstag in München. Ich leere nämlich den Briefkasten für sie.»

«Haben Sie vielleicht Ihre Handynummer?»

«Tut mir leid, nein, und ich muss jetzt wirklich weg.»

Sonja stöhnte. So einfach war das offenbar nicht mit den eigenen Ermittlungen. Und das alles wahrscheinlich sowieso für nichts und wieder nichts.

Die Wahrheit war, sie wollte sich bloß selbst einreden, dass sie irgendwie gebraucht wurde.

Winter war am folgenden Tag der Erste im Büro, ausnahmsweise.

Es war noch nicht einmal ganz hell. Er hatte Sara vorhin zur Schule gefahren – nachdem sie beim Wecken um halb sieben ohne jede Erklärung verkündet hatte, sie wolle heute nicht gehen. Carola hatte das nicht akzeptiert. Und Winter gab Carola diesmal völlig recht. Sara driftete total ab. Solche Sitten durfte man nicht einreißen lassen. Carola drohte, entweder Sara mache sich jetzt schulfertig oder sie werde *stante pede* in die Jugendpsychiatrie geschickt, wo sie sowieso hingehöre. Winter selbst beschränkte sich darauf zu sagen, es gebe keinen Grund, nicht in die Schule zu gehen, wenn man nicht krank sei. Er müsse heute auch zur Arbeit, obwohl er seit Tagen kaum geschlafen habe. Und falls sie einen Grund habe, dann solle sie es gefälligst sagen, aber eine bloße Laune könne er nicht akzeptieren. Um zwanzig nach sieben lud er eine schmollend und unglücklich nach unten starrende Sara ins Auto, um sie höchstpersönlich vorm Schultor abzusetzen. Er wartete sogar draußen, bis sie das Gebäude betreten hatte.

Kaum hatte er jetzt seinen Rechner hochgefahren, fand er eine Nachricht von Aksoy, gestern um halb sechs geschrieben, die ihm einen Schock versetzte.

Sara ist vorgestern Abend alleine an der Staustufe zurückgeblieben, während der Rest der Clique wohl gegen 20:00 Uhr zurück in die Stadt fuhr. Sie will auf der Brücke auf jemanden gewartet haben, dessen Namen sie mir aber nicht nennen wollte. Möglicherweise handelt es sich um den Freund, der das Mainmädchen kannte. Möglicherweise ist dieser wiederum identisch mit dem ertrunkenen Jungen von gestern. Jedenfalls hatte ich den Eindruck, dass Sara die Jungenleiche auf den Fotos bekannt vorkam, was sie jedoch abstritt. Ich habe sie gestern nicht weiter bedrängen wollen. Aber sollten wir sie jetzt nicht doch offiziell vorladen?

Es war klar, was Aksoy damit sagen wollte. Es ließ sich nicht mehr vermeiden. Winter rief sofort Fock an. Der war natürlich nicht da, aber Hildchen stellte ihn zu seinem Handy durch.

«Ja?»

Dem Hintergrundgeräusch nach zu urteilen, hatte er Fock im Auto erwischt. Fock war, entgegen seinem Ruf, früh schon bienenfleißig für die SoKo Krawatte.

«Winter hier. Chef, es gibt ein Problem. Meine Tochter Sara ist in einem Freundeskreis, der offenbar Kontakt zu dem Mainmädchen hatte und möglicherweise auch zu dem unbekannten toten Jungen von gestern. Meine Tochter müsste also vernommen werden. Ich gelte ja nun als befangen. Soll ich einfach die Kollegen die Vernehmung machen lassen?»

«Uuunangenehm», murmelte Fock langgedehnt. «Uuunangenehm. Sie Ärmster. Gut, was machen wir? Wir haben im Augenblick leider die Presse am Hals, ansonsten würde ich … Ach, mir fällt da gerade ein, der neue Mitarbeiter Kettler ist wieder gesund. Der Ersatz für Gerd Weber. Er wird sicher bald bei Ihnen eintrudeln. Und die Dame vom KDD haben Sie ja auch noch. Na bestens! Dann teilen wir den Kettler doch zum Mainmädchenfall ein. Sie sind ab jetzt nur noch für die SoKo Krawatte zuständig. Und sehen Sie mal in Ihre Post. Es gibt Neuigkeiten.»

Winter legte auf, erleichtert, die Beichte hinter sich zu haben. Zum Glück hatte Fock verständnisvoll reagiert und nicht nachgebohrt, wie lange er schon von der Beteiligung seiner Tochter wusste. Doch Winter war zugleich zutiefst frustriert. Natürlich war es die einfachste und korrekteste Lösung, ihn ganz aus dem Mainmädchen-Team zu nehmen. Aber für ihn war das nicht irgendein Fall. Es war *sein* Fall. Vielleicht gerade weil seine Tochter damit zu tun hatte. Weil es um ein junges Mädchen wie seine Tochter ging, dem er innerlich geschworen hatte: Du wirst nicht ungesühnt bleiben.

Wäre Gerd statt der Aksoy noch hier ... Gerd hätte ihm nicht so die Pistole auf die Brust gesetzt. Sie hätten das ohne Fock geregelt. Denn eigentlich war es eine Lappalie, Sara war doch bloß Zeugin. Sie hätten sich Sara privat zur Brust genommen, und man hätte das irgendwie aus der Akte herausgehalten. Aber nun war er aus dem Spiel. Die Aksoy konnte sich in dem Fall profilieren. Und Winter hatte keinerlei Kontrolle darüber, wie die anderen mit seiner Tochter umsprangen.

Immerhin neigte die Aksoy ja zu sanften Verhören. Aber dieser Kettler, der vom Kommissariat für organisierte Kriminalität zu ihnen wechselte, den konnte er nicht einschätzen. Die Vernehmung von Schülerinnen hatte bisher garantiert nicht zu seinen Aufgaben gehört.

Seufzend öffnete Winter die nächste Nachricht. Ein Rundschreiben von Hildchen an die gesamte Kriminaldirektion:

Leerer, offener Wagen mit totgelaufener Batterie wurde auf der Schwanheimer Brücke gefunden. Es handelt sich um einen Leasingwagen, derzeitiger Nutzer ein Geschäftsmann namens Konstantin Herbold, wird in seiner Firma heute vermisst und ist nicht erreichbar. Die Untersuchung liegt bis auf weiteres bei der Direktion Süd. Mutmaßlich Suizid oder vorgetäuschter Suizid. Bitte erwägen: Möglicher Zusammenhang mit SoKo Krawatte oder Mainmädchen. Die Schwanheimer Brücke liegt etwa zwei Kilometer westlich vom Fundort Mainmädchen.

Na, das war ja interessant. Der Fall wurde immer verworrener. Als Mitarbeiter der SoKo Krawatte hatte Winter immerhin das Recht, in der Sache des verschwundenen Geschäftsmannes Nachforschungen anzustellen. Er meldete sich gleich noch einmal bei Fock.

«Chef, auf die Gefahr, Sie zu stören. Der Wagen auf der Schwanheimer Brücke sollte kriminaltechnisch untersucht werden. Wir haben zuhauf Spuren aus dem Hotelzimmer im Fall Krawatte, und kein einziger der Stricher passte bisher. Es könnte doch sein ...»

«Ja, Winter, möglich ist alles. Fingerabdrücke wurden ohnehin schon genommen. Der Rest erübrigt sich wahrscheinlich. Nein, beruhigen Sie sich, der Wagen geht sicher nicht gleich an die Leasingfirma zurück. Aber Sie können ja bei den Kollegen von der Direktion Süd mal nachfragen, wie die das handhaben wollen.»

Winter kontaktierte die Führungsgruppe Süd. Es stellte sich heraus, dass der Wagen bei der Leasingfirma noch bis Monatsende bezahlt war. Winter schlug vor, ihn in der Tiefgarage des Präsidiums zu parken, bis die Kriminaltechnik Zeit dafür hatte. Alles in der Hoffnung, dass nicht Familienangehörige auf das Gefährt Anspruch erheben würden. «Nö, wahrscheinlich nicht», prophezeite der zuständige Kollege. «Weil, verheiratet ist der Typ nicht. Sagt das Meldeamt. Außerdem haben wir den Reisepass in seiner Tasche gefunden. Zusammen mit ungefähr Zehntausend Euro Bargeld. Interessant, ne?»

Winter war verblüfft. Da stimmte ja gar nichts. Wer zehntausend Euro mit sich trug, hatte doch andere Pläne, als sich von einer Mainbrücke zu stürzen.

Er rief gleich noch einmal bei Fock an.

«Chef, der Wagen auf der Schwanheimer Brücke. Das

kann auch ein Kapitaldelikt sein, kein Suizid. Ich finde, das gehört zu uns. Sprechen Sie mal mit den Leuten von der Direktion Süd. Dann lassen Sie mich die Sache übernehmen. Ich bin doch jetzt vom Mainmädchen freigestellt.»

«So, mein Lieber. Auch ich kann denken. Aber da wir dick überlastet sind, bin ich zufrieden damit, die Ermittlungen vorläufig der Schupo zu überlassen. Die haben heutzutage auch alle Abitur, das sind keine Idioten. Wenn Sie sich gerne in Ihrer Freizeit mit dem Fall befassen möchten, habe ich kein Problem. Ansonsten fällt heute das Briefing aus, um zirka neun bekommen Sie eine Mail mit Ihren Aufgaben. Und bitte keine Störungen mehr, ich gehe jetzt in eine Vernehmung.»

«Sorry, Chef. Habe verstanden.»

Gegen neun betrat Aksoy den Raum, gefolgt von einem drahtigen kleinen Mann um die vierzig. Er trug einen kamelhaarfarbenen Mantel. Sein Haupt zierte eine kastanienbraune, gefärbt wirkende Lockenpracht, die sich um eine Stirnglatze rankte, und auf der großen Nase hatte er eine schwarzrandige Brille, die eine vage Ähnlichkeit mit Woody Allen unterstrich.

«Hallo, hallo, hallo», sagte der Mann, «Sven Kettler. Ihr wartet ja schon alle sehnsüchtig auf mich, aber ich war leider, leider, leider etwas krank, und ihr Lieben, ich sage euch, ihr wollt gar nicht wissen, was ich hatte. Gestern konnte ich immerhin schon Bananen essen. Es geht aufwärts. Du bist der Andi Winter, stimmt's? KHK Andi Winter? Wir hatten letztes Jahr das Vergnügen, der Fall mit den Chinesen.» Er schüttelte dem etwas überrumpelten Winter die Hand und wendete sich Aksoy zu. «Wie heißt du noch mal?»

Aksoy grinste. «Hilal Aksoy. Hilal mit Vornamen, Aksoy mit Nachnamen.»

«Hi-lahl? So richtig?»

«Ja.»

«Was bist du? Kriminaloberkommissar?»

«Nein, nur KK.»

«*Me too.* Bis jetzt.» Er nahm den Mantel ab, rieb sich die Hände, sah sich um. «Na bestens. Wo ist mein Rechner?»

Aksoy grinste. «Da gäbe es ein kleines Problem. Wir müssen uns diese Woche einen teilen, solange ich eben da bin. Am besten, du setzt dich erst mal hier an den Tisch und liest dich in die Akte Mainmädchen ein.»

«Ach, apropos Mädchen», sagte Kettler. «Euer Chef rief mich eben an. Er meint, du und ich, wir beide sollten uns heute früh als Allererstes eine gewisse Sara Winter abgreifen.»

Guido Naumanns Wahlverteidiger, Dr. Friedrich von Wohlzogen, war groß, muskulös gebaut und trug eine silberne Nickelbrille in einem starken, bulligen Gesicht. Der volle, noch nicht angegraute Haarschopf war zurückgekämmt. Wohlzogen saß ruhig wie eine Buddhastatue. Alle Lebendigkeit lag in den kleinen hellen Äuglein, die Naumann durch die Nickelbrille anblitzten.

«Das ist alles?», fragte er.

«Ja», antwortete Naumann. «Ich schwöre.»

Naumann kam sich blöd vor, sobald ihm dieses «Ich schwöre» herausgerutscht war. Herrgott, er war doch kein kleines Kind, das gegenüber den Eltern eine Untat abstreitet. Er bereute fast, dass der Verleger ihm den noblen Wohlzogen als Anwalt besorgt hatte. Der Mann verunsicherte ihn.

Vom ersten Moment an hatte Naumann gespürt, dass Wohlzogen ihm nicht die Achtung entgegenbrachte, die er von anderen gewohnt war. Für die meisten war er der große Schriftsteller. Journalisten, Buchhändler, Bürgermeister von preisverleihenden Kleinstädten fühlten sich geehrt, mit ihm reden zu dürfen. Doch für Wohlzogen war Guido Naumann anscheinend nichts Besonderes. Vielleicht glaubte der Anwalt ja, es handele sich bei ihm um irgendeinen Schmuddelautor. Naumann hatte den Verdacht, dass der Mann seinen Namen überhaupt nicht gekannt hatte, bevor der Verleger ihn bat, seine Verteidigung zu übernehmen. Wahrscheinlich gehörte der Adelsspross zu der Sorte von Kulturbanausen, die in der FAZ den Politik- und Wirtschaftsteil lasen, das Feuilleton aber in den Papierkorb warfen.

Jetzt blitzten ihn Wohlzogens Äuglein neuerlich an. Oder war bloß die Brille nicht entspiegelt?

«Wenn das alles ist», wollte Wohlzogen wissen, «dann verraten Sie mir doch bitte, warum Sie hier sind.»

Naumann verzog das Gesicht. «Mein Gott, das wüsste ich ja selbst zu gern. Aber Sie müssen doch mit dem Staatsanwalt oder irgendwem gesprochen haben. Das ist doch Ihr Job.»

Wohlzogen sollte bloß nicht denken, dass ein Guido Naumann sich von einem Adelstitel und diesem bulligen Äußeren einschüchtern ließ.

Der Anwalt zeigte seine kurzen, breiten Zähne.

«In der Tat habe ich mit dem Staatsanwalt gesprochen. Und deshalb weiß ich, dass Sie nicht offen mit mir gewesen sind.»

Naumann schäumte innerlich. Das war doch erniedrigend. Allein die Tatsache, dass dieser Adelsaffe ihn penetrant siezte, nachdem er als der Ältere sich ihm als «Guido» vorgestellt hatte. In ihren Kreisen duzte man sich unter Gleich und Gleich doch zumeist. Okay. Zum Gegenangriff.

«Also, Herr Wohlzogen, ich dachte, Sie werden dafür bezahlt, dass Sie mich verteidigen, und nicht, um mich hier einem Verhör zu unterziehen. Wenn Sie wissen, was die gegen mich in der Hand haben, dann sagen Sie's mir gefälligst.»

So. Seine Stimme hatte etwas zu schrill geklungen, aber ansonsten war das gut rausgekommen.

Wohlzogens Pokerface zuckte ganz leicht.

Dann sagte er:

«Es gibt eine Wolldecke mit Opferblut, die Sie nach dem Tod des Mädchens aus Ihrer Wohnung beziehungsweise Ihrem Boot entfernt haben sollen.»

«So was habe ich mir gedacht, aber ... Moment, was sagen Sie da: Opfer*blut*? *Blut* soll dadran gewesen sein?»

«Ja», nickte Wohlzogen. «Verdacht auf Opferblut hieß es gestern, und heute ist es kein Verdacht mehr. Man hat man mich über das Ergebnis des Gentests informiert. Es handelt sich eindeutig um Blut des getöteten Mädchens. Haare und Hautschuppen von ihr waren auch dabei. Aber es geht hier natürlich insbesondere um das Blut.»

«Never», rief Naumann, starr vor Schreck. «Never ever. Niemals war da Blut dran. Nicht an meinen Decken. Es sei denn natürlich ...» Seine Augen wurden glasig, dann strahlte er.

«Gott, nein, die hatte ihre Tage! Die hatte ihre Tage! Das ist die Erklärung.» Er lachte schrill.

Das erklärte alles. Ihr ganzes Verhalten. Aber dass die kleine Schlampe ihn auch noch damit reinreiten musste ...

«Warum haben Sie denn die Decken in den Müll geworfen?», erkundigte sich Wohlzogen.

«Wollen Sie mich schon wieder verhören?», blaffte Naumann.

Wohlzogen hob müde eine Braue.

«Es gilt immer noch, was ich am Anfang gesagt habe: Ich kann Sie nicht verteidigen, wenn ich nicht informiert bin. Außerdem wird man Ihnen die Frage auch vor Gericht stellen.»

«Vor Gericht?» Allmählich wurde es Naumann unheimlich. «Sorry, aber ich erwarte doch wohl, dass Sie mich vorher hier rausholen.»

Wohlzogen verzog keine Miene. «Wenn wir gut zusammenarbeiten, klappt es möglicherweise», sagte er. «Also, warum haben Sie die Decken entsorgt?»

Es stank Naumann jetzt wirklich mit diesem Adelsaffen. Apropos stank …

«Das Mädchen hat gestunken. Mir waren die Decken nicht mehr sympathisch, seit sie drin gelegen hatte.»

Wohlzogen sah ihn scharf an. Die Augen blitzten kritisch. Er glaubte ihm nicht.

Guido Naumann stöhnte entnervt.

«Herrgott, Herr von und zu Wohlzogen, ich hab dem Flittchen nichts getan! Ich hab sie freundlicherweise eine Nacht bei mir pennen lassen, das ist alles! Ich hab sie ja nicht mal gevögelt, warum hätte ich sie umbringen sollen? Für wie blöd halten Sie mich eigentlich, dass ich dann die Leiche auf der Seite der Staustufe in den Main schmeiße, wo sie nicht weiterschwimmt! Also wirklich!»

Wohlzogen zeigte jetzt ein ganz kleines Lächeln.

«Das klingt schon überzeugender. Passen Sie auf, es ist so oder so eine knappe Sache. Wenn die niemanden sonst haben, werden Sie derjenige sein, dem es angehängt wird. Aber ich denke jetzt, dass es besser ist, wenn Sie aussagen.

Also, gehen wir noch einmal alles durch und üben noch ein bisschen.»

Winter konnte sich partout nicht konzentrieren. Nicht solange er wusste, dass Sara gerade von seinen Kollegen verhört wurde. Schließlich ließ er alles stehen und liegen und machte sich auf Richtung Vernehmungsraum drei. Er hatte ein Recht zu wissen, was dort jetzt geschah.

Sie hatten Sara vor zehn Minuten hergebracht. Er hatte sie nicht einmal gesehen. Aksoy rief ihn bloß kurz an: Sara habe erklärt, sie wünsche weder seine noch die Anwesenheit ihrer Mutter bei der Vernehmung. Ob er seine Tochter überstimmen wolle? Das Recht dazu hatte er als gesetzlicher Vertreter. Doch Winter hatte sich seiner widerspenstigen Tochter nicht aufdrängen wollen.

Nichts und niemand würde ihn allerdings daran hindern, sich die Videoübertragung anzuschauen.

Als er den Videoraum betrat, erlebte er eine böse Überraschung. Fünf oder sechs Kollegen – alle in der angeblich so überlasteten SoKo Krawatte – standen hier herum, teilweise essend, und glotzten hoch auf den Bildschirm, als laufe dort ein wichtiges Fußballspiel.

Es gab peinlich berührte Blicke, als Winter eintrat. Der dachte nicht lange nach. «Wer von euch ist direkt mit dem Fall befasst?», fragte er.

Niemand sagte etwas.

«Würden bitte alle, die nichts mit dem Fall zu tun haben, rausgehen und ihren Voyeurismus mit was anderem befriedigen als gerade mit meiner Tochter.»

«Du lieber Gott, es tut ihr ja niemand was», murrte Freimann, der bärtige alte Hase, der auch dabei war, als Einziger zumindest halbwegs berechtigt. «Man wird doch noch neugierig sein dürfen.» Aber er ging. Und alle anderen auch, wobei Winter einige böse Blicke abbekam. Es hätte ihm egal sein sollen. Aber er brodelte plötzlich vor Aggression. Kollegenhäme hatte ihm gerade noch gefehlt.

Bei Sara waren sie eben erst mit den Personalien durch. Das hatte die Schreibkraft erledigt. Außer der Schreibkraft und Sara war nur noch die Aksoy im Vernehmungsraum. Es war der, den sie eigens für die Vernehmung von Kindern eingerichtet hatten, freundlich, mit gelben, baumwollbezogenen Sesseln und einem niedrigen Holztisch. Der Computerarbeitsplatz der Schreibkraft hatte den Look eines Wohnzimmersekretärs.

«Frau Winter, möchten Sie denn geduzt oder gesiezt werden?», fragte nun die Aksoy.

«Geduzt», erklärte Sara piepsig. Ihre Wangen glühten, ihre linke Hand strich fahrig über den kurzen Rock und die schwarze Strumpfhose, die sie trug. Sie sah dauernd nach unten. Der Verdächtige ist schuldig, hieß solche Körpersprache für Winter, wann immer es nicht um seine Tochter ging. Doch Sara war ja gar nicht beschuldigt. Seines Wissens war sie hier nur als Zeugin.

«Okay, prima», sagte Aksoy. «Wenn es dir recht ist, würde die Frau Waltz auch mit hierbleiben und deine Aussage gleich zu Protokoll bringen. Oder wäre es dir lieber, mit mir ganz alleine zu sprechen?»

«Ja», sagte Sara sofort, «das wär mir lieber. Bitte alleine.»

«Okay. Dann geht Frau Waltz jetzt. Wenn du magst, kann bei der Vernehmung aber eine Mitarbeiterin dabei sein, die besonders für den Umgang mit Kindern und Jugendlichen ausgebildet wurde. Würdest du das gut finden?»

«Ja, ich glaub schon.»

Winter war schockiert, wie schutzbedürftig Sara wirkte.

«Okay. Wir müssen dann nur unser Gespräch auf morgen Mittag verschieben, weil die Kollegin vorher keinen Termin frei hat.»

«Ich weiß nicht. Nee, dann nicht. Ich glaube, ich will lieber gleich reden.» Sara blickte immer noch nach unten.

Winter wurden die Knie schwach. Er setzte sich. In dem Moment betrat Fock den Videoraum. Er nickte Winter zu und ließ sich ohne ein Wort nieder. Aksoy belehrte Sara unterdessen als Zeugin. Dann begann sie: «Okay, Sara. Wir glauben, dass du uns Informationen über die beiden Jugendlichen geben kannst, die tot im Main gefunden wurden, und über die Vorgeschichte. Willst du vielleicht einfach erzählen, was du weißt?»

Sara wand sich sichtlich. «Ich kann nicht», murmelte sie. Dann: «Ich weiß nicht, wo ich anfangen soll.»

«Vielleicht hinten?», schlug Aksoy vor. «Manchmal ist das leichter. Der Junge, dessen Bilder ich euch gestern gezeigt habe. Ich hatte den Eindruck, er kam dir bekannt vor?»

«M-hm.»

«Wer ist das denn?»

Sara gab ein Geräusch zwischen Seufzen und Schluchzen von sich. Dann sagte sie:

«Ich glaube, es ist Lenny Petzke aus meiner Klasse.»

Winter fühlte sich, als bekomme er einen Schlag ins Gesicht. Lenny Petzke. Leonhard Petzke. Der Name war ihm seit Urzeiten vertraut. Der Junge war mit Sara schon auf der Grundschule gewesen.

«Das ist ja schrecklich. Bist du dir sicher?»

Sara nickte, dann fing sie an zu schluchzen. Noch immer blickte sie Aksoy nicht direkt an. Die Kommissarin reichte ihr ein Papiertaschentuch. Dann sagte sie mit sanfter Stimme:

«Du warst dabei, als Lenny in den Main gefallen ist?»

Sara nickte unter Tränen.

Winter beugte sich vor und vergrub sein Gesicht in den Händen.

Letztes Jahr war der Junge öfter bei ihnen gewesen, vielmehr mit Sara in Saras Zimmer. Angeblich hatten sie an einem Projekt für die Schule gearbeitet. Carola und er hatten den Eindruck gewonnen, dass Lenny und Sara auf etwas schüchterne, kindliche Weise liiert seien.

Winter hätte den Jungen gestern erkennen müssen. Aber er hatte den Toten nie richtig angesehen. Morgens am Main hatten die Sanitäter die Leiche noch in Beschlag gehabt, auf dem Gesicht saß die Beatmungsmaske. Als die Fotos kamen, war er längst mit anderen Dingen beschäftigt gewesen. Außerdem kannte Winter Lenny eigentlich besser vom Namen als vom Sehen. Zu Hause war er ihm zwar im letzten Jahr mehrfach über den Weg gelaufen, aber der Junge war so schüchtern, dass es über ein gemurmeltes «Tag» nie hinausging. Und dann war er immer gleich wieder in Saras Zimmer verschwunden.

Winter wollte am liebsten gar nicht wissen, was da passiert war.

Vorgestern, vor den beiden Nachmittagsstunden Musik, hatte Sara in der Schule ziemlich angegeben; sich interessant gemacht mit der Geschichte von dieser Jessie, die von zu Hause weggelaufen war, bei Selim Okyay gewohnt hatte und sich die Arme aufritzte. Und die nun vor der Griesheimer Staustufe tot im Main gefunden worden war. Sara verkündete, nach ihrer Meinung habe das Mädchen sich da selbst reingestürzt. Klar, die Bullen waren der Ansicht, jemand hätte sie umgebracht. Nach Saras Ansicht war es aber Selbstmord, aus Liebeskummer. Selim hatte dem Mädchen irgendwann den Laufpass gegeben, weil die echt irgendwie nicht ganz dicht war – und weil Selim außerdem jemand anderen liebte. (Behauptete Sara. In Wirklichkeit wusste sie über Selims Gefühlsleben nichts.) Und jetzt suche eben die Polizei das Mädchen. Sie, Sara, hätten sie heute Mittag an der Konsti auch befragt. Sie würde irgendwann noch mal länger aussagen müssen, was aber blöd war, weil Selim nicht wollte, dass die Bullerei wusste, dass er mit der Jessie was zu tun hatte. Weil eben Selim der Manager vom Hellhouse war, und da hatte man mit den Bullen schon genug Probleme, Razzien und so, Drogenverkauf und dergleichen.

Das war es, was Sara erzählte. Und es war schon eine ziemlich aufregende Geschichte. Was anderes als dieses ewige Gerede über Hausaufgaben und Schulkonzert und Erderwärmung, das von diesen ganzen braven Kids in der Klasse kam. Wie zum Beispiel von Lenny Petzke.

«Du redest in letzter Zeit ziemlich viel von diesem Selim», sagte Lenny, nachdem sie fertig erzählt hatte.

«Kann sein», antwortete sie.

Während der folgenden Musikstunden starrte Lenny sie die ganze Zeit an wie ein unglückliches Reh. Das kannte Sara schon. Seit langem ahnte sie, dass Lenny was von ihr wollte. Als sie letztes Jahr zusammen das Projekt zu den Stadtbiotopen gemacht hatten und immer gemeinsam über dem kleinen grünen Bestimmungsbuch saßen, da hatte sie sich ja fast hinreißen lassen. Sie hatte noch keinen Freund. Und Lenny war ganz okay. Aber … verliebt war sie nicht gerade in ihn. Kein bisschen eigentlich. Er war einfach noch so unreif. Man sah noch nicht mal einen richtigen Bartwuchs. Und, *let's face it*, Lenny war eher uncool. Diese Pausbacken. Und immer saß er zu Hause und musste lernen oder Oboe üben. Ganz süß irgendwie, aber von einem *Mann* wollte man doch was anderes.

Zum Glück war Lenny extrem schüchtern. Sara kam deshalb nie in die Verlegenheit, ihm direkt eine Abfuhr erteilen zu müssen. Sie rutschte bloß immer unauffällig ein Stückchen weg, wenn er ihr zu nahe rückte. Und wenn er seine ungeschickten Andeutungen machte oder ihr irgendwelche Sonette von Shakespeare mit roter Tinte abschrieb, dann tat sie einfach so, als verstünde sie nicht, was er damit sagen wollte.

Aber nach dem Nachmittagsunterricht kam es dann doch zum Showdown. Er müsse mit ihr reden, sagte er und sah so ernst und blass aus, dass Sara es mit der Angst bekam. Ihr fiel auf, dass Lenny in letzter Zeit still und irgendwie bedrückt gewesen war. Es war bloß nicht richtig zu ihr vorgedrungen. Vor lauter Selim interessierte sie sich für Lenny überhaupt gar nicht mehr. Neben Selim Okyay stank Lenny derart ab, dass sie sich schon gar nicht mehr vorstellen konnte, ihn letztes Jahr überhaupt in Betracht gezogen zu haben.

Jetzt stand ihr Lenny im Treppenhaus gegenüber, im Altbau, vor einem der hohen Fenster mit Buntglas.

«Sara, ich muss mit dir reden.»

«Das hast du eben schon gesagt. Gut, Lenny, rede, ich bin hier.»

Sie war etwas schnippisch. Magdalena war nämlich dabei, mit großen, neugierigen Ohren. Sara wusste nicht, wie sie Magdalena loswerden sollte. Und falls eine Liebeserklärung käme, wäre es ihr ja auch recht, nicht allein zu sein.

Dann könnte sie sich besser rauswinden. Die anderen waren längst draußen.

Lenny schluckte.

«Sara, ehe du dich mit diesem Selim einlässt, der übrigens bestimmt nicht gut für dich ist – ich muss dir vorher was sagen.»

«Okay, Lenny. Sag.»

Sara bekam ein hohles Gefühl im Bauch. Wie ging man denn mit so was um?

«Sara, ich liebe dich. Über alles. Schon immer.»

Betretenes Schweigen. Dann ein Kichern von Magdalena.

«Sorry, Lenny», sagte Sara. «Also, ich liebe jemand anderen.»

«Das wusste ich, verdammt, dass mir dieser Selim jetzt dazwischengekommen ist. Aber ich schwöre dir, er ist nicht gut für dich, und es ist nur – es ist keine wahre Liebe. Das ist was Vorübergehendes. Der blendet dich nur. In Wahrheit liebst du mich. Wir passen so perfekt zusammen.»

Das war Sara vor Magdalena jetzt peinlich. Dass sie und der leicht uncoole Lenny perfekt zusammenpassen sollten. Diese Verbindung durfte sich in Magdalenas Kopf besser nicht festsetzen (denn leider war sogar etwas Wahres dran. Aber sie arbeitete so hart daran, ihr altes uncooles Babyface-Image loszuwerden).

«Nee, Lenny, also wirklich. Ich finde nicht, dass wir zusammenpassen. Und ich liebe dich wirklich nicht.»

Er sah sie aus verwundeten Augen an, wie verraten.

«Aber du hast mich doch geliebt. Letztes Jahr, ich hab das genau gemerkt.»

«Nee, sorry, tut mir echt leid. Das hast du dir eingebildet. Ich hab dich nie geliebt.»

Lenny sah jetzt irgendwie ganz furchtbar aus. Sara bemerkte, dass seine Lippen zitterten.

«Du liebst mich nicht, du hast mich nie geliebt, und du wirst mich auch nie lieben?», fragte er.

«Korrekt. Genau so isses.»

«Das meinst du nicht wirklich so.» Er flüsterte fast.

«Doch, Lenny. Echt. Du wirst nie eine Chance bei mir haben.»

«Sara, du bist mein Leben. Wir gehören zusammen. Wenn ich keine Zukunft mit dir habe ... dann kann ich mich gleich in den Main stürzen. Wie diese Ex von Selim.»

Toll. Wollte er sie erpressen, oder was?

Sara hatte es eilig. Sie wollte noch Geld abheben und dann zum Blumenladen.

«Tu's doch», sagte sie und ließ ihn stehen.

Abends hatte Sara das fast schon vergessen. Bis zu dem Moment vielleicht, als ihr Gedanken an Selbstmord kamen, nachdem die anderen fort waren und sie allein an der Staustufe in der Dunkelheit zurückblieb. Es war so düster-romantisch gewesen. Das ganze Leben war düster-romantisch.

Und dann war Selim gekommen. Und es passierte das Wunder, dass er sie küsste. Selim Okyay. Wirklich. Und nicht nur einmal. Sie standen da in der Nacht über dem Main und knutschten, als wollten sie nie wieder aufhören. Und Sara wusste jetzt, wie er schmeckte und wie sich seine Zunge anfühlte. Und sie war so glücklich wie noch nie in ihrem ganzen Leben.

Dann plötzlich aus dem Nichts Lennys Stimme. «Sara?»

Sie und Selim lösten sich voneinander. Tatsächlich, da

stand Lenny in der Dunkelheit einen Meter entfernt auf der Aussichtsplattform. Er sah aus wie dreizehn.

«Das darf doch nicht wahr sein», sagte Lenny. «Das ist also Selim.»

Das war Sara jetzt arschpeinlich. Selim sollte nicht wissen, dass sie schon über ihn geredet hatte, als sei er quasi ihr Freund. Außerdem sollte er nicht wissen, dass sie so uncoole Leute kannte wie Lenny.

«Was ist denn das?», sagte prompt Selim mit genervtem Lachen. «Ist das dein kleiner Bruder, oder was?»

«Nee», sagte Sara. «Niemand von Bedeutung. Jemand aus meiner Schule. Der ist nicht ganz dicht. Was machst du überhaupt hier? Hast du mir hinterherspioniert, oder was?»

«Ich bring mich jetzt um», sagte Lenny. «Jetzt erst recht.»

«Komm, wir gehen», sagte Selim. «Ich hab das Auto gleich da unten.»

Sie ließen Lenny zurück und gingen Arm in Arm die Brücke entlang Richtung Schwanheimer Seite. Selims langgestreckter Wagen glänzte im Licht der Laterne. Als sie beim Wagen angekommen waren, kam von hinten ein Schrei: «Sara!», und dann ein lautes Klatschen auf dem Wasser.

«Sag mal, ist der jetzt gesprungen, oder was?», rief Sara und drehte sich erschrocken Richtung Main.

«Mach dir keinen Kopf», sagte Selim. «Alles nur Show. Der kann doch schwimmen. Ist der verknallt in dich?»

«Ich fürchte, ja. Der nervt mich seit Jahren.»

Sie stiegen ins Auto. Sara warf dabei noch einen Blick aufs Wasser. Man ahnte einen dunklen Fleck unten vor der Aussichtsplattform, wo sie gestanden hatten. Leises Plätschern mischte sich unter den Wind, das Rascheln abfallender Blätter und das ferne Rauschen der Autobahn.

Als sie losgefahren waren, überlegte Sara kurz, ob sie nicht einen Notruf machen müsste. Aber dann dachte sie daran, dass Selim ihr gesagt hatte, mit der Bullerei wolle er absolut nichts zu tun haben. Es würde es sicher blöd finden, wenn sie jetzt mit diesem Vorschlag kam. Außerdem, ihrem Vater durfte das alles ebenfalls nicht zu Ohren kommen.

Aus den Boxen des Wagens kam Türkrock. Aber von der coolen Sorte mit viel Rock und wenig Türk, minimalistisch arrangiert. Es war so laut, dass es eh besser war, nichts zu sagen.

Durch die Begegnung mit Lenny war für Sara der Zauber des Abends gebrochen. Jetzt im Auto fühlte sie sich nicht mehr richtig wohl in ihrer Haut. Als sie auf die Höhe der Uniklinik kamen, stellte Selim die Musik leiser. «Weißt du, wovon das Lied eben gehandelt hat?»

«Nein», sagte Sara und lachte unwillkürlich. «Natürlich nicht.»

Er hörte sich so ernst an. Sie hätte nicht lachen sollen. Sie hatte das Gefühl, dass sie jetzt auf eine Art Probe gestellt wurde.

«Der Künstler heißt Teoman», sagte Selim. Er pflegte Musiker immer Künstler zu nennen. «In dem Lied geht es darum, dass er Geburtstag hat und dass er jetzt genau so alt wird, wie sein Vater war, als er gestorben ist. Verstehst du?»

«Ja», sagte Sara, obwohl sie sich nicht sicher war, was genau sie jetzt verstanden haben sollte.

«Ich hab auch keinen Vater mehr», sagte Selim.

Sara suchte vergeblich nach etwas Verständnisvollem und zugleich Tiefsinnigem, was sie sagen konnte.

Schließlich legte sie einfach kurz ihre Hand auf Selims, die den Schaltknüppel hielt. Doof irgendwie. Aber was Besseres fiel ihr nicht ein.

Nun fragte Selim in dem gleichen bedeutungsschwangeren Ton:

«Sara, willst du heute Nacht bei mir bleiben?»

«Ja», sagte sie.

Was anderes konnte sie nicht sagen. Seine Frage war eine Art Liebeserklärung gewesen. Und darauf sagt man ja und nicht nein. Wenn man denjenigen liebt. Und das tat sie. Schrecklich sogar.

Selim teilte sich die große Wohnung – die Sara zum ersten Mal betrat – mit einem Bruder und zwei Cousinen. Alle waren noch auf, als sie ankamen. Sara war das etwas zu viel. Alle waren älter als sie, alle verfielen immer wieder ins Türkische. Als die anderen endlich ins Bett gegangen waren, schliefen sie und Selim miteinander. Es tat weh und war auch sonst irgendwie nicht so, wie Sara sich das vorgestellt hatte.

Sie war zwar total aufgeregt und glücklich, dass sie jetzt mit Selim zusammen war. Aber sie war trotzdem froh, die Wohnung am nächsten Morgen verlassen zu können und ganz normal in die Schule zu gehen. Sport allerdings schwänzte sie – sie hatte nämlich Schmerzen zwischen den Beinen, «weil ich bei Selim gepennt hab», wie sie Magdalena vielsagend wissen ließ.

In der Englischstunde fiel ihr auf, dass Lenny fehlte. Das beunruhigte sie. Sie erkundigte sich bei seinem Sitznachbarn. «Der Lenny fährt heute auf irgendeinen Wettbewerb in Budapest», sagte er. «Der Glückliche.»

Gut, dann war er wahrscheinlich weit weg, umso besser.

Das dachte Sara, bis ihnen die Polizistin am Nachmittag die Fotos zeigte.

Saras Vernehmung dauerte zwei Stunden. Zwischendurch rief Winter seine Frau an und erstattete Bericht. Fock hatte ihn im Videoraum allein gelassen, nachdem klar war, dass Sara zum Mainmädchenfall nichts Neues beisteuern konnte. Er gab Winter für den Rest des Tages frei.

Als Sara das korrigierte Protokoll gelesen und abgezeichnet hatte, nahm Aksoy sich noch einmal Zeit zu einem abschließenden Gespräch. Ein solches «normenverdeutlichendes Gespräch» war für jugendliche Straftäter vorgesehen. Winter, der derweil ungeduldig im Videoraum hin und her ging, fand es zuerst übertrieben, das jetzt bei Sara anzuwenden. Aber eigentlich konnte er ganz froh sein, dass Aksoy ihm hier etwas abnahm. Korrekt und freundlich, wie immer. Das ganze Verhör über war sie schon höchst verständnisvoll gewesen, hatte kaum harte Rückfragen gestellt. Auch jetzt kam der typische Aksoy'sche Weichspülgang. Und er war sehr froh darüber.

«Sara, ich möchte, dass du weißt, dass du nicht schuld bist an Lennys Tod. Dafür ist Lenny selbst verantwortlich. Aber du hast einen schweren Fehler gemacht. Du hättest auf jeden Fall 112 oder 110 anrufen müssen.» (Ein fast geflüstertes «Ich weiß» von Sara.) «Niemand konnte von dir erwarten, dass du ins Wasser springst, um einen anderen zu retten. Man soll das auch nicht tun, wenn man nicht ein sehr guter Schwimmer ist. Aber einen Notruf abzusetzen ist nicht so schwer. Wenn man es in so einer Situation unterlässt, dann ist das unterlassene Hilfeleistung, und das ist zu Recht strafbar. Wann auch immer in deinem Leben du je wieder in eine Situation kommst, wo du einen Unfall beobachtest oder jemand auf der Straße zusammenbricht oder Rauch aus einer Wohnung kommt, lass dich von keinen Zweifeln abhalten und wähle sofort 112. Du kannst damit Leben retten. Hast du das verstanden?»

«Ja.» Das kam aus tiefster Seele.

«Okay. Ich rufe jetzt deine Mutter an, damit sie dich abholt.»

Winter hörte nicht mehr, was Sara darauf sagte. Durch den Flur ging er hinüber, öffnete die Tür zum Vernehmungsraum.

«Ich bringe Sara nach Hause», sagte er. «Komm, mein Hase. Ich weiß schon alles.»

Er nahm sie in den Arm, als sie aufstand. Sie fühlte sich lasch und leblos an. Gestern Abend war es ihr noch deutlich bessergegangen.

Den ganz harten Satz hatte ihr weder Aksoy noch Winter gesagt. Doch als sie zu Hause waren, tat es ihre Mutter: «Der Junge würde noch leben, wenn du Hilfe geholt hättest.»

Carola sagte noch mehr. Wie Sara nur so gefühllos habe sein können, so gemein zu Lenny. Und dass Sara schon am Nachmittag Lennys Eltern hätte anrufen müssen, um sie zu unterrichten, dass ihr Sohn selbstmordgefährdet sei.

Winter saß daneben, kommentierte nichts. Erst als Carola und er später allein im Schlafzimmer waren, sagte er: «Du warst etwas hart zu ihr.»

Carola echauffierte sich mit Tränen in den Augen: Ob er denn glaube, dass ihr das leichtgefallen sei? Aber irgendjemand müsse Sara doch sagen, wie sich die Dinge verhielten! Ob ihm überhaupt klar sei, wie weit seine Tochter schon abgedriftet sei? Und er sei doch immer derjenige gewesen, der sich darüber aufregte, dass die Eltern krimineller Jugendlicher deren Verhalten entschuldigten, statt mit den Kindern Tacheles zu reden!

Carola hatte mit jedem Wort recht, das sie sagte. Aber bei Winter blieb trotzdem ein schlechtes Gefühl zurück. Und er fürchtete, dass die Sache noch längst nicht ausgestanden war. Lennys Eltern konnten Zivilklage gegen Sara erheben. Dann würde Sara ihr erwachsenes Leben mit einem Sack voll Schulden beginnen. Dabei war der Hauptschuldige sicher dieser unselige Selim.

10

Herr Stolze verließ Punkt zwei Uhr nachmittags in seiner Sportbekleidung das Haus, um zu joggen. Wie immer um diese Zeit. Und wie immer hängte Sabine Stolze danach den Berg Kleider, den ihr Mann auf dem Badezimmerboden hinterließ, ordentlich auf den stummen Diener. Dabei stellte sie erstaunt fest, dass Bert schon wieder seinen Schlüsselbund in der Hosentasche gelassen hatte. In all den Jahren war er nie ohne seinen Schlüssel aus dem Haus gegangen – und nun gleich zweimal binnen einer Woche. Was war bloß mit ihm los? Oder kam es ihr nur so vor, dass er diese Woche extrem fahrig, zerstreut und gereizt war?

Sabine drehte und wendete den Schlüsselbund in der Hand. Es gab so vieles, was sie endlich einmal wissen wollte. Wie viel Geld der Familie eigentlich zur Verfügung stand, zum Beispiel. Sie hatte neulich bei ihrem gehetzten Blick in die Akten nicht auf die Zahlen gesehen. Bert rückte nicht raus damit, tat so, als seien die Gelddinge allein seine Angelegenheit, eine Angelegenheit, die obendrein schwer auf seinen Schultern laste. So als schütze er sie, indem er sie außen vor hielt. Sabine bekam monatlich ihre dreihundert Euro Haushaltsgeld, und wann immer sie nicht hinkam, wie eigentlich jeden Monat, hagelte es Vorwürfe, bevor er dann unter weiteren Vorhaltungen und Gejammer mit einem Zwanziger herausrückte. Die Krankenversicherung fresse alles auf, betonte er immer. Außerdem brüstete er sich damit, er habe auf ihren Namen eine hohe Lebensversicherung abgeschlossen. «Damit du versorgt bist», pflegte er flüsterndgeheimniskrämerisch zu sagen und sah dabei drein, als verberge sich hierin eine Andeutung, die sie nur zu dumm war zu verstehen.

Warum nicht? Kurz entschlossen lief Sabine mit dem Schlüssel hinunter ins Erdgeschoss und schloss das Büro auf. Alles ging ganz fix, da sie nun genau wusste, wo sich der Schlüssel zum Aktenschrank verbarg. Etwas trieb sie, wieder nach dem ältesten Ordner zu greifen. Da sie schon hier war, wollte sie doch noch einmal zwischen diese beiden in eine Klarsichthülle geschobenen Aktendeckel sehen, über die sie sich beim letzten Mal gewundert hatte. Sie hätte doch zu gern gewusst, was sich dazwischen verbarg. Vermutlich der Brief aus Thailand.

Die Pappdeckel ließen sich einfach nicht aus der Hülle ziehen. Schließlich machte sie kurzen Prozess und griff von oben mit der Hand dazwischen, auf die Gefahr hin, etwas zu verknicken. Doch hier waren gar keine Papiere. Bloß Pappe auf beiden Seiten. Sie griff bis ganz nach unten, schrie auf vor Schreck, als sie gegen eine Spitze aus Metall stieß.

Bitte, dachte sie, lass es Basti nicht gehört haben. Ach, egal, wenn Basti sie hier erwischte, war das kein Problem. Sie sei hier beim Saubermachen, würde sie behaupten. Er dürfe bloß dem Vater nichts davon sagen. Natürlich würde Basti mit den Augen rollen. Aber er würde den Mund halten.

Vorsichtig holte sie hervor, was sie Spitzes ertastet hatte. Es war nichts weiter als noch ein Schlüssel. Ein kleiner, verrosteter. Mit einer eingestanzten Nummer.

Na so was! Hatte ihr Mann einen Banksafe? Ein Postfach?

Sie sprang fast an die Decke vor Schreck, als die Türklingel durchdringend schellte.

In größter Hast stellte sie den Ordner wieder zurück und verschloss den Schrank mit feuchten Fingern. Wieder schrillte die Klingel. Sabine rannte in den Flur und zog die Bürotür hinter sich zu. Da sah sie Basti schon rechts die Treppe herunterkommen. «Mach noch nicht auf», zischte sie gehetzt. Das schrille Klingeln wurde zum Dauerton, jemand drückte pausenlos auf den Knopf.

«Och Menno, Mam, was ist denn jetzt schon wieder?», murrte Sebastian. Doch er verharrte auf dem Treppenabsatz, bis sie das Büro ordentlich abgeschlossen hatte.

Dann gab sie ihm einen Wink, er könne jetzt öffnen.

«Was ist denn hier los?», hörte sie ihren Mann alsbald aus der Diele schimpfen. Er war es tatsächlich. Viel zu früh. «Macht ihr grundsätzlich nicht auf, wenn es klingelt?», schimpfte er weiter. «Wo ist deine Mutter?»

«Hier», sagte Sabine und trat ihm entgegen. «Ich war gerade in der Küche beschäftigt, deshalb habe ich Basti gebeten ... du bist doch sonst nicht so schnell zurück?»

«Störe ich?», fragte er süffisant, während er das Frotté-Stirnband abnahm.

«Aber nein, ich bitte dich», erwiderte Sabine gequält. Er hatte doch nicht etwa gemerkt, dass sie ...

«Mir ist auf halbem Weg aufgefallen, dass ich meinen Schlüsselbund vergessen habe», verkündete er.

Und deshalb kam er früher zurück?

«Ich weiß», sagte Sabine rasch. «Er war in deiner Hosentasche. Das ist schon das zweite Mal diese Woche, dass du ohne Schlüssel raus bist.» Hieß es nicht, Angriff sei die beste Verteidigung?

Sie hielt ihm den Schlüsselbund hin.

Er ergriff ihn mit harter Hand. «Kannst du mir erklären, warum du den mit dir herumschleppst?»

«Um ihn dir zu geben, wenn du kommst.»

«Das will ich hoffen», sagte er nach einer kurzen Pause, sah sie durchdringend an und joggte endlich die Treppen hoch zum Bad.

«Echt!», flüsterte Basti seiner Mutter zu. «Was ihr schon wieder habt!»

Sabine fand, sie habe sich den Umständen entsprechend gut geschlagen. Aber sie wusste, sie hatte ihren Mann misstrauisch gemacht, und das würde sie noch büßen müssen. Außerdem bemerkte sie jetzt, dass sie etwas Wichtiges vergessen hatte.

Aksoy stand bei Frau Petzke, der Mutter von Lenny, in der Diele. Hier hingen gerahmte abstrakte Drucke an der Wand, ein klares Statement, dass man sich in den besseren Kreisen bewegte. Weiter als bis in die Diele war Aksoy bislang nicht gekommen. Ihre Aufgabe war noch schwerer als befürchtet.

Frau Petzke, hennagefärbt und in Lagenlook-Naturtönen, blaffte sie gereizt an. «Nun glauben Sie es mir doch», rief sie, «das ist eine Verwechslung. Mein Sohn Leonhard ist in Budapest. Der kann das gar nicht sein.»

«Wann haben Sie Leonhard denn zuletzt gesehen?»

«Also wissen Sie, es ist völlig überflüssig, dass ich Ihnen hier dauernd diese Fragen beantworte. Vorgestern Mittag, glaube ich. An dem Tag halt, an dem er losgefahren ist.»

«Und Sie haben ihn selbst zum Flughafen gebracht?»

«Zum Bahnhof, meinen Sie. Lenny hat den Zug genommen. Abendzug nach München, Nachtzug nach Budapest. Er wollte sich in München noch mit einem anderen Teilnehmer treffen.»

«Sie haben ihn also selbst zum Zug gebracht?»

«Nein, das nicht. Ich hatte an dem Nachmittag Klien-

ten. Ich bin Psychotherapeutin. Aber ich habe mich definitiv am Mittag von Lenny verabschiedet. Er hat mir dann sogar noch einen Zettel in der Küche hinterlassen, dass er weg
ist, zum Abschied.»

«Könnte ich diesen Zettel mal sehen?»

Frau Petzke sah unter der sozialen Maske der gepfleg-
ten, selbstbewussten Frau allmählich gestresst aus. Sie war
schon Mitte fünfzig; hatte ihr einziges Kind offenbar spät
bekommen.

«Also wirklich, was wollen Sie von mir? Sie sind hier
falsch, kapieren Sie das nicht?»

«Frau Petzke, es tut mir wirklich sehr leid. Wenn Sie
recht haben, umso besser. Aber ich muss es leider sagen:
Wir haben sehr guten Grund zu der Annahme, dass es sich
bei dem ertrunkenen Jungen um Ihren Lenny handeln
könnte. Ich habe hier Fotos des Toten. Da müssten Sie einmal draufsehen. Ich denke, dazu sollten wir uns besser setzen.»

«Ich muss hier überhaupt nichts. Übrigens heiße ich
Greiner-Petzke, das hab ich Ihnen schon mal gesagt. Ich
kann Leichen nicht sehen. Ich habe da ein Trauma. Verstehen Sie endlich, es kann nicht mein Sohn sein.»

«Wenn Sie sich da so sicher sind – haben Sie ihn denn
gesprochen, seit er weggefahren ist?»

«Ich glaube nicht. Lenny ist nicht so ein Muttersöhn-
chen, dass er mich alle zwei Minuten anruft, wenn er weg ist.
Er ist sechzehn, mein Gott. Er ist auch nicht so ein Handy-
typ, der ständig irgendwelche Ess-Emm-Esse tippt. Wir
sind in dieser Familie sehr gegen Handys. Und die haben
in Budapest volles Programm. Ich sagte doch, Lenny ist auf
einem Musikwettbewerb. Einem Elite-Musikwettbewerb.
Er spielt Oboe, auf hohem Niveau.»

«Frau Petzke, ich möchte gerne, dass Sie Lenny jetzt anrufen. Er hat doch sicher ein Handy dabei.»

«Ja, aber nur für den Notfall. Diese Roaming-Gebühren im Ausland – außerdem kann ich ihn jetzt nicht anrufen. Haben Sie mir eben überhaupt zugehört? Der ist mitten in einem Wettbewerb! Er kann es absolut nicht gebrauchen, dass sein Handy klingelt.»

«Höchstwahrscheinlich ist sein Handy so oder so ausgeschaltet. Und ich glaube leider nicht, dass Lenny auf dem Wettbewerb ist. Eine Mitschülerin hat ihn vorgestern Abend hier in Frankfurt gesehen und gesprochen.»

«Sie hören mir wirklich nicht zu. Ich sage doch, er hat den Abendzug genommen.»

«Offenbar nicht, denn die Begegnung fand nach zwanzig Uhr statt, und in Bahnhofsnähe war es nicht.»

«Vielleicht hat das Mädchen sich im Tag getäuscht. Welche Mitschülerin soll denn das gewesen sein? Wie kommen Sie überhaupt dazu, andere nach meinem Sohn auszufragen, bevor Sie bei mir …»

«Ich bin zu Ihnen gekommen, sobald wir einen Namen zu dem Toten hatten.»

In Frau Petzkes Gesicht bewegte sich etwas. «So, jetzt reicht es», murmelte sie, ging zum Telefon, das an der Garderobe positioniert war, und wählte per Automatik eine Nummer. Einige Sekunden später erklang aus der Ferne leise ein Klingelton: Ravels Bolero.

«Er hat das Handy vergessen», sagte Frau Petzke, zum ersten Mal mit echter Sorge in der Stimme.

Aksoy ging dem Klingelton nach, ohne zu fragen, ob sie dürfe. Der immer lauter werdende Bolero führte sie in ein musisch gestaltetes Jugendzimmer. Der Ton kam vom Bett. Aksoy ging vor dem Bett in die Knie, während das Klingeln abbrach und wahrscheinlich die Mailbox anging. Sie tastete kurz, zog unter dem Bett erst einen schweren, offenkundig gefüllten Rollkoffer und dann einen schwarzen Instrumentenkasten hervor. Sie klappte den Kasten auf. Darin lag eine Oboe. Unterdessen war Frau Petzke in der Tür erschienen.

«Er ist nicht gefahren», murmelte sie, als sie das Gepäck ihres Sohnes sah. «Er ist nicht gefahren.»

Sie kam herbei und setzte sich schwer wie ein Stein. Ihre Augen blickten ins Leere.

«Liebe Frau Petzke, ich würde jetzt gern Ihren Mann anrufen. Unter welcher Nummer kann ich ihn erreichen?»

«Taste drei bei der Automatik», sagte Frau Petzke mit rauer Stimme.

Aksoy ging zum Telefon in der Diele. Sie erwischte Herrn Petzke glücklicherweise sofort, wenn auch sehr ungehalten darüber, dass man ihn bei der Arbeit störte. Herr Petzke unterrichtete am Konservatorium. Er sei gerade in einer Unterrichtsstunde, erklärte er.

«Aksoy, Kriminalpolizei. Sie müssen die Stunde leider abbrechen. Ihre Frau braucht Ihre Unterstützung. Es geht um Ihren Sohn. Könnten Sie bitte jetzt nach Hause kommen?»

«Wohin nach Hause, zu mir oder zu ihr?»

«Wohnen Sie nicht zusammen?»

«Nein. Wir haben uns letztes Jahr getrennt.»

Vielleicht hatte die Trennung Lenny destabilisiert, grübelte Aksoy und dachte an ihre eigenen Kinder. Vielleicht war es sogar gut, dass sie bei der Scheidung noch klein gewesen waren, redete sie sich ein. Yunus, ihr Jüngster, konnte sich an die Zeit, in der sie mit Christoph zusammengelebt hatten, nicht einmal mehr erinnern.

Herr Petzke war so klug, am Telefon nicht weiter nachzufragen, was denn los sei. Und Aksoy hielt sich bedeckt, weil sie vermeiden wollte, dass der Mann unterwegs einen Unfall baute. Er sollte nicht unter Schock fahren.

Frau Petzke saß weiter apathisch auf Lennys Bett, wie gelähmt. Sie konnte nicht einmal weinen.

Dafür weinte der Vater, als er kam und die Nachricht hörte. Er erzählte, Lenny habe sich vor dem Wettbewerb gefürchtet. Er habe mehrfach gesagt, dass er am liebsten nicht fahren wolle. Es sei in der Vergangenheit ein paarmal vorgekommen, dass er versagt habe, wenn er vor großem Publikum solo spielen musste. Daher seine Angst.

«Du bist schuld», brachte die Mutter irgendwann hervor. «Du hast ihn immer so unter Druck gesetzt. Dass er unbedingt Musiker werden muss. Dass er unbedingt zu den Besten gehören muss. Du hast ihn doch bei dem Wettbewerb angemeldet, er wollte ja von Anfang an nicht hin!» Plötzlich nahm sie das Gesicht in die Hände und schrie kurz auf, begann dann endlich zu schluchzen.

Aksoy standen auch schon Tränen in den Augen. Um die Eltern von Selbstbezichtigungen abzuhalten und um überhaupt irgendetwas zu sagen, verwies sie darauf, dass Liebeskummer bei dem Suizid wohl auch eine Rolle gespielt habe. Doch insgeheim glaubte sie jetzt beinahe, dass Lenny sich Saras Abfuhr absichtlich gerade an diesem Tag geholt hatte. Damit er einen Grund mehr hatte, nicht zu fahren, sondern sich stattdessen etwas anzutun.

Am Ende zeigte sie den Eltern pro forma noch die Fotos zur Identifizierung des Toten. Das waren die schlimmsten Momente.

«Müssen wir jetzt nicht in die Rechtsmedizin, ihn ansehen?», fragte der Vater, und in seiner Stimme hörte man die

Angst. «Nein, nein, das müssen Sie nicht», beruhigte ihn Aksoy.

Erst nach vier war sie zurück im Präsidium. Sie war ausgelaugt. Winter war natürlich nicht da. Der hatte seine Tochter nach Hause gebracht und war mit ihr dortgeblieben. Vielleicht war es besser so. Aksoy wollte Winter den Verlauf bei Petzkes nicht erzählen müssen. Sie brühte sich einen Tee, rief ein Protokollformular auf und beschloss, den Arbeitstag stressarm mit ein bisschen Getippe zu beenden. Doch ausgerechnet jetzt kam per Mail aus der U-Haft die Nachricht: Der Herr Schriftsteller Naumann wolle nun reden.

Erster Kriminalhauptkommissar Fock rief direkt danach an. Er hatte dieselbe Nachricht erhalten und ließ Aksoy wissen, dass er befohlen habe, den Verdächtigen unverzüglich ins Präsidium zu bringen. Der Transport sei schon unterwegs. Man dürfe die Sache nicht bis morgen aufschieben. Je eher man in der Mainmädchensache weiterkomme, desto besser. Man brauche morgen jeden Mann für die SoKo Krawatte.

«Die Vernehmung machen Sie, aber holen Sie sich den Kollegen Kettler dazu», dekretierte er weiter. «Sie übernehmen auch das Protokoll. Ich habe hier selbst eine dringende Sache im Fall Krawatte. Vielleicht kann ich später mal reinschauen.»

Na bestens. Aksoy rief zu Hause an, um zu sagen, dass sie sich wieder verspäten würde. Hastig nahm sie möglichst viele Schlucke des heißen Tees, um ihre Abgeschlagenheit zumindest etwas zu kurieren.

Die Wachleute nahmen Naumann die Handschellen ab und verließen den Raum. Wohlzogen, der Anwalt, setzte sich groß und massig auf den weißen Klappstuhl direkt neben seinen Mandanten. Seine Anwesenheit würde es noch schwerer machen. Aber Naumann hatte erklärt, nur in Gegenwart seines Anwalts aussagen zu wollen.

Aksoy spürte ihre Hände vor Aufregung schweißnass werden, als sich die Tür des Vernehmungsraums schloss. Von diesem Verhör hing alles ab. Und sie war hauptverantwortlich. Kettler hatte sich in die Akten noch nicht eingearbeitet.

Wie um Himmels willen sollte sie anfangen?

Personalien, natürlich. Überflüssig, weil die längst aufgenommen waren, aber immer gut.

«Sie sind Herr Guido Naumann, geboren am 16. 5. 1955, von Beruf Autor?»

Naumann lächelte süffisant. «Nicht ganz, nicht ganz», sagte er. «Ich bin nicht Autor, sondern Schriftsteller. Autor ist jeder, der schreibt, den Titel Schriftsteller jedoch muss man sich verdienen. Ich hatte freilich das Glück, gleich mit meinem ersten Roman vom Autor zum Schriftsteller zu werden.»

«Aha», sagte Aksoy. Mein Gott, war der Mann blasiert. «Wann und wo haben Sie denn die Geschädigte Jessica alias Jeannette kennengelernt?»

«Von einer Jessica oder Jeannette weiß ich gar nichts. Ich weiß nur, mir ist irgendwann letzte oder vorletzte Woche ein junges Mädchen aufgefallen, das öfter am Main auf und ab lief. Einmal habe ich sie von meinem Arbeitszimmerfenster aus auf dem Steg des Ruderclubs sitzen sehen. Sie saß da sehr lange und sah aufs Wasser. Da kam mir der Gedanke, sie könnte suizidal sein.»

Kettler, der neben Aksoy saß, zog die einzige Schublade des Tisches auf, holte mehrere Ausdrucke mit jungen weiblichen Phantombildern hervor und breitete sie vor Naumann aus.

«Könnte es eine von denen gewesen sein?»

Gestern hatten die Spezialisten mit der Hilfe von Eleni Serdaris und Nino Benedetti je ein Phantombild des Mädchens «Jeannette» erstellt und dann beide miteinander verschmolzen. Die anderen waren Vergleichsbilder, die Aksoy vorhin rasch noch ausgedruckt hatte.

«Könnte ich einen Moment mit meinem Anwalt – ach nein, nicht nötig. Hier, diese ist ein ähnlicher Typ.»

Aksoy atmete auf, tief und befreit. Er hatte die Richtige getroffen. Jetzt wussten sie wenigstens das eine sicher: Benedettis «Jeannette» war wirklich identisch mit der Toten. Denn dass Naumanns junges Mädchen die Tote war, das war durch die Blutspuren bewiesen.

Sie drehte das Bild zu sich um. Ein unglaublich fragil wirkendes Gesicht. Saß sie jetzt dem Mann gegenüber, der es zertrümmert hatte? Sie verspürte eine leise Übelkeit.

«Sie sagten eben», nahm sie den Faden wieder auf, «das Mädchen hätte auf Sie selbstmordgefährdet gewirkt. Was hat Sie auf die Idee gebracht?»

«Eine gewisse Aura, die von ihr ausging. Man wird sehr sensibel als Schriftsteller. Ich hatte den Eindruck, die ist hier am Main, weil sie überlegt, ob sie sich ins Wasser werfen soll.»

«Von einem Sprung in den Main stirbt man im Allgemeinen nicht.»

«Im Allgemeinen wollen junge Frauen auch nicht sterben, wenn sie sich umzubringen versuchen», konterte er süffisant. «Sie wollen Aufmerksamkeit. Übrigens konnte die Kleine nicht schwimmen.»

Aksoy sah aus dem Augenwinkel, wie die Augen des Anwalts Wohlzogen hinter der Brille glitzerten. Er war leicht zusammengezuckt. Die letzte Information war neu für ihn. Und er hielt sie für eher nicht vorteilhaft für seinen Mandanten.

Aksoy hakte nach.

«Das Mädchen konnte nicht schwimmen? Woher wissen Sie denn das?»

«Wenn ich mich recht entsinne, sagte sie was in der Richtung.» Naumanns Ton klang ausweichend.

«Haben Sie sie denn danach gefragt?»

«Nicht dass ich wüsste. Ich glaube einfach, sie erwähnte so was. Anlässlich der Tatsache, dass ich auf einem Boot lebe.»

Das klang nun wieder plausibel. Es war in heutigen Zeiten der kommunalen Schwimmbadschließungen auch gut vorstellbar, dass ein Mädchen aus schlechten Verhältnissen niemals schwimmen gelernt hatte.

«Okay. Also, Sie sahen von Ihrem Schreibtisch aus das Mädchen auf dem Steg des Ruderclubs sitzen. Was geschah weiter?»

«Ich bin irgendwann raus und habe sie angesprochen. Darüber hat sie sich anscheinend gefreut. Jedenfalls war sie sehr gesprächig. Sehr – wie soll ich sagen – anhänglich. Nein, zutraulich. Wie ein entlaufenes Haustier, das sich zutraulich dem ersten Fremden anschließt. Diesen Eindruck gewann ich.»

«Worüber haben Sie geredet?»

«Die meisten Details sind mir entfallen. Was ich jedoch noch weiß: Sie erzählte eine rührselige Geschichte, des Inhalts etwa, dass sie seit zehn Jahren auf der Straße lebe, weil ihre Eltern sie so schlecht behandelt hätten. Doch sie achte darauf, sich von den schlechten Leuten fernzuhalten, sie übernachte nie dort, wo die anderen Straßenkids seien oder die Penner; zurzeit lebe sie bei einem guten Freund. Es gebe so viele gute Menschen. Und ob ich ihr dieses und jenes aus dem Boot bringen könne? Einen Apfel, ein Glas Wasser. Was ich auch tat. Dann erzählte sie, sie habe immer schon auf einem Hausboot leben wollen. Das sei ihr großer Traum.» Er schnaubte. «Wissen Sie, wie oft ich das zu hören bekomme? Jeder Zweite erzählt mir, er träume davon, auf einem Hausboot zu wohnen. Wenn die Leute wüssten – ich meine, wissen Sie, diese Trägheit und Feigheit der Menschen. Einen Traum zu haben und ihn nicht zu leben wagen. Diese Angst des Spießbürgers, sich jenseits der Konventionen zu bewegen, auszuscheren aus der Herde … traurig. Jedenfalls, hier endet diese Begebenheit. Das Mädchen erhob sich und verließ mich. Sie wolle zu ihrem Freund.»

Kollege Kettler kratzte behaglich seine sich um die Halbglatze rankenden Locken. «Soso», sagte er. «Aber das kann ja wohl kaum alles gewesen sein.»

Naumann zeigte wieder sein süffisantes Lächeln.

«Nein, lieber junger Freund, das war nicht alles, und das habe ich auch nicht behauptet. Doch es mangelt Ihnen leider, wie so vielen der Generation Twitter, an der Fähigkeit, Erzählungen zu folgen, deren Spannungsbogen über mehr als zwei Sätze verläuft. Würden Sie mir jetzt freundlicherweise erlauben, meinen Bericht fortzusetzen?»

«Gern, aber eine Frage hätte ich noch», mischte sich Aksoy ein. «Wann hat sich denn die eben beschriebene Szene zugetragen?» Sie musste fast über sich selbst lachen, weil sie sich plötzlich ähnlich geschwollen anhörte wie Naumann.

«Das kann ich Ihnen nicht genau sagen.»

«Letzten Freitag?»

«Nein, nein, lange davor. Vielleicht Anfang der letzten

Woche. Vielleicht auch Ende der vorletzten Woche. Bitte fragen Sie mich nicht nach einem genaueren Termin; ich pflege über meine Begegnungen mit traurigen Mädchen nicht Buch zu führen.»

«Traurig wirkte sie also?»

«Ich glaubte das bereits deutlich gemacht zu haben.»

«Okay. Und wie ging es weiter? Wann sahen Sie das Mädchen das nächste Mal?»

«Einige Tage später, während ich an der Arbeit saß, sah ich sie noch einmal den Uferweg entlangwandeln. Sie winkte mir zu und ich etwas ungehalten zurück. Daran erinnere ich mich nur, weil sie mich an einer höchst zentralen Stelle störte; ich hatte gerade die richtige Formulierung gefunden, und ihr Anblick – doch diese Details aus dem Leben eines Schriftstellers dürften Sie nicht interessieren. Meine nächste Begegnung mit der unglücklichen Person ereignete sich letzten Donnerstagnachmittag. Ich blickte hoch und entdeckte sie neuerlich auf dem Anlegesteg des Ruderclubs. Sie saß ganz am Rand. Mir fiel ein, dass der Zutritt zum Steg für Unbefugte verboten und es auch nicht ganz ungefährlich ist, dort zu sitzen. Dieser Steg schwimmt auf der Wasseroberfläche. Es muss nur eine etwas größere Welle kommen ... und sie hatte mir ja gesagt, sie könne nicht schwimmen. Ich verließ also mein Boot, um sie zu warnen. Just als ich den Steg erreichte, näherte sich ein großer Frachter. Ich machte das Mädchen darauf aufmerksam, dass es gleich Wellen geben werde und sie hier gefährlich sitze. So konnte ich sie gerade noch rechtzeitig dazu bewegen, aufzustehen und sich aufs Trockene zu begeben. Dabei erzählte sie mir, sie sei heute besonders unglücklich, da sie ihren Freund verloren habe. Sie wisse nicht einmal, wo sie heute übernachten solle. Morgen werde sich sicher etwas finden, für heute sei es ein wenig spät. In der Tat dämmerte es bereits. Dann fragte sie, wie ich bereits befürchtet hatte, ob sie bei mir übernachten könne. Ich bejahte das schweren Herzens, weil ich mich nicht mitschuldig an einem Suizid machen wollte.»

Wenn du willst, kannst du heut Nacht bei mir pennen.

Echt? Cool!

«Und? Was dann?»

«Nichts weiter. Ich wollte ihr zunächst gentlemanlike mein Bett anbieten, als mir jedoch auffiel, dass sie nicht gut roch …»

«Wie roch sie denn?»

Naumann lächelte gespielt betreten.

«Ist Ihnen schon einmal das Unglück widerfahren, in der U-Bahn in der Nähe eines alkoholisierten Obdachlosen zu sitzen? So ungefähr roch sie.»

Sobald sie das Boot betreten hatten, merkte er, dass von ihr ein keineswegs billiger Parfümduft ausging, der ihn erregte. Ein Duft wie von den reifen, schönen, gutsituierten Frauen, denen man auf Verlagspartys während der Buchmesse begegnete. Als sie den Umhang abnahm, kam eine unschuldige Note hinzu: der Geruch frisch geschrubbter und gepuderter Kinderhaut. Ihre feinen Haare flogen locker durch die Luft, gekämmt, nicht die Spur fettig.

«Okay. Sie roch also schlecht. Und weiter?»

«Zudem stellte sich heraus, dass sie rauchte, und ich wollte mir nicht mein Schlafzimmer einräuchern lassen. Also verbannte ich sie zum Schlafen ins Wohnzimmer, wo sie dann leider meine Wolldecken verseuchte.»

«Verseuchte? Was soll das heißen?»

Naumann sah sie mitleidig an.

«Nichts weiter, als dass mir in den nächsten Tagen auffiel, dass ein Geruch von ihr zurückgeblieben war. Als sich dies durch Lüften nicht besserte, machte ich schließlich die Wolldecken als Quelle des Gestanks aus. Ich habe die Decken dann entsorgt. So etwas wäscht sich nicht gut.»

Aha, so drehte er es. Sehr geschickt, fand Aksoy.

«Fragt sich nur, warum Sie die Decken nicht in Ihren eigenen Müll geworfen haben. Wir haben beide im Container eines Hauses im Griesheimer Stadtweg gefunden.»

Wieder lächelte Naumann.

«Liebe junge Freundin, waren Sie nicht selbst schon einmal an meinem Boot? Es müsste Ihnen doch eigentlich klar sein, dass die Wagen der Frankfurter Abfallwirtschaft dorthin keine Zufahrt haben. Ich besitze daher gar keine Mülleimer. Aufgrund einer Vereinbarung mit den zuständigen Instanzen entsorge ich meinen Müll regulär im Container des Hauses Nummer 60 in der genannten Straße.»

Aksoy fühlte sich mattgesetzt.

«Okay, das werden wir überprüfen. Bitte erzählen Sie jetzt, wie Abend und Nacht weiter verliefen.»

«Wenig bemerkenswert. Ich konnte nicht arbeiten, weil das Mädchen das Wohnzimmer belegte, das zugleich mein Arbeitszimmer ist. Ich las ein wenig Proust und löschte gegen eins das Licht. Am nächsten Morgen verlangte mein Gast Frühstück mit frischen Brötchen, womit ich jedoch nicht dienen konnte und wollte. Nach einem ausgiebigen Jagdzug durch meinen Kühlschrank und Vorratsschrank verließ mich die junge Dame gegen halb zwölf, um sich, wie sie mir verriet, mit einem gewissen Nino zu treffen, der ihr angeblich ein Flugticket mitbringen wolle. Nach dieser erstaunlichen Auskunft ließ ich die Kleine ziehen, doch nicht ohne sie zu informieren, dass sie für eine weitere Nacht nicht willkommen sei. Ich habe sie danach nie wiedergesehen.»

Aksoy spürte, wie ihr der Schweiß den Rücken hinunterlief. Wieder ein Verdächtiger, der nach diesem Bericht eigentlich ausfiel. Der Mann war ein Unsympath. Aber nach allem, was man jetzt über das Mädchen wusste, war absolut plausibel, dass es genau so abgelaufen war.

Trotzdem hatte sie das Gefühl, dass sie gerade dabei war zu versagen. Sie fragte sich, was Winter an ihrer Stelle jetzt fragen würde. Ob er den Verdächtigen wohl nach dieser Geschichte gehen lassen würde.

Vielleicht hatte Winter die ganze Zeit recht gehabt und es war doch Eleni Serdaris, ging es ihr durch den Kopf. Aber begann deren Arbeit nicht um zwölf Uhr? Das Mainmädchen war bei Naumann erst um halb zwölf gegangen. Man müsste an Serdaris' Arbeitsplatz fragen, ob sie am letzten Freitag pünktlich erschienen war.

Nein, Unsinn, das war sie nicht. Sie hatte sich an dem Tag doch krankgemeldet. Und Benedetti hatte ausgesagt, er sei um zwei Uhr bei der Staustufe mit dem Mädchen verabredet gewesen. Gewiss hatte das Mädchen, nachdem sie Naumanns Boot verlassen hatte, in der Zwischenzeit dort auf einer Bank gesessen. Die Serdaris wäre mittags spazieren gegangen, um sich von den seelischen Aufregungen der vorhergehenden Tage zu erholen, und wäre am Main auf das Mädchen gestoßen. Zweifellos hätte sie dann mit ihr gesprochen. Das Mädchen hätte ihr frech ins Gesicht gesagt, dass sie mit Nino verabredet sei. Da wären bei der Serdaris die Sicherungen durchgebrannt. Und dann hätte sie … aber woher kam das Messer? Wenn das ein zufälliges Aufeinandertreffen war, hätte die Serdaris doch kein Messer dabeigehabt?

Dieser Fall war wirklich zum Mäusemelken, dachte Aksoy. Unterdessen hatte Kettler das Verhör übernommen und Naumann gefragt, wie sich das Mädchen denn genannt habe.

Naumann erklärte zunächst, er könne sich nicht erinnern. Er wisse bloß, dass es «einer dieser Unterschichtsnamen» gewesen sei. Nach ausgiebigem Bohren fiel es ihm doch ein: Jennifer.

«Sind Sie sich sicher?», fragte Kettler.

«Ja, ja, ich denke doch.»

Und dann schlug Kettler mit einer unerwarteten Frage zu.

«Zunächst war also das Mädchen bei Ihnen im Bett.»

«Wie bitte?»

«Das sagten Sie doch eben. Sie hätten das Mädchen zunächst in Ihr eigenes Bett gelassen, bevor sie es rauswarfen. Sie waren also mit dem Mädchen in Ihrem Bett.»

Nichts dergleichen hatte Naumann gesagt. Aksoy konnte sich jedenfalls nicht erinnern. Aber womöglich hatte Kettler ins Schwarze getroffen. Jedenfalls lief Naumann rot an, und es verschwand der entspannte, leicht ironische Ausdruck, den er die ganze Zeit gepflegt hatte.

«Äh, Unsinn, ich glaube nicht, Sie müssen mich da falsch verstanden haben. Ja, das Mädchen war kurz in meinem Bett. Aber ich … ich war nicht dabei. Also, nicht mit ihr im Bett.»

«Interessant. Sie haben die Jennifer in ihr Bett gelassen. Und erst als sie drin war, fiel Ihnen auf, dass sie stank. Wie haben Sie denn das gemacht? Fernriechen?»

«Ich … ich … das war mir schon vorher aufgefallen. Aber erst als sie in mein Bett kroch, wurde mir so richtig klar, wie ekelhaft ich das finde.»

«Weil Sie ihr dann doch etwas näher kamen? Oder war es ganz anders? Sie kamen zu Jennifer ins Bett, und nachdem Sie das Mädchen belästigt hatten, ist sie ins Wohnzimmer geflüchtet?»

Naumann sah gequält aus, aber begann den Zornigen zu spielen: «Also, wissen Sie, Sie können hier wegen mir den ganzen Tag Sexgeschichten erfinden. Aber davon werden die Geschichten nicht wahrer. Ich war mit dem Mädchen nicht im Bett, Punkt. Ich bleibe bei dem, was ich gesagt habe. Sie war kurz drin in meinem Bett, ich hab ihr gesagt, geh doch lieber ins Wohnzimmer, das ist alles.»

«Wenn das alles ist, warum haben Sie dann zunächst die Aussage verweigert?»

Der gequälte Ausdruck wandelte sich in das alte süffisante Lächeln.

«Raten Sie doch mal! Weil ich genau wusste, borniert Leute wie Sie, die Ihr Weltbild aus der Bildzeitung und amerikanischen Fernsehserien beziehen, die werden niemals glauben, dass man einem Straßenmädchen für eine Nacht Asyl gewährt, einfach so, aus purer Menschenfreundlichkeit.»

Aksoy seufzte innerlich. Menschenfreundlichkeit war tatsächlich eine Eigenschaft, die sie bei Naumann nicht vermutete. Schon gar nicht, wenn es um junge Mädchen ging.

Trotzdem gab es ja durchaus Grund, ihm seine edlen Motive abzunehmen. Die Geschichte des homosexuellen Flugbegleiters zum Beispiel, der dem Mädchen monatelang erst ein Hotelzimmer und dann eine Wohnung bezahlt hatte. Die Tote hatte eine besondere Wirkung auf manche Menschen gehabt. Eine Wirkung, die nicht unbedingt mit Sex zu tun hatte. Abgesehen davon: Die Obduktion hatte bekanntlich keinen Anhaltspunkt für eine Vergewaltigung ergeben.

Aksoy lehnte sich nach vorn, kam dem Beschuldigten näher. «Und die Blutflecken auf der Wolldecke? Sind die auch aus reiner Menschenfreundlichkeit entstanden?»

«Ach Gott, diese Blutflecken!», rief Naumann und

blickte gen Himmel. «Mit denen haben Sie mich ja schon das letzte Mal getriezt. Merkwürdig, dass mir die nicht aufgefallen sind, als ich die Wolldecken eingepackt habe. Das letzte Mal hab ich gedacht, Sie haben das erfunden, um mich zum Reden zu bringen. Aber Herr Wohlzogen hat mich nunmehr informiert, dass es diese Blutspuren tatsächlich gibt. Zum Glück ist es mir wieder eingefallen: Das Mädchen fragte mich, ob ich Küchenpapier hätte, sie sei am Menstruieren. Davon wird das Blut wohl stammen.»

Kettler begann nochmals:

«Wo standen oder saßen Sie denn, als das Mädchen in Ihr Bett kroch?»

«Ich … weiß ich nicht mehr. Was ist denn das für eine Frage? In der Tür, in der Tür hab ich gestanden.»

«Haben Sie, während Sie mit dem Mädchen im Bett waren, gemerkt, dass sie ihre Tage hatte?»

«Herrgott. Ich war nicht mit ihr im Bett.»

Jetzt mischte sich Anwalt Wohlzogen ein. «Mein Mandant hat zu diesem Thema alles gesagt», erklärte er, «ersparen Sie uns doch bitte tausend Nachfragen, bloß weil Sie den richtigen Täter nicht haben.»

Aksoy sah kurz in Wohlzogens unbewegtes Gesicht. Was der wohl von seinem Mandanten hielt? Ansonsten ließ sie seine Äußerung unkommentiert.

«Ach, Herr Naumann», setzte sie erneut an. «Sie sind doch sicher als Schriftsteller sehr versiert in der deutschen Sprache. Was hatten Sie denn für einen Eindruck, aus welcher Gegend Deutschlands diese Jennifer kam? War sie Hessin?»

Naumann hatte sich schon wieder gefangen.

«Sie gehen fälschlich davon aus, Hessen sei ein einheitliches Dialektgebiet», protestierte er. «Wahrscheinlich haben Sie noch nie davon gehört, aber die markanteste Isoglosse des deutschen Sprachraums verläuft durch Hessen. Welche Gegend Hessens meinen Sie also?»

«Oh. Da Sie sich so ausgezeichnet auskennen: Was hatten Sie denn für einen Eindruck, woher sie stammt? Vielleicht können Sie mir ja sogar exakt den Ort angeben.»

«Das könnte ich wahrscheinlich, wenn sie denn einen örtlichen Dialekt gesprochen hätte. Aber die gute Jennifer sprach, wie soll ich sagen, generisches Hauptschülerdeutsch.»

Aksoy zog die Augenbrauen hoch. «Was meinen Sie damit?»

«Sie beobachten die Entwicklung der deutschen Sprache gar nicht, oder? Aber wieso auch, es ist ja nicht Ihre Muttersprache. Es tut Ihnen ja nicht weh, wie sie sich auf allen Fronten auflöst. Das markanteste Merkmal des Hauptschülerdeutsch ist eine gewisse grammatikalische Vereinfachung sowie der türkische Akzent. Gerade Ihnen sollte dieser Soziolekt nicht unbekannt sein.»

Jetzt wusste Aksoy, was er meinte. Sie hatte es bisher für ein Frankfurter Phänomen gehalten. Der Deutschenanteil in den Hauptschulklassen, ja selbst vielen Realschulklassen war hier so gering, dass die wenigen Jugendlichen aus deutschen Familien sich der Sprechweise der Migrantenkinder anpassten statt umgekehrt.

«Aber Sie als Deutschexperte werden doch Frankfurter Hauptschülerdeutsch von Münchner unterscheiden können», lockte sie ihn.

«O ja. Das schon. Aus München war sie nicht. Frankfurt kann ich nicht ausschließen. Aber wenn Sie mich schon fragen, ich habe ein paarmal gedacht, ich höre einen westfälischen Tonfall heraus.»

268

«War das, als Sie bei ihr auf dem Bett saßen?» Kettler gab nicht auf.

«Kann sein, ich ... also nein, wirklich, jetzt lassen Sie aber mal diese Unterstellungen.»

«*Woher kommst du eigentlich?*»

«*Von nirgends. Hat mal einer so zu mir gesagt, kein Ort, nirgends. Stimmt voll bei mir.*»

«*In welcher Stadt bist du aufgewachsen?*»

«*Im Ruhrgebiet. Aber ich will da nie wieder hin.*»

Sie saß auf dem Bett, die bleichen, nackten Beine an den Leib gezogen, und sog begierig an der Zigarette. Teure Filterkippen, Marke Dunhill. Sie hatte das Aussehen und die Stimme einer Elfe, aber ihr Deutsch war das einer Schlampe. Der Kontrast erregte ihn.

«*Ich hab mich voll in dem getäuscht, verstehst du*», *erzählte sie mit ihrer zarten Stimme. Es ging wieder um den Mann, der sie rausgeschmissen hatte. Darüber kam sie nicht hinweg.*

«*Der war so nett die ganze Zeit. Ich hab gedacht, er und ich, das ist es, jetzt wird alles gut. Und dann, weißt du, dann war der plötzlich voll umgedreht, wahrscheinlich weil diese blöde Frau, also, angeblich ist die seine Frau, die hat ihm wohl Stress gemacht.*»

«*Hast du türkische Verwandtschaft?*», *fragte er liebenswürdig, während er das Mädchen musterte wie ein anthropologisches Forschungsobjekt.*

«*Nee*», *sagte sie*, «*wieso? Alle deutsch, ganz normal.*»

So sah sie auch aus. Aber sie hörte sich eher an wie eine Türkin. Der pseudotürkische Akzent war wohl einfach Assi-Sprache. Sie redete weiter, noch immer von diesem Nino, der ihn einen Scheißdreck interessierte. Er rutschte etwas näher an sie heran.

«*Und dann sagt der heute zu mir: Du kannst doch nicht bei uns wohnen, ich hab keine Zeit mehr für dich, will dich nie mehr* sehen, hier hast du ein Fuffi, basta. Voll gemein. Hab ich dem gesagt, ey, von wegen du willst mir Zimmer bezahlen, mich von der Straße wegkriegen, was hast du mir alles versprochen, und jetzt lässt du mich hier stehen, einfach so. Sagt der, willst du noch nach Amerika? Ich so, klar will ich noch nach Amerika. Weil, das ist nämlich mein Traum, USA und so, L. A., cool, viel besser wie hier. Die Menschen sind da anders, weißt du. Sagt der: ‹Okay, ich kauf dir ein Ticket nach L. A., morgen um zehn an der Stau-mauer kriegst du's. Mehr kann ich nicht für dich tun.› Cool. Hol ich mir morgen noch bei dem das Ticket, dann bin ich weg.»

Er lächelte überlegen.

«Kannst du denn überhaupt Englisch?»

«Bisschen halt. Aber noch nicht so gut. Letztes Jahr hat mir so ein Ami aus Texas ein paar Wochen Hotel gezahlt, der hat mir Englisch beigebracht.»

Zweifellos. Die kleine Schlampe hatte es trotz ihrer zerbrech-lichen Jugend wohl schon mit Hunderten getrieben. Er wünschte, er hätte ein Gummi da.

Ihr dünner, in einen langen Ärmel aus schwarzem Trikot ge-kleideter Arm fuchtelte gefährlich mit dem Glimmstängel. «Wo kann ich mal die Zigarette ausmachen?»

Oh, oh. Sie hatte die ganze Zeit aufs Bett geascht. Vor lauter Faszination hatte er es gar nicht bemerkt. Er verzog das Gesicht und holte eine Untertasse aus dem Hängeschrank der Küchen-ecke. Dann fläzte er sich neben sie und setzte die Miene des vä-terlichen Freundes auf.

«Warum bist du von zu Hause weg?»

Sie rieb sich nervös am Unterarm. Unter dem Trikotstoff gab es ein metallisches Schabegeräusch. «Ich hab da viel Schlimmes erlebt», sagte sie. «Will nicht drüber reden.»

«Missbrauch?», fragte er, fast ehrfürchtig hingehaucht. Die Vorstellung erregte ihn.

Sie entzündete die nächste Zigarette, stob den Rauch durch die Nase aus. «Alles. Alles, was es an Scheiße gibt, hab ich zu Hause erlebt. Ist Vergangenheit, will ich nichts mehr mit zu tun haben. Zuhause gibt's nicht mehr für mich.»

«Erzähl mir von dem Missbrauch. Reden, es in Worte kleiden hilft. Du darfst es nicht verdrängen. Verdrängung ist das Schlimmste.»

Sie schwieg, sog an der Zigarette. Die Saugbewegung wirkte obszön.

Er fasste ihr ganz sanft zwischen die Beine (er hatte längst einen Ständer, aber er spürte, wie ihm jetzt das Glied noch mehr anschwoll).

«Haben sie dich hier gestreichelt?», flüsterte er.

«Weiß nicht», sagte sie und sog an der Zigarette. Ihre Hand zitterte heftig. Sie brauchte eindeutig Therapie. Jemand musste ihr zeigen, dass Sex nicht immer mit Gewalt verbunden war.

Er schob seine Finger auf ihrem Slip sanft nach unten, rieb zart hin und her, spürte die kleinen Schamlippen und eine harte, winzige Klitoris unter seinen Fingern entlanggleiten. «Haben sie dich auch hier gestreichelt?», sagte er mit rauer Stimme. «Ganz ruhig. Ich zeige dir, wie es richtig geht. Wie schön es ist.»

«Ich weiß nicht», sagte sie, «bitte, ich will das nicht.» Doch ihr Körper sagte etwas anderes, denn sie rührte sich nicht, saß still, als er sich dicht neben sie ans Kissen lehnte und nun, einen Gang zurückschaltend, ihre Oberschenkel zu massieren begann. Die Haut war hier etwas rau, was ihn leicht abtörnte, er spürte aufgestellte Härchen und kleine Unebenheiten, Narben. Von Zigarettenglut zweifellos. Sie war entsetzlich unvorsichtig mit ihren Kippen.

«Bitte, ich mag das nicht, Anfassen und so, ich kann das irgendwie nicht haben.»

«Genau das, liebe Jenny, ist das Problem, das du lösen musst. Du wirst niemals ein normales Leben führen können, wenn du das nicht lernst. Glaube mir. Ich habe unter anderem Psychoanalyse studiert.»

Er ging therapeutisch langsam vor, blieb eine langweilige Ewigkeit dabei, ihr die Beine zu streicheln (der Ständer wurde allmählich schmerzhaft, weil er in Gedanken und mit den Augen schon woanders war ...).

Das T-Shirt weigerte sie sich auszuziehen, sie schäme sich. Er berührte ihre kleinen harten Brüste von außen, dann, um sie zu beruhigen, ging er dazu über, ihr Gesicht zu streicheln, ihre Haare. Frauen liebten es, wenn er das tat. «Du hast heilende Hände», hatte vor langer Zeit einmal eine Freundin zu ihm gesagt. Die Kleine wurde ganz still und atmete in tiefen, lauten Zügen. Nach angemessener Zeit nahm er sie wie ein Baby in den Arm und legte sie sich zurecht. Jetzt hatte er sie so weit. Dann halt ohne Gummi. Es hieß doch immer, bei Vaginalverkehr wird HIV nur höchst selten übertragen.

Er zog ihr ganz vorsichtig den Slip aus. Sie zitterte.

«Keine Angst, Kleine, es wird wunderschön werden. Ganz ruhig. Gaanz ruhig, nur zurücklehnen und genießen.»

Er bestieg sie vorsichtig, schob sein Glied ein. Es stieß sofort gegen Widerstand. Sie war verkrampft und staubtrocken. Hatte er irgendwo ein Gleitgel? Doch mit einem Mal bewegte sie sich heftig unter ihm.

Er ergriff ihren Arm, griff mit der anderen Hand nach der Vulva, versuchte, seinen heißen Penis tiefer zu schieben.

«Nein, bitte, isch will das nisch», jammerte sie in ihrem unsäglichen Türkendeutsch. «Nein, bitte, ich bin Jungfrau.»

Er lachte. «Ich hätte da meine Zweifel», sagte er.

«Doch, wirklich, Sie können gerne fühlen.» Nun siezte sie ihn plötzlich. Er tastete, schob seinen Finger ein. Jedenfalls war *es hier sehr eng. Er wusste eigentlich nicht, wie Jungfrauen sich anfühlten. Er hatte noch nie eine gehabt.*

Doch irgendwann war immer das erste Mal. Es erregte ihn, dass er sie entjungfern würde. Und noch besser: HIV-Anste-ckungsgefahr gleich null.

Er küsste sie aufs Ohr. «Ich versprech dir, ich tu dir nicht weh», flüsterte er. «Es ist wie ein kurzer Pikser, danach wird es wunderbar.»

Sein Mund berührte ihren, er leckte über die geschlossenen Lippen, wollte sie plötzlich ganz, überall.

Sie drehte heftig ihren Kopf zur Seite. «Ey, ich ekel mich, ich kotz gleich», jammerte sie.

Seinerseits angeekelt, ließ er schlagartig von ihr ab. Na gut, bitte schön. Das würde er sich nicht länger antun. Was für eine abgebrühte kleine Zicke, machte ihn erst scharf, und dann diese Allüren.

«Es zwingt dich niemand, mit mir zu schlafen», sagte er. «Aber dann nimm doch bitte schön deine Sachen und penn draußen auf dem Sofa. Deinen stinkigen Ascher nimm gefälligst auch mit. Und morgen in aller Frühe verschwindest du hier, be-vor ich mir von deiner Assifresse das Frühstück verderben las-sen muss.»

«Ich stelle fest», hakte der Anwalt ein, «mein Mandant sagt zum wiederholten Male aus, dass er dem Mädchen Jen-nifer im Bett keine Gesellschaft geleistet hat. Im Übrigen hat mein Mandant jetzt alles gesagt, was er zu sagen hat. Mei-nen kombinierten Antrag auf Haftprüfung und Aktenein-sicht reiche ich heute noch ein.»

Er stand auf. Naumann selbst blieb noch für die Formali-täten, dann ging er zurück in die U-Haft.

Vorläufig.

11

Am folgenden Morgen herrschte eine seltsame Stimmung im Büro des Mainmädchenteams.

An Kettler, dem Neuen, lag es nicht. Er redete viel, arbeitete wenig und hatte ausgezeichnete Laune, da es Freitag war und er sich schon aufs Wochenende freute.

Winter und Aksoy dagegen waren schweigsam und warfen sich Blicke zu. Der Mainmädchenfall war nun eine Woche alt. Und er sollte heute abgeschlossen werden. Die Woche war psychisch und physisch anstrengend gewesen; sowohl Winter als auch Aksoy hatten seit längerem keinen freien Tag gehabt, und allmählich machte sich eine gewisse Erschöpfung breit. Außerdem war heute Aksoys letzter Tag hier.

Am Abend würde unter Focks Leitung die Abschlussbesprechung im Fall Mainmädchen stattfinden. Winter hatte auch eine Einladung bekommen, als «stiller Teilnehmer» (so hatte es Hildchen, die Kommissariatssekretärin, ausgedrückt).

Winter war an diesem Freitagmorgen lange vor acht im Büro gewesen. Als Erster, absichtlich. Aus der Akte hatte er sich Selims vollen Namen und die Adresse besorgt. Beide hatte Sara gestern im Verhör preisgegeben. Winter hatte eine Suche bei POLAS gestartet, mit dem Ergebnis, dass der berüchtigte Selim bisher polizeilich wenig in Erscheinung getreten war. Einmal war er Zeuge in einer Diskothekenschlägerei. Beim Amtsgericht gab es einen Eintrag über einen Bußgeldbescheid wegen Medikamentenschmuggels aus der Türkei – Selim war am Flughafen mit sechs Päckchen Antibiotika erwischt worden. Aber das war bloß eine Ordnungswidrigkeit. Keine Straftaten, keine Gewaltdelikte.

Winters Gefühl allerdings sagte, dass es kein Zufall war, dass Selim an einer Mainbrücke wohnte und das Mainmädchen gekannt hatte. In der Nacht hatte sich bei ihm die Vorstellung verdichtet, das Mädchen sei nach dem mittäglichen Treffen mit Nino Benedetti in die Stadt gefahren und bei Selim aufgekreuzt. Schließlich brauchte sie einen Schlafplatz.

Da Aksoy noch nicht da war, schrieb Winter ihr eine Mail. Inhalt: Er empfehle, heute betreffs Mainmädchen noch Selim Okyay zu befragen. Sie solle auch noch einmal genau überprüfen, ob die Spuren an der Staustufe wirklich dafür sprachen, dass das Mädchen dort ins Wasser gekommen war. Er traue diesem Selim zu, dass der in Griesheim Spuren legte, um von sich abzulenken.

Aksoy warf Winter einen langen Blick zu, nachdem sie schließlich seine Mail gelesen hatte. Kettler mit seinem Lockenkopf plapperte fröhlich weiter und merkte nichts.

Aksoy sagte keinen Ton, aber schrieb zurück: «Beteiligung des Selim O. kommt mir unwahrscheinlich vor.»

Winter mailte ihr ärgerlich weitere Argumente. Benedetti hatte ausgesagt, er habe dem Mädchen zusammen mit dem Flugticket noch zweihundert Euro in bar ausgehändigt. Vielleicht wollte Selim an das Geld, und es war schlicht ein Raubmord gewesen. Bei Mord an Nicht-Familienmitgliedern war Habgier sowieso das häufigste Motiv.

«Herr Winter», sagte Aksoy über die Tische hinweg, nachdem sie gelesen hatte. «Raubmord ist eine gute Idee. Diesen Aspekt haben wir vernachlässigt. Aber was den Täter betrifft – also, es gibt eben Gründe, warum Menschen mit persönlicher Beteiligung von einem Fall abgezogen werden. Die Objektivität ist dann einfach nicht gegeben.»

«Na, vielen herzlichen Dank», sagte Winter. «Wie gut, dass Sie immer vollkommen objektiv urteilen. Dass die Serdaris unschuldig ist, das wissen Sie ja schon deshalb, weil Frauen grundsätzlich keine Täter sein können.»

Kettler, der schon sein zweites Brot aß (angeblich hatte er «ein Defizit aufzufüllen»), sah mampfend hoch. Neugierig blickte er durch den schwarzen Brillenrand erst Winter, dann Aksoy an und fragte:

«Sagt mal, warum siezt ihr euch eigentlich?»

«Das hat sich so ergeben», sagte Winter.

Und mit diesem unsensiblen Idioten Kettler sollte er nun jahrelang das Büro teilen. Da war ja die Aksoy besser.

Um zehn kam die Nachricht, die Leiche des vermissten Geschäftsmanns Konstantin Herbold sei bei Sindlingen angeschwemmt worden. Winter hatte gestern früh schon herausbekommen, dass die Firma des Mannes an einem Großauftrag des Kultusministeriums saß. Auf dieser Basis hatte Winter Fock überzeugt, dass die Computer und Akten aus dem Wohnhaus des Vermissten und aus seiner Firma gesichert werden mussten. Fock ließ seine Kontakte spielen. Die Leute vom Kommissariat für Wirtschaftskriminalität hatten dann gestern Nachmittag eine Razzia durchgeführt. Kartonweise Akten und Rechner waren sichergestellt worden und mussten bearbeitet werden. Winter selbst bekam eines von nicht weniger als fünf privaten Notebooks zugeteilt, die Konstantin Herbold gehört hatten. Winter hatte mal eine IT-Fortbildung gemacht, wo man lernte, gelöschte Daten auf der Festplatte Verdächtiger zu lesen. Deshalb bekam er solche Dinge häufig auf den Tisch, wenn die regulären Spezialisten überlastet waren.

Das Notebook war, wie ein Blick in die Log-Dateien zeigte, in letzter Zeit in Benutzung gewesen. Herbold gehörte erfreulicherweise zu den Leuten, die ihre Passwörter speichern ließen. Nachdem Winter das Notebook ans Netz angeschlossen hatte, bekam er ohne Probleme Zugang sowohl zu Bankdaten (Unsummen wurden da verschoben) als auch zu zwei Maildiensten. Gegen Mittag kam ihm die Schnapsidee, Herbold könnte weitere Mailadressen bei freien Webanbietern haben. Er rief einfach ein paar bekannte Seiten auf und versuchte ein Login. Tatsächlich tauchte ein weiteres Mailkonto mit anonymer Adresse auf.

Hier machte der Mailverkehr seinem Namen Ehre. Der letzte Austausch zwischen Herbold und einer anonymen weiteren Person («shyboy47») war eine Verabredung zum «Absamen» in einem Frankfurter Hotel. Und zwar dem Hotel, in dem der Kultusminister gestorben war, für genau den Abend seines Todes.

Als Winter das gelesen hatte, ließ er den Bildschirm, wie er war, und begab sich mit dem Gerät geradewegs zu Fock. Fock war begeistert. Seine Wangen nahmen die Farbe seiner Fliege an. Das war die erste brandheiße Spur im Fall Krawatte.

Nachdem Winter alle Mails des fraglichen Mailkontos gelesen hatte, war er überzeugt, dass es sich bei «shyboy 47» tatsächlich um den Kultusminister handelte und dass dessen Tod ein Unfall gewesen war. Die Experten für Wirtschaftskriminalität jedoch fanden in den Akten zum Großprojekt «NetSchool2050» schon bei kursorischer Prüfung so viele Ungereimtheiten, dass sie der Ansicht waren, es könne sich auch um gezielten Mord gehandelt haben, eine genutzte Gelegenheit, den Kultusminister zum Schweigen zu bringen. Bei der Staatsanwaltschaft entwickelte sich derweil Zwist und helle Aufregung, weil zumindest einer der Herren der Ansicht war, dass auch Akten im Kultusministerium gesichert werden müssten. Wie es schien, war der Auftrag zu dem Großprojekt nicht gerade an den billigsten Anbieter gegangen. Untreue im Amt stand im Raum.

Am Nachmittag wurde außerdem noch ein gewisser Kreppel verhaftet, ein Teilhaber von Herbolds Firma, der in den letzten Tagen per Lastschrift auf ein Konto Herbolds zugegriffen und riesige Transfers auf das eigene vorgenommen hatte. Nun war sogar unsicher, ob sie es nicht auch im Falle Herbolds mit einem Tötungsdelikt zu tun hatten. Aus der Gerichtsmedizin hieß es, Herbold habe zum Todeszeitpunkt einen Alkoholpegel von über drei Promille gehabt. Auf dem Gurt des Beifahrersitzes in Herbolds Wagen fanden sich Kreppels Fingerabdrücke. War Kreppel dabei gewesen, als der Betrunkene auf die Brücke fuhr und dort anhielt – möglicherweise weil ihm übel war? Hatte Kreppel dem Hilflosen die Beine weggezogen, als der sich über die Brüstung beugte?

Jetzt hatte Winter Kopf und Hände so voll mit der Sache Herbold / Kultusminister, dass er für das Mainmädchen kaum einen Gedanken erübrigen konnte. Zwischendurch bekam er mit, wie Aksoy Kettler erzählte, der Gentest aus Marl sei da, die Identität des Mainmädchens stehe endlich fest. Sie sei wirklich die vermisste Jessica Gehrig. Die Eltern würden jetzt wegen Kindesmisshandlung angeklagt. Doch so richtig drängte sich das Mainmädchen erst gegen vier wieder in Winters Bewusstsein. Da begann die Abschlussbesprechung.

Winter fühlte sich unvorbereitet. Was aber andererseits

auch wieder egal war. Denn er war ja laut Hildchen nur als «stiller Teilnehmer» geladen.

Im kleinen Konferenzzimmer traf er Fock, die Herren Pietsch und Freimann vom Erkennungsdienst, den Staatsanwalt Nötzel sowie Aksoy und den fröhlichen, garantiert nur oberflächlich mit dem Fall vertrauten Kettler. Focks gepflegtes Silberhaar hatte nach den Aufregungen des Tages genau wie der Schnauz etwas an Form verloren. Sogar die rote Fliege saß schief. Er bat Nötzel, sich als Erster zu äußern.

«Wir müssen uns ja nun entscheiden», sagte der Staatsanwalt, «wen wir laufenlassen. Aus meiner Sicht müssen wir den Schriftsteller freilassen, und zwar heute noch. Ich hätte gern gewusst, was die ermittelnden Beamten davon halten.»

Aksoy machte große Augen. «Entschuldigung, Herr Nötzel. Aber nur weil der Mann nichts zugegeben hat, ist er noch lange nicht unschuldig.»

«Das mag ja sein. Aber die Geschichte, die er erzählt, ist den Umständen entsprechend glaubwürdig. Nach dem, was wir über die Geschädigte wissen, passt es ganz gut. Und Indizienbeweise haben wir keine.»

«Aber die haben wir doch gerade! Das Blut auf den Wolldecken! Wenn das kein Indiz ist!»

«Ein schwaches, Frau – äh …»

«Aksoy.»

«– ein schwaches. Das Mädchen hatte achtzehn Messerstiche im Bauch, einer davon traf die Aorta, sie muss also heftig geblutet haben. Auf der Decke befanden sich aber bloß kleinste Spuren von Blut, keine Sturzbäche. Und meines Wissens hat die Kriminaltechnik – Herr Pietsch, Herr Freimann?»

«Weitere Blutspuren auf dem ganzen Boot Fehlanzeige», erklärte Freimann. «Überhaupt haben wir bei der Durchsuchung praktisch nichts Verwertbares gefunden. Ein paar Haare und Fingerabdrücke des Opfers noch.»

«Was nicht weiterhilft», ergänzte Nötzel, «denn dass sie da war, gibt er ja zu.»

Aksoy sah enttäuscht drein, setzte dann neu an. «Aber diese Geschichte, sie hätte ihre Tage gehabt, die ist klar gelogen. Im Obduktionsbericht stand nichts von Menstruationsblut in der Scheide. Heute früh habe ich die Kollegen aus der Gerichtsmedizin gebeten, sie sollen doch die Blutprobe, die sie haben, mal auf die Hormonwerte untersuchen. Das Ergebnis hab ich schon. Die Geschädigte war in der Zyklusmitte, eindeutig nicht menstruierend.»

«Es gibt auch Zwischenblutungen», murmelte düster Fock, dem man solches Detailwissen über den weiblichen Körper nicht zugetraut hätte.

Nötzel schlug die Beine übereinander und redete weiter. «Also, Frau Aksoy, Sie haben sicher recht, dass Naumann gelogen hat, als er sagte, die Geschädigte hätte ihre Tage gehabt. Meine Meinung dazu ist, der hat eben nach einer Erklärung gesucht, die er uns präsentieren kann. In Wahrheit weiß der Mann selbst nicht, wo das Blut auf den Decken herkam. Wir wissen es aber, oder?»

«Wie meinen Sie das?»

«Im Obduktionsbericht ist von zahlreichen kleinen Schnittwunden auf den Armen die Rede, einige davon ganz frisch. Die Geschädigte wird sich geritzt haben, während sie allein in Naumanns Wohnzimmer war.»

«Ach, natürlich», seufzte Aksoy.

Winter war beeindruckt von Nötzel. Der Mann kannte die Akten, konnte denken.

«Na, dann ist ja alles klar», fasste fröhlich der kleine Kettler zusammen. «Ich mache mich dann jetzt auf die Socken, habe es heute leider, leider etwas eilig.» Ohne weitere Erklärung oder Entschuldigung verschwand er so beschwingt, dass seine braunen Locken wippten.

«Was meinen Sie denn?», wandte sich Nötzel jetzt an Winter. Also war er doch nicht nur stiller Teilnehmer.

Winter räusperte sich. «Ich gehe nach wie vor davon aus, dass die Serdaris die Tat begangen hat und Benedetti versucht, sie zu schützen. Er hat wahrscheinlich nur die Leiche beseitigt, oder sie haben das zusammen getan.»

«Wir haben aber kein einziges Szenario, das zu Serdaris als Täterin richtig passt», beschwerte sich die Aksoy. «Wir kennen ja nicht mal den Tatort.»

«Doch», sagte Nötzel. «Wir kennen ihn. Der Tatort war die Wohnung Serdaris/Benedetti. Gerade die Tatsache, dass Sie dort keinerlei Opferspuren gefunden haben, spricht dafür. So sorgfältig putzt man nur, wenn man Spuren beseitigen will.»

Winter wurde kalt. Keine Opferspuren in der Wohnung? Davon hörte er zum ersten Mal. Irgendwie hatte er diesen Fall nie richtig im Griff gehabt. Von Anfang an hatte ihn die Aksoy mit ihren wirren Ideen vom roten Faden abgelenkt. Und dann noch die Sache mit Sara …

Nötzel redete längst weiter.

«Es muss ungefähr so abgelaufen sein: Das Mädchen ging am Freitagnachmittag noch einmal zu dem Haus in der Haeussermannstraße, aus welchem Grund auch immer, und klingelte bei Serdaris/Benedetti. Die Serdaris war allein zu Haus. Sie öffnete und fasste spontan den Entschluss, die Konkurrentin mit Gewalt zu beseitigen. Sie tat freundschaftlich, ließ der Geschädigten Badewasser ein, setzte sich vielleicht im Bad zu ihr, damit sie die Tür nicht abschloss. Als das Mädchen wehrlos in der Badewanne lag, schlug die Serdaris unvermutet mit einem stumpfen Gegenstand zu. Der Gegenstand liegt wahrscheinlich heute auf dem Grund des Mains. Weil das Opfer nach dem Angriff noch atmete, holte die Täterin ein scharfes Küchenmesser und hieb es ihr immer wieder in den Bauch. Das Blut ließ sie mit viel Wasser in der Badewanne ablaufen. Am Ende packte sie die Tote in einen großen Müllsack. Das Mädchen war ja eher klein und wog nicht viel. Danach wusch die Serdaris noch einmal alles ab. Aber sie schaffte oder wagte es nicht, die Leiche bei Tageslicht zu beseitigen.

Als Nino Benedetti am Freitagnachmittag nach Hause kam, fand er seine Frau in hysterischem Zustand vor. Die Leiche lag noch im Bad, doch wahrscheinlich verpackt. Deshalb wusste Benedetti keine Details über die Todesart, sondern nahm einfach aufgrund der wirren Erzählung seiner Frau an, sie habe sie in der Wanne ertränkt. Er beschloss, bei der Vertuschung des Verbrechens zu helfen. In der folgenden Nacht ließen sich die beiden spät in einem Lokal sehen, um sich ein Alibi zu verschaffen. Gegen zwei Uhr nachts trugen sie die Leiche zum Main, entpackten sie auf der Brücke und warfen sie von der Staustufe ins Wasser.»

Winter schwieg beeindruckt. Natürlich! Alles passte ins Raster. Er fragte sich, warum ihm dieser Ablauf nicht gleich in den Sinn gekommen war. Nun fügte sich sogar das Detail ein, das ihn am Anfang an der Auffindesituation so irritiert hatte: nämlich die Tatsache, dass man das Mädchen auf der falschen Seite der Staustufe hatte ins Wasser fallen lassen. Dort, wo die Leiche nicht mainabwärts forttreiben konnte, sondern an der Staustufe hängen bleiben musste. Das ergab nur dann Sinn, wenn die Täter *unterhalb* der Staustufe wohnten. Wurde das Mädchen oberhalb angetrieben, würden die Ermittler die Täter mainaufwärts suchen, so wohl das Kalkül. Winter selbst hatte ja auch zunächst angenommen, dass Mädchen wäre flussaufwärts in der Stadt zu Tode gekommen. Nur die Tatsache, dass auf der Brücke kleinste Blutspuren gefunden worden waren, hatte die von den Tätern beabsichtigte Irreführung vereitelt und die Ermittlungen von Anfang an auf die Griesheimer Maingegend konzentriert.

Hätte er sich nicht so durch die Reibereien mit der Aksoy ablenken lassen, ihm wäre das aufgefallen: Nur Verdächtige mit Wohnsitz unterhalb der Staustufe würden so handeln. Das passte nicht auf Naumann, dessen Boot oberhalb lag und der die Leiche ganz gewiss auf die andere, ihm abgewandte Seite der Stauwehre hätte fallen lassen. Aber es passte auf Benedetti / Serdaris. Die Haeussermannstraße lag am westlichsten Ende Griesheims, etwa hundert Meter unterhalb der Staustufe.

Und natürlich hatte die Tat dort in der Wohnung stattgefunden. Winter fragte sich, warum er etwas nicht erkannt hatte, das die ganze Zeit so glasklar vor ihm lag. Die Serdaris hatte ja bei ihrer Geschichte nicht einmal gelogen. Sie hatte nur etwas ausgelassen. Sogar die Episode, wonach sie Benedetti am Freitagnachmittag panisch über die Schwiegermutter herbeigerufen hatte, dieser dann mit einem Taxi eingetroffen war und die Serdaris hysterisch weinend im Bett vorgefunden hatte – all das hatte wohl gestimmt. Nur die Leiche, die zu diesem Zeitpunkt in der Badewanne lag, die hatte sie nicht erwähnt.

Die glaubwürdigsten Lügen waren eben immer die, die viel echte Erinnerungen enthielten. Darin lag die Stärke von Serdaris' Geschichte: Praktisch alles, was sie erzählt hatte, war wahr. Die Wahrhaftigkeit spürte man und verfiel dann in den Fehler, ihr in jeder Hinsicht zu vertrauen. Oder vielmehr: Unerfahrene Beamte wie die Aksoy verfielen in diesen Fehler. Zumal die Aksoy sowieso bei Frauen ihren blinden Fleck hatte.

Aksoy sah jetzt allerdings reichlich zerknirscht und erschrocken aus.

«Herr Nötzel, Sie sprechen mir aus der Seele», sagte Winter. «Darf ich Sie so verstehen, dass Sie die Serdaris verhaften lassen werden? Sie wissen ja, wäre es nach mir gegangen, hätten wir sie nie entlassen.»

«Ja, aber nicht sofort. Fluchtgefahr besteht ja nicht. Ich plane derzeit, sie Montag zu einem Gespräch zur Staatsanwaltschaft zu holen. Wenn ich sie dann damit konfrontiere, dass wir im Prinzip alles wissen … »

In Nötzels Sakko klingelte ein Handy.

Nötzel prüfte die Nummer des Anrufers. «Benedettis Anwalt», erläuterte er und ging dran.

Hasso Manteufel am anderen Ende sprach so laut, dass die Umsitzenden fast alles verstanden.

«Ja, hallo, Herr Nötzel. Ich bin gerade hier in der JVA bei Herrn Benedetti. Würden Sie bitte einen Wagen für meinen Mandanten schicken? Er will jetzt sofort sein Geständnis widerrufen. Der Anlass ist, dass ich ihm von seiner Frau ausgerichtet habe, dass sie die Tat definitiv nicht begangen hat. Mein Mandant wollte die ganze Zeit nur Frau Serdaris schützen. Aber ich denke, dass Ihnen das ohnehin klar war.»

Nötzel sah unterm rötlich grauen Bürstenschnitt entnervt drein.

«Wissen Sie was, Herr Manteufel?», sagte er gereizt ins Handy. «Wir hatten hier alle eine harte Woche. Ich habe zwanzig Fälle gleichzeitig zu bearbeiten, und die Kollegen von der Kripo haben auch noch zwei, drei andere Kleinigkeiten zu tun, als Ihnen zu Diensten zu sein. Wenn Ihr Herr Benedetti uns eine Woche lang Lügengeschichten auftischt und dann am Freitagabend auf die glorreiche Idee kommt, dass er alles widerrufen will, dann wird er sich leider bis Montag damit gedulden müssen. Nicht wahr. Jawohl. Und falls Sie glauben, dass der Herr Benedetti Montag als Erstes auf die Tagesordnung kommt: Der Tag ist schon verplant. Wir müssen sehen, ob und wann wir Ihren Mandanten dazwischenschieben können. Ansonsten wird es Dienstag. Ich wünsche ein schönes Wochenende. Auf Wiederhören.»

«Frechheit», kommentierte Nötzel, während er das Handy wegsteckte. «Der Manteufel ist mir sowieso ein Dorn im Auge. Der hat sich die Unterschrift für die Akteneinsicht über Vitamin B besorgt. Aalglatter Typ. Verteidigt sonst Steuersünder und Veruntreuer.»

«Ähm», meldete sich Aksoy. «Also, dass passt doch jetzt eigentlich nicht zur These von Serdaris' Schuld, oder? Dass sie ihm ausrichten lässt, sie wäre es nicht gewesen, und dann widerruft er? Wenn es stimmt, dass die beiden gemeinsam die Leiche beseitigt haben, dann weiß er doch, dass sie es war.»

Ein mitleidiges Raunen ging durch die Runde. Fock wandte sich wohlwollend-gönnerhaft in Aksoys Richtung. «Liebe Kollegin vom KDD, Sie haben noch einiges zu lernen. Man muss nicht immer alles glauben, was ein Beschuldigter oder sein Verteidiger sagt. Verstanden?»

Pietsch lachte zynisch.

Aksoy sah ernst drein.

«Ehrlich gesagt, ich verstehe das nicht», sagte sie.

«Bereut Benedetti jetzt, dass er sich für sie opfern wollte? Wenn er widerruft, liefert er jedenfalls seine Frau ans Messer.»

«Ach, nein», sagte Fock und verbarg ein Gähnen. «Ach, Frau Aksoy. Das Pärchen denkt natürlich, sie sind beide aus dem Schneider, weil wir einen zweiten Verdächtigen in Haft haben. Die glauben, wir haben uns jetzt auf den Naumann eingeschossen. Also spielen sie uns eine Komödie vor, damit Benedetti sich rauswinden kann. Na, da bin ich aber gespannt, wie unser Ganovenpärchen staunen wird, wenn sie am Montag hören, der Beschuldigte Naumann wurde entlassen. – So, meine Herrschaften. Sitzung beendet.»

Focks Erklärung war plausibel. Doch auch bei Winter hatte sich seit dem Anruf des Anwalts ein ungutes Gefühl eingeschlichen. Als kühl kalkulierende Schauspieler hatte er bislang weder Benedetti noch die Serdaris kennengelernt.

Schweigend kehrten Winter und Aksoy ins Büro zurück. Sie fanden es leer vor; auf dem Flipchart stand in großen Buchstaben die Aufschrift: *Bon Weekend!*

Sie lachten beide los. «O Gott, dieser Kettler», sagte Aksoy.

12

Der Samstag brachte strömenden Regen.

Das Wasser unterhalb der Staustufe brodelte schwarz mit gelben Gischträndern. Die Walzen des Wehrs waren auf leichten Überlauf eingestellt. Das dumpfe Rauschen nahm kein Ende. An solchen Tagen hasste Sabine Stolze ihre Wohnung besonders. In Küche und Wohnzimmer war es sogar mittags noch so düster, dass man das Licht zum Lesen anschalten musste. Direkt nach dem frühen Mittagessen entfloh ihr Mann der Tristesse: Er habe einen «Termin mit einem Kunden».

Frau Stolze war überrascht. Solche Kundentermine pflegten sonst bei strahlendem Wetter oder aber am Abend stattzufinden. (Sabine hatte den Verdacht, dass die angeblichen Termine nur Vorwände waren, die es Bert erlaubten, draußen irgendwelchen Amüsements nachzugehen oder sich luxuriöse Elektronik zu kaufen.) Jedenfalls konnte es ihr nur recht sein, wenn er jetzt ging. Sie lauerte ja die ganze Zeit auf ihre Chance. Wie erwartet zog Bert sich vor dem Ausgehen im Bad um. Sobald er weg war, schlüpfte Sabine ins Bad und griff in die Taschen der Haushose – aber nein, diesmal hatte er seinen Schlüsselbund nicht vergessen. Das wäre wohl zu viel des Glücks gewesen.

Das Problem war: Sie hatte bei ihrer letzten Suchaktion im Büro den Schlüssel des Aktenschranks nicht zurück an seinen Platz getan. In der Eile, als es klingelte, hatte sie es schlicht vergessen. Mit großem Schreck hatte sie danach den blanken, neuwertig aussehenden Schrankschlüssel in der eigenen Hosentasche gefunden und dazu noch den mysteriösen verrosteten Schlüssel, den sie zwischen Pappdeckeln im 1994er-Ordner gefunden hatte. Dass sie dieses alte Ding entwendet hatte, würde ihrem Mann wahrscheinlich in Jahren nicht auffallen. Aber das Fehlen des Schrankschlüssels konnte ihm kaum lange verborgen bleiben.

Seit vorgestern lebte Sabine Stolze daher in steter Angst. Bei jedem Geräusch aus dem Büro dachte sie: Jetzt ist es so weit. Jetzt will er an den Schrank und hat es entdeckt. Ihr fiel keine Geschichte ein, mit der sie sich herausreden könnte. Außer der Wahrheit eben. Nämlich dass sie neugierig gewesen war und in Berts Abwesenheit im Büro geschnüffelt hatte. Bert würde das rasend machen. Sabine durfte gar nicht daran denken.

Andere Frauen würden sich all das wahrscheinlich nicht bieten lassen. Zumindest vermutete sie das, denn Freundinnen hatte sie schon lange nicht mehr. Andere Frauen waren jedoch auch nicht in ihrer Lage. Und andere Ehemänner ebenso wenig in der Berts.

Sabine saß auf dem Badewannenrand, die Hose ihres Mannes in den Händen. Verzweifelt dachte sie nach. Gab es denn nun gar keine Möglichkeit, den Schrankschlüssel heimlich zurückzubringen? Konnte sie nicht irgendwie von außen herein? Es gab doch sicher Tricks, wie man ein Fenster oder eine Terrassentür von außen öffnete.

Rasch hängte sie Berts Sachen auf, streifte sich in der Diele die Gartenclogs über, schnappte einen Schirm und lief durch den Regen ums Haus. Nein, schade, im Büro war kein Fenster gekippt. Am Rahmen der Terrassentür fanden sich merkwürdigerweise Reste von Klebeband. (Klebeband? An was erinnerte Sabine das? Hatte Bert nicht neulich Klebeband von ihr verlangt?) Aber die Tür war defini-

288

tiv zu. Hier kam sie nicht weiter. Höchstens könnte man ganz primitiv das Glas einschlagen. Aber warum eigentlich nicht? Sie würde die Tür einschlagen, rasch den Schlüssel zurück an seinen Platz legen, ums Haus zurück in die Wohnung gehen, die Polizei anrufen und so tun, als sei ein Einbruch geschehen. – Nein, um Himmels Willen! Nicht die Polizei! Bei der Vorstellung, wie die Polizisten das Büro durchsuchten, wurde Sabine eiskalt. Was war nur mit ihr los, dass sie auf solch dumme Ideen kam? Ihr Mann hatte ganz recht, wenn er ihr nicht zutraute, vor Dritten das Geheimnis zu bewahren. Deshalb sah er es so ungern, wenn sie Kontakte hatte. Deshalb durfte sie keine Freundschaften pflegen.

Aber eigentlich …

Sie musste ja gar nicht die Polizei anrufen. Sie musste nur gegenüber ihrem Mann so tun, als habe ein Einbruch stattgefunden. Davor musste sie ein bisschen Unordnung im Büro machen, damit es nach Einbruch aussah, und hinterher behaupten: Sie habe nicht gewagt, die Polizei zu holen, aus den gewissen Gründen. Das war zwar alles auch nicht ohne. Aber wenigstens konnte Bert ihr dann nicht nachweisen, dass sie geschnüffelt hatte.

Wie gut, das Sebastian gleich Rudertraining hatte. Natürlich wäre es am einfachsten, den Jungen einzuweihen und ihn Schmiere stehen zu lassen. Aber sie wollte Basti nicht zum Komplizen machen. Das alles war schon belastend genug für ihn.

Sabine eilte zurück ins Haus, wechselte die Schuhe und trippelte die Treppen hoch. «Basti? Basti?»

Er saß vorm Computer.

«Ja, Mam?»

«Sag mal, musst du nicht zum Training?»

Er stöhnte. «Mam! Hast du das Wetter gesehen? Ich glaub, ich hab heut keinen Bock.»

«Aber Basti! Die Annegret und die anderen rechnen doch mit dir! Du willst doch nächstes Jahr bei den Wettkämpfen mitmachen!»

Sebastian stöhnte wieder, stand aber auf. «Also gut», seufzte er. «Dann mach ich mich mal fertig.»

Kaum war Sebastian fort, schritt Sabine zur Tat. Dumm nur, dass es Samstag war. Die Dudek von nebenan war sicher zu Hause. Doch sie musste es tun. Es war vielleicht ihre letzte Chance. Montag würde neue Post kommen. Spätestens dann würde Bert zum Abheften den Aktenschrank öffnen wollen und den Schlüssel vermissen.

Immerhin gab es auf der Terrasse einen Sichtschutz zum Nebenhaus. Die Dudek würde zumindest nicht erkennen, dass es Sabine selbst war, die einbrach. Falls die Nachbarn bei dem Lärm der Staustufe und des Regens überhaupt etwas mitbekamen. Sabine griff entschlossen zum großen Messerschärfer in der Küchenschublade. Für ihre Verhältnisse war sie kaum aufgeregt. Zu handeln ist eben leichter, als passiv in der Ecke zu sitzen, der Angst ausgeliefert. Ohne Oberbekleidung und Schirm huschte sie rasch ums Haus und rammte mit aller Kraft den Metallstab durchs Glas der Terrassentür. Zu ihrem freudigen Schrecken zerbröselte mit einem Schlag die gesamte Glasscheibe in tausend Glaskrümelchen, die auf den Boden regneten. (Was würde Bert über die Kosten fluchen!) Mit dem Türgriff mühte sie sich gar nicht erst ab, sie konnte einfach eintreten. In wenigen Sekunden hatte sie den Schrankschlüssel da angebracht, wo er hingehörte.

Erst als sie wieder vornherum das Haus betrat, durchnässt und mit nun doch heftig klopfendem Herzen, fiel ihr der rostige alte Schlüssel ein. Der aus dem Ordner. Den hatte sie oben in ihrem Nähkästchen versteckt. Es war besser, auch den zurückzubringen. Bloß wollte sie den alten Schlüssel vorher eigentlich mal an der Kellertür probieren. Zum Haus gehörte ein Keller mit drei Räumen. Den größten Raum hatten sie all die Jahre nicht betreten können, weil der Schlüssel fehlte. Der Zugang bestand aus einer Metallschutztür, die sich nicht aufstemmen ließ. Im Keller war es wegen des nahen Mains derart feucht und muffig, dass sie nichts hineinstellen konnten. Mit dem verschlossenen Raum konnten sie also sowieso nichts anfangen. Daher hatte Bert beschlossen, das Geld für den Schlüsseldienst zu sparen. Aber hineingesehen hätte Sabine schon gern einmal. Vielleicht stand hier irgendetwas Wertvolles?

Sabine lief hoch ins Schlafzimmer und griff sich den rostigen Schlüssel. Bestimmt gehörte er nicht zum Keller. Bert hatte ihn doch damals sicher ausprobiert. Oder … hatte Bert etwa den Kellerschlüssel absichtlich vor ihr versteckt gehalten? War in dem Raum irgendwas, von dem sie nichts wissen sollte?

Sabine merkte, wie sie einen leichten Schluckauf bekam. Das passierte nur, wenn sie sehr aufgeregt war. Sie hatte heute früh zwar eine Beruhigungstablette genommen, aber eine reichte schon lange nicht mehr. Das Zeugs machte süchtig, man brauchte es immer öfter, immer mehr.

Bert war erst seit einer Stunde fort. Wahrscheinlich würde er nicht allzu bald wiederkommen. Und wenn doch, dann würde sie vom Keller aus das Auto hören. Sie war doch so mutig in den letzten Tagen. Jetzt nicht kneifen. Also knipste Sabine mit dem rostigen Schlüssel in der Hand die Vierzig-Watt-Birne auf der Kellertreppe an, ging die Stufen hinab und betrat den Raum rechts. Der dritte Kellerraum mit der

Metalltür lag dahinter. Und – der Schlüssel passte! Sie öffnete. Die Metalltür knarrte nicht einmal. Aber sie roch intensiv nach altem Eisen. Der Lichtschalter in dem Raum
funktionierte nicht. Bestimmt fehlte die Birne. Der schwache Lichtschein, der von dem mit Brettern verstellten Kellerfenster kam, lieferte kaum Helligkeit. Sabine konnte eigentlich nur sehen, dass der Raum groß war und komplett
vollgestellt. Sie trat hinein. Die schwere Tür wollte zufallen,
was sie als Brandschutztür wahrscheinlich musste. Mit der
Hand die Tür aufhaltend, damit sie von nebenan noch etwas Licht hatte, sah sie sich um. Es roch merkwürdig. Wie
ein Haufen Monatsbinden. Gemischt mit einer Spur ur-
altem französischem Käse. Wahrscheinlich lag hier alles
voller Müll. Höchstwahrscheinlich hatte Bert deshalb den
Schlüssel damals vor ihr versteckt: Er hatte Angst gehabt,
dass sie sich ekeln würde und in das Haus gar nicht erst einziehen wollte.

Ein schlaffer, praktisch leerer großer Plastiksack lag nicht
weit entfernt auf dem Boden. Eine angerissene Ecke flat-
terte leicht im Zug der offenen Tür. Nachdem Sabine sich
ans schlechte Licht gewöhnt hatte, ließ sie die Tür zufallen
und ging ein paar Schritte nach vorn, um sich besser um-
sehen zu können. Dabei trat sie auf den leeren Müllsack.
Ein knirschendes, dann leicht schmatzendes Geräusch fiel
ihr auf. Sie sah nach unten. Sie hatte wohl den Müllsack mit
dem Absatz weiter aufgerissen. Plötzlich erinnerte sie sich,
dass sie irgendwann letzte Woche einen blauen Müllsack
brauchte, doch es war keine Rolle mehr im Fach gewesen.
Obwohl sie doch hätte schwören können, dass die letzte
Rolle noch nicht aufgebraucht gewesen war. Hatte Bert ...

Sie bückte sich, zog an dem Plastik. Das war nicht nur ein
Sack, das war gleich ein ganzer Haufen von über- oder in-

einanderliegenden zerrissenen Säcken. Der Geruch nach alten Monatsbinden war penetrant. Ihre Hand kam an etwas, das sich ähnlich anfühlte wie kalter, steifer Grießbrei. Igitt. Irgendein Küchenmüll. Die Farbe glich aber nicht Grießbrei, sondern war dunkel, leicht glänzend mit hellen Stippen.

Erbrochenes?

Jedenfalls war es widerlich. Sabine ging fluchtartig zurück in den Vorraum; hier war ein altes Waschbecken, nun musste sie sich erst einmal die Hände waschen. Da hörte sie das Auto oben in die Garageneinfahrt fahren.

Keine Zeit mehr zum Händewaschen. Bloß schnell hoch. Und vorher die Metalltür wieder von außen abschließen. Im Halbdunkel fand sie das Schlüsselloch nicht gleich. Während Sabine mit klebrigen Händen an dem Schloss herumstocherte, kam ihr erst wieder zu Bewusstsein, dass sie die Terrassentür eingeschlagen hatte und ihrem Mann jetzt ein Theater wegen eines Einbruchs vorspielen musste. Und als Zweites fiel ihr siedend heiß ein: Sie hatte ja vergessen, im Büro die Schubladen herauszureißen und Unordnung zu schaffen, um einen echten Einbruch zu simulieren.

Endlich hatte sie wenigstens das Schlüsselloch getroffen, schloss ab. Von draußen hörte sie, wie das Garagentor zuging. Ach, sie würde sagen, sie habe geschrien und den Einbrecher vertrieben, bevor er viel ausrichten konnte. Ein maskierter Mann. Sie habe ihn noch über den Garten zum Main flüchten sehen. Jetzt bloß hoch, schnell. Ganz oben auf der Kellertreppe, im Licht der Vierzig-Watt-Funzelbirne, sah Sabine ihre rechte Hand: schwarz beschmiert, und an einem Finger klebte eine weiße Made. Sie schrie. Spürte Brechreiz. War einen Moment wie gelähmt. Dann hörte sie oben die Haustür gehen, die Schritte ihres Mannes in der Diele.

Sabine knipste das Treppenlicht aus. Bloß leise atmen. Sie zog die Schuhe von den Füßen und schlich zurück nach unten.

Mit zitternder Hand öffnete sie am Waschbecken im Vorraum den Wasserhahn. Nichts kam. Sie drehte weiter auf. Das Rohr gab ein durchdringendes pfeifendes Geräusch von sich, bevor ein schwacher Strahl herauströpfelte.

«Sabine! Sabine ...», hörte sie Bert oben brüllen, dann seine Schritte fast direkt über ihr, im Büro.

Doch jetzt wagte sie sich nicht mehr hoch. Musste erst nachdenken. Ein Instinkt trieb sie, sich zu verstecken. Sie schlich zur Metalltür, schloss wieder auf, da hörte sie, wie sich oben die Tür zur Kellertreppe öffnete. Sie sah noch, wie das Licht anging, bevor sie sich leise wie ein Mäuschen in dem verbotenen Raum einschloss. Um keine Geräusche zu machen, blieb sie still an der Tür stehen.

Bert brüllte im Vorraum herum: «Sabine!» Dann ging er wieder hoch. Ohne die Metalltür auch nur probiert zu haben. Gut.

Sabine verstand nichts, wollte nichts verstehen, nicht solange sie noch hier im Haus war. Aber sie wusste, sie musste jetzt weg von Bert. Vielleicht könnte sie bei ihrer Schwester bleiben, zu der hatte sie zwar kein gutes Verhältnis, und der Kontakt war seit Jahren bis auf Weihnachtskarten eingeschlafen. Aber in einem Notfall ... Bei der Vorstellung, sie würde verzweifelt von der Bahnhofsmission aus ihre Schwester anrufen, überkam sie die Scham.

Gut, dann anonymer. Es gab doch so etwas wie Frauenhäuser. Sie würde behaupten, Bert habe sie geschlagen oder bedroht. Das stimmte zwar nicht ganz ... Oder vielleicht würde sie sich in die Psychiatrie einweisen lassen. Das war es. Sie war psychisch krank. Ihre panische Angst jetzt. Wes-

wegen eigentlich? Wegen eines verfaulten Breis von jahr-
zehntealtem Müll? Sabine konnte nicht mehr einschätzen,
welche ihrer Reaktionen normal waren und welche nicht.
Dass sie heute die Terrassentür eingeschlagen hatte, war
wahrscheinlich ein Zeichen von Wahnsinn. So handelten
Verrückte. Sie war das Problem, nicht ihr Mann.

Und Basti?

Jahrelang war es Basti gewesen, der sie hatte aushalten
lassen. Basti und die Angst, als Versagerin, als verachteter
Sozialfall dazustehen, den Status der gutbürgerlichen Ehefrau zu verlieren. Doch Basti war jetzt sechzehn. Es ging
ihm gut, sicher besser als ihr und Bert. Er brauchte sie nicht
mehr. Wahrscheinlich war sie sogar eine Belastung für ihn.

Aber wenn das eben doch altes Blut ...

Ruhig, ganz ruhig. Sie beschloss, alles der Polizei zu erzählen. Dann sollten die entscheiden, ob sie in die Psychiatrie gehörte oder ins Frauenhaus und was sie gegen Bert
unternehmen mussten. Aber andererseits – wenn sie alles erzählte, dann belastete sie sich ja selbst. Sie hatte doch
all die Jahre mitgemacht. Also keine Polizei. Sie würde zur
Bahnhofsmission gehen und sagen, sie habe Angst vor ihrem Mann und sie glaube, sie sei verrückt. Dann hätten andere die Verantwortung. Und sie würde ihr Leben lang keine
mehr tragen müssen.

Oben knallte eine Tür. Dann noch eine. Immer wieder
hallte es von ferne: «Sabine!»

Sabine fröstelte ohnehin schon mit ihrer nassen Bluse im
kalten Keller. Nun begannen ihr vor Angst auch noch die
Zähne zu klappern. Als es oben wieder still wurde, beruhigte sie sich ein kleines bisschen und plante ihre Flucht. Es
konnte doch nicht so schwer sein, von hier zu verschwinden. Einfach nachts, wenn Bert schlief, ganz normal aus

295

der Haustür. – Aber wenn Bert ihr oben im Flur auflauerte? Es war zwar unwahrscheinlich. Er wusste doch nicht, dass sie noch im Haus war. Aber vielleicht war es doch sicherer, wenn sie direkt von hier durchs Kellerfenster auf den Hof kroch. Das Schlafzimmer ging ja zum Glück auf die Mainseite. Bert würde nicht hören, was sich auf der Straßenseite abspielte.

Sabines Blick fiel auf das Kellerfenster. Die Bretter, mit denen es teils verdeckt war, schienen nicht vernagelt zu sein, bloß locker in den Fensterrahmen gestellt. Wegen der Bretter sah man vom Fenster selbst praktisch nichts. Doch sie kannte es von außen, es war genau wie die anderen Kellerfenster im Haus mit einem Gitter statt einer Scheibe versehen. Diese Gitter ließen sich von innen mit einem Hebel öffnen. Sabine war klein und schlank. Sie glaubte eigentlich schon, dass sie hindurchpasste. Direkt vor dem Fenster stand ein alter Polstersessel. Auf den konnte sie klettern und sich beim Hinauskriechen abstützen.

Sabine schlang die Arme um ihren Körper. Ihr war wirklich schrecklich kalt. Bis es Nacht wurde, dauerte es noch viele Stunden, die sie hier in der Kälte zubringen musste. Auf dem Sessel unter dem Fenster schien eine verstaubte alte Decke zu liegen, an einer Stelle fiel zwischen den Brettern hindurch ein dünner Lichtstrahl darauf. Hier würde sie sich hinsetzen und zudecken. Auf bloßen Strümpfen, die Schuhe in der Hand, schlich Sabine Richtung Fenster. Es knackte und knisterte leise bei jedem ihrer Schritte. Sie fragte sich, was all das Knisterzeugs war, das sie durch ihre Nylonstrümpfe spürte. Dann stolperte sie über einen weiteren halbleeren, verstaubten alten Müllsack, fing sich aber geschickt beim Fallen, mit nur einem leichten Schmerz im Handgelenk. Sie hob die Handfläche. Hauchdünne kleine

Plättchen klebten daran. Es war so dunkel, dass sie bloß ahnte, es könnten Überreste von Insekten sein. Ihr Knie schmerzte ebenfalls, es war gegen etwas Hartes gestoßen. Sabine griff danach, fühlte unterm Plastik des Müllbeutels etwas wie einen Stock, nur härter. Sie tastete weiter. Am Ende hatte der Knüttel dicke runde Ausbuchtungen. Sie tastete in der Umgebung. Noch mehr Stöcke, kleinere, dünnere, zerbrochene. Sabine tastete so lange, bis sie etwas zwischen den Fingern hatte, das sie nicht mehr als Stock abtun konnte. Es war das Unterteil eines menschlichen Gebisses.

Sie begann am ganzen Körper zu schlottern.

Winter hatte gut geschlafen. Am Morgen war er raus, um Brötchen und Zeitung zu kaufen, später noch mit dem Auto zur Berger Straße, wo er in der örtlichen Buchhandlung das neue Werk des Herrn Guido Naumann erstand, aus reiner Neugier. Den Rest des Vormittags hatte er lesend verbracht. Zu seinem großen Erstaunen stellte er fest, dass ihm das Buch gefiel, obwohl es ziemlich abgehoben war oder gerade deshalb. Die Hauptfigur war ein Mann in mittleren Jahren. Winter konnte nicht umhin, sich in vielem wiederzuerkennen. Außerdem: Einen Roman zu lesen, sich aufs langsame Tempo einzulassen war ungemein entspannend. Eigentlich hatte er seit seiner Kindheit und Jugend keine Bücher mehr gelesen. Er musste es sich wieder angewöhnen.

Die einzigen echten Familienmahlzeiten waren in den letzten Jahren die Mittagessen am Wochenende. Carola hatte diesmal selbstgemachte Spaghetti bolognese gezaubert. Es schmeckte köstlich. Winter war erleichtert zu sehen, dass auch Sara ganz normal am Essen teilnahm. Gestern war sie laut Carolas Aussage direkt nach der Schule nach Hause gekommen, zum ersten Mal seit längerem. Für Winter hieß das: Sie hatte ihre Lektion gelernt. Das entsetzliche Erlebnis mit Lenny Petzke hatte sie auf den rechten Weg zurückgebracht.

Winter fiel daher aus allen Wolken, als ihn Carola nach dem Essen beiseitenahm und giftig begann: «Sag mal, was denkst du dir eigentlich?»

«Ich habe keine Ahnung, was du meinst.»

«Du tust hier so hei-ti-tei, als wäre nichts! Müsstest du nicht mal mit deiner Tochter reden? Auf mich hört sie ja ohnehin nicht mehr!»

«Ich dachte, es wäre alles gesagt.»

«Wie, wann denn? Hast du dir *einmal* im letzten Jahr Zeit genommen für ein Grundsatzgespräch mit deiner Tochter? Ich hab immer nur gehört: ‹Morgen reden wir, Hase›, und das Morgen kam nie. Hast du überhaupt ein einziges Mal mit ihr über diesen schrecklichen Selim gesprochen?»

«Also, von dem Selim haben wir doch seit der Sache diese Woche nichts mehr gehört. Ich denke, das ist vorbei.»

«Träum weiter», sagte Carola, drehte sich um und knallte die Tür hinter sich zu. Winter stöhnte. Da klingelte sein Handy.

«Winter.»

«Aksoy. Tut mir leid, dass ich am Wochenende störe. Herr Winter, ich hätte da eine Bitte an Sie oder eine Frage.»

Was wollte sie denn nun schon wieder? Er setzte sich an den Küchentisch.

«Ja?»

«Ich habe ja nun diese Woche zum ersten Mal eine Ermittlung von Anfang bis Ende miterlebt. Sie wissen ja, beim KDD – wir machen da eigentlich immer nur die erste Auswertung, dann verständigen wir die Fachkommissariate, und wir hören nie wieder von dem Fall. Das war also diese Woche Neuland für mich …»

«Was man auch gemerkt hat», warf Winter launig ein.

Sie lachte. «Oje, war ich so schlimm?»

«Nein, nein, für eine Anfängerin haben Sie sich sehr tapfer geschlagen. An Einsatz hat es jedenfalls nicht gefehlt.» Winter war über sich selbst ein bisschen überrascht. Aber so schlimm war die Aksoy eigentlich nicht. Für eine Anfängerin.

«Also, Herr Winter. Womit ich Sie jetzt belästigen will: Hätten Sie vielleicht Lust oder Zeit, mit mir für eine Stunde eine kleine private Fortbildung zu machen? Eine Art Rückschau auf den Fall, wo Sie mir ein bisschen helfen, ein paar Fragen zu klären, die ich noch habe, zum Ablauf und so?»

Winter sah pro forma auf die Uhr. «Wenn Ihnen das so wichtig ist – es ließe sich einrichten. Wann?»

«Ich hatte gedacht, ich lade Sie zum Essen ein, obwohl Ihnen das wahrscheinlich schon viel zu lange dauert …»

«Ehrlich gesagt, habe ich gerade gegessen.»

«Ach ja, natürlich. Das frühe deutsche Mittagessen. Ich stelle mich schon wieder auf meine Nachtschichten um. Am einfachsten für Sie wäre es sicher, wenn ich bei Ihnen zu Hause vorbeikäme, aber das ist wahrscheinlich stressig für Ihre Tochter …»

«Nein, das wäre nicht gut. Treffen wir uns doch einfach im Präsidium. Oder in einem Café?»

«Okay. Haben Sie einen Vorschlag? Ansonsten würde ich sagen, das Stattcafé in der Grempstraße. Da sind wir zwar wahrscheinlich die ältesten Gäste …»

«Ach, wissen Sie, das stört mich überhaupt nicht.»

Es war eine elende Schinderei. Annegret, die Trainerin, hatte ausgerechnet heute die Langstrecke angesetzt. Statt im Vierer sollten sie einzeln in Skiffs fahren. Annegret lud die Jungen und die Boote hinterm Clubhaus in den Bus und fuhr sie alle in die Stadt zur Alten Brücke. Dort, gegenüber vom Ruderverein 1865, hievten sie die Boote im prasselnden Regen die steilen Kaitreppen hinunter, bekleidet mit nichts als schlechten Neoprenanzügen.

«Beim Wettkampf kann man sich das Wetter auch nicht aussuchen», sagte Annegret, als sie stöhnten.

Annegret selbst parkte auf der anderen Seite und wechselte auf der Brückeninsel in ein geliehenes Motorboot des Ruderclubs, um mit Mikro und Gebrüll die Treiberin der Galeerensklaven zu mimen. Sie froren erbärmlich, als sie im Wasser auf Annegret warteten. Doch als es losging, kam man zu nichts mehr. Nicht einmal mehr zum Frieren. Annegret brüllte durchgehend und gab ein derartiges Tempo vor, dass es Sebastian alle Mühe kostete, einfach nur dranzubleiben. Das Wasser war hässlich, schwarz, durch den Regen aufgewühlt. Von oben und hinten prasselte es, der Regen schien den Rudern beinahe ebenso viel Widerstand zu bieten wie das Flusswasser. Gnadenlos ging es in hohem Tempo weiter und weiter, vage registrierte Sebastian, dass sie die Friedensbrücke passierten und den Westhafen, dann eine lange Monotonie der Qual. Sobald mit der Autobahnbrücke ein Ende der Folter in Sicht kam, brüllte Annegret erst recht: «Los, auf, auf, Steigerung zum Endspurt! Wer gewinnt? Dalli, dalli, dalli! Eins, zwei, eins, zwei!»

Sie trieb sie noch ein Stück am heimischen Steg vorbei, bevor sie aufhören durften. Sebastian war am Ende mit knapper Not der Dritte von vieren, obwohl er als Vierter ins

Wasser gegangen war. Er war höllisch erschöpft, aber zufrieden mit sich. Nur Annegret meckerte.

«So, Jungs! Wollt ihr wissen, wie schlecht ihr wart? Ihr habt um die vierundvierzig Minuten gebraucht. Für *acht* Kilometer, nicht neun. Beim Armadacup wärt ihr ganz weit hinten gelandet.»

«Ach Mann», beschwerte sich Dmitry, schwer atmend, «die hatten aber auch besseres Wetter!»

«Ihr wisst nicht, was ihr nächstes Jahr für Wetter bekommt. Ich melde euch erst an, wenn ihr die acht Kilometer konstant unter einundvierzig schafft. Und zwar alle. Für ein, zwei Hansel lohnt sich die Fahrt in die Schweiz nicht. Jetzt die gute Nachricht: Nächsten Mittwoch und am Freitag machen wir dasselbe noch mal. Nun bitte ausrudern und ab in die warme Stube!»

Im Clubhaus rissen sie sich die nassen, stinkenden Anzüge vom Körper. Sie waren todmüde, aber ausgelassen. Ob einer von ihnen über eine Leiche gefahren sei, wollte Dmitry wissen. Es gebe ja jetzt so viele davon im Main. Alle grölten. Von draußen brüllte Annegret im üblichen Kasernenton: «Männer, seid ihr anständig angezogen?»

«Zu Befehl, sind wir», rief Sebastian zurück, der sich gerade eben die Unterhose übergestreift hatte.

Annegret betrat mit einem Tablett den Raum. «Heiße Schokolade mit Schuss für die Helden», verkündete sie. «Das nennt ihr anständig angezogen? Da geht man als Frau lieber gleich wieder.»

«Was heißt hier Frau? Ich sehe hier keine Frauen», witzelte Dmitry, um Annegret zu ärgern, die mit einem bösen Blick sofort entschwand.

Zum Glück ließ sie das Tablett da.

Gabor, der schon fertig angezogen war, nahm sich einen Becher, lehnte sich auf der Bank genüsslich stöhnend zurück und verkündete großspurig: «Wisst ihr, dass ich die eine Mainleiche persönlich kenne?»

«Wie, echt jetzt?», fragte Dmitry verdutzt.

«Klar. Das Mädchen.»

«O Mann, du Angeber», lästerte Sebastian.

«Nee, echt. Die hat am Tag vorher bei uns geklingelt. Also, bevor sie abgesoffen sein muss. Vorletzten Freitag.»

«Die ist nicht abgesoffen», beschwerte sich Henning, das vierte Mitglied ihrer Mannschaft. «Die hatte irgendwelche Verletzungen und war vorher schon tot. Hab ich heute früh erst gelesen.»

«Dann war sie halt vorher schon tot. Jedenfalls hat die bei uns geklingelt, und ich hab aufgemacht. Ich schwör.»

«Wie krass ist das denn!», kommentierte Dmitry.

«Und», fragte Sebastian, «was wollte sie?»

«Hat ein Märchen erzählt, von wegen sie wär die Enkelin von unserem Opa. Ich denk so, ey, was ist denn mit der los, hab sie aber reingelassen und hab dann meine Mutter geholt. Und die meinte zu ihr, da müsste sie sich wohl täuschen. Sie hat sie dann gleich wieder vor die Tür gesetzt. Dann haben wir aus dem Fenster noch gesehen, wie die nach nebenan zum nächsten Haus ging. Meine Mutter meinte, das wär voll die Betrugsmasche. Die würde halt hoffen, dass sich irgendein altes veralzheimertes Ömchen findet, das drauf reinfällt und ihr ganz viel Geld gibt.»

Henning sah wieder zweifelnd drein. «Sag mal, woher weißt du überhaupt, dass die das war? Also, die hinterher im Main lag? Das kannst du doch gar nicht wissen.»

«Na klar war die das! Da hängen doch die ganzen Plakate am S-Bahnhof. Die hatte genauso einen schwarzen Vampirumhang an wie auf dem Foto. Es werden wohl kaum zwei von der Sorte rumgelaufen sein in der Zeit.»

«Ach so, klar. An der S-Bahn bin ich so selten, ich nehm ja die Straßenbahn zur Schule. Ey sag mal, müsstet ihr das nicht der Polizei melden? Dass die bei euch geklingelt hat und so? Das war doch immerhin ihr Todestag.»

Gabor schlürfte an seinem Kakaobecher und zuckte mit den Schultern. «Also, uns hat keiner gefragt. Sollen die Cops doch vorbeikommen, wenn sie was wissen wollen. Außerdem interessiert die das eh nicht.»

«Das kannst du doch gar nicht entscheiden», urteilte Dmitry.

«Also, ich find aber auch», mischte sich nun Sebastian ein. «Dazu hängen doch die Plakate am S-Bahnhof: damit man sich meldet, wenn man das Mädchen gesehen hat.»

Gabor hob abwehrend seine freie Hand. «Ist ja gut», lenkte er ein. «Ich sprech mal mit meiner Mutter. Vielleicht schreiben wir 'ne Mail an die Polizei. – Äh, übrigens, Basti, war die Tusse nicht auch bei euch? Hab ich nämlich noch gedacht, als ich die zum nächsten Haus weitergehen sah: Die wird sich bestimmt bis zu Bastis durchklingeln.»

Gabor wohnte in einer noblen Eigentumswohnung in einer der schönen, großen Backsteinvillen am Mainufer, keine hundert Meter von dem bescheidenen Reihenhaus der Stolzes.

«Nö, bei uns war die nicht. Also, nicht dass ich wüsste. Wann war das denn genau?»

«An dem Freitagnachmittag so um drei oder vier.»

«Da war ich nicht da. Erst hatte ich Theater-AG, und dann bin ich gleich weiter zu einem Geburtstag. Ich frag mal meine Eltern, ob die bei uns war.»

Sebastian fiel erst auf dem Nachhauseweg ein, dass er

Freitag vor einer Woche doch einmal kurz zu Hause gewesen war. Um fünf ungefähr. Er hatte bloß seine Schulsachen abgelegt. Der ältere Bruder des Geburtstagskindes, Steffen, ebenfalls in der Theater-AG, hatte ihn mitgenommen und draußen im Auto gewartet. Sebastians Mutter hatte bei seinem kurzen Hereinsehen besonders verhuscht gewirkt. Und sie hatte etwas Merkwürdiges gesagt: «Dein Vater hat Besuch.» Das kam nie vor. Sebastian hatte das hinterher total vergessen. Erst die Party, der viele Alkohol. Und nach dem Aufstehen am nächsten Morgen dann die Kripo, die sich nach ungewöhnlichen Beobachtungen in der Nacht erkundigte, weil eine Wasserleiche gefunden worden war. Von dem freitäglichen Besuch hingegen war zu Hause nie wieder die Rede gewesen.

Als Sebastian jetzt darüber nachdachte, wurde ihm klar, wer das gewesen war. Nicht etwa das tote Mädchen. Sondern der rätselhafte Werner Geibel, nach dem seine Mutter ein paar Tage später hatte googeln wollen. Stammkunde seines Vaters und mysteriöserweise Exbulle. Der Besuch von Geibel war der Grund für Mams Aufregung in der darauffolgenden Woche gewesen. Aber worum es eigentlich ging bei der ganzen Sache, das hatte sie ihm noch immer nicht gesagt.

Jetzt würde er sie fragen. Es reichte ihm. Entschlossen drückte er zu Hause auf den Klingelknopf. Zu seiner Überraschung öffnete sein Vater. Das war unüblich, sehr unüblich. «Komm herein», sagte der Vater scharf, schloss dann die Tür hinter Sebastian ab und steckte den Schlüssel ein. Sebastian staunte. Was ging denn hier schon wieder ab?

«Ähm, Papa, ist irgendwas?»

«Wo ist deine Mutter?» Der Vater sprach wieder scharf, aber mir unterdrückter Lautstärke.

Sebastian war perplex. «Wie, ist Mama nicht da? Also, als ich gegangen bin, war sie noch …»

«Du weißt nichts?»

«Nein! Was soll ich denn wissen?»

«War etwas Ungewöhnliches, bevor du gegangen bist?»

«Papa! Nein! Bitte sag mir, was los ist.»

«Nicht so laut. Komm mit.»

Der Vater griff Sebastian hart am Arm. Er ließ ihm keine Zeit, sich die Jacke auszuziehen, sondern zerrte ihn direkt in sein Heiligtum, das Büro, das gewöhnliche Sterbliche nur selten und in seiner Anwesenheit betreten durften. Sebastian gab einen Schreckenslaut von sich, als er die zerstörte Terrassentür und die hunderttausend Glaskrümel auf dem Boden bemerkte. Durch die Türöffnung wehte ihm ein kühler Zug entgegen. Doch die Luft war fast befreiend.

«Kannst du mir hierzu irgendetwas sagen?», fragte ihn sein Vater in demselben aggressiven, aber leisen Ton.

«Nein, Papa, natürlich nicht, ich hab keine Ahnung. Was um Gottes willen ist denn passiert?»

«Ich hoffe, dass du mir nichts vorspielst.» Der Vater schüttelte Sebastian am Arm. Seine Augen – sie waren so starr. Sebastian bekam eine Gänsehaut. Es war nicht die Kälte. Er hatte Angst.

«Wo ist Mama?»

«Das wüsste ich ja eben auch zu gern. Deine Mutter war nicht aufzufinden, als ich nach Hause kam.»

«Aber …» Sebastian deutete hilflos auf die kaputte Tür. «Das – sie ist überfallen worden! Einbrecher. Scheiße, haben die Mama als Geisel genommen? Entführt? Verdammt! Hast du die Polizei angerufen?»

«Nichts dergleichen werde ich tun. Das ist eine interne

Sache, Sebastian, wehe dir, wenn du irgendetwas ausplauderst.»

«Eine interne Sache? Was soll das denn heißen?»

«Eine Sache zwischen deiner Mutter und mir. Davon gehe ich aus. Sie war da, als du gegangen bist?»

«Ja. Ja, ganz normal. Alles war ganz normal. Papa, bitte, du musst die Polizei anrufen!»

«Möglicherweise will sie genau das erreichen. Ich weiß nicht, was für ein Spiel sie spielt, aber ich habe die ganze Woche schon gemerkt, dass sie etwas im Schilde führt. Zu deinen und meinen Ungunsten, Sebastian. Deine Mutter ist eine schwache Person. Manchmal setzt einfach ihr Gehirn aus.»

«Papa!» Sebastian schrie fast. «Worum geht es hier eigentlich?»

«Bist du wohl still!» Der Vater schüttelte Sebastian, dass es ihm fast das Schultergelenk ausrenkte. «Du gehst jetzt nach oben auf dein Zimmer. Sofort. Und dort verhältst du dich still. Gib mir dein Handy.»

Mit feuchten Fingern händigte Sebastian seinem Vater das Handy aus. Das durfte doch alles nicht wahr sein! Jetzt schob sein Vater ihn zur Treppe, beobachtete, wie er hochging, folgte ihm in einem gewissen Abstand. Nachdem Sebastian seine Zimmertür hinter sich zugezogen hatte, hörte er bald, wie von außen etwas davorgestellt wurde.

Winter und Aksoy trafen sich um fünf. Es hatte längst aufgehört zu regnen. Nur dunkle Wolken hingen noch tief am Himmel. Aus den Fenstern des gemütlichen kleinen Bockenheimer Studentencafés leuchtete warmes gelbes Licht. Als Winter eintrat, überrollten ihn Erinnerungen an seine Jugend, an die Zeit mit Anfang zwanzig, als er auf der Fachhochschule in Wiesbaden studierte. In genau so einem kleinen Café hatte er damals Carola kennengelernt.

Aksoy war schon da, trug doch tatsächlich auch heute einen strengen Rolli. Aber dieser hier war knallrot. Sie gehörte zu den wenigen, denen solche Farben standen. Ihr Haar trug sie ausnahmsweise offen, sie sah damit jünger und weiblicher aus. Winter fand den Gedanken gar nicht schlecht, dass manche im Café vielleicht dachten, er hätte was mit ihr. Als sie beide vor ihren Getränken saßen, wurde es allerdings schnell geschäftlich.

«Wissen Sie, Herr Winter», begann Aksoy, «irgendwie fehlt mir wohl das Gefühl dafür, wann in einem Fall zu Ende ermittelt ist. Wenn es nach mir gegangen wäre, hätten wir die Mainmädchensache noch lange nicht der Staatsanwaltschaft übergeben. Es hätte ja auch alles ganz anders sein können. Zum Beispiel, wissen Sie noch, diese Inder im Haus in der Haeussermannstraße, diese drei jungen Männer. Da gab es doch auch Verdachtsmomente. Zum Beispiel hatte einer von denen eine Schnittwunde an der Hand. Die drei wurden nie richtig überprüft, keine Wohnungsdurchsuchung, kein Checken von Alibis. Oder die Anwohner am Mainufer. Wir wissen, Donnerstagnacht war das Mädchen bei Naumann. Wenn Naumann es nicht war, dann muss Jessica irgendwann am Freitag Kontakt mit ihrem Mörder aufgenommen haben. Kann gut sein, dass das wieder jemand war, bei dem sie die Nacht verbringen oder von dem sie sich aushalten lassen wollte. Vom Ablageort ausgehend, kann der Mörder eigentlich nur im Bereich um das Griesheimer oder Goldsteiner Mainufer gewohnt haben. Wie, wenn wir denjenigen noch gar nicht kennen? Es könnte irgendein unauffälliger Anwohner gewesen sein. Einer von den vielen, die nicht da waren oder nicht geöffnet haben an dem Morgen, als Hein-

307

rich und ich die Anwohnerbefragung gemacht haben. Bitte sagen Sie nicht wieder, ich hätte zu viel Phantasie. Das sind doch alles reale Möglichkeiten. Was ich wissen will, ist einfach: Ist das aus Ihrer Erfahrung normal, dass man eine Ermittlung beendet, und es gibt noch Wissenslücken, offene Möglichkeiten, die nicht überprüft wurden?»

Winter hatte während ihrer Rede immer wieder zustimmend genickt. Jetzt, da er nicht mehr mit ihr zusammenarbeiten musste, stresste ihn weder ihre ehrgeizige Pedanterie noch ihre blühende Phantasie.

«Ich weiß genau, was Sie meinen», sagte er. «Erst mal ist es tatsächlich so, dass diese Ermittlung anders gelaufen wäre, wenn wir nicht gleichzeitig einen toten Kultusminister gehabt hätten. Aber trotzdem, selbst wenn wir breiter hätten ermitteln können, es wären Unsicherheiten geblieben. Viel weiter wären wir wahrscheinlich nie gekommen. Immerhin haben wir in dem Fall drei Personen, die vom Motiv und den Begleitumständen her als Täter in Frage kommen, und eine davon hat sogar ein Geständnis abgelegt. Oft hat man weit weniger in der Hand. Aber das ist ein Grundproblem, Frau Aksoy. Das werden Sie in der Kriminalarbeit nie los. Es bleiben immer Unsicherheiten. Es kann immer alles ganz anders gewesen sein. Sie kennen das sicher vom Kriminaldauerdienst. Da haben Sie eine Prügelei mit schwerer Körperverletzung, und der Beschuldigte sagt, der Geschädigte hat ihn zuerst angegriffen. Der wieder behauptet das Gegenteil, und von den Zeugen erzählt jeder eine andere Geschichte. Oder Sie haben eine junge Frau, die sagt, sie ist von jemandem vergewaltigt worden, den sie in der Disko kennengelernt hat. Sie identifiziert den Täter aus einer Reihe von Gästen, die an dem Abend da waren. Der Beschuldigte sagt aber, es ist eine Verwechslung, er hat nie ein

Wort mit der Geschädigten gesprochen, und er bringt einen Zeugen, der den ganzen Abend mit ihm zusammen gewesen sein will. Da können Sie noch so lange ermitteln, Sie werden nie sicher wissen, was sich wirklich abgespielt hat. Erst recht bei einem Fall wie dem Mainmädchen. Eine tote junge Frau im Wasser, praktisch ohne Täterspuren. Da können Sie froh sein, wenn Sie so weit kommen, wie wir diesmal gekommen sind.»

Aksoy hatte ernst zugehört. Jetzt lächelte sie.

«Ich dachte immer, bei der Mordkommission wäre es so befriedigend. Man ermittelt, bis man den Täter kennt und das Rätsel gelöst hat, und dann klopft man sich auf die Schulter.»

Winter lachte. «Wie im Fernsehkrimi? Nein, so ist es leider nicht. Aber trotzdem, so zu achtzig, neunzig Prozent sicher ist man sich bei Tötungsdelikten oft. Das ist doch schon was.»

Aksoy lehnte sich zurück, verschränkte die Arme hinterm Kopf und sah ihn verschmitzt an. «Darf ich Sie dann trotzdem noch mal mit ein paar Details zum Mainmädchenfall nerven?»

Winter lachte. «Bitte. Immer nur heraus damit.»

«Also, ich will ja am liebsten immer noch nicht glauben, dass es die Serdaris war. Ja, lachen Sie nur. Zum Beispiel in der Vernehmung. Als Sie ihr gesagt haben, der Benedetti behauptet, sie war's. Wenn sie es wirklich gewesen wäre, dann hätte sie nach meinem Gefühl in der Situation ein Geständnis abgelegt. Die war so durch den Wind …»

«Frau Aksoy, Frau Aksoy. Glauben Sie mir, mit solchen laienpsychologischen Erwägungen kann man sich sehr täuschen.»

«Ich weiß. Ich bin mir ja auch alles andere als sicher. Aber was ich Sie fragen wollte: Angenommen, Sie *wüssten*, dass es weder die Serdaris noch der Benedetti war. Und der Naumann auch nicht. Und Saras Freund Selim auch nicht. Wen hätten Sie stattdessen im Verdacht? Welche Ermittlungsschritte würden Sie als Nächstes einleiten?»

Winters Handy klingelte. Das Display meldete den Kriminaldauerdienst. «Verdammt», fluchte Winter und ging dran.

«Entschuldigung, Herr Winter», meldete sich eine Stimme am anderen Ende. «Ich weiß ja nicht, ob das wirklich so dringend ist. Aber ich habe hier auf der anderen Leitung eine Frau Dr. Manteufel, die behauptet, sie hätte eine megawichtige und ultradringende Nachricht für Sie. Stichwort Mainmädchen. Soll ich sie bis Montag vertrösten oder durchstellen?»

«Stellen Sie sie durch.» Winter war erleichtert, dass es nur das war und kein neuer Fall. «Die Manteufel», erklärte er Aksoy, während die Rufumleitung lief. «Wenn man vom Teufel spricht», sagte sie und grinste.

Frau Manteufel fing an zu reden wie eine Dampfwalze. Winter hielt den Hörer vom Ohr weg. «Also, Herr Winter, ich lese ja nun in der Presse, dass Sie den Schriftsteller aus der Haft entlassen haben. Darf ich Sie aus diesem Anlass informieren, dass Sie total auf dem Holzweg sind, wenn Sie glauben, dass Sie mit dem Herrn Benedetti oder der Frau Serdaris die Richtigen haben. Die Lena Serdaris kann es schon mal gar nicht gewesen sein. Die war nämlich an dem Tag, als Sie sie abgeholt haben, bei mir und hat sich ausgeheult, weil sie geahnt hat, dass das tote Mädchen, nach dem gefragt wurde, diese Jeannette ist. Da hat sie befürchtet, ihr Freund hätte die Jeannette umgebracht. Aber dass der es nicht war, wissen Sie ja selber. Dieses Geständnis … »

310

«Also, Frau Manteufel, dass die Serdaris Ihnen gegenüber ihren Freund verdächtigt, bedeutet ja nicht unbedingt,
dass sie ein wasserdichtes Alibi hat. Aber ich hätte doch zu
gern gewusst, warum ich das erst jetzt erfahre?»

«Weil Sie mich nicht gefragt haben. Sie wussten doch
wohl, dass Frau Serdaris sich mit mir besprochen hat. Und
da die Verdächtige dann am zweiten Tag schon wieder entlassen wurde, sah ich keinen Anlass …»

«Okay. Aber das kann doch wohl kaum die megawichtige Nachricht sein, wegen der Sie am Wochenende Alarm
schlagen.»

«Nein. Die Nachricht ist, ich habe einen neuen Verdächtigen für Sie.»

«Was?»

«Ich habe bislang nur Indizien. Aber Sie müssen da unbedingt schnell was unternehmen, wenn Sie noch Spuren
sichern wollen. Wegen des Regens. Falls es nicht ohnehin
schon zu spät ist. Deshalb die Eile.»

«Okay. Das ist interessant. Geben Sie mir Ihre Nummer.
Ich rufe Sie gleich zurück.» Das Handy in der Hand, erklärte Winter der Aksoy: «Angeblich hat sie einen neuen
Verdächtigen entdeckt. Kommen Sie, wir setzen uns zum
Telefonieren in mein Auto, da ist die Akustik besser.» Sie
winkten die Bedienung herbei, zahlten. Winters Reflex war,
«zusammen» zu sagen, aber im gleichen Moment wurde
ihm klar, dass die Feministin Aksoy es wahrscheinlich für
eine Chauvi-Anmaßung hielte, wenn er ihr den Tee be-
zahlte. Bevor er allerdings «getrennt» sagen konnte, hatte
Aksoy selbst schon «zusammen» gesagt und hielt das eigene Portemonnaie auf. «Wenn ich jetzt protestiere, bin ich
bestimmt wieder ein Frauenfeind», sagte Winter. Sie lachte
bloß und zahlte. «Aber das nächste Mal bin ich dran», sagte

er schließlich, als ob es ein nächstes Mal geben werde. Es war schon ein komisches Gefühl, sich von einer Frau einladen zu lassen. Einer Kriminalkommissarin noch dazu.

Gemeinsam setzten sie sich in Winters Wagen. Winter betätigte die Rückruftaste und schaltete die Freisprechfunktion ein.

«So, Frau Manteufel», begann er, als die Anwältin drangingen. «Ich sitze hier mit der Kollegin Aksoy. Dann berichten Sie mal.»

«Gut. Sie erinnern sich wahrscheinlich, dass mehrere Anwohner behauptet haben, an dem Morgen, als das tote Mädchen gefunden wurde, hätten sie bei der Staustufe eine Frau schreien hören.»

«Ja», schaltete sich Aksoy ein, «bloß war das keine Frau. Der Zeuge Stolze hat gesagt –»

«Es war doch eine Frau», unterbrach sie die Manteufel. «Ich habe nämlich heute mit ihr gesprochen. Eine Frau Amelie Schmidtmann, um die fünfzig, wohnt in der Straße Alt-Griesheim, geht jeden Morgen zwecks Sport eine Stunde am Main entlang. Sie war die ganze Woche über in München und hat von den Entwicklungen im Fall der Mainleiche nichts mitbekommen. Sonst hätte sie sich von selbst bei der Polizei gemeldet, sagt sie.»

Winter und Aksoy sahen sich an.

«Und wie kommen Sie jetzt an diese Frau Schmidtmann?», fragte Winter.

«Ich hab rumgefragt in der Nachbarschaft, wer seinen Frühsport am Main macht.»

Keine schlechte Idee.

«Gut. Sehr gut. Was sagt diese Frau Schmidtmann denn nun?»

«Folgendes: Sie marschierte am Samstag früh zwischen

sieben und halb acht am Main entlang Richtung Staustufe. Es war wohl sehr einsam wegen des stürmischen Wetters. Von weitem schon sind ihr die vielen Möwen aufgefallen, die sich um etwas im Wasser stritten. Als sie auf etwa zehn, zwanzig Meter heran an der Staustufe war, musste sie an dieser Baubude am Ufer vorbei. Dahinter entdeckte sie einen großen Mann am Ufer. Er hatte da wohl schon länger gestanden, jedenfalls hatte sie aus der Ferne schon den Eindruck gehabt, dass sich hinter der Hütte jemand verstecke. Der Mann habe sich dann schlagartig umgedreht, sie böse angesehen und einen Schritt zu ihr hin getan, als wollte er sie angreifen. Das war der Moment, in dem sie laut schrie. Sie ist dann in die Richtung davongelaufen, aus der sie gekommen war. Sie hat den Mann für einen Vergewaltiger gehalten. Was sicher Unsinn ist. Aber auf jeden Fall hat sich Frau Schmidtmann bedroht gefühlt. Und die Frau wirkt nicht gerade wie eine Mimose. Der Mann trug nach ihrer Beschreibung enge Sport-Funktionskleidung. Meiner Meinung nach handelt es sich um den Zeugen Stolze. Dessen Aussage zu demselben Vorfall liest sich allerdings ganz anders. Unter anderem will er oben auf der Brücke gestanden haben, als er sie sah, und nicht unten am Ufer.»

«Das mag ja sein», wandte Winter enttäuscht ein. «Aber so ist das nun mal mit Zeugenaussagen. Sie werden keine zwei Leute finden, die dasselbe Erlebnis gleich berichten.»

«Ich weiß. Da kenne ich mich aus. Nichtsdestotrotz finde ich es bemerkenswert, dass Herr Stolze auf Nachfrage zu dem Schrei behauptet, er habe selbst geschrien. So als will er verbergen, dass da jemand Angst vor ihm hatte.»

«Und das ist alles?»

Winter war schwer enttäuscht.

«Nein, das ist noch nicht alles. Das Mädchen ist meines Wissens mit einem großen, stumpfen und rauen Gegenstand erschlagen worden, wahrscheinlich einem unbehauenen Stein. Geschätztes Gewicht fünfzehn Kilogramm. So einen dicken Stein findet man nicht so leicht. Haben Ihre Ermittlungen irgendwas ergeben, wo der Stein herkam?»

Winter sah Aksoy fragend an. «Nein, das wissen wir nicht», antwortete sie statt seiner.

Manteufel redete weiter: «Der Garten der Familie Stolze ist ein Steingarten. Da liegen mehrere große Brocken in dem Kaliber rum. Und an einer Stelle, wo ein Stein hinpassen würde, ist ein Fleck mit auffällig unvermooster Erde.»

Winter sah Aksoy entsetzt und vorwurfsvoll an. «Das ist Ihnen nicht aufgefallen?», zischte er im Flüsterton, während er das Mikrophon zuhielt. Aksoy erklärte sich mit erhobenen Händen stumm für unschuldig. Winter nahm wieder das Handy ans Ohr. «Frau Manteufel? Danke für den Tipp. Wir werden dem nachgehen. Aber sicher nicht vor Montag.»

Er beendete das Gespräch. Dann blickte er Aksoy fragend an. Die machte ein unglückliches Gesicht. «Den Garten haben wir uns gar nicht angesehen», sagte sie. «Der Eingang war ja auf der Straßenseite. Da ist bloß ein asphaltierter Hof. Der Garten geht hinten zum Main. Und es war ja bloß eine Nachbarschaftsbefragung. Von Suche nach Steinen war da nicht die Rede.»

«Ja, ja», sagte Winter, «ich weiß, wie so was passiert. Außerdem bin ich selbst schuld. Ich habe die Frage nach dem Stein die ganze Zeit links liegengelassen. Dabei hat die Frau Manteufel natürlich recht. Große, schwere Steine findet man nicht an jeder Ecke.»

«Aber die Spurensicherung», meditierte Aksoy. «Die hatten wir doch extra noch mal hingeschickt, um das Ge-

314

lände in Mainnähe auf einen möglichen Tatort oder Leichenlagerort abzusuchen.»

«Stimmt. Aber die hatten kein Recht, auf die Grundstücke zu gehen. Also haben sie die Gärten wahrscheinlich keines Blickes gewürdigt. Es ist eben so, man sieht nur, wonach man sucht. Keiner von uns hat nach einem Stein gesucht, deshalb ist keinem von uns aufgefallen, wo es in der Nähe Steine gibt. – Und wissen Sie was, Frau Aksoy?»

Sie lachte. «Nein.»

«Vorhin hatten Sie mich doch gefragt, was ich tun würde, wenn ich wüsste, dass die Serdaris und der Benedetti unschuldig sind. Meine Antwort wäre gewesen: Man sollte den Täter in der Gegend unterhalb der Staustufe suchen. Denn nur wenn man da wohnt, kommt man auf die Idee, das Mädchen *oberhalb* ins Wasser zu werfen. Quasi um den Verdacht von sich abzulenken. Wo wohnt noch gleich der Zeuge Stolze?»

«Unterhalb der Staustufe. Das letzte Uferhaus dort. Und wissen Sie, die Frau Stolze wirkte bei der Befragung total verängstigt. Und der Mann merkwürdig aggressiv. Ich habe das damals auf was anderes zurückgeführt …»

Natürlich, dachte Winter. Auf das Schema böser Mann – arme Frau.

«Ich hab mit dem Herrn Stolze ja selber an der Staustufe gesprochen», sagte er. «Auf mich hat der etwas künstlich gewirkt. So als er ob er sich inszeniert. Das muss natürlich alles nichts heißen. – Hatte der Sohn der Stolzes Ihnen nicht gesagt, er hätte nachts Schritte hinter dem Haus gehört?»

«Ja, nachts nach zwei Uhr. Kurz davor war er erst nach Haus gekommen.»

«Kann auch sein, dass der Täter in der unmittelbaren Nachbarschaft der Stolzes zu suchen ist. Jemand, der deren

Steingarten kennt. – Mensch, Aksoy, da werde ich den Chef tatsächlich überreden müssen, die Sache noch mal aufzurollen. Der wird sich freuen. Und ich fürchte, er wird dann Kettler die Hauptarbeit machen lassen. So wirklich recht ist mir das nicht. Wie gut kennt Kettler jetzt die Akte?»

Aksoy lachte. «Mein Eindruck ist, praktisch gar nicht. Da er mich ununterbrochen vollredet, kann er kaum zum Lesen kommen. Aber vielleicht macht das nichts. Wissen Sie, die Vernehmung mit dem Naumann, besonders im Verhörteil. Da war Kettler richtig gut. Viel besser als ich jedenfalls.»

«Ah. Das freut mich zu hören. Hat er Ihnen erzählt, wie lange er bei der Organisierten Kriminalität war?»

«Nicht sehr lange, ungefähr drei Jahre, glaube ich. Davor war er bei der Wirtschaftskriminalität.»

«Oje. Sieht aus, als hätte ich mir da einen Wanderpokal eingefangen.»

«Wanderpokal?»

«Einen Mitarbeiter, der häufig versetzt wird, weil ihn niemand auf Dauer haben will.»

Aksoy lachte wieder. «Wie gesagt, das Verhör hat Kettler super gemacht. Aber er ist echt eine Schwatztante. – Ach, wissen Sie, was Kettler mir erzählt hat? Am Griesheimer Mainufer wohnt auch ein pensionierter Polizist. Oder er hat jedenfalls früher da gewohnt. Ein gewisser Werner Geibel. Kettler hat den wohl auf Streife noch kennengelernt, sie waren ein paarmal mit den Kollegen bei ihm feiern. Das kann fast zwanzig Jahre her sein, Kettler ist im mittleren Dienst eingestiegen und hat dann erst die Ausbildung drangehängt. Dieser Geibel jedenfalls wurde frühpensioniert. Kettler meinte, in den damaligen idyllischen Zeiten hätte ein bisschen Rückenschmerzen schon gereicht, um mit voller Pension in den Ruhestand zu gehen. Der Geibel ist wahrscheinlich heute kaum älter als siebzig, der ist sicher noch fit. Rufen Sie den doch mal an. Vielleicht langweilt er sich, und Sie können ihn zur Unterstützung einspannen. Wenn er nicht in Thailand ist. Kettler meint, der erzählte immer, er wolle sich nach der Pensionierung ein schönes Leben mit jungen Miezen in Thailand machen. Auch eine Einstellung, und das bei einem Polizisten …» Als Aksoy das Letztere erzählte, sprühte sie förmlich vor moralischer Missbilligung.

«Ich werde am Montag mal nachsehen, ob ich eine Adresse von dem Mann finde», sagte Winter. «Und jetzt … fahre ich Sie wohl nach Hause, okay?»

«Okay.»

Es war längst dunkel. Als Winter Aksoy vor ihrer Wohnung in der Großen Seestraße aus dem Auto ließ, hätte er zu gern gefragt, wer da oben auf sie warte. Aber er verkniff es sich.

Sebastian versuchte, sich mit dem Internet abzulenken. Er klickte sich durch die Seite des Armadacups. Annegret hatte sie angeflunkert. Hier stand nämlich, dass der Wettbewerb bei schlechtem Wetter gar nicht stattfand. Wobei Sebastian nicht wusste, ob Regen wie heute schon als schlechtes Wetter zählte oder ob da noch Sturm und Gewitter hinzukommen mussten. Aber sonst hatte die Trainerin recht gehabt: Die Zeiten der diesjährigen Gewinner waren tatsächlich ziemlich gut.

Nach ein paar Minuten brach die Verbindung zusammen. Das Stolze'sche Funknetz war einfach nicht mehr da. Sebastian brauchte einen Moment, dann machte sich in seinem Kopf die Erkenntnis breit, dass sein Vater den Router vom Strom genommen hatte, um ihm die Verbindung zur Außenwelt zu nehmen.

Sebastian spürte eine Angst in sich aufsteigen, gegen die das bisschen Aufregung vor Mathearbeiten ein Nichts war. Er musste hier raus.

Vorsichtig versuchte er, die Zimmertür aufzubekommen. Doch etwas stand davor, das die Klinke blockierte. Schnell gab er auf. Saß auf seinem Drehstuhl, lauschte, was im Haus vor sich ging. Plötzlich kam von unten ein unartikulierter Schrei tierischer Wut. Ein kurzes Schimpfen folgte, dann Stille. «Papa?», rief Sebastian verängstigt. «Papa?» Keine Reaktion.

Sebastian konnte hier nicht mehr tatenlos sitzen. Er rüttelte an der Klinke, rüttelte und rüttelte, bis draußen etwas krachte und fiel. Nun bekam er die Tür eine Handbreit auf, davor lag umgekippt auf dem Boden das kleine Bücherregal aus dem Schlafzimmer. Das, in dem Mama ihre Romane aufbewahrte. Keine zwei Sekunden später stürmte sein Vater die Treppe hoch und den oberen Flur entlang auf Sebastian zu. Seine dunklen, starken Augenbrauen trafen sich drohend in der Mitte. «Was willst du? Ich habe dir gesagt, bleib in deinem Zimmer!»

«Papa! Ich versteh das alles nicht! Erstens, ich muss aufs Klo. Zweitens, ich wollte dich fragen, warum du eben geschrien hast.»

Der Vater schob das umgekippte Regal mit den Füßen so, dass die Tür etwas weiter aufging. «Geh ins Bad. Ich warte.»

Sebastian quetschte sich durch die Tür, kletterte über das Regal und die verstreut herumliegenden Bücher hinweg. War sein Vater verrückt geworden? Anders konnte er sich dieses Verhalten nicht mehr erklären. Oder hatte Mama Papas illegale Machenschaften an die Polizei verraten? Aber warum, verdammt noch mal, sperrte er dann ihn ein?

Als Sebastian vom Bad zurückkehrte, sah er etwas Schreckliches. Sein Vater drehte abwesend eine kleine Pistole in der Hand. Sebastian schluckte, tat so, als sähe er es nicht. Wieder in seinem Zimmer, merkte er, dass er schweißnass war unter dem Fleeceshirt. Er hatte nicht gewusst, dass sein Vater überhaupt eine Pistole besaß. Was um Gottes willen hatte der Mann vor? Er lauschte. Bald hörte Sebastian erleichtert, wie der Vater wieder die Treppe ins Erdgeschoss nahm. Die Tür zum Büro schloss sich. Sebastian dachte kurz nach. Dann huschte er zu seinem Fenster, öffnete es und streckte den Kopf hinaus. Die kühle, neblige Luft tat gut. Unter ihm lag traurig der kahle Garten. Wie viele Meter waren das? Vier? Fünf? Wenn er sich vorsichtig mit den Händen hinunterließ, bevor er sprang, wären es weniger. Vielleicht würde er sich nachts trauen. Wenn sein Vater schlief. Jetzt hatte es keinen Zweck.

Sebastian zuckte zusammen. Da! Sein Vater trat links auf die Terrasse. In der Hand trug er eine Kehrschaufel voller Glaskrümel. Zielgerichtet schritt er zu dem Bereich unter Sebastians Fenster. Direkt darunter blieb er stehen und verteilte die Glaskrümel auf dem Boden. Sebastian traute sich kaum zu atmen. Der Vater ahnte offenbar, was er vorhatte, und wollte den Fluchtweg unbenutzbar machen. Als die Schaufel leer war, sah der Vater hoch, direkt in Sebastians Gesicht, ausdruckslos. Wortlos ging er dann fort und holte die nächste Schaufel voller Glassplitter.

In Sebastians Magen und Kehle breitete sich ein knebelndes Gefühl aus. Er schloss das Fenster.

Bald darauf hörte er seinen Vater in die Garage gehen, dann kamen von dort Sägegeräusche. Später hörte er Bohren und Hämmern von der Straßenseite des Hauses. Wollte sich sein Vater vor der Polizei verbarrikadieren? Wie dumm war das denn? Gott, er musste hier raus. Der war doch verrückt. Einfach verrückt.

Sabine hatte sich in die hinterste Ecke des Kellerraums verkrochen. Zitternd kauerte sie auf dem Boden, in einer Pfütze ihres eigenen Urins. Seit Bert an den Kellerfenstern zugange war, wagte sie keine Bewegung mehr. Sie brauchte eine Weile, bis ihr klarwurde, was er vorhatte. Er vernagelte die Fensteröffnung nun von außen. Damit sie nicht rauskonnte. Das Schlimmste war, dass er nicht mit ihr sprach. Obwohl er doch jetzt offenbar wusste, dass sie hier war.

In der Nacht hörte Sebastian Stimmen aus dem Keller. Nur eine Stimme, um genau zu sein. Die Stimme seines Vaters. Er verstand praktisch nichts, nur immer wieder, mal lauter, mal leiser, oft klagend, anklagend, den Namen Sabine. Der Vater war verrückt, eindeutig. Er war hier in den Händen eines bewaffneten Irren.

Und er hatte sich all die Jahre über Mama aufgeregt, weil sie Angst vor Papa hatte.

Gegen vier fiel Sebastian ein, dass in einer der Kisten unterm Bett noch ein vorsintflutliches Handy sein musste. Vielleicht war noch ein Guthaben drauf? Oder wurde das nach soundsoviel Jahren automatisch gesperrt?

Das Handy fand er. Bloß das Ladegerät nicht.

Winter träumte verrückterweise von Schneehasen, als ihn sein Handy aus dem Schlaf riss. Er warf beinahe die Nachttischlampe um bei dem Versuch, es im Dunkeln zu greifen. «Winter», grunzte er verschlafen. Am anderen Ende meldete sich Aksoy, die sich auch nicht viel wacher anhörte.

«Herr Winter, mich hat eben der Sebastian Stolze angerufen. Ich hab ihn nicht gut verstanden. Er hat geflüs-
tert, und die Verbindung riss immer ab. Aber sein Vater
hält ihn wohl in seinem Zimmer gefangen. Seine Mutter
ist verschwunden, und er glaubt, sein Vater wird verrückt.
Der Vater hat auch eine Pistole. Danach sagte Sebastian mir
noch, dass sein Akku gleich leer ist, und das war's.»

«Verdammt. Das ist ja ein Ding. Haben Sie schon irgendwas angeleiert?»

«Nein. Ich wollte erst Sie fragen. Nicht dass es wieder
heißt, ich handele eigenmächtig. Für mich hört sich das
nach Spezialeinsatzkommando an.»

«Das sehe ich auch so. Ich kümmere mich um alles. Sie
hören dann von mir. Warum hat der Junge Sie angerufen?
Wieso hatte der Ihre Nummer?»

«Bei der Nachbarschaftsbefragung habe ich ihm meine
Karte gegeben. Ich nehme an, die hatte er noch.»

Die Vorboten der Morgendämmerung waren am Osthim-
mel zu erahnen, als die Leute des SEK sich verdeckt um das
Haus postierten. Das Stolze'sche Reihenendhaus war vollkommen dunkel, bis auf ein Kellerfenster, aus dem schwaches, flackerndes Licht drang. Das Fenster daneben war
vernagelt. Es roch leicht nach Holzfeuer. Winter besprach
mit dem Leiter des Kommandos, dass jemand sich vorsichtig dem hellen Kellerfenster nähern und hineinsehen
sollte. Der Beamte mit Maske und Helm kam alsbald zurück. «Kein großer Brand», flüsterte er. «Die Zielperson
ist selbst da unten, schläft leider nicht. Hat ein kleines Feu-
erchen auf dem Boden brennen, direkt an einer geschlossenen Metalltür. Nicht weit davon sitzt die Zielperson an
die Wand gelehnt und fingert an der Waffe. Die Waffe sieht

nach einer Glock aus. Von dem Raum konnte ich nur das rückwärtige Ende sehen. Ich kann nicht ausschließen, dass da noch eine andere Person ist. Hatte den Eindruck, er bewacht jemanden. Das Kellerfenster, durch das ich geguckt hab, hat kein Glas, bloß ein Gitter. Der hört dadrin jeden Ton auf dem Hof.»

Sie entschieden sich erst dagegen zu stürmen, dann aber doch dafür: Einer der Beamten, die auf der Gartenseite des Hauses postiert waren, schickte nämlich die Nachricht, dort sei an der Terrassentür das Glas herausgeschlagen. Sie stehe also praktisch offen. Geräuschloses Eindringen von hinten wurde beschlossen. Zugleich sollte zur Ablenkung jemand vorne an der Haustür klingeln. Vielleicht würde das Klingeln Stolze nach oben treiben, fort von der Person, die er eventuell im Keller bewachte.

Winter beobachtete die Szene von seinem Wagen aus, der auf einem unbeleuchteten, baumgesäumten Parkplatz stand. Das Parkareal gehörte schon zu den Griesheimer Chemiewerken. Nach Osten grenzte es an die Reihenhauszeile. Vom Parkplatz aus sah Winter die maskierten Gestalten des SEK ums Haus zur Mainseite huschen, während ein Beamter in Zivil sich gemessenen Schritts über den Hof auf die Haustür zubewegte und die Klingel drückte. Niemand öffnete.

Kurze Zeit später gingen im Haus nach und nach die Lichter an. Dann geschah lange nichts. Winter hielt die Ruhe für ein gutes Zeichen, bis er einen Anruf bekam.

«Wir haben ihn», berichtete der Leiter des Kommandos. Er sprach so leise, dass sein heftig gehender Atem lauter schien als seine Worte. «Aber es ist was schiefgelaufen. Der Raum, wo wir rein sind, war zum Flur hin verschlossen. Wir mussten die Tür aufbrechen. Die Zielperson hat was gehört, ist ganz nach oben in den ersten Stock und hat den Sohn als Geisel genommen. Hält dem jetzt die Pistole an den Kopf. Unser Verhandlungsspezialist tut sein Möglichstes. Aber irgendwie habe ich das Gefühl, der Mann ist nicht zugänglich. Der drückt jede Sekunde ab, so kommt mir das vor. Können Sie mir noch ein paar Details zum Hintergrund sagen?»

«Kann ich vielleicht selbst mit dem Mann sprechen?», fragte Winter. «Auf dem Handy. Freisprechfunktion.»

«Okay, mal sehen. Ah, nein, ich höre gerade, er gibt wohl auf. Seine Bedingung ist, er will nur noch einmal fünf Minuten mit seinem Sohn alleine sein und sich ihm erklären.»

«Erlauben Sie das nicht», sagte Winter erschrocken. «Auf keinen Fall.» Kurz entschlossen stieg er aus dem Wagen und bewegte sich mit schnellen Schritten von dem Parkplatz auf das Haus zu.

«Warum sollen wir nicht darauf eingehen?»

«Ich glaube, Stolze plant einen erweiterten Suizid. Er will erst seinen Sohn erschießen und dann sich selbst. Lassen Sie mich mit ihm reden. Direkt. Ich komme jetzt. Sie sind im Obergeschoss, richtig?»

«Herr Winter, überlassen Sie das uns.»

Sebastian wimmerte. Aber sie taten es trotzdem. Machten die Tür zu, ließen ihn mit seinem verrückten Vater alleine.

«Ich liebe dich, mein Junge», sagte der, während Sebastian zugleich spürte, wie der Lauf der Pistole sich fester auf seine Kopfhaut drückte. Sebastian wollte schreien, doch seine Zunge schien gelähmt. Dann ein leises Geräusch von klickendem Plastik.

Als Winter sich oben durch den Flur voller Männer zwängte, in dem überflüssigerweise ein leeres Regal herumstand, da

323

war schon alles vorbei. Stolze lag bäuchlings auf dem Boden des Jugendzimmers, die Hände gefesselt. Er schluchzte, murmelte vor sich hin, er habe nur das Beste gewollt, habe seiner Familie Schande und Armut ersparen wollen.

«Sie hatten recht», sagte der Einsatzleiter, ein Mann von fünfunddreißig, der die Maske hochgezogen hatte. Sein bartloses Gesicht war rot und glänzte vor Schweiß. «Der einzige Grund, warum der Junge noch lebt, ist das hier.» Er deutete auf die Hände eines am Boden hockenden, noch maskierten Spezialisten, der dabei war, die Glock auseinanderzunehmen.

«Ladehemmung», sagte der Spezialist. «Kommt öfter mal vor, aber das Ding ist auch seit Jahren nicht gereinigt worden. Außerdem hat er sie falsch gehalten. Einhändig.»

«Woher haben Sie die Waffe? Ist die legal?», wollte ein anderer maskierter SEKler von Stolze wissen.

«Heute gekauft», presste Stolze aus seiner Bauchlage hervor. «Aus einer Haushaltsauflösung.»

«Haushaltsauflösung?»

«Das war so inseriert. Militaria aus Haushaltsauflösung.»

«Haben Sie noch mehr Waffen hier?»

«Stopp», sagte Winter. «Ist Herr Stolze schon belehrt worden?»

Natürlich war das noch nicht geschehen. Winter sorgte dafür, dass Stolze in das danebenliegende Schlafzimmer gebracht wurde, dann belehrte er ihn über seine Rechte. Inzwischen kamen Leute der Schutzpolizei ins Haus. Der junge Patrick Heinrich war dabei und freute sich wie ein Schneekönig, Winter wiederzusehen.

Winter überließ Stolze den uniformierten Kollegen und kehrte zurück zu dem kleinen Jugendzimmer voller Beamter.

Sebastian Stolze kauerte leichenblass und reglos in einer Ecke seines Bettes. Der Junge tat Winter unendlich leid. Er winkte dem Einsatzleiter herauszukommen. Draußen im Flur fragte er ihn leise: «Habt ihr die Frau Stolze gefunden?»

«Nein. Wir haben die Zielperson natürlich als Erstes gefragt, wo die Frau ist. Schon als wir verhandelt haben. Er sagt, sie ist im Urlaub. Hat hysterisch dabei gelacht.»

«Ihr habt Haus und Grundstück schon komplett durchsucht?»

«Mehr oder weniger. Im Keller ist noch ein verschlossener Raum. Metalltür. Die haben wir beim Stürmen nicht aufgebrochen. Sie wissen ja, die müsste dann ersetzt werden, das sind alles Kosten. Ich dachte, da geht jemand von Ihnen mit dem Elektropick ran.»

Inzwischen war auch die Spurensicherung da. Winter rief Freimann von oben zu, sie sollten sofort die verschlossene Metalltür im Keller öffnen.

Dann ging er zurück in das Jugendzimmer.

«Du bist Sebastian?», fragte er den Jungen in warmem Ton.

«Ja.»

«Ich bin Kriminalhauptkommissar Winter. Darf ich mich zu dir setzen?»

«Ja.»

Winter nahm sich einen orangefarbenen Plastikhocker und setzte sich ans Bett.

«Wie geht es dir?»

Bevor Sebastian antworten konnte, drang von unten ein spitzes, durchdringendes Kreischen herauf. Die Schreie einer Frau. Das Kreischen nahm kein Ende.

«O Gott – Mama», sagte Sebastian und fing an zu weinen.

Winter bezwang seine Neugierde.

«Sebastian, hättest du jetzt gern einen Arzt oder Psychologen bei dir?» Von unten kreischte es noch immer.

«Nee», antwortete Sebastian, «die können mir nicht helfen.» Doch sein Schluchzen klang erleichtert. Er war glücklich, dass seine Mutter lebte.

Sein Vater verließ soeben mit mehreren Polizisten das Haus.

Als Winter etwas später in weißem Overall und Schlappen den Keller betrat, da hatte Frau Stolze zu schreien aufgehört. Arzt und Sanitäter waren bei ihr, luden sie auf eine Trage, hängten einen Tropf an. «Verletzt?», fragte Winter. «Wohl nein», sagte der Arzt. «Aber sie hat hohes Fieber, wahrscheinlich Nierenbeckenentzündung oder Lungenentzündung durch die Unterkühlung. Sie sehen doch, in welchem Zustand sie ist. Wir bringen sie auf jeden Fall erst mal in die Uniklinik.»

Freimann tauchte weiß gewandet in der Tür zum Nebenraum auf. «Willst du eine Überraschung erleben?», fragte er Winter. «Dann komm mal hier rein.»

Der Raum war mit zwei Scheinwerfern grell ausgeleuchtet. Gleich vorne auf dem Boden lag ein aufgerissener Packen ineinandergesteckter Müllsäcke. Von dem blauen Plastik des innersten hob sich eine klebrige, kuchenartige schwarzbraune Masse ab, in der sich weiße Maden räkelten. Geronnenes Blut. Winter atmete mehrfach tief durch. Das konnte nur das Blut des Mainmädchens sein. Er fühlte sich dem Mädchen so nahe wie seit der Obduktion nicht mehr. War Sebastian der Täter, und Stolze wollte das vertuschen? Oder Stolze selbst? Alles war jedenfalls ganz anders gewesen, als sie die ganze Zeit gedacht hatten. Und wenn Stolze nicht durchgedreht wäre – sie hätten den wahren Täter wahrscheinlich nie überführt. Um ein Haar hätten sie sogar den Falschen vor Gericht gebracht.

Nicht weit von den Tüten sah Winter eine mit Blutflecken beschmierte Matratze.

«Andreas? Mann, wach auf. Die Überraschung liegt da drüben.» Freimann deutete auf einen weiteren Müllsack, der verstaubt und fast leer wirkte und ein gutes Stück weiter hinten zwischen zwei Sesseln auf dem Boden lag. Erst auf den zweiten Blick sah Winter aus der Öffnung einen menschlichen Schädel hervorragen.

«Skelettierte Leiche», referierte Freimann. «Dürfte mehrere Jahre alt sein.»

Winter hob die Brauen. Die These von Sebastians Täterschaft schmolz dahin. Vor «mehreren Jahren» war Sebastian noch ein Kind gewesen. Nein, Stolze selbst musste der Täter sein. War er ein Serienkiller? Winter dachte an die vor Jahren bei Nied im Main gefundene Mädchenleiche mit den vielen Misshandlungsspuren. Ging dieses erste tote Mädchen auch auf Stolzes Konto? Hielt er die Mädchen im Keller, bis er …

Allmählich wurde es Winter mulmig im Magen. Er brauchte ein Frühstück, einen Kaffee. Schnell stieg er wieder die Treppen hoch zu Sebastian. Er sagte dem Jungen kein Wort von den Funden. (Wusste er es? Ahnte er es?) Weil man Sebastian nicht allein in diesem Haus zurücklassen konnte, fragte Winter ihn, ob er zu Verwandten wolle, Großeltern beispielsweise. Sebastian schüttelte den Kopf, nein, nicht zu den Großeltern. Er nannte den Namen der Vertrauenslehrerin seiner Schule, die er aus der Theater-AG gut kenne.

Winter rief trotz der frühen Uhrzeit bei der Vertrauenslehrerin an. Die Stimme der älteren Frau strahlte Wärme
und Leben aus. Kein Wunder, dass Sebastian zu ihr wollte.
Sofort erklärte sie sich bereit, Sebastian für einige Tage aufzunehmen. Die uniformierten Kollegen wurden beauftragt,
den Jungen zum Haus der Lehrerin zu fahren.

Während der Junge ein paar Sachen packte, sah Winter
in die Küche, suchte nach Messern. In einer Schublade fiel
ihm ein nagelneues, spitzes Keramikmesser auf. Die Breite
der strahlend weißen Klinge passte perfekt zu den Schnit-
ten, die er am Bauch des Mainmädchens gesehen hatte. Er
nahm das Messer in die behandschuhte Hand und ließ es
in einen Pergaminbeutel rutschen. Den durchschnitt es wie
Wasser, rutschte durch, fiel auf den Fliesenboden und zer-
brach. Winter fluchte, dann lachte er. Er war übermüdet
und überreizt. Schnell rief er jemanden von der Spurensicherung. Es war wirklich besser, wenn die Experten ihre Arbeit selber machten.

Zum guten Schluss besprach Winter sich telefonisch mit
Fock. Der war mehr als erstaunt über die Entwicklungen.
Doch ganz Routinier, ließ er sich wenig anmerken. Sie ver-
einbarten, dass es für die Mordkommission, abgesehen von
Winters jetzigem irregulärem Einsatz, keinen Sonntagsdienst geben würde. Es war nicht sinnvoll, jemanden zu vernehmen, bevor das Haus kriminaltechnisch ausgewertet
war. Und der Garten. Natürlich, der Garten. Winter dachte
an die dicke Sonja Manteufel. Unglaublich, dass diese Frau
auf eigene Faust so dicht an die Wahrheit gekommen war.
Aber von der skelettierten Leiche im Keller hatte auch sie
nichts geahnt.

«Sie sind dann ab morgen wieder regulär bei der Kommission Mainmädchen», verkündete Fock außerdem. «Die

328

Sache mit Ihrer Tochter ist ja nicht mehr relevant. Und diese unangenehme Kollegin vom KDD sind Sie glücklicherweise ja nun auch los. Ich hoffe, dass jetzt wieder Ordnung bei Ihnen im Team einkehren wird. Das ging ja reichlich drunter und drüber letzte Woche.»

Winter stöhnte innerlich. «Es war auch ein schwieriger Fall, Chef. Zu viele Verdächtige, ein falsches Geständnis, kaum Personal ... Und dafür, dass es so schwer war, sind wir verdammt schnell vorangekommen.»

«Nun ja, wie man's nimmt, es war doch eher ein Zufallserfolg.»

Winter verdrehte die Augen. Bis ihm endlich eine Replik einfiel, sprach Fock schon weiter: «Für die SoKo Krawatte haben Sie allerdings ganze Arbeit geleistet. Wahrscheinlich lag es hauptsächlich an dieser inkompetenten KDDlerin, dass in dem Mainmädchenfall so viel schieflief.»

«Na ja, die Kollegin ist eben ein bisschen unerfahren, aber –»

«Seien Sie unbesorgt. Wenn wir mal wieder Verstärkung brauchen, diese Türkin setze ich Ihnen nicht noch mal ins Nest. Wie hat sich denn der junge Heinrich von der Direktion Süd geführt?»

«Sehr gut, keine Klagen.»

«Na bestens. Bis morgen dann.»

Winter war müde, aber euphorisch gewesen. Doch nach dem Gespräch mit Fock fühlte er sich deprimiert.

Wahrscheinlich war er einfach überarbeitet. Er musste nach Hause.

Dort erlebte Winter nachmittags um drei die nächste Überraschung. Er schrieb gerade eine SMS an Aksoy, um ihr zu verraten, wie es letzte Nacht ausgegangen war. Da klingelte es. Winter ging selbst zum Drücker, sah durchs

Türglas, dass der Besucher schon hier oben stand, und öffnete. Vor sich hatte er einen dunkelhaarigen, blassen jungen Mann, der einen Strauß orangegelber und rosa Edelrosen in der Hand hielt.

«Hallo, Herr Winter. Ich bin Selim. Ich hätte gerne mit Sara gesprochen. Ist sie da?»

Winter war eiskalt erwischt. «Einen Moment», bat er. «Ich muss nachsehen.»

Er klopfte an Saras Zimmertür, bis sie öffnete.

«Sara, dieser Selim ist hier», flüsterte er. «Willst du ihn sehen oder eher nicht? Mir wäre es lieber, wenn nicht.»

Das hätte er nicht sagen sollen. Denn natürlich setzte bei Sara daraufhin eine Trotzreaktion ein. «Ich will ihn aber sehen», erklärte sie, obwohl sie kurz zuvor noch sehr zweifelnd dreingeblickt hatte.

«Sicher?»

«Ja, sicher. Hörst du schlecht, oder was?»

Den Ton mochte Winter gar nicht.

«Hattet ihr euch gestritten?», fragte er, um Zeit zu gewinnen.

«Geht dich nichts an.»

«Um ehrlich zu sein, das geht mich doch was an.»

Sara hatte die Lippen aufeinandergepresst. Sagte keinen Ton.

An dem Tag, an dem die Polizistin ihr und der Clique die Fotos des Ertrunkenen Lenny gezeigt hatte, nachdem Sara also klar war, dass Lenny gestorben war, da war sie am Abend zu Selim gegangen. Sie wollte sich ausweinen. Sich mit ihm beraten. Vielleicht war sie auch etwas vorwurfsvoll. Selim war es doch gewesen, der «Mach dir keinen Kopf» gesagt hatte, nachdem Lenny gesprungen war.

330

Und die Reaktion von Selim? Er wisse nicht, warum er immer an Mädchen mit Problemen gerate. Er habe gedacht, dass sie anders sei, normaler, stabiler, eine Gymnasiastin aus intakter Familie. Aber nein, sie sei offensichtlich wieder eine, die ihn mit ihrem Psychokram ersticken werde, ihm nichts als Sorgen und Ärger mit der Bullerei beschere. Es sei besser für beide, wenn ihre Wege sich jetzt trennten. Sie sei sowieso zu jung.

Das hatte schrecklich wehgetan. Nach dem ersten schweren Schmerz hatte sie fast schon begonnen, ihn zu hassen. Aber vielleicht würde jetzt alles gut.

«Wenn du ihn nicht reinlässt, geh ich halt mit ihm weg», sagte Sara.

Winter zuckte mit den Schultern. Was blieb ihm übrig? Er machte kehrt, schickte den zweifelhaften Selim zu Sara. Dann suchte er Carola im Wohnzimmer auf, um mit ihr zu verabreden, dass sie sich den jungen Mann hinterher gemeinsam vornehmen würden. Als Türke würde er sicher erst recht verstehen, dass Eltern gerne genauer wussten, mit wem ihre Tochter sich abgab.

Doch Carola regte sich zunächst einmal darüber auf, dass Winter Selim überhaupt hereingelassen hatte. «Was denkst du dir nur! Du hättest ihm an der Tür gleich sagen müssen, Sara ist nicht da, basta. Da fragt man doch Sara nicht!»

Bevor das zu einem handfesten Streit ausarten konnte, klingelte das Telefon. Winter war froh über die Unterbrechung, ging in den Flur und hob ab.

«Winter.»

«Andi, altes Haus! Hier ist Gerd. Na, wie war die erste Woche ohne mich?»

Winter lachte. «Anstrengend», sagte er. «Echt anstrengend. Kam mir vor wie drei Wochen statt eine. Und ganz ehrlich, alter Junge, ich vermisse dich.»

«Hör mal zu, ich hab eine Idee. Claudi und ich sind schon ziemlich gesettelt im neuen Haus. Claudi ist ja schon seit sechs Wochen da. Wir wohnen hier superschön am Park Wilhelmshöhe. Die Wohnqualität in Kassel ist eben fürs gleiche Geld um Klassen besser als in Frankfurt. Jedenfalls, Andi, wollt ihr nicht nächstes Wochenende kommen? Du, Carola und die Kinder? Von Samstag auf Sonntag. Wir machen uns ein schönes, harmonisches Familienwochenende. Es gibt in Kassel genügend Museen, falls schlechtes Wetter ist. Ansonsten Wandern im Park. Und wir beide klönen. Was meinst du?»

«Von mir aus gern.»

Ob er allerdings die anderen Familienmitglieder zu einem Harmonie-Wochenende überreden konnte, da hatte Winter so seine Zweifel.

Vorläufig schaffte er es nicht einmal, seinen Plan umzusetzen und sich Selim vorzuknöpfen. Während er nämlich der gereizten Carola von Gerds Einladung erzählte, hörte er ganz unten die Haustür schlagen. Ein Instinkt trieb ihn, aus dem Wohnzimmerfenster zu sehen, da entdeckte er auf der anderen Straßenseite Sara und Selim, die in einen ziemlich dicken Wagen älterer Bauart stiegen und fortfuhren. «Sara fährt gerade mit Selim weg», verriet Winter Carola. «Die haben sich klammheimlich rausgeschlichen.»

«Ach, überrascht dich das?», sagte seine Frau. «Das war doch von dem Moment an klar, wo du ihn reingelassen hast. Jetzt wird sie wieder die ganze Nacht mit diesem üblen Typen herumziehen und Drogen nehmen und nicht nach Hause kommen.»

Glücklicherweise klingelte jetzt neuerlich das Telefon. Es

war Carolas Schwester. Winter reichte den Hörer weiter und verzog sich rasch mit dem Buch des Herrn Naumann in die Küche.

Gegen siebzehn Uhr, Winter hatte fast anderthalb Stunden gelesen, hörte er einen Schlüssel in der Wohnungstüre gehen. Sekunden später erklang Carolas Stimme im Flur. «Was hast du dir nur dabei gedacht», hörte er sie schimpfen, «noch einmal mit diesem kriminellen Typen wegzugehen, nach allem, was passiert ist? Nachdem er Lenny Petzke hat sterben lassen?»

Winter trat jetzt auch in den Flur. Sara stand mit rotem Gesicht und zusammengekniffenem Mund bei der Tür. Sie warf ihrer Mutter einen hasserfüllten Blick zu, ignorierte ihren Vater und verschwand ohne ein Wort in ihrem Zimmer. Innen drehte sich der Schlüssel.

Carola ging zurück ins Wohnzimmer, Winter hinterher. «Schatz, du hast ja recht», begann er konziliant, nachdem er die Tür geschlossen hatte. «Aber das war gerade ein kleines bisschen unpädagogisch.» – «Unpädagogisch?», beschwerte sich Carola. «Du machst es dir leicht! Deine Methode ist es, gar nichts zu tun und deine Tochter verkommen zu lassen.»

Carola warf sich aufs Sofa, Winter blieb stehen. Er fühlte sich getroffen. «Ich finde nur», sagte er, «dass wir Sara das Nachhausekommen nicht jedes Mal so sauer machen dürfen, wenn wir wollen, dass sie mehr Zeit hier verbringt als mit irgendwelchen zwielichtigen Figuren.»

«Ach? Du findest es also besser, sie nicht mit Vorwürfen zu belästigen, während sie ihr Leben gegen die Wand fährt? Lass mich zusammenfassen: Madame kifft, schwänzt regelmäßig die Schule und fälscht dazu deine und meine Unterschrift, sie hat alle ihre alten Freude abgestoßen, redet nicht mehr mit ihren Eltern, verbringt ihre Tage herumlungernd an der Konstablerwache, bleibt mit einem wesentlich älteren halbkriminellen Drogendealer und Discotürsteher nächtelang weg, und zwischendurch sieht sie gefühllos zu, wie ein alter Schulfreund ertrinkt. Aber du denkst, man soll aus Rücksichtnahme lieber nichts sagen? Hallo, in welcher Welt lebst du eigentlich? Ist dir deine Tochter völlig egal?»

Winter seufzte. «Mensch, Caro, du weißt genau, dass mir Sara alles andere als egal ist. Ich bin nur überfordert, genau wie du. Übrigens, mit dem Schuleschwänzen, ich dachte, das war nur zweimal und betraf nur Sport?»

Carola lachte sarkastisch. «Und du willst Polizist sein? Für jedes Mal, dass wir es herausgefunden haben, gibt es zwanzig andere Male, die nicht aufgeflogen sind.»

Winter sah gequält drein. Da mochte Carola natürlich recht haben, aber irgendwie erkannte er seine Frau in letzter Zeit nicht wieder, so verbittert und voller Vorwürfe.

«Okay», sagte er. «Dann werde ich jetzt mal diesen Selim aufsuchen und mit ihm reden. Ich habe mir nämlich seine Adresse besorgt.» Ein Lob von Carola bekam er für den Entschluss nicht. Aber immerhin ließ sie ihn ohne weitere Vorhaltungen ziehen.

Bevor er ging, sah Winter noch rasch bei seinem Sohn vorbei, der wie meist still in seinem kleinen Zimmer mit dem winzigen Gaubenfenster am Computer saß. Winter beschlich das Gefühl, dass Felix bei der vielen Aufregung um seine große Schwester ins Hintertreffen geriet.

«Na, Großer?», fragte er und strich Felix kurz durch die Haare. «Hast du Lust, nächstes Wochenende mit der ganzen Familie nach Kassel zu Webers zu fahren? Die wohnen da sehr schön, und in Kassel gibt's 'ne Menge zu entdecken.»

Felix zuckte mit den Schultern. «Nick hat mir schon geschrieben, dass sein Vater uns eingeladen hat», sagte er lakonisch. «Ich hab ihm gesagt, ich weiß nicht, ob das mit unseren Frauen so lustig wird.»

Winter staunte in doppelter Hinsicht.

«Du hast Kontakt mit Nick Weber?», fragte er.

«Über Facebook halt.»

Na klar, dachte Winter, was sonst. Ihm kam eine Idee. «Sag mal, Großer, angenommen, die Frauen wollen nicht mit – was meinst du, wollen wir gemeinsam fahren und uns ein Männerwochenende machen?»

In Felix' Gesicht blitzte Freude auf. «Au ja», rief er, dann milderte er den uncool-kindlichen Ausdruck sofort ab. «Also, keine schlechte Idee.»

Winter grinste. Da hatte er bei einem seiner Kinder mal ins Schwarze getroffen. Wenn sich jetzt nur Sara nicht ausgeschlossen fühlte. Carola hatte sich eben sowieso unlustig gezeigt. Dabei war früher Carola die Soziale in der Familie gewesen, die ständig Einladungen organisierte.

«Sag mal, mein Junge, was machen wir denn mit unseren Frauen, damit die nicht beleidigt sind, dass wir sie hier sitzenlassen?»

Felix überlegte kurz. Dann sagte er: «Ich weiß. Sie kriegen jede ein Paar Schlittschuhe und Eintrittskarten für die Eissporthalle. Das würde jedenfalls die Supernanny so machen.»

«Wie bitte? Die Supernanny?» Winter war entsetzt. Er hatte eine vage Vorstellung von verhaltensgestörten Kindern, die medial vorgeführt und mit zweifelhaften Disziplinarmaßnahmen traktiert wurden. «Ich seh das manchmal im Internet», sagte Felix. «Wenn es nur noch Zoff zwischen einem Teenie und den Eltern gibt, dann schickt die Supernanny die zusammen irgendwas Spaßiges machen. Dass sie auch mal was Positives miteinander erleben. Gar nicht so dumm, die Frau.»

War es so schlimm in ihrer Familie, dass Felix sich Rat von einer niveaulosen Fernsehsendung erhoffte? Allerdings, die Idee mit dem Eislaufen war die schlechteste nicht. Winter klopfte seinem Sohn auf die Schulter. «Okay, Großer. Dann gehe ich jetzt mal was erledigen.»

Winter stellte den Wagen im Parkhaus am Baseler Platz ab und lief zum Untermainkai. Die Sonne war schon unterge-gangen. Vom Holbeinsteig hätte man jetzt einen wunder-baren Blick auf die erleuchtete Skyline und den Main. Doch Winter betrat die Brücke nicht, für die raren Schönheiten seiner Stadt fehlte ihm heute jede Aufmerksamkeit.

Das Haus, in dem Selim Okyay wohnte, war ein Grün-derzeitbau vom Feinsten mit schmiedeeisernen Balkonen an der Fassade. Winter rechnete an einem Sonntagabend ei-gentlich nicht damit, Selim zu Hause anzutreffen. Doch er war da, wie ihm eine Frauenstimme mit schwerem türki-schem Akzent an der Sprechanlage mitteilte.

Das Treppenhaus war herrschaftlich, die Decken hoch. Selim selbst erwartete den Besucher an der einzigen Tür des zweiten Stockwerks. Sie musterten sich. Der junge Mann trug jetzt obenherum ein künstlerisch wirkendes türkis-weißes Batikoberteil, das nicht zu dem Bild passte, das Win-ter sich von ihm gemacht hatte.

«Ich würde gerne mit Ihnen über Sie und Sara spre-chen», begann er.

«Das ist nicht besonders sinnvoll», sagte Selim in leicht genervtem Ton. «Aber ich will Sara keinen Ärger mit Ihnen machen. Also, kommen Sie rein.»

Die Wohnung war so repräsentativ, wie Winter es von draußen vermutet hatte, mit weiträumigem, parkettbelegtem Flur und weißgestrichenen Flügeltüren, die in scheinbar zahllose Zimmer führten. An den Wänden im Flur hingen große Original-Ölbilder, alles moderne, mit wilden Strichen gemalte Porträts einer Frau mittleren Alters.

«Die Bilder sind aber nicht von Ihnen, oder?», fragte Winter spontan.

«Nein, die sind von meiner Tante», erklärte Selim, «und das Modell ist meine Mutter.»

Winter warf neugierig einen Blick auf eins der Bilder, bevor er Selim in ein riesiges, aber spartanisch eingerichtetes Zimmer mit drei Fenstern folgte. In einer Ecke lag eine französische Matratze mit Bettzeug direkt auf dem Holzboden, in Fensternähe stand ein Schreibtisch, an einer Wand ein halbvolles Bücherregal Typ Ivar und davor ein paar zusammengewürfelte Sessel plus IKEA-Stehlampe. Das Ganze vermittelte den Eindruck «Studentenzimmer».

«Sie wohnen hier bei Ihren Eltern?», fragte Winter, der immer weniger verstand. Selim verneinte mit ernstem Blick und bedeutete ihm, sich auf einen der Sessel zu setzen, während er sich ebenfalls niederließ. Statt Winter stellte jetzt Selim selbst provokant eine Frage: «Und? Was ist Ihr Problem mit mir? Dass ich Türke bin?»

«Um Himmels willen, natürlich nicht», beschwichtigte Winter. «Wir finden Sie bloß etwas zu alt für Sara. Sie ist ja fast noch ein Kind. Und sie hat uns auch praktisch nichts über Sie erzählt. Also haben wir uns Sorgen gemacht.»

«Verstehe», nickte Selim. «Sara redet wenig. Gerade über wichtige Sachen. Das ist mir auch aufgefallen. Dann kann ich Sie beruhigen und Ihnen sagen, dass das zwischen uns schon vorbei ist.»

Winter war mehr als überrascht. «Und was hat das dann vorhin bedeutet? Dass Sie mit Rosen bei uns vor der Tür stehen?»

«Ich wollte mich entschuldigen. Ich hatte mich ihr gegenüber unmöglich benommen, nachdem diese Sache mit dem Jungen passiert war, Sie wissen schon, der ertrunken ist. Und, ja, ich hab Sara gefragt, ob sie mir noch eine Chance gibt. Zuerst hat sie ja gesagt. Später dann draußen – wir waren auf dem Weg hierher – wollte sie plötzlich mit mir in ein Café und noch mal reden. Sie sagte dann, dass sie sich nach allem, was passiert ist, erst mal selbst finden muss. Und dass sie sich nicht selbstbewusst genug fühlt, um mit mir zusammen zu sein. Sie hätte sich mit mir nie richtig wohlgefühlt, weil sie sich unerwachsen und schüchtern vorgekommen sei. Sie sei sich ständig selbst peinlich gewesen. Bloß deshalb sei das auch mit diesem Lenny passiert. Angeblich war es ihr zu peinlich, darauf zu bestehen, einen Notruf abzusetzen.»

Selim hatte offenbar das Bedürfnis, sein Herz auszuschütten. Winter war zugleich betroffen und erleichtert von dem, was er hörte. «Warum sind Sie eigentlich nicht selbst draufgekommen, Hilfe zu holen?», fragte er. «Ich meine, wenn da jemand von einer Brücke ins Wasser fällt …»

«Diesen Vorwurf hat mir Sara auch schon gemacht. Aber wissen Sie, ich kannte ja diesen Lenny nicht und auch nicht die ganze Vorgeschichte. Sara vermittelte nicht gerade den Eindruck, dass sie sich um den Jungen Sorgen machte. Und ich hatte natürlich keine Ahnung, dass es an dieser Stelle im Main gefährliche Strömungen gibt. Ich dachte halt, der kann doch schwimmen, was soll's. Das Wasser sah total ruhig aus. Ich bin selbst schon mal im Main geschwommen.» Er gestikulierte Richtung der Fenster, die zum Fluss gingen.

«Gut», sagte Winter, «ich verstehe jetzt besser, wie das hat passieren können. Danke, dass Sie so offen sind. Darf ich Sie noch was fragen?»

Selim zuckte mit den Schultern. Er wirkte jetzt wieder defensiv, als empfinde er die ganze Situation als Zumutung.

«Wie kann sich ein so junger Mann diese Wohnung leisten? Reiche Eltern?»

Selim schien kurz davor zu sagen: Was geht Sie das an? Dann überlegte er es sich offenbar anders. «Das ist eine WG», erklärte er, «wir wohnen hier zu viert. Jeder zahlt achthundert Euro, ich verdien achtzehnhundert in meinem Job, das geht.»

Natürlich. So konnten sich auch Durchschnittsverdiener eine Wohnung von über dreitausend Euro Miete leisten. Jedoch –

«Eine WG? Unten stand aber nur Ihr Name.»

Selim lächelte genervt. «Da spricht der Polizist, was? Meine Mitbewohner sind mein Bruder und zwei Cousinen. Wir heißen alle Okyay mit Nachnamen.» Im selben Moment klopfte es an der Tür. Eine Frau von Ende zwanzig in Mantel und Rucksack erschien und sagte in selbstbewusstem Ton etwas auf Türkisch zu Selim, bevor sie verschwand.

«Meine Cousine aus Ankara», erläuterte Selim. «Ihr Deutsch ist noch nicht so toll, sie ist erst seit einem Jahr hier. Sie macht ihre Doktorarbeit an der TU Darmstadt. Energietechnik.»

Winter schmunzelte. Er hörte heraus, dass Selim verdammt stolz auf seine Cousine war. Das konnte er wohl auch sein. Energietechnik – puh.

«Was machen denn Sie beruflich?», fragte er. Nach Türsteher, wie von Carola vermutet, sah Selim nicht aus. Aber hatte Sara nicht tatsächlich was von einer Disco erzählt?

«Ich mache die Buchhaltung für einen Club. Jede zweite Woche muss ich da auch anwesend sein und Geschäftsführer spielen. Eigentlich studiere ich BWL. Aber ehrlich gesagt geht das neben der Arbeit nur noch langsam voran.»

«Das ist ja auch kein Wunder», sagte Winter. «Trotzdem, lassen Sie das Studium nicht aus den Augen. Besser langsam als nie.»

Er begann sich zu verabschieden. Da fiel ihm noch etwas ein. «Wo haben Sie denn Sara kennengelernt? In diesem Club?»

Selim nickte. «Sie stand ganz lange schüchtern in einer Ecke und zog nicht mal ihren Mantel aus. Da hab ich gedacht, dieses Mädchen will ich kennenlernen. Wissen Sie, in so einem Club … man hat da die ganze Zeit halbnackte Frauen vor sich, die auf der Tanzfläche völlig aus sich herausgehen, die sich vorführen und offensichtlich jemanden zum Abschleppen suchen. Wenn Sie das *nur* haben, dann ist es Ihnen irgendwann zuwider. Dann sucht man den Kontrast, jemanden, der ein bisschen subtiler und introvertierter ist und nicht den Eindruck vermittelt … egal. Ich hab schon viel zu viel gesagt.»

«Mir ist jedenfalls einiges klarer geworden. Vielen Dank noch mal für das Gespräch.»

«Ich kann übrigens nicht garantieren, dass ich Sara jetzt nie wieder kontaktieren werde. Falls sie es sich anders überlegt …»

«Na ja, wie gesagt, wir denken, Sie sind tatsächlich etwas zu alt für Sara, und das hat sie ja jetzt auch selbst gemerkt. Aber letztlich ist das natürlich eine Sache zwischen Sara und Ihnen.»

Winter war keineswegs sicher, dass das eine Sache nur zwischen Selim und Sara war. Aber er wollte keine Trotzre aktion bei Selim provozieren. Falls er Selim regelrecht verbot, Sara zu sehen, würde der sich womöglich herausgefordert fühlen und das Mädchen erst recht nicht in Ruhe lassen.

Beim Hinausgehen warf Winter noch einmal einen verstohlenen Blick auf eins der wilden Ölbilder im Flur. Von der Tante gemalt. Höchst interessant das alles. Es war jedenfalls kein Fehler gewesen hierherzukommen.

Als Winter zwanzig Minuten später zu Hause das eigene bescheidenere Treppenhaus hochstieg und sich vorzustellen begann, was er Carola jetzt sagen würde, da wurde ihm klar: Er hatte nicht die geringste Ahnung, wie seine Frau reagieren würde.

Die Ungewissheit hielt nicht lange an. Carola hatte sich bereits ins Schlafzimmer zurückgezogen. Als Winter sich aufs Bett setzte und begann, er habe von Selim erfahren, Sara habe heute die Beziehung beendet, da sagte sie bloß trocken: «Wie blöd bist du eigentlich, dass du dir so was erzählen lässt?»

Winters Einschätzung, dass der berüchtigte Selim nicht so problematisch sei wie vermutet, entrüstete Carola ebenfalls. «Nicht so schlimm? Was ist denn mit dir los? Das ist ein zwielichtiger Typ, der sein Geld in der Clubszene verdient, das gibt er ja selbst zu. Er hat Sara mit Drogen in Kontakt gebracht, niemand weiß, ob da nicht sogar Prostitution reinspielt. Die teure Wohnung spricht doch für sich. Wie kannst du nur so naiv sein und diesen Mist von Wohngemeinschaft mit den Cousinen glauben? Der lacht sich jetzt tot über dich.»

«Als Kriminalist hat man so seine Erfahrungen», sagte Winter schroff. «Er kam mir glaubwürdig vor. Meine Hoffnung ist, Sara hat ihre Lektion gelernt. Vielleicht sollten wir ihr jetzt erst mal eine Chance geben und ihr vertrauen.»

«Mit anderen Worten: Du verschließt weiter die Augen vor den Problemen, und ich kann nicht mit deiner Unterstützung rechnen.» Carolas Ton klang etwas weinerlich, aber zugleich befriedigt, so als habe sie etwas bewiesen. Im selben Moment stellte sie den Fernseher wieder laut, zum Zeichen, dass die Diskussion beendet war.

«Sei nicht unfair», sagte Winter und erhob sich. «Ich tue, was ich tun kann. Ich bin bloß nicht der liebe Gott.» Zwischen Ärger und Frust verzog er sich wieder in die Küche, wo ein populärwissenschaftliches Magazin ihn ablenkte.

13

Montag früh verbreitete die Pressestelle eine Meldung, wonach man im Fall Mainmädchen einen dringend Tatverdächtigen verhaftet habe. Es bestehe zudem der Verdacht, dass der Verdächtige auch noch für weitere Tötungsdelikte verantwortlich sei. Im Keller sei ein menschliches Skelett gefunden worden. Ebenfalls würden Bezüge zu dem Mord an dem unbekannten jungen Mädchen geprüft, dessen Leiche vor etwa zehn Jahren im Stadtteil Nied angeschwemmt wurde.

So lange ist das schon wieder her?, dachte Winter, als er das las. Ihm war die von Fock veranlasste Pressemeldung nicht recht. Es gab noch zu viele offene Fragen. Außerdem wurde sein Büro jetzt mit Presseanfragen überschüttet, da die Boulevardblätter einen «Serienkiller» witterten, was für diese Medien ungefähr so war wie Weihnachten und Ostern zugleich. Winter stellte sein Telefon auf Hildchen um, damit er überhaupt zum Arbeiten kam.

Um halb elf entließen sie Nino Benedetti aus der U-Haft. Die Schreibkraft hatte den Geständniswiderruf protokolliert. Winter erinnerte Benedetti daran, dass er wahrscheinlich niemals in Haft gekommen wäre, hätte er von Anfang an die Wahrheit gesagt – nämlich dass er unschuldig sei. Ihn so in Sicherheit wiegend, hängte er noch eine Verhörfrage hintendran: Wie Benedetti es sich erkläre, dass keine Fingerabdrücke des Mädchens in seiner Wohnung gefunden worden seien?

Dieses Rätsel wollte Winter schon noch geklärt haben.

Benedetti verstand allerdings nicht, warum «keine Fingerabdrücke» ein Problem sein sollten.

«Das Mädchen war doch bei Ihnen», erläuterte Winter. «Wenn wir dann bei der Untersuchung der Wohnung keine Spuren finden, dann sieht es so aus, als hätte da jemand sehr sorgfältig geputzt, um Spuren zu beseitigen.»

Benedetti machte große dunkle Augen. Putzen sei doch nicht verboten. Übrigens habe Jeannette in der Wohnung kaum etwas angefasst. Sie habe sich die ganze Zeit bedienen lassen.

«Und die Türklinken? Im Bad beispielsweise?»

Benedetti zuckte die Schultern. Da müsse er seine Frau fragen. Normalerweise mache sie Freitag früh großen Hausputz, aber er glaube, in der Woche habe sie sogar schon Donnerstag geputzt, nachdem Jeannette weg war.

«Aber die Türklinken? Die reinigt sie doch nicht auch?»

Benedetti sah ihn wieder mit großen Augen an. «Sicher macht sie das. Haben Sie denn keine Ahnung von Hygiene? An Türklinken, an Wasserhähnen und in Kühlschränken finden sich die meisten Keime. Lenchen reinigt die erst mit Wasser und Seife und dann noch mal mit Alkohol. Genau wie die Wassertaste an der Toilettenspülung.» Aha. Serdaris und Benedetti waren Hygienefreaks. Damit war diese Frage auch geklärt.

Aber war Stolze wirklich der Täter? Einiges schien Winter seltsam. Wer hatte das Glas der Terrassentür zertrümmert? Was wusste die Familie von Stolzes mörderischen Machenschaften?

Um ein bisschen mehr über Familie Stolze zu erfahren, nahm Winter einen Aktenordner aus Stolzes Büro zur Hand. Er war mit der aktuellen Jahreszahl beschriftet. Als er den Ordner aufschlug, fiel sein Blick auf einen Kontoauszug Stolzes. Ganz oben verzeichnet stand eine Gutschrift über fünfhundertfünfzig Euro, die von einem Werner Geibel kam.

Winter hatte das Gefühl, dass es in seinem Gehirn knirschte. Werner Geibel? Woher kannte er den Namen?

Dann fiel es ihm wieder ein. Der Griesheimer Polizist, den Aksoy erwähnt hatte. Er musste sofort mit dem Mann sprechen. Er sah im Telefonbuch nach. Kein Eintrag.

«Sven?», sprach er Kettler an.

«Ja?»

«Du kanntest mal einen Kollegen, der in Griesheim am Mainufer wohnte, oder? Wie hieß der?»

«Das war der Werner. Werner Geibel.»

«Welche Adresse?»

«Weiß ich nicht mehr.»

«Aber du warst doch mal da. Würdest du das Haus noch finden?»

«Ja, ich denke schon.»

«Okay, Sven. Du fährst mich jetzt zu Werner Geibel.»

Kettler mit seiner Lockenpracht fragte nicht, warum und weshalb, sondern erzählte die Fahrt über fröhlich von dem Tennismatch, das er am Wochenende bestritten hatte. Er fuhr auf der notorisch überfüllten Mainzer Landstraße bis raus nach Griesheim, bog dann in die Elektronstraße Richtung Main. Neben einem Discounter stoppten sie an einer roten Ampel. Da sah Winter etwas, das in ihm aus irgendeinem Grund Alarminstinkte weckte: Auf dem Parkplatz vor dem Discounter war ein indisch aussehender Mann zu sehen, der gemeinsam mit einem zehn- oder zwölfjährigen Mädchen in traditioneller Kleidung dabei war, einen großen Einkauf in den Kofferraum eines Kombis zu laden. Vielmehr, das Mädchen machte die Arbeit. Der Mann sah zu.

War das nicht einer von den indischen IT-Spezialisten

345

in der Haeussermannstraße? Aber wer um Himmels willen war dann das Mädchen? Die Männer hatten doch keine Kinder?

Das Bild des Mannes mit dem Kind beunruhigte Winter. Als sie schon wieder weiterfuhren, stellte sein Gehirn eine Verbindung her: Er dachte an den Fall des unbekannten Mädchens, das vor zehn Jahren bei Nied im Main gefunden worden war. Dieses Mädchen kam aus Afghanistan, Pakistan oder Nordindien, so viel hatte die Genetik damals ergeben. Die Isotopenanalyse der Haare sagte, sie habe bis zwei Jahre vor ihrem Tod auch dort gelebt. Sie hatten damals vermutet, das Kind sei möglicherweise als illegales Dienstmädchen nach Deutschland gekommen.

Wie, wenn die drei Inder …

Aber nein, das war absurd. Das waren Ideen, auf die eigentlich nur die Aksoy kam. Wenn überhaupt ein Zusammenhang des alten Nieder Fundes zum jetzigen Mainmädchenfall bestand, dann war es wohl am ehesten wahrscheinlich, dass in beiden Fällen Stolze der Täter war.

Kettler riss Winter aus den Gedanken. «Hey, Andi. Aufwachen. Wir sind da. Eins von den roten Reihenhäusern ist es.»

Winter staunte. Dabei hätte er es sich fast denken können.

«Da an der Ecke wohnen Stolzes», informierte er Kettler. «Weißt du, Sven, in diesem Fall gibt es eindeutig zu viele seltsame Zusammentreffen.»

Kettler sah ihn hinter seiner dunklen Hornbrille ahnungslos an. «Stolzes? Wer ist das noch mal? Sorry, bin gerade nicht im Bilde.»

Winter seufzte. Mit der Aksoy wäre *das* nicht passiert.

Aksoy rief ihn am Nachmittag an. Sie hatte heute noch frei und wollte aus reiner Neugierde Details über die SEK-Stürmung in der Nacht zu Sonntag hören. «Ihre SMS war ein bisschen sehr kurz», sagte sie lachend. Winter freute sich über den Anruf. Inzwischen war er um einiges weiter. Bei dem Ausflug von heute Morgen hatten sie an seiner alten Adresse natürlich keinen Werner Geibel angetroffen. Doch die beiden Ordner, die Winter jetzt durchgearbeitet hatte, verrieten eine Menge. Winter hatte eine Hypothese, was es mit Geibel auf sich hatte. Doch der Fall Mainmädchen war dadurch rätselhafter geworden. Nicht mehr die klassische Serientätergeschichte, an die er gestern noch geglaubt hatte. Winter nutzte die Gelegenheit und erzählte Aksoy von den verrückten Entwicklungen. Vielleicht hatte sie eine hilfreiche Idee.

Aksoy war einen Augenblick still. «Ich könnte schwören», sagte sie schließlich, «dass die Werner-Geibel-Geschichte mit dem Tod des Mainmädchens zusammenhängt. Also, dass das eine das andere bedingt. Fragen Sie mich nicht, wie. Das sind sonst zu viele verschiedene Leichen in Stolzes Keller. Obwohl … wenn Stolze tatsächlich auch das unbekannte Mädchen vor zehn Jahren auf dem Gewissen hat … aber das ist ja bis jetzt nur Spekulation, oder?»

«Stimmt.» Winter konnte nicht anders, jetzt erzählte er von seiner Zufallsbeobachtung auf dem Supermarktparkplatz, wo er dieses Kind gesehen hatte, das wie ein illegales Dienstmädchen wirkte. Gerade der Aksoy konnte er das erzählen. Denn die mit ihrem Feministinnenfanatismus und ihrer wilden Phantasie durfte ihn dafür kaum auslachen.

«Ich bin mir leider nicht ganz sicher, dass der Mann tatsächlich einer der Inder aus der Haeussermannstraße war», schloss Winter. «Ansonsten hätte ich schon die Kollegen von der OK informiert.»

«Ich würde auf jeden Fall bei den drei Herren noch mal vorbeischauen», befand die Aksoy. «Man könnte auch einfach alle in Griesheim gemeldeten männlichen Inder oder Pakistanis ohne Familie aufsuchen. Das Mädchen muss unbedingt da rausgeholt werden, wenn es wirklich als Haussklavin gehalten wird. Übrigens, bei Verdacht auf Zusammenhang mit dem alten Mordfall sind Sie doch beim K 11 selbst zuständig.»

Dieser Zusammenhang war allerdings, genau wie der Dienstmädchenstatus des von Winter heute beobachteten Kindes, bislang nur ein Hirngespinst. Er hätte Aksoy die Sache nicht erzählen sollen. Fock würde die Hände über dem Kopf zusammenschlagen, wenn Winter auf einen vagen Verdacht hin Ermittlungen aufnahm. Das Wahrscheinlichste war doch: Das kleine Mädchen beim Supermarkt war nichts weiter als die Tochter des Mannes. Und selbst falls nicht: Würde es einem illegalen Dienstmädchen denn helfen, wenn es von der Polizei aufgegriffen und aus dem Land gebracht wurde? Die Eltern waren in solchen Fällen meist bitter arm. Sie verkauften ihre Töchter als Hausmädchen, weil sie sie nicht ernähren konnten. Eine Abschiebung zu den Eltern würde für ein solches Kind nicht Rettung, sondern eine Katastrophe bedeuten.

Winter seufzte und schrieb erst einmal eine Mail an Scheschelsky von der OK mit der Frage, ob sie über geschleuste weibliche Hausangestellte bei Indern, Pakistanis oder Afghanen in Griesheim etwas wüssten. Damit legte er sich nicht fest. Und er konnte Aksoy sagen, er hätte etwas unternommen.

Sebastian, den Winter direkt danach vernahm, wusste praktisch nichts. Den Polizisten Werner Geibel hielt der Junge für einen langjährigen Kunden oder Geschäftspartner seines Vaters. Der Vater habe für Geibel eine Menge erledigt. Er selbst habe den Mann aber nie gesehen. Seine Mutter habe letzte Woche im Internet nach Geibel recherchieren wollen. Er habe den Verdacht, dass sein Vater an illegalen Geschäften wie Waffenschiebereien beteiligt gewesen sei. Doch Genaueres wisse er nicht.

Winter spürte tiefes Mitleid mit dem Jungen. Als er begann, ihn über das Mainmädchen zu befragen, wurde Sebastian leichenblass.

«Nee, echt jetzt», stammelte er. «Sie wollen mir doch nicht erzählen, dass mein Vater was damit zu tun hat?»

«Wir haben leider den Verdacht», sagte Winter. Oder zeigte die plötzliche Blässe des Jungen, dass er doch zumindest in der Mainmädchensache der Täter war? Und der Vater hatte es herausgefunden und hatte ihn richten wollen, um ihm Prozess und Gefängnis zu ersparen? – Nein, Unsinn. Dann hätte Sebastian ganz anders reagiert. Er musste dann doch wissen, dass sie die blutigen Müllbeutel im Keller gefunden hatten.

Winter fischte Aksoys Mainmädchen-Fahndungsplakat aus seiner Mappe.

«Kannst du dich erinnern, in den letzten Wochen ein Mädchen mit dieser Bekleidung gesehen zu haben?»

«Nein. Aber ein Freund von mir im Ruderclub meinte, die wäre bei ihnen gewesen, am letzten, Quatsch, vorletzten Freitag.»

«Ach. Wie heißt der Freund?»

«Gabor Steller.»

Winter ließ sich die Adresse des Gabor Steller geben. Als

er den Raum verließ, sah er noch, wie Sebastian sich über den Tisch beugte und den Kopf in den Händen vergrub.

Dienstag früh kam der Bericht aus der Forensik und auch ein paar andere Unterlagen, die Winter angefordert hatte. Seine Hypothese erhärtete sich. Mittags bekamen sie die Nachricht, Sabine Stolze sei vernehmungsfähig. Körperlich gehe es ihr besser. Aber sie hatte sich auf eigenen Wunsch in die psychiatrische Abteilung der Uniklinik einweisen lassen.

Winter fand das merkwürdig. Hoffte Frau Stolze darauf, als schuldunfähig eingestuft zu werden? Vielleicht wollte sie auf diese Weise aber auch um die Untersuchungshaft herumkommen. Jedenfalls schien Winter die Psychiatrieeinweisung wie ein Schuldeingeständnis. Seit den Erkenntnissen betreffs Werner Geibel mutmaßte er ohnehin, dass Sabine Stolze an den Verbrechen beteiligt gewesen war.

Auf dem Weg zum Uniklinik-Gelände beschloss Winter spontan, einen Umweg über Griesheim zu fahren. Völlig irregulär. Doch irgendetwas trieb ihn. Er fuhr in die Haeussermannstraße und klingelte unten im Haus bei der Manteufel. Die war tatsächlich um die Zeit zu Hause. Sie trug ein orangefarbenes Zelt über ihrem massigen Körper und wirkte so ungepflegt wie bei ihrer ersten Begegnung. (Anwältin war die? Na ja, warum auch nicht. Aber verheiratet mit diesem geleckten Hasso Manteufel? Winter musste sich doch wundern.)

«Frau Manteufel, ich wollte mich für den Tipp in Sachen des Verdächtigen Stolze bedanken. Der Mann ist inzwischen festgenommen, wenn auch nicht direkt aufgrund Ihrer Angaben. Jetzt habe ich noch eine andere Frage. Kennen Sie die Inder, die ganz oben hier im Haus wohnen?»

350

«Vom Sehen.»

«Haben die ein Kind?»

«Ich weiß nicht recht. Eine indische Frau habe ich im Haus noch nie gesehen. Da oben wohnen ja bloß Männer, glaube ich. Aber manchmal, ganz selten, hat einer von denen ein Mädchen dabei. So zehn etwa oder höchstens zwölf. Jedenfalls kann ich mich definitiv erinnern, dass ich neulich einen der Inder ins Auto steigen sah, und im Fond saß ein Mädchen. Ich habe allerdings angenommen, dass das irgendeine Verwandte ist, keine Tochter.»

«Danke. Sie haben mir sehr geholfen.»

Im Treppenhaus sah Winter auf die Uhr. Er war knapp in der Zeit. Trotzdem stieg er noch einmal die Treppen hoch, nicht um bei den Indern zu klingeln – darauf wollte er sich besser vorbereiten. Vielmehr lauschte Winter an der Tür. Er hörte Wasser rauschen, dann leichte, kurze Trippelschritte im Flur. Das war garantiert kein erwachsener Mann. Nun klingelte er doch. Niemand öffnete. Genau das hatte er erwartet.

Die Spur war heiß. Die Aksoy hatte recht, man konnte die Beobachtung vor dem Supermarkt nicht einfach auf sich beruhen lassen. Winter hatte sich bei der Befragung der Männer damals richtig anschmieren lassen. Sie hatten ihn nur in die Küche gelassen. Das Mädchen musste die ganze Zeit still in einem der Zimmer gesessen haben.

Wäre die Aksoy hier, sie würde jetzt wahrscheinlich wegen Gefahr im Verzug die Tür öffnen. Doch Winter hielt das für übertrieben. Außerdem war er nicht zuständig.

Im Wagen zögerte er aber keine Sekunde und rief Till Engelhardt an, einen Kollegen vom K 11, der die zweite ständige Mordkommission leitete und mit dem er sonst nicht viel zu tun hatte.

«Hallo, Andi», begrüßte Engelhardt ihn. «Mensch,

Glückwunsch zu allem. Wir bewundern hier alle, was du in den letzten zwei Wochen geleistet hast. Diese schwierige Geschichte mit dem Mädchen in Rekordzeit aufgeklärt, fast ohne Mitarbeiter, und nebenbei noch den entscheidenden Hinweis für die SoKo Krawatte geliefert. Unglaublich.» Winter grinste. Das ging ihm runter wie Öl. Wenigstens die Kollegen hatten mitbekommen, dass er auch ohne Gerd Toparbeit lieferte. Unterm Strich war auch die Zusammenarbeit mit der Aksoy prima verlaufen. Man hatte sich halt erst zusammenraufen müssen.

«Fast sieht es ja aus, als hättest du außerdem noch unseren alten Fall mit der Nieder Mädchenleiche gelöst», redete Engelhardt weiter.

«Hör mal, Till. Das ist genau der Grund, warum ich anrufe. Ich glaube ehrlich gesagt seit gestern nicht mehr ganz daran, dass unser Verdächtiger Stolze was mit dem alten Fall zu tun hat. Aber ich habe hier eine andere Spur, von der ich denke, dass ihr euch mal drum kümmern solltet. In einem der Griesheimer Häuser, wo wir zur Befragung waren, wohnen drei Inder. Die haben möglicherweise ein illegales, sehr junges Dienstmädchen bei sich wohnen. Genau wie die Geschädigte damals vielleicht eines war.» Nachdem Winter die Details erklärt hatte, versicherte Engelhardt, dass er sich der Sache annehmen werde. «Wir haben das Nieder Mädchen hier alle nicht vergessen», sagte er. «Da lassen wir keinen Hinweis ungeprüft, und sei er noch so klein.»

«Till, was ich übrigens machen würde ...»

«Ja?»

«Ich würde den Indern erst mal ganz freundlich kommen. Jedenfalls wenn ihr keine Misshandlungen feststellt bei dem Mädchen, das sie bei sich haben. Ich würde ihnen erzählen, sie bleiben unbehelligt, wenn sie verraten, über welche Agentur oder welche Schleuser sie das Mädchen bekommen haben und wer ihres Wissens sonst noch solche Mädchen hat. Ist natürlich nicht ganz korrekt … »

«Das überlegen wir uns. Okay, Andi. Danke. Vielleicht fahren wir heute noch hin. Bei der SoKo Krawatte ist ja jetzt Alltag eingekehrt, seitdem klar ist, wer der Würger war.»

Damit war Winter die Verantwortung für das kleine Mädchen in der Haeussermannstraße los.

An der Uniklinik südlich des Mains verfranste sich das Navigationsgerät. Das Labyrinth aus tausend Gebäuden auf einem riesigen Areal neben der Stadt war verkehrstechnisch nicht gerade patientenfreundlich. Keine U- oder S-Bahn führte hin. Nicht mal Parkplätze gab es in ausreichender Zahl, und Winter musste von seinen Polizei-Sonderrechten Gebrauch machen.

Im Psychiatriegebäude, weiß und kubisch wie fast alles hier, schleuste man Winter durch mehrere verschlossene Türen. Frau Stolze habe sich freiwillig in die geschlossene Abteilung begeben, wurde er informiert. Suizidgefahr. Auf der Station nahm ihn eine Ärztin mittleren Alters in Empfang.

«Ich bräuchte einen eigenen, abgetrennten Raum für die Vernehmung», erläuterte Winter der Ärztin. Das kam nicht gut an.

«Wir sind hier nicht im Hotel», entrüstete sich die Frau. «Wir haben hier keine leeren Räume.»

«Sie könnten mir so lange Ihr Büro überlassen», schlug Winter vor. Doch von dem Augenblick an war er bei der Ärztin ganz unten durch.

«Würden Sie mir auch Ihres überlassen?», fragte sie kühl zurück.

«In einer vergleichbaren Situation, ja», behauptete Winter.

«In meinem Büro lagern vertrauliche Patientenakten», erklärte die Ärztin scharf, «ich dürfte Sie dort gar nicht allein lassen.»

«Für gewöhnlich haben Aktenschränke Schlüssel und Computer Passwörter», erklärte Winter. Er wusste genau, dass er sie damit nur noch mehr reizte. Aber diese Frau brachte ihn auf die Palme.

Schließlich gesellte sich eine junge Stationspsychologin mit kurzen roten Haaren dazu, die sich schnell bereit erklärte, ihr eigenes Büro für eine Stunde zu räumen. «Und pass auf, dass er die Patientin nicht überlastet», wies die Ärztin die Psychologin an. Die übernahm jetzt glücklicherweise die Regie und führte Winter zu ihrem Büro.

«Wie lautet denn die Diagnose bei der Frau Stolze?», fragte Winter auf dem Weg dorthin. Die auf Krawall gebürstete Ärztin wäre ihm garantiert mit Vertraulichkeit gekommen. Die junge Psychologin aber sah das pragmatisch. «Ist noch nicht sicher diagnostiziert. Wahrscheinlich posttraumatische Belastungsstörung, Angstneurose und Depressionen. Das hängt natürlich alles zusammen.»

Winter nickte. Also keine Schizophrenie. Nichts, womit Frau Stolze vor Gericht auf verminderte Schuldfähigkeit plädieren könnte.

«Was Sie wissen sollten», fuhr die Psychologin fort, «Frau Stolze steht unter Antibiotika und starken Beruhigungsmitteln. Sie hat einen großen Schock erlitten und ist emotional gerade sehr labil. Körperlich ist sie auch noch etwas krank. Das Gespräch wird sie belasten und sollte nicht länger als eine halbe Stunde dauern. – Okay, nehmen Sie diesen Stuhl. Ich bringe Ihnen dann die Patientin.»

Die trug zu Winters Schrecken Papierkleidung wie für Operationen. «Entschuldigen Sie bitte meinen Aufzug», begann Sabine Stolze in tiefer Scham. «Ich konnte keine Tasche packen und habe nichts mitgenommen außer dem, was ich am Leib hatte. Und das ist noch in der Wäscherei.»

«Wir werden Ihnen heute noch was bringen lassen», kündigte Winter bestürzt an. Wahrscheinlich hätte er sich darum kümmern müssen, dass Frau Stolze Kleider bekam. Die Klinik tat es offenbar nicht. Und das Stolze'sche Haus war polizeilich versiegelt.

Sabine Stolze hatte unter dem mittelblond gesträhnten Haar ein feingeschnittenes Gesicht mit länglicher, schmaler Nase, das um die Augen etwas aufgedunsen und starr wirkte. Möglicherweise waren die Beruhigungsmittel daran schuld. Gegen die Angst jedoch schienen die Medikamente wenig zu helfen. Als die Verdächtige saß, sah sie Winter unter verschwollenen Lidern völlig verschreckt an. So als warte sie auf die erste Gelegenheit, die Flucht zu ergreifen.

«Frau Stolze, ich weiß, dass es Ihnen nicht gutgeht. Wir würden jetzt trotzdem eine Vernehmung machen. Sie können aber jederzeit sagen, wenn Sie abbrechen wollen. Ist das okay?»

Sabine Stolze nickte.

«Gut. Ich muss Sie jetzt über Ihre Rechte belehren, das ist eine Formalie, lassen Sie sich davon nicht irritieren.» Er justierte das Mikro und belehrte sie als Tatverdächtige. Dann stellte er seine erste Frage: «Frau Stolze, kennen Sie einen Werner Geibel?»

«Ja», sagte sie und nickte heftig, wie eine übereifrige Schülerin; verbesserte sich dann: «Nein, also, ja, ich weiß, wer das ist, aber ich habe ihn nie gesehen. Jedenfalls bis …»

Sie schluckte, sah zur Seite.

«Gehe ich recht in der Annahme, dass Werner Geibel tot ist?», fragte Winter.

Sie nickte wieder, gab aber keine weitere Auskunft.

«Frau Stolze, würden Sie mir bitte sagen, wann, wo und wie Werner Geibel zu Tode gekommen ist?»

«Das weiß ich nicht ganz sicher. Also, na ja, doch, vor sechzehn oder siebzehn Jahren ungefähr, so lange muss er tot sein. Mein Mann sagte damals – er sagte mir, es wäre ein Brief aus Thailand gekommen. Von den Behörden. Dass er gestorben wäre. Und man hätte ihn dort beerdigt.»

«Das stimmte aber nicht.»

«Nein, das … er ist wohl … mein Mann hat damals» – ihre Stimme kippte ins Hysterische –, «aber ich schwöre Ihnen, ich schwöre, ich habe das nicht gewusst. Ich hab das immer geglaubt mit Thailand. Obwohl, es war schon seltsam, dass er mir den Brief nicht gezeigt hat … Aber ich habe trotzdem gedacht, es wird stimmen mit Thailand, bis – bis letzte Woche. Da plötzlich. Da habe ich mich erinnert, dass damals etwas merkwürdig war.»

«Frau Stolze, ich kann Ihnen gerade schwer folgen. Würden Sie mir bitte von Anfang an erzählen, wie es dazu kam, dass Sie in Werner Geibels Haus wohnen?»

«Wir haben es gemietet. Jedenfalls zuerst.»

«Bitte erzählen Sie der Reihe nach. Wo haben Sie vorher gewohnt?»

«Wir hatten vorher noch gar nicht zusammengewohnt, mein Mann und ich. Ich hatte ein Zimmer in einem Wohnheim. Ich habe eigentlich Erzieherin gelernt. Weil das aber so überlaufen war, habe ich noch eine Krankenschwesternausbildung drangehängt. Und damals habe ich eben Bert kennengelernt. Er wohnte in einem Studentenzimmer, so mit Klo auf dem Gang, wie das damals oft war. Und ich …

ich bin überhaupt an allem schuld, Herr Winter. Ich wollte Bert unbedingt heiraten. Aber er war so zögerlich. Er müsste erst beruflich etabliert sein, sagte er immer. Die Zeiten wären so schwierig, es gebe so wenig Arbeitsplätze für Ingenieure. Aber ich habe das für eine Ausrede gehalten. Ich hatte Angst, dass er mir für immer irgendwohin verschwindet, wenn er sein Diplom hat. Er hat Bauingenieur studiert, wissen Sie, an der FH. Und ein paar Monate vor Berts Abschlussprüfung habe ich einfach die Pille abgesetzt. Hab ihn noch extra verführt an einem fruchtbaren Tag. Ich bin tatsächlich schwanger geworden. Und dann mussten wir heiraten, sozusagen. Und Bert war auch anständig genug und hat es gemacht. Aber bloß standesamtlich. Und er hat sich furchtbar aufgeregt, wie ich ihm das nur hätte antun können. Ich habe gelogen, dass ich die Pille nicht abgesetzt hätte und nicht wüsste, wie es passiert sei, und dass ich auch lange noch Schmierblutung gehabt hätte und gar nicht wusste … Aber Bert hat natürlich geahnt, dass ich ihn … seitdem konnte ich ihm nichts mehr recht machen. Aber ich hätte das auch wirklich nicht tun dürfen.

Es kam jedenfalls alles genau, wie Bert befürchtet hatte. Er machte sein Diplom, mit 2,2 sogar, und fand keine Stelle. Man kann sich das heute nicht vorstellen. Es heißt doch immer, Fachkräftemangel. Aber damals … er war nicht der Einzige. Praktisch sein ganzer Jahrgang war arbeitslos. Es war einfach kein Bedarf da auf dem Arbeitsmarkt. Das bisschen, was es gab, das ging an Leute mit Unidiplom. Ein Bewerber von der FH bekam nicht mal eine Einladung. Und ich war im fünften, sechsten Monat und dann im siebten, und wir wussten nicht, wohin. Meine Eltern hatten nicht genug. Etwa dreihundert Mark im Monat konnten sie abknapsen, mehr nicht, und das ging dann schon auf Kosten meiner Schwester. Die wollte ja studieren. Meine Eltern waren so entsetzt, dass ich schwanger war. Und Berts Eltern konnten mich nicht leiden und fanden, er hätte mich nicht heiraten sollen. Die hofften auf eine schnelle Scheidung. Sie sagten Bert, sie würden keinen Pfennig rausrücken, um mich und das Kind mit durchzufüttern. Es hätte natürlich das Sozialamt gegeben – aber wissen Sie, das ist so erniedrigend. Und Bert und ich, wir hätten uns bei unseren Eltern nicht mehr blicken lassen dürfen, als Sozialhilfeempfänger. Der Gesellschaft auf der Tasche liegen und dann auch noch Kinder bekommen, das war für meine Eltern das Allerletzte. Da habe ich zum Glück diese Anzeige in der Zeitung gesehen. ‹Haushüter für sechs Monate gesucht› stand da, und es sollte gar keine Miete kosten, bloß Nebenkosten und Telefon. Ich habe angerufen und mit dem Vermieter gesprochen. Das war eben der Werner Geibel. Er sagte, es gehe um ein Häuschen am Main in Griesheim und er reise für sechs Monate nach Thailand und wolle das Haus nicht alleine lassen. Als Polizist wisse er, was da alles passieren könne. Mit einer schwangeren Frau und ihrem Mann hatte der Geibel natürlich nicht gerechnet. Aber er sagte dann gleich: ‹Wissen Sie was, Sie sind mir lieber als ein Student. Wenigstens weiß ich dann, dass Sie keine wilden Partys feiern.›

Zu dem Besichtigungstermin ist dann mein Mann hin. Die beiden sind sich schnell einig geworden. Es war eine mündliche Vereinbarung. Wir mussten eine Kaution auf Geibels Konto zahlen und zusagen, das Haus binnen zwei Wochen zu verlassen, falls er früher als geplant wiederkommen will. Aber der Werner Geibel hat mir schon am Telefon versichert, das wäre sehr unwahrscheinlich. Er würde bloß im Notfall zurückkommen, falls er krank wird. Und wahrscheinlich wolle er sogar auf Dauer in Thailand bleiben und dann könne man über eine reguläre Vermietung nachdenken.

Bert meinte nach der Besichtigung: Der wird doch nicht krank, der ist vielleicht erst Anfang fünfzig. Hatte sich wegen Rückenproblemen frühpensionieren lassen, machte aber gegenüber meinem Mann Scherze, dass er überhaupt keine Rückenschmerzen mehr hat, seit er den Arbeitsstress los ist. Und dabei hat er so gezwinkert, als wäre es jedem klar, dass die Rückenprobleme erfunden waren. Mein Mann hat geschimpft, Leute wie der bekämen lebenslang ihre dicke Pension fürs Nichtstun, und ihm, der arbeiten will, gibt man keine Chance. Jedenfalls, nachdem wir die Kaution bezahlt hatten, bekamen wir einen Satz Schlüssel zugeschickt, und ab dem soundsovielten November um soundsoviel Uhr könnten wir einziehen, weil er dann weg wäre. Aber an dem Tag ... »

Sie schluckte. Winter sagte nichts und wartete, bis sie weitersprach.

«Wir sind mit einem geliehenen VW-Bus hin. Wir hatten nicht viel, und das Haus war ja möbliert. Am Morgen hatten wir alles eingeladen. Und als wir dann ankamen, ist Bert zuerst alleine rein. Ich weiß nicht mehr, warum. Ich bin jedenfalls erst mal im Wagen sitzen geblieben. Ich war ja auch schon im siebten Monat, und mir ging es nicht immer so gut. Jedenfalls, so nach etwa fünf Minuten kam Bert wieder raus, und ich hab ihm gleich angesehen, da stimmt was nicht. Bert ist eingestiegen und hat gesagt: ‹Dieser unmögliche Typ, der ist noch nicht weg. Das hätte er uns doch sagen müssen. Angeblich fährt er jetzt übermorgen. Wir sollen übermorgen Nachmittag wiederkommen.›

Wissen Sie, Herr Winter, ich hatte das all die Jahre vergessen. Also, dass wir vor dem Einzug einmal da waren und wieder fahren mussten. Aber in den letzten Tagen ist es mir wieder eingefallen. Jedenfalls, am übernächsten Tag ist Bert dann allein hingefahren und kam am frühen Abend zu mir mit den Worten, alles in Ordnung, wir können heute noch einziehen. Das sind wir dann auch, im Dunkeln. Und wir waren dann erst mal so glücklich. Also, so erleichtert, dass wir eine Wohnung hatten, sogar ein Häuschen mit ein bisschen Komfort. Und ich schwöre Ihnen, ich habe nichts geahnt. Das war eigentlich die schönste Zeit. Und dann kam Basti. Und bald schon die Angst, was werden soll, wenn wir ausziehen müssen. Bert hat hier und da gejobbt, aber es kamen immer höchstens ein paar Hunderter rein. Er wollte auch nichts richtig Schlechtes machen, Kellnern oder dergleichen. Er meinte, wenn er damit erst mal anfängt, bekommt er nie wieder was als Ingenieur. Und ich hatte ja Basti und war mit meiner Schwesternausbildung noch nicht fertig. Die hatte ich wegen Mutterschaft ja abgebrochen.

Ein paar Wochen nach Bastis Geburt sagte mir mein Mann eines Abends, ganz ernst, er müsse mit mir sprechen. Es wäre ein Brief aus Thailand gekommen, von den Behörden, dass Werner Geibel dort an einem Herzinfarkt gestorben ist. Ich habe das sofort geglaubt. Der Geibel rauchte ja stark. Die Wohnung war voller Aschenbecher, als wir eingezogen sind. Es waren auch noch Kippen drin und massenweise welche im Müll.

Und dann sagte Bert weiter: ‹Ich habe mich entschlossen, diesen Brief wegzuwerfen und erst einmal so zu tun, als hätten wir ihn nicht bekommen. Ansonsten müssten wir nämlich sofort hier ausziehen. Wir haben nichts in der Hand, keinen Mietvertrag, keine Zeugen, nichts.› Er könne sich erinnern, er hätte den Werner Geibel gefragt, ob er nicht seine Angehörigen vermissen wird, wenn er so lange in Thailand ist. Und darauf hätte der Werner Geibel gesagt, das sei für ihn kein Problem, er habe keine Familie, er sei Einzelkind und die Eltern seien beide tot und verheiratet sei er nie gewesen und den Arbeitskollegen sei er sowieso Schnurz, seit er pensioniert ist.

Also meinte Bert, dass es wahrscheinlich niemandem auffallen wird, wenn Geibel sich nicht meldet. Und das war dann ja auch so. Niemand hat nachgefragt. Die Nachbarn wussten, dass der Geibel in Thailand war und dass er uns das Haus solange überlassen hat. Die haben sich nicht gewundert, als wir ihnen nach einem halben Jahr erzählt haben, der Herr Geibel komme vorläufig nicht wieder und wir hätten jetzt einen regulären Mietvertrag mit ihm gemacht. Die sind dann ohnehin bald weggezogen. Als wir wussten, er ist tot, hat dann mein Mann gleich angefangen, Geibels Post aufzumachen, zur Sicherheit. Die sollte er eigentlich wöchentlich nachschicken. Außer ein paar Zeitschriftenabos waren das meist Kontoauszüge und Rechnungen. Eines Tages kam eine neue Bankkarte und eine Geheimzahl. Geldautomaten waren damals noch relativ neu, aber es gab schon einige. Bert fing dann an, uns von Geibels Konto mit Geld zu versorgen. Die Nebenkosten gingen sowieso automatisch von dem Konto ab. Später gab es dann dieses Internetbanking. Das klappte auch problemlos. Für die Post haben wir einfach neben Geibels Briefkasten vorne am Hoftor noch einen weiteren mit unserem Namen aufgehängt und beide geleert. Nur krankenversichern mussten wir uns extra. Werner Geibels private Versicherung zu nutzen haben wir uns nicht getraut. Manchmal ist Bert aber zu irgendeinem Arzt in der Stadt und hat unter dem Namen Werner Geibel ein Privatrezept verlangt. Das hat er dann bei dieser Beihilfe eingereicht, damit der Pensionskasse nicht auffällt, dass der Geibel nie krank ist.»

«Sie können mir doch nicht erzählen, dass Sie all die Jahre nicht wussten, dass Geibels Leiche bei Ihnen im Keller liegt.»

«Ich hab es wirklich nicht gewusst. Wir hatten keinen Schlüssel zu dem Raum. Vielmehr, ich dachte, wir hätten keinen. Ich nahm an, dass da irgendwelche alten Sachen von Geibel drin sind. Die haben mich nicht interessiert. Bloß am Anfang – ich hatte am Anfang den Eindruck, dass es im Keller nicht gut roch. Da habe ich gedacht, dort liegt bestimmt Müll. Aber es war im Keller ohnehin so muffig …»

«Und dann sind Sie all die Jahre da wohnen geblieben und haben von Geibels Pension gelebt?»

Sie nickte unglücklich.

«Hatten Sie denn gar kein schlechtes Gewissen?»

«Doch. Also, ehrlich gesagt nicht gegenüber Werner Geibel, der war ja tot, und ich dachte ja auch … Aber Angst hatte ich die ganze Zeit. Man fühlt sich nicht wohl, wenn man etwas Illegales tut. Ich habe jeden Tag gefürchtet, dass sich irgendein Verwandter von Geibel meldet und es auffliegt. Oder dass *ich* uns verrate, aus Versehen. Bert hat das immer prophezeit: Du wirst noch unser Verderben sein mit deiner Dummheit. Du kannst ja keine zwei Worte sagen, ohne dich zu verplappern. Und irgendwie hatte er ja recht. Ich bin schuld. Ich bin überhaupt an allem schuld. Für Basti wäre es besser, ich hätte jetzt alles auf sich beruhen lassen. Er könnte ganz normal weiterleben. Ich habe ihm alles kaputtgemacht. – Herr Winter, wie geht es meinem Sohn, wo ist er?»

Das fragte sie erst jetzt? Aber sie sah wirklich schlecht aus.

«Bei der Leiterin seiner Theater-AG. Er ist da vorläufig gut aufgehoben.»

Sie legte eine Hand über die Augen. «Besser als bei mir», murmelte sie. «Besser als bei mir. Ich wollte doch so sehr eine gute Mutter sein. Stattdessen hab ich ihn immer merken lassen, dass es mir nicht gutgeht. Und jetzt habe ich seine Welt zerstört.»

«Also, Frau Stolze, die Selbstvorwürfe sind an dieser Stelle nicht angebracht. Wenn Sie diejenige waren, die jetzt den Stein ins Rollen gebracht hat, dann war es nur das, was Sie schon all die Jahre vorher hätten tun sollen. Sie haben ganz richtig gehandelt.»

«Nein, das stimmt nicht. Das stimmt überhaupt nicht. Das sagen Sie als Polizist. Aber ich als Mutter … es war richtig, Werner Geibels Geld zu nehmen. Ich dachte ja damals sowieso, er wäre in Thailand gestorben. Aber selbst wenn ich damals gewusst hätte, wie es wirklich war, es wäre trotzdem richtig gewesen, nichts zu sagen und einfach weiterzumachen. Für Basti musste ich es tun. Was wäre denn die Alternative gewesen? Dann wäre Basti in irgend so einem Wohnsilo aufgewachsen, wo die Kinder alle nicht Deutsch sprechen, als Sohn einer alleinerziehenden Mutter; das ist ja so ein schlechter Start ins Leben.»

«Für Sie war es natürlich auch schöner in einem eigenen Haus am Main statt in einem Massenwohnblock. – Wie war es denn nun wirklich mit Werner Geibel? Er hatte es sich anders überlegt, und Ihr Mann hat ihn getötet, an dem Tag, als Sie eingezogen sind?»

Sabine Stolze schüttelte den Kopf. «Nein, nein, so war es nicht. Das hätte Bert sicher nicht getan. Er hat mir erzählt, wie es wirklich war, vorgestern Nacht, als ich mich im Keller eingesperrt hatte. Nachdem ich die Leiche entdeckt hab. Da hat Bert in der Nacht draußen vor der Tür gesessen und versucht, mich mit Feuer und Rauch herauszutreiben, und dabei hat er die ganze Zeit geredet. Es war so, an dem ersten Termin, an dem wir damals einziehen sollten, als wir also mit dem VW-Bus angefahren kamen, da ging mein Mann ins Haus und sah Geibels Gepäck im Flur stehen. Da wusste er schon, es stimmt etwas nicht. Geibel hat er blau im Gesicht in einem Wohnzimmersessel liegend gefunden. Geibel hat ganz röchelnd geatmet und hatte die Augen halb auf, aber Bert meinte, er wäre wahrscheinlich schon bewusstlos gewesen. Er hätte ihn nicht wahrgenommen. Bert wusste natürlich, er muss jetzt eigentlich einen Arzt rufen. Dann hat er aber daran gedacht, was das für uns bedeutet, wenn Geibel jetzt ins Krankenhaus kommt und dann wahrscheinlich stirbt und jedenfalls nicht nach Thailand fährt. Dass wir dann eben wieder keine Wohnung haben – und ich im siebten Monat schwanger. Und dann ist Bert einfach still und leise wieder gegangen. Und mir hat er gesagt, Geibel wäre noch nicht weg. Zwei Tage später ist er dann wieder hin. Da hat er, wie er gehofft hat, Geibel tot in dem Sessel gefunden. Er hat die Leiche verpackt und sie und Geibels Gepäck im Keller eingeschlossen und den Sessel, auf dem Geibel gesessen hatte, noch dazu, weil da wohl ein Urinfleck drauf war. Und dann hat er mich angerufen und gesagt, alles in Ordnung, Geibel ist weg, wir können einziehen.»

«Und Sie glauben ihm diese Geschichte? Dass es ein natürlicher Tod war und nur unterlassene Hilfeleistung seinerseits?»

«Ja. Ganz bestimmt. Bert war ganz außer sich vorgestern Nacht. Er hat geweint. Ich habe ihn nie vorher weinen hören. Da hätte er mich doch nicht mehr angelogen. Er hätte auch den Geibel nicht einfach so kaltblütig umgebracht.»

«Ach, tatsächlich? Nachdem er vorgestern um ein Haar seinen eigenen Sohn erschossen hätte?»

«Was?!» Sabine Stolzes verschwollene Augen weiteten sich vor Entsetzen.

Von dieser letzten Tat ihres Mannes wusste sie ja noch nichts. Winter vermied eine Antwort, nutzte den schwachen Moment für die nächste entscheidende Frage.

«Frau Stolze, bitte erzählen Sie mir doch jetzt, wie das Mädchen Jessica Gehrig alias Jeannette oder Jennifer zu Tode kam.»

Ausgerechnet jetzt platzte die kurzhaarige Psychologin herein. «So, ich denke, es langt. Frau Stolze hat jetzt genug geredet. Es ist auch gleich Visite.»

«Wir können hier jetzt aber nicht unterbrechen», erklärte Winter platt und kompromisslos. Zum Glück pflichtete ihm Sabine Stolze bei.

«Ja, bitte», sagte sie, «wenn's geht, ich will das jetzt hinter mich bringen. Dann habe ich wenigstens das geschafft.»

Die Psychologin sah ein wenig ratlos drein, nickte schließlich und verschwand.

«So, Frau Stolze. Wir waren gerade bei dem Mädchen, dessen Leiche wir im Main gefunden haben.»

«Ja. Ja, natürlich.» Sie schluckte, nahm noch etwas Wasser. Ihre Hand zitterte trotz Beruhigungsmittel. Winter ahnte plötzlich, dass Frau Stolze möglicherweise an Beruhigungsmittel gewöhnt war, sodass sie bei ihr nicht mehr gut wirkten. Wie der Alkoholiker, der bei drei Promille noch halbwegs kompetent Auto fährt, während ein Jugendlicher mit dem gleichen Pegel mit Alkoholvergiftung im Krankenhaus landet.

«Es war am Freitag vorletzter Woche», erzählte Sabine Stolze. «Es klingelte, und dann stand da dieses Mädchen und sagt, sie ist die verschollene Enkelin von Werner Gei-

365

bel, und unser Haus gehört eigentlich ihr. Es war genau der Albtraum, vor dem ich mich fast mein ganzes Leben gefürchtet hatte. Dass eben ein Verwandter aufkreuzt.»

Winter dachte, er höre nicht recht. Das Mainmädchen die Enkelin des Polizisten Geibel? Das war doch unglaublich. Der Fall wurde immer verrückter.

Sabine dachte zuerst, es wäre eine Bekannte von Basti. Aber die junge Besucherin sah zu merkwürdig aus, wie sie in der Tür stand mit ihrer weiten schwarzen Kutte und dem weißgeschminkten schmalen Gesicht. Die Augen hatten diesen naiven Blick über dem kaugummikauenden Mund mit den schwarzen Lippen. «Hallo», sagte sie mit heller, unschuldiger Mädchenstimme und zeigte ein kindliches Lächeln. «Also, Sie wissen bestimmt nicht, wer ich bin. Ich bin die Jeannette. Ich war halt viele Jahre nicht da, also, weg von zu Hause. Im Ausland. L. A. und so. Ich flieg auch bald wieder hin. Hier ist mein Ticket, wollen Sie sehen? – Mit meinen Eltern will ich echt nichts mehr zu tun haben. Jedenfalls, das hier ist das Haus von meinem Opa. Ich soll das erben. Hat er mir versprochen.»

Das Mädchen kaute weiter Kaugummi. Und sah Sabine dabei naiv, unschuldig und erwartungsvoll an.

«Einen Moment bitte», sagte Sabine mit trockener Kehle. Sie spürte einen heftigen Anflug von Schwindel. Dennoch lief sie rasch zum Büro, klopfte. Bert öffnete.

«An der Tür steht eine Enkelin von Werner Geibel», flüsterte Sabine. «Sie sagt, sie wäre die Erbin von dem Haus.»

Bert stand eine Sekunde stocksteif da.

«Lass mich das machen», sagte er schließlich, zog die Bürotür hinter sich zu und ging mit langen, entschlossenen Schritten an Sabine vorbei zur Tür.

«Guten Tag. Kommen Sie doch bitte herein.»

Er hielt dem Mädchen die Tür auf und schloss sie dann hinter ihr. «Bitte hier entlang.» Sabine kam nicht mit ins Wohnzimmer, aber lauschte von draußen. Bert hatte die Wohnzimmertür halb offen gelassen.

«Ich bin etwas überrascht von dem, was meine Frau mir da erzählt. Herr Geibel ist meines Wissens gesund und munter in Thailand. Wir haben das Haus von ihm gemietet.»

Eine Sekunde Schweigen. Dann, in einem frech-naiven Mädchenton, den Sabine nie in ihrem Leben vergessen würde:

«Echt? Das kann ich irgendwie nicht richtig glauben.»

Das Mädchen wusste, dass Geibel tot war. Vielleicht hatten ihre Eltern damals auch Post von den thailändischen Behörden erhalten. Oder sie hatte sonst eine Vorinformation.

«Sabine, mach uns bitte einen Kaffee», rief Bert nach einer Sekunde. Sabine ahnte, dass er Zeit schinden wollte.

Als sie mit dem Kaffeetablett zurückkam, hörte sie Bert sagen: «Nun kommt leider ja jetzt das Wochenende. Vor Montag können wir das nicht in Angriff nehmen. Aber du kannst natürlich bis dahin bei uns übernachten, wenn du magst.»

«Ja. Klar. Cool.»

Bert wandte sich Sabine zu, die in diesem Moment eintrat. «Jeannette schläft bei uns. Im Büro. Da hat sie ihre Ruhe.» Er stand auf. «Ich bereite den Raum schon für sie vor.»

«Echt? Cool», warf das Mädchen ein. «Weil, ich will nämlich früh ins Bett gehen. Ich bin total müde. Letzte Nacht hab ich fast nicht geschlafen. Ich war bei so einem Typ, also, ein Freund von mir, aber voll der Anmacher. Ich hab immer Angst gehabt, der kommt gleich rein und betatscht mich.»

Bert kommentierte mit leichtem Sarkasmus: «Das wird dir bei uns nicht passieren. – Sabine, du leistest Jeannette Gesellschaft, während ich im Büro umräume. Erzähl ihr doch von Sebastians Rudererfolgen oder von der letzten Theateraufführung.» Dabei blickte Bert Sabine mahnend an – sollte natür-

lich heißen: Rede bloß nicht über irgendetwas Wichtiges mit dem Mädchen. Nicht dass du dich verplapperst.

Sabine kämpfte heftig mit einem Schluckauf. Sie servierte der Kleinen Kaffee, setzte sich aufs Sofa ihr gegenüber, mit dem verkrampftesten Lächeln, das sie jemals aufgesetzt hatte.

«Das ist ja schön, dass wir uns auch einmal kennenlernen», hörte sie sich sagen und wollte sich ohrfeigen, dass ihr diese selten unpassende soziale Phrase über die Lippen gekommen war. Wer hatte ihr denn das eingegeben? Sie war unfähig, vollkommen unfähig. Schnell überspielte sie es, an Berts Instruktionen denkend: «Unser Sohn Sebastian ist in deinem Alter. Er ist in einem Ruderclub hier am Main … »

Sabine war unendlich dankbar, als nach einer halben Ewigkeit Bert wiederkam. «Komm kurz raus», sagte er zu ihr.

«Ja?» Unglücklich standen sie sich im Flur gegenüber. Bert schloss die Tür zum Wohnzimmer, machte keine Anstalten, vor dem Mädchen zu verbergen, dass es nicht zuhören sollte.

«Haben wir Klebeband?», fragte er leise.

«Klebeband?»

«Herrgott, stell keine dummen Fragen. Haben wir Klebeband, und wo ist es?»

«In der Küche, in der untersten Schublade rechts.»

«Gut. Ich erlöse dich gleich, noch zwei Minuten. Ich habe ihr erzählt, dass ich am Montag mit ihr zu Geibels Vermögensverwalter gehe, um die Sache zu klären. Du erzähl von Basti, egal was.»

«Bert! Bert!», rief die zarte Mädchenstimme aus dem Wohnzimmer. Mein Gott, duzte sie ihn schon?

Mit genervtem Ausdruck öffnete Bert die Tür. «Ja?», fragte er in freundlichstem Ton.

«Krieg ich auch eine Lampe ans Bett? Weil, ich muss immer bei Licht schlafen. Im Dunkeln hab ich Angst.»

«Selbstverständlich werde ich dir auch eine Lampe ans Bett stellen», verkündete Bert und ließ Sabine wieder allein mit dem Mädchen.

Als Bert sie endlich ablösen kam, nahm er Sabine noch einmal im Flur beiseite.

«Ich regele das», sagte er. «Hast du verstanden? Ich regele das. Du gehst am besten jetzt nach oben und setzt dich vor den Fernseher.»

«Aber wenn morgen Basti nach Hause kommt … »

«Sabine, ich sagte doch, ich regele das. Kannst du mir nicht einmal zuhören? Also, geh nach oben.»

«Verzeih. Danke, Schatz», murmelte Sabine. Sie war so dankbar, dass sie die Verantwortung an Bert abgeben konnte. Bert hatte immer alles irgendwie geregelt. Er war klug und taktisch geschickt. Sie war von diesen Dingen immer überfordert. Sie hatte keine Ahnung, wie, aber wahrscheinlich würde er auch diesmal eine Lösung finden.

Sabine holte sich noch schnell ein Glas Wasser und ein paar Kekse aus der Küche. Als es an der Haustür klingelte, traf sie das wie ein Schlag. Aus dem Küchenfenster sah sie: Es war Basti. Um Gottes willen. Um Gottes willen. Als niemand öffnete, kam er ans Küchenfenster und klopfte an die Scheibe. Er hatte sie gesehen.

Zitternd ging Sabine zur Haustür. Basti durfte das Mädchen nicht sehen. Oder hören.

«Hallo, Mam.»

«Basti! Psst. Dein Vater hat Besuch. Wir dürfen nicht stören. Du wolltest doch zu dieser Party.»

«Will ich auch. Ich will nur schnell meine Schulsachen loswerden.»

Er marschierte durch die Diele. Sabine versperrte ihrem Sohn den Weg, griff nach der Tasche. «Gib das mir. Dein Vater will jetzt nicht gestört werden. Kein lautes Gestampfe im Flur.»

«Mensch, Mam! Also echt! Ach, leck mich doch.»

Sebastian drehte sich um und verschwand grußlos nach draußen. Sabine atmete auf, zog die Tür zu und schloss ab. Von innen.

«Mein Mann saß also mit dem Mädchen im Wohnzimmer. Er hat ihr gesagt, sie würden am Montag zusammen zu Geibels Vermögensverwalter gehen, um die Sache zu klären. Ich fand die Situation unerträglich und bekam bald schreckliche Kopfschmerzen. Gegen sechs bin ich hoch und habe mich hingelegt.»

Der Fernseher lief, doch sie konnte nicht entspannen. Sie bekam nicht einmal mit, worum es ging.

Gegen acht drückte sie vier Ergocalm-Tabletten aus der Packung und schluckte sie alle vier hintereinander. Sie wollte nur schlafen, den Albtraum vergessen können. Vielleicht würde morgen schon alles anders aussehen. Nun ließen sie auch noch an der Staustufe Wasser ab. Dieses entsetzliche Getöse. Ohne Ohropax würde sie überhaupt nie schlafen können.

Nachdem Sabine das Licht gelöscht hatte, lüftete sie noch kurz und schaute hinaus. Das Wasser toste in der Dunkelheit. Der Garten war erfüllt von einem diffusen, schummerigen Licht, das von der Wegbeleuchtung kam. Da glaubte Sabine, im Garten eine kauernde Gestalt zu sehen. Fast wollte sie aufschreien. Doch dann erkannte sie Bert. Er hockte auf einem Stein. Was machte er da? Er sah starr zur Terrasse. Zu den Bürofenstern, aus denen ein schwacher Lichtschein drang. Bert beobachtete wohl heimlich das Mädchen. Wahrscheinlich passte er auf, dass sie nicht an die Unterlagen ging. Warum hatte er sie auch gerade in seinem Büro untergebracht? Das war doch dumm. Auch Bert passierten Fehler, nicht nur ihr, dachte Sabine fast befriedigt.

Bert richtete sich plötzlich auf. Sabine schloss rasch und geräuschlos das Fenster, zog den Vorhang zu, drückte sich im Bett

370

ihre Wachsstöpsel in die Ohren und versuchte, an nichts mehr zu denken.

«Ich muss dann gegen acht schon eingeschlafen sein.»

«Sie sind aber wahrscheinlich im Lauf der Nacht noch einmal aufgewacht.»

«Nein. Nein. Ich habe das schon damals Ihren Kollegen gesagt. Ich hatte diese sehr starken Schlaftabletten genommen, mehrere davon, ich war wie betäubt. Ich habe von der Nacht nichts mitbekommen.»

Das Bett war nur eine Matratze auf dem Boden. Etwas hart. Aber frisch bezogen. Und Jessica war glücklich. Sie hatte schon gedacht, es würde überhaupt nicht funktionieren. Aber dann hatte es hier super geklappt. Bloß das mit dem Haus würde natürlich nicht klappen nächste Woche. Weil, dann müsste sie ja bestimmt irgendwie beweisen, dass sie wirklich die Enkelin von diesem Hausbesitzer war. Außerdem hatte sie längst eine bessere Idee.

Der Bert und seine Frau waren voll nett. Und so ganz normale Leute. So Leute, die man im Fernsehen sah. Gute Eltern halt. So Eltern, die sie nie gehabt hatte. Wie stolz die Frau von dem Sohn erzählt hatte! Und dann bezahlten die ihm so coole Sachen, Rudern und so. Das wollte Jessica am allermeisten von allem: ein Kind in so einer Familie sein. Dazu würde sie sogar auf Amerika verzichten.

Sie wusste auch schon, wie sie es anstellen würde. Sie würde einfach sagen: Ey, ich mag euch. Wegen mir müsst ihr nicht aus dem Haus. Weil, eigentlich wollte ich es für mich allein haben. Aber wir machen das anders. Ich ziehe bloß einfach bei euch ein. Ihr gebt mir das eine Zimmer, und das war's schon.

Auf dem Rücken liegend malte Jessica sich aus, wie es werden würde. Wie sie bald genau wie ein Kind von Bert und seiner

Frau sein würde. Sie würde nie mehr allein sein und Angst ha-
ben. Und sie müsste auch nie mehr Angst vor Männern haben,
die sie anfassen wollten. Mit dem Sebastian würde sie Theater
spielen gehen. Das mit dem Theater gefiel ihr am besten. Schau-
spieler – cool. Am Ende würde Jessica eine berühmte Schauspie-
lerin werden. Hollywood und so. Amerika. Aber hier würde al-
les anfangen. Hier in Frankfurt war der Beginn ihrer Karriere.
Heute hatte ihr Schicksal die Wendung genommen, von der sie
immer wusste, dass sie irgendwann kommen würde.

Während Jessica sich ausmalte, wie wunderbar alles sein
würde, döste sie allmählich ein. Wahrscheinlich schlief sie sogar
schon tief. Aber irgendwann war da ein Geräusch, ein Tosen und
Rauschen, dass ihr Bewusstsein wieder an die Oberfläche holte.
Als ob ein Flugzeug direkt über sie fliegen würde. Direkt über
sie. Es war wie ein böser Traum. Erst war es leise, dann wurde es
lauter. Sie zwang sich, die Augen zu öffnen. Da war auch etwas
über ihr, direkt über ihr, schwarz und mit Händen dran, und be-
vor sie noch richtig erkennen konnte, was sie da sah, setzte all ihr
Erkennen für immer aus. Das Letzte, was Jessica bewusst hörte
in ihrem Leben, das war ein Geräusch, wie wenn ein voller, nas-
ser Blumentopf auf den Boden fällt. Danach litt sie schrecklich,
aber das wusste sie schon fast nicht mehr.

«Das Nächste, was ich weiß, ist, dass mein Mann mich
weckte. Da war es erst sechs Uhr morgens, und ich war noch
ganz benommen. Das Mädchen sei gestern Nacht noch
weggegangen, hat er gesagt. Er hätte sie überzeugen können, dass bei uns nichts zu holen sei und sie keine Rechte
habe. Aber wir seien natürlich jetzt in einer gefährlichen Situation, es könne noch was nachkommen. Ich solle unter
keinen Umständen irgendjemandem erzählen, dass dieses
Mädchen bei uns gewesen ist.»

Es war ein Aufwachen aus einem bösen Traum, von dem man beim Erwachen feststellt, dass er wahr ist. Bert rüttelte an ihr, saß rittlings auf ihr wie ein Albdruck, als sie die Augen öffnete, und sah sie mit zornverzerrtem Gesicht an.

«Sabine! Was hast du genommen? Man bekommt dich ja nicht wach! Du dumme ... du verdammte ... was verdammt noch mal hat das Mädchen zu dir gesagt, als du gestern die Tür aufgemacht hast?»

«Aber das weißt du doch. Sie wäre die Enkelin von Werner Geibel ... »

«Das hat sie gesagt? Wörtlich? Du machst die Tür auf, sie steht da und sagt: ‹Ich bin die Enkelin von Werner Geibel›? Garantiert nicht. Denk nach. Was hat sie wirklich gesagt? Jedes Wort, von Anfang an.»

«Ich ... sie würde Jeannette heißen und ich würde sie nicht kennen, weil sie lange im Ausland gewesen wäre, und mit ihren Eltern will sie nichts zu tun haben, aber zu Geibel hätte sie immer ein gutes Verhältnis gehabt und sie wüsste, der hätte ihr das Haus vererbt und das würde jetzt ihr gehören. So habe ich das jedenfalls verstanden.»

«Sabine! Ich will nicht wissen, was du verstanden hast mit deinem Spatzenhirn! Ich will wissen, was du gehört hast. Was sagte sie, wörtlich?»

«Bert, bitte. Ich weiß es doch nicht mehr. Ungefähr das, was ich dir eben gesagt habe.»

«Tatsächlich? Nannte sie den Namen Werner Geibel?»

«Nein, ich glaube nicht. Sie sprach von ihrem Opa.»

Bert, der sie die ganze Zeit an den Schultern gepackt gehalten hatte, ließ los, starrte sie von oben wütend an, ließ sie sein volles Gewicht auf ihrem Becken spüren. Dann plötzlich holte er aus und schlug ihr ins Gesicht, einmal, zweimal, so fest, dass sie Sterne sah. Sabine stand unter Schock. Niemals war das vorgekommen. Niemals zuvor hatte Bert sie geschlagen. «Herrgott!», brüllte er und irgendwas von dummer Kuh. Sie wimmerte. Bert sprang nun vom Bett auf, tigerte im Raum hin und her, sah sie nicht an, hielt sich den Kopf. «Denn sie wissen nicht, was sie tun», murmelte er. «Denn sie wissen nicht, was sie tun.» Dann stellte er sich ans Fußende des Bettes, legte die Hände auf den Rand des Holzgestells, sah sie ernst an.

«Soll ich dir was sagen? Deine Blödheit ist gemeingefährlich. Ich schwöre dir, das Mädchen hat mit Werner Geibel nichts, aber auch gar nichts zu tun. Ich – ach, verdammt. Verdammt.» Er sah nach unten, sammelte sich, sprach weiter: «Ich habe mir ihre Unterlagen angesehen. Da gibt es gar keinen Hinweis … ach, was soll's. Sie ist weg. Ich habe sie weggeschickt, gestern Nacht noch, hab ihr gesagt, dass sie keine Rechte an dem Haus hat und dass ich mich nicht betrügen lasse. Werner Geibel hatte keine Kinder, das hat er uns doch damals gesagt. Verdammt, Sabine, die hat dir wahrscheinlich irgendeine Lügengeschichte erzählt, das ist so ein Hippiemädchen, das mit Phantasiegeschichten zu schnorren versucht. Und du Wahnsinnige kommst zu mir ins Büro und sagst: Da ist die Enkelin von Werner Geibel! Weißt du überhaupt … was du mir damit angetan hast? Du hast mein Leben verpfuscht, Sabine, von Anfang an und immer wieder. Hörst du? Ich habe mich immer für dich geopfert. Aber irgendwann, das versprech ich dir, irgendwann ist es so weit, und du stürzt uns alle ins Verderben, Basti, dich und mich, und ich werde dir nicht mehr helfen können.»

«Er hat gesagt, jetzt, wo das Mädchen endlich weg sei, würde er joggen gehen, um den Kopf freizubekommen. Und die alte Matratze, die er ihr gegeben hat, hatte er schon wieder auf den Speicher gebracht. Eine halbe Stunde später kam er vom Joggen zurück. Er war ziemlich verärgert und sagte, es gebe Komplikationen. Im Main würde eine Was-serleiche schwimmen. Und die Polizei würde ihn vielleicht befragen kommen, weil er leider die Wasserleiche entdeckt und gemeldet habe. Ich solle mich bloß nicht aufregen und möglichst normal wirken und um Himmels willen nicht den Eindruck vermitteln, als hätte die Wasserleiche was mit uns zu tun, damit die nicht anfangen, in unseren Personalien herumzuschnüffeln. Und vor allem solle ich absolut nichts von dem Mädchen gestern erzählen. Der Besuch des Mäd-chens habe nicht stattgefunden, gestern sei alles gewesen wie immer, es habe nie ein Mädchen gegeben, das solle ich mir einschärfen. Ob ich mir das merken könne mit meinem Mäusegehirn.»

Winter fand allerdings auch, dass ihre Naivität schon un-geheuerlich war.

«Frau Stolze, haben Sie denn nicht geahnt, was Ihr Mann getan hat?»

Sie sah ihn unglücklich an.

«Doch. Vor allem, als ich dann putzen sollte im Büro und mir auffiel, dass das Parkettpflegemittel an der falschen Stelle stand und auch jemand vorher schon ganz schlie-rig gewischt hatte. Da habe ich gedacht, vielleicht hat Bert das Mädchen getötet und Spuren beseitigt. Aber wissen Sie – ich bin eine so ängstliche Person. Ich rede mir stän-dig irgendwas ein, und meistens stimmt es hinterher nicht. Aber die Sache hat die ganze Woche in mir gebrütet. Plötz-lich dachte ich dann auch, ob Bert mir damals überhaupt die Wahrheit gesagt hat mit Werner Geibel. Es hat mir alles keine Ruhe mehr gelassen. Deshalb habe ich ja auch in sei-nem Büro herumgeschnüffelt, und so kam es, dass ich am Ende den Schlüssel zu dem verschlossenen Keller gefunden habe ...»

«Waren das etwa Sie, die die Terrassentür eingeschlagen hat?»

«Ja. Ja, das war ich. Weil das Büro doch verschlossen war. Und danach habe ich im Keller … diese Dinge gesehen und die Nerven verloren, und es war alles zu spät. Jetzt habe ich Sebastian das Leben kaputtgemacht. Aus Egoismus eigentlich. Bloß weil ich es unbedingt wissen musste. Und weil ich gedacht habe, ich halte es mit Bert nicht mehr aus. Aber was geschehen war, war geschehen. Ich hätte das sowieso nicht mehr rückgängig machen können. Ich hätte still aushalten müssen. Für Basti.»

«Also, Frau Stolze, seien Sie mal froh, dass ich das nicht ins Protokoll aufnehmen werde. Noch einmal: Vergessen Sie Ihre fehlgeleiteten Selbstvorwürfe. Wir wären übrigens auch ohne Ihre Hilfe auf Ihren Mann als Täter gekommen. Es gab andere Indizien.»

Frau Stolze wirkte zutiefst erleichtert. «Natürlich!», sagte sie. «Sie werden das Mädchen identifiziert haben … sagen Sie, diese Jeannette war also tatsächlich die Enkelin von Werner Geibel, ja?»

Sabine Stolze sah plötzlich viel lebendiger aus. Winter ließ ihre letzte Frage unkommentiert und verabschiedete sich, sobald die Psychologin wiederum anklopfte und darauf drängte, das Gespräch zu beenden. Frau Stolze erklärte nun ihrerseits, erschöpft zu sein.

Draußen im Wagen wählte Winter sofort Kettlers Nummer. Es war die, die früher Gerd gehört hatte. Die Zahlen waren ihm in Fleisch und Blut übergegangen. «Sven? Kannst du mal schnell bei den Standesämtern in Marl und Frankfurt recherchieren, ob möglicherweise eine Verwandtschaft zwischen dem Mainmädchen Jessica Gehrig und dem Werner Geibel besteht? Laut der Sabine Stolze

hat das Mainmädchen sich bei ihr als die Enkelin von Geibel vorgestellt.»

«Was? Ach, Unsinn.» Winter hörte Kettler gelangweilt
gähnen. «Das muss ein Missverständnis sein. Passt zu dem,
was mir diese Frau Steller erzählt hat. Wo das Mädchen am
Freitag geklingelt hatte, weißt du.»

«Wie bitte? Was hat die denn erzählt?»

«Ach, das Mädchen hätte gesagt, sie sei eine verschollene Erbin des Hausbesitzers.»

«Entschuldigung, Sven, warum steht davon kein Wort in
deinem Protokoll?»

«Wieso, das steht doch im Protokoll», verteidigte sich
Kettler. «Jedenfalls so ungefähr.»

«Im Protokoll stand, das Mädchen wollte Geld oder Unterkunft erbetteln.»

«Ja, darum ging es doch letztendlich. Meinte jedenfalls
die Steller. Das wäre eine Betrugsmasche gewesen, um Geld
oder Unterkunft zu bekommen.»

«Und bei den anderen Anwohnern, wo sie noch geklingelt hat?»

«War es genauso. Überall die gleiche Geschichte.»

Jetzt sah Winter klarer. In ihrem schlechten Gewissen
musste Frau Stolze die vagen Ausführungen Jessica-Jean-
nette-Jennifers fälschlich so verstanden haben, dass sie die
Enkelin von Werner Geibel sei. Das Mädchen hatte sich
wahrscheinlich über die Gutgläubigkeit der Leute gefreut
und alle Annahmen der Stolzes bestätigt, nicht ahnend, dass
sie damit ihr Todesurteil besiegelte.

«So, Sven. Hör mir gut zu. Wir sind bei der Mordkommission, nicht im Hühnerzüchterverein. Ich weiß nicht,
wie man das bei der OK gehalten hat, wo du vorher warst,
aber bei uns müssen die Protokolle jedes Detail enthalten,

denn alle Details könnten wichtig sein, nur weiß man vorher nicht, welche. Das nächste Mal also bitte das Protokoll ausführlicher. Ist das angekommen?»

«Ja, ja. Es war doch kein Schaden.»

Winter verdrehte die Augen. Noch etwas, was mit der Aksoy trotz all ihrer Fehler nicht passiert wäre. Und Aksoy hatte so recht damit behalten, dass man die Main-Anwohner noch ein weiteres Mal hätte vernehmen müssen, ausgerüstet mit einem Phantombild der Toten. Da hätte sich dann herausgestellt, dass das Mädchen am Freitagnachmittag am Main von Tür zu Tür gelaufen war, also ganz kurz vor ihrem Tod. Die Ermittlungen hätten sich dann automatisch auf die Uferhäuser konzentriert – und ganz besonders auf jene Bewohner, die leugneten, das Mädchen jemals gesehen zu haben und nebenbei noch dicke Steine im Garten liegen hatten. Dass es die Manteufel gebraucht hatte, um sie auf den Steingarten der Stolzes hinzuweisen! Er musste das Fock klarmachen: Nie wieder durften sie eine Ermittlung derart auf Kante nähen wie diese.

«Also, Andi, ich geh dann jetzt», erklärte Kettler durchs Telefon. «Hier liegt ja jetzt nichts mehr an.»

Bis auf zig Aktenordner, dachte Winter. Er sah auf die Uhr: Es war gerade einmal vier.

«Moment, Sven. Wir nehmen uns morgen früh den Bert Stolze vor. Bitte kläre noch mit den Kollegen, dass er um Punkt neun im Präsidium ist. Zur Vorbereitung brauchen wir noch ein paar Informationen. Erkundige dich mal bei der Fachhochschule, ob da ein Bert Stolze zwischen 1993 und 1996 einen Ingenieurabschluss gemacht hat. Und frag bei der Industrie- und Handelskammer nach, wie die Berufschancen für Ingenieure in den neunziger Jahren waren.»

Winter fand die Geschichte vom unschuldig arbeitslosen Ingenieur sehr unglaubwürdig. «Also, das kann ich dir auch so sagen», verkündete Kettler. «Mein kleiner Bruder hat Maschinenbau studiert. Es hieß immer, da liegt die Zukunft. Als er fertig war, war der Arbeitsmarkt für Maschinenbauingenieure zu, total zu. Heute ist mein Bruder Immobilienmakler. Schweinezyklus nennt sich das. Erst herrscht Mangel, und sie stellen jeden Idioten ein, so wie heute bei Lehrern. Zwanzig Jahre später ist es umgekehrt, und du brauchst 'nen Einserabschluss, um überhaupt in Frage zu kommen. – Sag mal, Andi, die anderen Sachen, kannst du das selbst erledigen? Weil, ich hab um fünf ein Tennismatch.»

Winter seufzte. «Und ich noch ein sehr, sehr langes Protokoll zu schreiben. Wenn du dich beeilst, bist du rechtzeitig fertig.»

Er steckte das Handy weg. Als Gerd ging, hatte er geahnt, dass er mit dem Nachfolger nicht glücklich werden würde. Jetzt musste er sich sogar eingestehen, dass er fast schon die Aksoy vermisste. Lieber sie als Kettler. Eindeutig.

Es kam Winter am nächsten Morgen so vor, als sähe er Bert Stolze zum ersten Mal richtig: die große Gestalt, die schmalen Schultern, die dunklen Brauen, das starke Kinn, darüber schütteres Haar. Wie immer, wenn die Täterschaft geklärt war, verspürte Winter einen merkwürdigen Kitzel, der Person gegenüberzutreten, die eine so entsetzliche Tat begangen hatte.

Der Transport hatte sich aus irgendeinem Grund verspätet. Nun war der eingeplante Vernehmungsraum besetzt. Winter stand mit Kettler vor der Tür im Korridor, während zwei uniformierte Beamten sich mit dem behandschellten Stolze näherten. «Morgen», begrüßte Winter den Tross, «wir müssen umdisponieren, in die Vier.»

In dem Moment öffnete sich ein Stück weiter eine Bürotür. Stolze riss sich mit einem Ruck los, sprintete in das Büro, und dann hörte man einen Knall und lautes Klirren von zersplitterndem Glas.

«Rettungswagen rufen!», brüllte Winter Kettler zu, bevor er selbst hinterherspurtete. Doch es war alles zu spät. Durch die zersplitterte Glasfront des Büros sah Winter Stolzes Gestalt reglos unten im Hof liegen. Winter spürte seine Knie weich werden.

«Die Fenster, die ... die sind eigentlich verstärkt», stammelte der Kollege hinter einem der Schreibtische geschockt. «O Gott ... Er muss mit einer unglaublichen Gewalt dagegengerannt sein. Der ... der wollte sterben. Wer um Gottes willen ist das denn?»

In der Haftzelle fanden sie später ein Geständnis, in dem Stolze alle Schuld auf sich nahm und seine Familie entlastete. Er habe seine Frau und seinen Sohn immer nur schützen wollen. Er habe immer nur das Beste gewollt.

Das Tragische war, dass Winter ihm das sogar glaubte.

Am Abend brach Winter mit einer alten Familientradition: Er erzählte von seiner Arbeit. Schließlich waren die Kinder jetzt alt genug. Und auch Carola würde weniger an ihm herumkritteln, wenn sie wusste, was ihn den Tag über beschäftigt hielt.

Winter kündigte also an, er wolle «von dem verrücktesten Mordfall seiner ganzen Karriere» berichten. Prompt setzte sich sogar Sara brav mit an den Esstisch. Und auch Carola, obwohl sie eigentlich wieder Diät hielt.

Winter erzählte von dem Maimmädchenfall, von Anfang bis Ende, ließ sich Zeit. Nur die Sara-Komplikation ließ er weg. Das Erzählen machte ihm Spaß. Und bei den Kindern war sein Bericht ein voller Erfolg. Die hatten ihm lange nicht mehr so gebannt zugehört. Fast war es wie früher.

«Was ich nur noch nicht verstanden habe», sagte Winter am Schluss, «das ist: Wie kam das Mädchen auf die Idee, einfach irgendwo zu klingeln und zu erzählen, sie wäre die Erbin des Hauses? Wir haben das mit den Standesämtern abgeklärt. Zu Geibel jedenfalls besteht keine Verwandtschaft.»

«Also, ich glaube, ich weiß es», sagte Sara. «Ich konnte neulich nicht schlafen und habe mir spät einen Film angesehen. Da tauchte irgendwo in einer reichen Villa eine junge Frau auf und behauptete, sie wäre die Enkelin des verstorbenen Erbonkels. Diese Enkelin war als Kind verschwunden. Die bisherigen Erben haben die angebliche Enkelin notgedrungen aufgenommen. Und der ganze Film ging dann darum, ist sie es nun oder ist sie eine Betrügerin. War von 1970 oder so. Heute würde man das natürlich mit einem Gentest klären.»

Im Altpapier fanden sie das Fernsehprogramm. Der Film war in der Nacht ausgestrahlt worden, die Jessica auf Naumanns Hausboot verbracht hatte. Am folgenden Nachmittag war Jessica mit der Geschichte der verschollenen Enkelin von Haus zu Haus gezogen, die ihr am Ende den Tod gebracht hatte.

«Großes Lob, Sara», sagte Winter und klopfte seiner Tochter auf die Schulter.

Die Kinder verließen die Küche. Winter blieb mit seiner Frau allein zurück. Prompt sagte Carola: «Wenn du glaubst, dass du dich mit Verweis auf deine Arbeitslast aus der Verantwortung stehlen kannst, dann hast du dich geschnitten.» Und dann ging auch sie.

Das war der Moment, wo Winter klarwurde, dass er ein

echtes Problem mit Carola hatte. Er musste mit ihr reden, sie fragen, was eigentlich los war. Ihr sagen, dass er seit Wochen, vielleicht sogar Monaten kein nettes Wort mehr von ihr gehört hatte. Doch er verschob es auf morgen.

Am Freitag übergaben sie den Fall und das Schicksal Sabine Stolzes endgültig der Staatsanwaltschaft. Danach bat Fock Winter per Mail, doch mal kurz in sein Büro zu kommen.

Dort durfte Winter sich setzen und einen Rüffel entgegennehmen.

«Soll ich Ihnen mal aufzählen, wie viel in dieser Ermittlung schiefgelaufen ist?», lamentierte Fock. «Haftbefehle gegen zwei falsche Verdächtige, davon einer ein Prominenter. Selbstmord eines Verdächtigen im Präsidium. Eine Geiselnahme. Und Chaos, wohin man blickt. Ohne die ordnende Hand von Gerd Weber läuft Ihre Mordkommission nicht mehr rund.»

Winter reichte es jetzt.

«Kein Wunder, wenn Sie mir für diese verwickelte Geschichte genau zwei Mitarbeiter zur Verfügung stellen, beide unerfahren. Sie persönlich waren ja der Ansicht, dass der Tod eines unbekannten Mädchens ohne Gesicht sowieso nicht aufzuklären ist. Tut mir leid, Chef, aber ich wollte in der Sache eh mit Ihnen sprechen. Sie dürfen nie wieder eine Ermittlung so knapp ausstatten und dann noch unter Zeitdruck setzen. Es ist reiner Zufall, dass jetzt nicht der Falsche angeklagt wird.»

Fock zupfte an seiner roten Fliege herum. «Nun seien Sie doch nicht so leicht beleidigt, Winter. Man wird ja wohl noch auf Probleme hinweisen dürfen. Ich weiß ja, Sie haben den Fall jetzt immerhin geklärt. Und in der SoKo Krawatte haben Sie gute Arbeit geleistet. Wenn es natürlich auch Zufall war, dass gerade Sie den fraglichen Computer zur Untersuchung hatten. Jedenfalls, nehmen Sie sich mal ein Beispiel an den Kollegen von der Mordkommission zwei. Die waren auch überlastet, und trotzdem sind die nebenbei noch Hinweisen in dem alten Fall von dieser Nieder Mädchenleiche von vor zehn Jahren nachgegangen. Sie stehen kurz vor einem Durchbruch, sagte mir Till Engelhardt eben. Er hat irgendeine Agentur in Karatschi aufgetan, die seit Jahren kleine Mädchen aus Afghanistan als Hausmädchen an Frankfurter und Münchener Inder und Pakistanis verhökert. Die Agentur ist so eine Art Familienbetrieb, nennt sich Au-Pair-Vermittlung. In Pakistan ist das alles nicht illegal. Die haben sich wohl bereit erklärt, in ihrer Kartei nach dem Mädchen zu suchen. Engelhardt hat mit den zehntausend Euro Belohnung gelockt, die in dem Fall ausgesetzt sind.»

«Herr Engelhardt verdankt diesen Durchbruch einem sehr konkreten Hinweis meinerseits», sagte Winter lakonisch.

Fock wurden die Augen groß. Er hüstelte.

«Schönes Wochenende dann, Chef», sagte Winter, stand auf und ging.

Draußen im Korridor sah er auf die Uhr. Zufällig war es ungefähr die Zeit, zu der Kollegin Aksoy wahrscheinlich beim KDD ihre Nachtschicht antrat. Wie wäre es, wenn er rasch auf der Wache vorbeiging und ihr noch schnell von den Entwicklungen der letzten Tage berichtete? Hilal Aksoy hatte ein Recht darauf zu wissen, wie der Fall Stolze ausgegangen war. In der Sache mit dem Dienstmädchen sollte sie übrigens ziemlich zufrieden mit ihm sein. Müde, aber gut gelaunt machte Winter sich auf den Weg.

Lisa Gardner
Ohne jede Spur

rororo 25557

Das Böse schläft direkt nebenan.

Eine junge Frau verschwindet mitten in der Nacht –
ohne jede Spur.
Hübsch, blond, liebevolle Ehefrau und Mutter, Lehrerin, beliebt
bei ihren Schülern. Als Detective Sergeant Warren ihr Heim in der
idyllischen Vorstadtsiedlung Bostons betritt, scheint der Fall klar:
Intakte Schlösser, keine Spuren eines Kampfes oder Einbruchs –
Sandra Jones hat ihre Familie verlassen.
Die Medien stürzen sich auf den Fall. Schon bald sieht alles
anders aus: Der Ehemann hütet ein Geheimnis, die Tochter hat
vor irgendetwas Angst, Familienangehörige, Nachbarn, Bekannte
verstricken sich in Widersprüche. Und auch Sandra Jones' Fassade
bröckelt ...